BALENCIAGA TORRES & os Corações Peludos

Claudio Tognolli

BALENCIAGA TORRES & os Corações Peludos

E se um dia você
quisesse aprender
a matar?

© 2017 – Claudio Tognolli
Direitos em língua portuguesa para o Brasil:
Matrix Editora
www.matrixeditora.com.br

Diretor editorial
Paulo Tadeu

Capa e projeto gráfico
Sthefânia Mafalda

Revisão
Adriana Wrege

CIP-BRASIL - CATALOGAÇÃO NA PUBLICAÇÃO
SINDICATO NACIONAL DOS EDITORES DE LIVROS, RJ

Tognolli, Claudio
Balenciaga Torres / Claudio Tognolli. - 1. ed. - São Paulo: Matrix, 2017.
304 p.; 23 cm.

ISBN: 978-85-8230-310-8

1. Ficção brasileira. I. Título.

17-39694
CDD: 869.3
CDU: 821.134.3(81)-3

Apresentação

Guiado por dois professores de harmonia, Marcus Ricardo Rampazzo e Hans Joachim-Koellreuter, desde o início dos anos 1980 o autor se impôs uma tarefa laboriosa: coletar 5 mil clichês de composição musical. Iam de Bach a Satie, abarcavam blues, chorinho, rock, samba.

Na metade dos anos 1980, o portal de entrada no mundo dos chavões se deparou com um caminho de desbunde: o de minerar chavões de imprensa – então muito mais atraentes que os das partituras.

O novo ataque virou tese de mestrado, orientada por Maria Aparecida Baccega e Timothy Francis Leary (o guru da psicodelia). Ganhou capa do *Jornal do Brasil* (num confesso ato de mea-culpa da imprensa tão abusada em clichês). No começo dos anos 2000, a tese torna-se o livro *A Sociedade dos Chavões*.

Novo passo: o autor começa a catalogar os hoje quase 500 mil extratos de expressões retiradas dos autores mais apreciados (algo como 30 escritores). Clássicos latinos, como Borges, Onetti, Llosa, García Márquez, foram dilacerados a buril.

As quase 500 mil expressões, anotadas em cadernões, sofreram, como diria Eça de Queiroz, uma moxinifada. Misturadas, justapostas, sofreram um *bric-à-brac*, um corta e cola polaroidemente industrial e industrioso.

O que Flaubert fez com competência em *Bouvard et Pécuchet*, buscando chavões ao ler, superficialmente, 10 mil vulgatas de profissões, serviu como ponto de partida.

Ao bulir com as anotações deste autor, pessoalmente, em 2007, em Cartagena de Índias, Gabriel García Márquez tremeu dentro dos sapatos e disparou: "É o maior palimpsesto que vi na vida".

As histórias que se seguem são as vividas em 35 anos de jornalismo investigativo. Nada aqui é invenção. Obviamente, e de maneira meridiana, os nomes dos personagens passaram por alterações, no melhor do *roman à cléf*.

Não houve preocupação em tornar a obra potável, palatável, digerível ou dirigível.

Também não se trata de delírio controlado ou sonho dirigido. As histórias são reais. O resto é polaroidemente imagético e demencialmente erigido, se preferirem.

Tudo tem um quê e uma queda do melhor do barroco latino do século XX: seja o de José Lezama Lima, seja o de Alejo Carpentier.

Nada aqui quer ser fácil: afinal, o totalitarismo da forma requer sacrifícios dos deuses e deusas da fluidez da inculta e bela...

Demencialmente, a palavra transformou meu universo paralelo em universo para lê-lo. E ponto final...

Balenciaga Torres, 2007

Gazeta de Notícias

Edição Nº 205 | Maio de 2008 | São Paulo - SP

REPÓRTER ENCONTRADA MORTA

A repórter Lita Guna, 35 anos de idade, foi encontrada morta, na manhã desta segunda-feira, em seu apartamento, na Rua José Maria Lisboa, 463, nos Jardins, zona sul de São Paulo. O corpo trazia hematomas no pescoço e dois tiros de pistola semiautomática na nuca.

Lita Guna, segundo a revista *Semana*, vinha investigando aquela que é tida e havida como a maior teoria conspiratória do Brasil: a de que um mega-assassino, chamado Balenciaga Torres, estaria por detrás dos maiores crimes cometidos no país nos últimos anos. A história era considerada um tabu e passou a existir tão somente no imaginário de autores de grandes crimes – certamente na tentativa de se passarem por loucos e assim obter vantagens judiciais nas cadeias.

Mesmo sem autorização de seus chefes, Lita Guna dedicou uma parcela expressiva de seus últimos dois anos a investigar todos os criminosos que citaram Balenciaga Torres em seus depoimentos. As reportagens sobre Balenciaga Torres foram encontradas numa pasta, ao lado do cadáver da repórter. Supõe-se que isso seria um livro, ainda que em fase de elaboração. Na capa lia-se "Balenciaga Torres". As paredes do quarto de Lita Guna traziam, em vários idiomas, letras garrafais, em vários estilos, que diziam "Mate-me, por favor".

— CAPÍTULO 1 —

"Caber-te-á a simulação do que viríeis a ser."
Dundra, 1487

O Devir

Sofro de pseudociese. O significado e o sentido dessa minha gravidez psicológica é que estou prenhe da ideia de matar. Sempre que penso em Balenciaga Torres, isto é, sempre, sinto-me um galeão holandês: quero afundar atirando. Como dois navios que se cruzam, juntos e já separados, nivelamos nossos destinos, na hora sem sombra, acho que por apenas 13 segundos, se tanto. Pensando bem, não seria meio-dia. Não importa: Balenciaga Torres povoava meus sonhos havia muito e, para isso, pequeno contato telefônico bastou. Aprender a matar com Balenciaga conferiria às minhas vontades o status de profissão de fé. Queria aprender a matar sem evocar a moral, sobretudo a católica. Queria ver terminantes, enfim, vontades que se iniciavam havia pelo menos trinta anos. Sentir a maciez de pomba do pescoço de uma criança, flanando meus vórtex à delícia do acaso, para depois ser possuída de uma fúria que ignorava ossos – simplesmente porque queria transformá-los em tutano, em sopa fácil.

– Matar é como chupar sorvete. Terminou, está acabado –, disse Balenciaga naqueles 13 segundos.

Sem saber que esse primeiro encontro selaria mais do que meu destino, nivelei este com aquele Balenciaga, quando seria a primeira vez, pessoalmente, perto da meia-noite de uma noite fria e calculista. Foi no bairro do Tatuapé, na zona leste de São Paulo, que era um enclave enrodado por um rio de águas turvas, fedendo a merda e a repolho, habitado por legiões de pneus de caminhões enroscados nas margens. Uma sopa dos dejetos que um dia alimentaram as urgências daquela cidade-dormitório virava aquele portento, emanando um halo de putrefação, constante no ar, junto dos aromas de óleo de caminhão, a sufocar um arco-íris natimorto, nascido do podre. Tudo isso me imprimiu alma adentro a ideia de que aquela *circunstância* era uma amplificação natural do que viria a ser minha relação com a saga de Balenciaga Torres. Falo em Tatuapé. Retomo latitudes de infância. E logo penso, perdidamente: minha bata dourada diz algo, não? E vivo mesmo assim, sem estar vivendo. Meu coração muquiado bate a milhão. Minhas suscetibilidades respondem a anseios lunares. E esse éter primitivo torna-me uma espiral curva. Cousas de mulher. Uma liquefeita da silva, meu Senhor do céu. Volto a travar da narrativa.

O bochorno de todos esses humores de ar, nesse meu bairro do coração, retirava o tempo de dentro do próprio tempo, de modo que uma frase talvez dita por Wittgenstein ("que horas são no sol?") seria aplicável sem dúvida nestas paragens de putridão: o tempo, sufocado nessa paisagem, certamente jamais existiu. No princípio do veranico, lá pelos tantos de maio, grupos de ciganos assentavam barraca ao lado das pontes e alças que cruzavam o rio Tietê. As cabanas eram de plástico azul, rasgado pelo tempo, e seus cães, tornados cor de neve podre ou de um branco sublunar misturado ao barro. Esse ponto dos ciganos era aquele em que estava espetado o telefone público pelo qual deveria acessar, nas horas mortas, o primeiro Balenciaga Torres que encontrei. O encontro, marcado exatamente no bairro em que nasci, era minha forma de exercer um risco seguro.

Mas acharei um outro derivativo, além do geográfico, para essa história, dedicada ao nobre propósito que levou esta repórter a querer aprender a matar. Digamos que uma repórter aprende a lidar, sempre, com a grandeza intrínseca que são as relações de poder, quando descobre que elas não passam de um baile de máscaras. Detalhe: sempre atrás de uma máscara haverá outra. Deixando de lado minha invulnerável inocência dos primeiros dias de redação, soube que jamais chegaria à essência das cousas, e minha vida, vale dizer, estaria para sempre povoada desses artifícios que compõem toda a coreografia do poder. Ou por outra: puta que o pariu, o mundo que me rodeia propende à desventura. Os entrevistados parecem ventríloquos deles mesmos, e o eu mais profundo dessa merda toda estará a serviço de não mais que proposições, custodiadas por um guardião totalitário que odeia repórteres. É um guardião de operações arbitrárias: é chamado de medo à exposição, ou, por outra, medo de se confessar um Superficial Netto. Sei de tudo isso e tenho em conta: mulher bonita não paga. Mas também não leva.

O mal de se cobrir jornalismo policial a vida toda, ou boa parte dela, é a filosofia dessa coisa toda, meu Deus. Bastaram anos copiando boletins de ocorrência para que minha vida pessoal se tornasse igual à filosofia da investigação, e logo vou me explicando. Todo o inquérito pressupõe uma *autoria*. Autoridades buscam culpados. Primeiras páginas de jornais buscam catástrofes e, no segundo dia, buscam os culpados pelas catástrofes. Trouxe isso, sim, para a minha vida pessoal: busquei sempre um culpado para poder dar nomes aos meus bois, vulgo minhas angústias. Mesmo toda a abundância que me rodeia (falo da abundância de significados), mesmo o fato de o meu quarto de rapariga ainda ser povoado de escolhos da adolescência (algo parecido com aquilo que Oscar Wilde chamava de "retalhos de púrpura", *purple patches*), mesmo tudo isso não me brecou de tornar a minha vida pessoal uma grande e lustrosa primeira página de jornal. Uma página canalha, em preto e branco. Em que sempre classifiquei as pessoas em dois grupos: culpados ou inocentes. Deus do céu, até que numa aula de filosofia aprendi aquele negócio do terceiro excluído, o *tertium non datur*, tão amado pela Igreja, porque, se você está nessas reverberações católicas, há de saber que o mundo só comporta duas categorias: anjos ou demônios.

E o que dizer, Deus do céu, de aporias, paroxismos e contradições? Quem me explica, por exemplo, que há uma bondade que mata, que há uma maldade capaz de, com ares de decreto divino, proclamar o bem? Tudo isso para dizer que minha vida pessoal classificava o mundo e, *donc*, as cousas, entre bem e mal. Talvez seja derivativa daí minha vontade de aprender a matar. Por isso estou na cola de Balenciaga Torres e sua rede de assassinos – cujas histórias de vida investiguei e aqui exponho.

Uma repórter jamais encontrará cousas boas com gente de bem, aprendi. Cousa boa vem do lixo, da podridão, cousas ruins segredam troças que viram manchetes. A maldade tem punhos de cambraia e mãos sujas, mas, meu Deus, como ela escreve bem meu dia a dia!

Hermann Melville dedica páginas e páginas de seu *Moby Dick* também a uma confusão náutica. Baleeiros, quando divisam o animal, sem nenhum estoicismo vão logo pensando em seu intestino. As velhas baleias, quando devoram lulas-gigantes, não conseguem lhes digerir o bico. E o bico da lula-gigante se converte, nas entranhas do animal, num tumor. Esse câncer, esse carcinoma, se expressa numa pedra ora cinza, ora azulada, lápis-lazúli, chamada âmbar gris. Lápis-lazúli é aqui pura liberdade de interpretação de meus delírios.

Lápis-lazúli é uma das mais velhas de todas as gemas, com uma história de uso que vem de 7 mil anos atrás. Lápis é uma rocha, não um mineral, porque é composto de vários outros minerais. O nome deriva do latim lapis, que significa pedra, e do persa درو ژال lazhwar, que significa azul.

O âmbar gris forma-se no intestino do cachalote (*Physeter macrocephalus*, Linnaeus, 1758), a única espécie que se conhece produzir esse material em tamanha quantidade. Um cachalote capturado na Ilha de São Miguel, nos Açores, tinha no seu intestino 322 quilos, numa única concreção.

Repórteres em geral vão buscar boas informações no meio do inferno, em regiões intestinas do poder: coisa boa só nasce em terreno ruim, é essa toda a verdade do jornalismo. Alguns acham que jornalista tem de vestir escafandro, em vez de terno e gravata, porque tem de ir ao meio do lodo buscar a flor de lótus. Ou ao meio do intestino buscar o âmbar gris. Nesse jogo particular com as sombras, o podre e infecto filósofo do matar, Balenciaga Torres, é meu ínfero. É meu devir.

— CAPÍTULO 2 —

"Claro que tudo foi pela vindimação abscôndita!"
Urala, 1885

"Eivai escaras que, em vida, peles vos sucederão."
Appox, 1756

O crime número 1

Sentada numa cadeira de redação, a correspondência eletrônica refreada pelo telefonema, pressentia Balenciaga Torres esfregando, freneticamente, a barba ao telefone. As palavras eram entrecortadas. Uma lâmpada silenciosa parecia iluminar seus vocábulos. Desde que Balenciaga acreditou estar cumprindo os ditames de uma longínqua lei familiar, ele tomava tragos de um gole só com determinação. E despejava, num confessado vomitório, matematicamente, uma ideia por frase. Era como se estivesse retomando os longínquos dias da Escola Estadual de Primeiro Grau Erasmo Braga, no Tatuapé, em que decorava superficialmente os papéis das pecinhas. Era um palavreado sumamente decorativo, como um papel desempenhado com sofreguidão. Eu era obrigada a aceitar essa conjetura porque meus ouvidos de repórter assim o determinavam. Deus do céu: era uma fala tão glabra, tão polida, tão esferoidal, que até os seus eventuais "puta que o pariu" traziam um escarnecimento de anedota, protocolar. Tudo isso se comprovaria pessoalmente. Posso dizer que nosso primeiro encontro confirmou minhas suposições de repórter. Balenciaga era anterior a seu próprio ser. Acontecia-se antes de estar, fisicamente.

Passei então a vasculhar o horizonte, a percorrer os papéis emaciados das delegacias, os interrogatórios que arrancaram das pessoas o vigamento da forma de ser de Balenciaga. Muitos alvoreceres me encontraram singularmente iluminada ao encontro dessas oitivas.

Ao telefone, pela oitava vez, por exemplo, Balenciaga Torres logo ia contando que fora criado por um avô. Não sei se foi admitido tão facilmente em meio à fedentina que era a rua onde ficava a barbearia, já que pelos rigores do sangue dos Torres, de estirpe firme ainda que fugidia, a criança a representar o estrépito do sangue novo não poderia viver assim. Esse mundinho primevo do jovem monstrinho Balenciaga era um cafarnaum dos diabos. O japonês da pastelaria levava exemplares das frituras para o avô de Balenciaga e o pequeno logo aprendeu a comer pastéis com cobertura de espuma de barba, em que a Aqua Velva azulada fazia o papel de ketchup, e a amarela, às vezes, de mostarda. Nem a força obliterativa dos berros do avô, de navalha alemã em punho, impedia Balenciaga de devorar tal quitute.

A Barbearia Torres funcionava como ponto morto do bairro, de modo que quem quisesse trocar sua marcha existencial deveria passar por lá. Digamos que fulano de tal estivesse sobremodo acelerado em suas decisões: ia escanhoar a barba na Torres e aproveitava para descer de quinta marcha para a primeira. O avô de Balenciaga sempre tinha uma frase de algibeira, intumescida de adjetivos. E era poeta sem ser nefelibata, diziam. Vá lá que em sua filosofia corriam chavões e chavões, mas o fato é que para todos trazia algo parecido com aquilo que os filósofos chamam de devir, de resto a capacidade de transformar as cousas em seu contrário.

Sem ter lido Wittgenstein, o avô de Balenciaga chegou a perguntar a Leandro, o mecânico, sempre esbaforido por falta de tempo, sobre "que horas são no Sol?". Para um agiota que guardava economias, ensandecidamente, para quando ficasse velho, o avô Balenciaga disse uma tarde, seriam 15h17, entre pressas e espumas de barba, que "o futuro é o presente, o presente é o passado e o passado não existe" – tanto que o judeu agiota arrancou a espuma das tranças escanhoadas, lhe disse um sonoro "vá pra puta que te pariu" e jamais voltou ali.

Sobre delegacias

Naquela época, quando comecei a levantar detalhes assim, as delegacias não dispunham ainda de inquéritos em computadores. Tudo era colocado em pastas, pastas esmolambadas. Um estado de descalabro total, somado ao ambiente oleoso dos distritos de então. Conquistar a confiança de um delegado já era algo difícil. Foi à custa de dividendos infinitos, que dobravam, redobravam e tresdobravam, que um delegado de barriga pontuda, plantonista de horas mortas no distrito de Estrada das Lágrimas, alvoreceu meu acesso à pessoa de que necessitava para chafurdar a vida dos Torres. Quais eram os dividendos que eu deveria pagar? Não posso dizer que eles empanassem as minhas alegrias. Eram perguntas eventuais, sobre quais delegados estavam na linha de tiro da imprensa. Nada que me custasse. Jornalista se compra ou com dinheiro ou com informação. Sou, literal e figurativamente, da segunda categoria – ainda que o doutor em questão gostasse de saber dessas cousas, de mim, nas mesmas horas mortas em que ele dava plantão. Isso me torrava os *cojones* que jamais tive.

O delegado apenas me dava o que eu queria, sobre Balenciaga Torres, em troca de revelações sobre quais policiais corruptos a imprensa ia detonar. Seus tripúdios de delegado barrigudo vinham como os ventos da noite, de açoite. A voz tresnoitada do doutor Barriga fincava uma estaca no coração do meu sono. Voz teratológica. Sempre começava assim: "Fala, tigra, libera o badaró que a autoridade quer saber se o delegado***, da delegacia de furto de fios, vai mesmo ser estourado na manchete do telejornal*** sob acusação de estar vendendo proteção aos sacripantas da *Virtu*".

Tais minutos, em minha vida, entravam a parecer séculos. O sarcasmo de um dia desses muitas vezes ia bulir com o meu sono. Assim a alegria de um dia meu era destoada e destruída pelas próximas 24 horas. Deus, tais humores eram um e outro que, apesar da expansão de eventuais estados de alegria, eu dormia em pânico. Não que as indagações do delegado de barriga pontuda não fossem breves. O problema era a voz: voz de defunto em estado de graça, de monstro sedicioso e desmantelado. Aturei essas desventuras educadas talvez por três meses.

Um dia finalmente ele disparou, seriam 3h10 da manhã: "Sei quem vai liberar o badaró daquilo que você precisa: Balenciaga. É o Tião, um investigador *ad hoc*, e escrivão. Anota aí o telefone". O que eu precisava veio como "um ladrão de noite" (I Tess. 5:2; Apoc. 16:15). Jamais voltei a atender o telefone depois que recebi o que queria. Pobre delegado. Soube, mais tarde, que o delegado de barriga pontuda morreu de parada cardíaca quatro meses depois, com a cara enfiada num prato de macarrão com esfirras, prato gelado, sorvendo uma cerveja, quente, no plantão. E quem o encontrou duro e branco como um comprimido, refere a crônica policial, relata que antes de morrer de todo ele ainda teve tempo de cravar as unhas no gatilho da escopeta "pump" calibre 12, de cano serrado, que ele trazia consigo, encostada na escrivaninha. Uma correição da Corregedoria, feita após a sua morte, em suas gavetas, revelou que era ele o dono das informações privilegiadas que livraram muito mau policial de flagrante. Jamais se soube, publicamente, quem lhe passava as informações em primeira mão.

Não só era difícil encontrar a fonte que encontrei. Mais difícil ainda era quando a autoridade franqueava meu acesso à sala em que se guardavam os autos. Era duro como pedra conviver com aquelas atrocidades de estilo. A sala dos autos sob sigilo de Justiça, naquele distrito, era o pior dos mundos, cheio de estropícios: teria seus oito metros quadrados. Há um retratinho mirado do papa Paulo VI, empoeirado, outorgando uma bênção a um antigo delegado geral, num Anno Domini apagado (deveria ser uma xerox malfeita). Mas outras insignificâncias preliminares antecediam qualquer visão de tudo, sobretudo um faraó de madeira escurecida, com umas marteladas do lado direito, que tinha sido parte de uma coleção de butins recuperados, cujos donos jamais foram ao distrito resgatá-los.

O faraó fiscalizava a sala, pois seus olhos eram mortos, as pupilas mortiças certamente cavadas por um prego. Os olhos do papa, mais vivos, pareciam fiscalizar menos, porque eram olhos daqueles que se veem todos os dias nas ruas e sempre se esquecem. Há na parede recostado um bacamarte velho, deveria ainda atirar, do contrário não estaria ali, mas seu cano tira-lhe a importância porque uns floreios ignóbeis o ornam. Há no ar uma frouxidão. Ah, já ia me esquecendo: quem cuidava daquela sala que cheirava a corrimão de escada de pensão era Tião. Pra variar, tão frouxo quanto a sala, embora do rosto de bolacha saltem umas pupilas de cão pequinês que se pretendem espertas, mas nada notam. O rosto trazia uma nervura azul, difusa, tal a placa de uma parede de fornos de latão abandonados, parcialmente oxidados. Tião, o escrivão que o finado doutor Barriga me apresentou, esbulhava as palavras. Vai por aí ter levado o apelido de "Pedra na Boca": cada vocábulo brotava-lhe boca afora como batata quente. Cada vez que você conversasse com ele, teria a sensação vívida de que naquela boca de tira litigavam palavras prontinhas para serem encadeadas numa frase. As palavras litigavam com pedras e também com batatas quentes. O que saía dali, daquela boca torpe de tira, era uma litania chorosa. Sim, Tião chorava palavras: todas saíam-lhe enroladas em gazes e algodões, como que protegidas contra aqueles dentes de teclados de piano, de raízes saltadas. Com tudo isso, esse sorriso de piano me estendeu com graça e prodigalidade tudo o que eu queria: pilhas e pilhas de depoimentos em segredo de Justiça sobre o caso Balenciaga Torres.

Um voto de um ministro do Supremo Tribunal Federal, como diria o delegado de barriga pontuda, iria "liberar o badaró" dos repórteres. O voto criara uma jurisprudência sem par. Referia que segredo de Justiça era adstrito às autoridades que o detinham. Como repórter obviamente não é autoridade, estávamos liberados para publicar segredos de Justiça. Eu já tinha feito isso. Era o caso de um prefeito assassinado. Doze tiros na cabeça. Encontrado nu, com as cuecas postas ao contrário, uma marca deixada pelo crime organizado toda vez que quer dar sinais de que o assassinado era um traidor. Eu havia recebido as escutas telefônicas, em segredo de Justiça, de um juiz, preso sob custódia da Polícia Federal. Entreguei-as a um promotor.

As escutas, primeiro em segredo, depois passaram a ser consideradas ilegais. Estavam nas mãos da Polícia Federal. Agora o Ministério Público Estadual as queria. Entreguei-as ao promotor. Dali a dois dias ele daria uma coletiva de imprensa, criando a história de que as recebera anonimamente de um motoqueiro. No dia da coletiva eu já publicava as escutas. Deus e o promotor, apenas, ficaram sabendo que na verdade a motoqueira era eu. Tudo publiquei. Nada sofri. Não fui processada. Por que não repetir a dose no caso Balenciaga Torres? Era a senha para eu surfar limites.

Estou agora nos autos de Balenciaga. Rogo para que aquela poeira não me estrague o dia. Vou correndo para as páginas da criminalística, para ver nas fotos como o monstro Balenciaga Torres assinava, com a grife glamorosa de seu cano fumegante, os seus crimes e tentativas. Os presságios do que eu veria já me punham quase em estado fetal diante daquele calhamaço. O que me doía mais? As imagens ou as suas antecipações geradas pela minha angústia? As primeiras abafavam meus suspiros, enquanto as segundas levavam longe minhas suposições. Vejamos.

Alfredo Mascarenhas, um engenheiro que mais tarde sobreviveria a um ataque de Balenciaga, disse nos autos que sua voz ao fone era apenas a antecipação da surda detonação do Colt calibre 32, cabo de madrepérola, com o qual ele costumava fazer suas vítimas, incontinenti. Cássia Silva, que vira o namorado ser estraçalhado com um balaço de Balenciaga, já contava outra história: ele tinha várias vozes, como um demônio em contraponto, vozes mal-rejuntadas num uníssono com alternâncias de dós de peito, de barítono, e falsetes de pubescentes com espinhas no rosto. Adriana Zouk, conhecedora de Balenciaga na intimidade, escapou de um balaço nas têmporas. A crônica policial revela um depoimento sobrenatural. Diz Adriana que, naquela noite, Balenciaga recusara seus beijos de demônia sedenta, etilizada ao osso, e, logo depois, com garras de molusco, envolvera seu rosto numa geleia de suor das mãos, um óxido a lembrar a cor do zinabre das baterias de carro e o cheiro dos extratos de banana que pintam carros usados.

Ela dormiu em seus braços e acordou com a leve sensação de que seus extremos estavam frios, e seu corpo, seus pés e braços de açougueiro (um traço de família) haviam se convertido em uma compleição tal zanzibares de magreza atávica e ancestral. Ela refere ter continuado a fingir que dormia. Balenciaga teria ido ao banheiro suas sete ou oito vezes. Um promontório, uma paleta geográfica de formas estranhas, monstruosas, pareciam sair da luz sublunar do banheiro, dando ao corpo de Balenciaga Torres contornos de formas estranhas, como sombras distorcidas pelas pedras irregulares das calçadas de pedra portuguesa da avenida Celso Garcia, também no Tatuapé. "Você está se sentindo bem?", perguntava Balenciaga cada vez que saía do banheiro, depois do que, até que com gestos venturosos, envolvia o rosto de Adriana Zouk com as mãos semelhadas a um *papier mâché*.

A cada movimento, referia ela, seu cabelo também ganhava contornos diversos: ora uma confusão amazônica, um aranhol dos diabos, que ele tentava desentranhar com floreios ignóbeis que se pretendiam sensuais. Adriana, intimamente aterrorizada, mantinha as aparências, emitindo bocejos profundos, como se nada acontecesse ali, e volta e meia cravando suas unhas pintadas de negro naquelas costas ossudas, costas de açougueiro (um traço de família).

Noutra hora, fluxos palpitantes de luz brotavam de um cabelo bem outro, uma pasta negra, glabra, chapeada, uniforme, em total contradição com as formas dos minutos anteriores. Adriana chegou a jurar nos autos que em certos momentos nosso bastante Balenciaga Torres era careca, de cabeça ossuda, pontiaguda, cabeça de obus, de bala de canhão de navio moderno, e que nela poderiam se notar escarificações determinadas a saltar da pele a qualquer momento e a qualquer custo. Jura que, quando notava a careca, suas mãos eram naquele momento anêmonas, sanguessugas, desdenhando da capacidade de Adriana brecar, com as suas, a ação e as tropelias daquelas mãos de geleia amoniacal. Uma paridade de situações talvez tenha salvado Adriana de uma morte mais a seco: num gesto brusco, logo após o clímax do amor, ela espeta suas unhas de loba no criado-mudo. Ali estão depositadas essências de caráter fugidio. Um pequeno livro, um guia de essências, explica, sobre o criado-mudo, em suas 36 páginas, o poder de tudo aquilo.

Está dito que essências florais são preparadas com flores silvestres no auge da florada, nas primeiras horas da manhã, quando a planta ainda está cheia de orvalho, em lugares na natureza em que as forças elementais se encontram intactas. Está dito que uma essência floral é a impressão, guardada na água, da força anímica singular de uma determinada planta, que é coletada geralmente por meio de infusão solar de suas flores em água mineral. Em outras palavras, a água retém a informação das propriedades sutis de cura da planta. A esse preparado é acrescentado brandy como conservante. Quando você utiliza uma essência floral, ela mobiliza a consciência de seus dons únicos, capacidades, potenciais que estavam aguardando para serem despertos, fortalecidos ou desbloqueados.

Um tico de cada essência derramado pelas unhas de loba faz subir do chão uma precipitação vaporosa. Estamos ao lado do criado-mudo.

Ele traz ornatos mexicanos. Entre as duas pernas, na frente, 14 filetes de ferro as unem, é ferro serpenteado, dobrado certamente a vapor. Os filetes convergem a uma bolota, ladeada por um ferro oblongo, e na bolota se vê, como se fosse ali jateado, um sol, daqueles sóis carudos que se veem nas bandeiras da Argentina. Essa peça em que o sol se desenha é roxa. Acima do criado-mudo, está preso na parede um porco de ferro, um cofrinho, um porco cor-de-rosa com o nariz avermelhado. Letras infantis, desenhadas numa placa de ferro, que sobe das costas do porco cor-de-rosa, dizem: "Quem parte, reparte e não fica com a melhor parte, ou é bobo ou não entende da arte". Na parede, bem ao lado do porco, um pouco acima, vemos um Monteiro Lobato pintado. É um Monteiro Lobato psicodélico, com uns olhões de cientista maluco. De sua boca saem aquelas bolinhas que compõem um solilóquio. O balãozinho a que convergem as bolinhas traz uma frase de Lobato: "Hipóteses são as peças que os senhores nos pregam quando não sabem a verdadeira explicação de uma coisa e querem esconder a ignorância, está ouvindo, seu cara-de-coruja?".

Adriana se obstinava a viver nessa sutileza, nem tanto sutil, de *recuerdos* da pós-adolescência, volta e meia tendo clarões de que tudo aquilo deveria ter sido abandonado há muito em prol de um *décor* mais adulto – ou pelo menos num hiato que demonstrasse troca de pele. "Nana nina naum!", batia os pés. "No fundo da alma sou assim!", resignava-se, orgulhosamente, submersa em seu mundo de Monteiros-Lobatos-de-Bigode-Pintados-na-Parede e mixórdias de cores doudas suplementares. No fundo, era uma adolescente multicolorida, mas cujo olhar exalava uma luz parada, das antigas luzes de sódio perdidas nas periferias mais empoeiradas e anacrônicas e "extemporâneas e o caralho a quatro", como lhe disse uma noite Balenciaga Torres ele mesmo.

Balenciaga Torres era um cachorrão famoso na rede, porque paquerava mulheres à exaustão, on-line. Mas o pequeno regato da fama, que é ser famoso no anonimato, muitas vezes é uma opção – sobretudo quando rios de dinheiro gravitam sobre aqueles que se ocupam de semelhante ofício. Balenciaga era certamente uma personagem pública, pelo menos na rede, e que amava a esquivança. Bocas pequenas diziam que ele já modificara o rosto, em intervenção em que lhe teriam esticado ladinamente os olhos (um homem semeado de ardis). Era naqueles tempos um tipinho metido a consertar o mundo, em seu blog, quase sempre em resoluções irrefletidas. Digamos melhor: irrefletidas, não. Furiosas digressões, talvez seja o termo. Ornava graciosamente seu blog com postulados de filosofias doudas, de forma a cometer o gracioso desalinho de que a culpada pelos males do mundo era a imprensa ("essa demônia", como gostava de se referir a ela).

Levava uma vida de pândego, sorvendo vinhos e néctares raros, cujos valores ornavam seus cheques com coleções de zeros. Atraída por esse mundo cintilante, Adriana caiu-lhe nas garras. E foi salva pelas essências infantis que com as unhas de loba derrubou naquela noite no chão. Balenciaga já havia-lhe, naquela noite, estudado o rosto e calculado qual seria o ângulo "mais interessante" para meter-lhe um balaço do Colt 32 pele e músculos adentro. Mas as essências que subiram no ar tiraram Balenciaga de seu centro cinético. Projetado para a frente, para poder se desviar do odor das essências, errou o tiro: afinal, aquele halo de pureza imaculada era como um soco no baço. Era a vocalização da vida, em caixa-alta, era a antessala da pureza da alma, era a exortação dos olhos viçosos de uma natureza que se compraz com o limpo, com a brancura de nácar, com o viço virginal trazido pelo cheiro das plantas e folhas frescas. Era a vida fremindo!

Aquele ser multiforme, que naquela noite tantas vezes mudara de rosto e compleição, era uma fera criada no ódio, na putrefação do oxigênio, naquilo que o poeta da Paraíba chamava de frialdade inorgânica da terra. Balenciaga Torres era mesmo a quintessência de um monstro de escuridão e rutilância.

Infância

Sobre Balenciaga: sua infância fora rodeada de significados ocultos trazidos por objetos familiares repletos de significado torpe. A primeira ocorrência era trazida pela memória de um revólver Colt calibre 32. Sua forja datava de 1924. Tinha sido de propriedade do irmão do avô de Balenciaga, Hidalgo N. Torres. De origem toscana, aprendeu nas idades mais tenras que o apanágio de uma alma jovem talvez estivesse em restituí-la do ódio ornando a face mais epidérmica da alma, vulgo o rosto, com aqueles sorrisos de cortesia que mascaram o riso torpe da vingança, que por sua vez mascaram os ódios de primeiras águas – ou antes tudo isso nada mais era do que uma coreografia atávica do que seria em verdade toda a estirpe e atavismo daquela família: as almas matrioscas, em que a essência é uma máscara.

Por trás de uma filosofia assenta-se outra, ao passo que por detrás desta um milhão se assentarão. Nesse jogo de espelhos quebrados, zumbaias de almas inconstantes formavam aquelas estirpes.

— CAPÍTULO 3 —

"Se você sair desta cidade para ganhar a cidade grande, te mato, para sempre."
D. Hidalgo, 1924

Hidalgo Torres

Hidalgo N. Torres fizera fama naqueles conjuros locais a que o vulgo chamou numerologia. Teria seu metro e noventa de altura. Olhos murchos, mãos de veias azuis, dando ao conjunto a semelhança de fios de cobre emaranhados, oxidados. Coxeava do lado direito. Acreditava, porque lera num manual que Odilon Prades deixava ao lado de sua farmácia, na Rua da Matriz, que o homem quando chega aos seus 40 e poucos anos tende a imitar a história de vida do próprio pai. Se são certas as memórias de Balenciaga Torres, o manual que seu tio-avô Hidalgo leu com Odilon Prades trazia um artigo que se intitulava "Síndrome de Mata-Mosquitos".

Era um tratado sobre Oswaldo Cruz, referindo em um tom de certa *blague* que nosso mais iminente cientista teria passado a beber de cair no chão na mesma idade em que seu pai passara a beber de cair no chão. A numerologia de Hidalgo postulava a lua e as estrelas, dizia ter o poder de conversar com arquétipos numéricos que as pessoas poderiam simplesmente mudar. Amores infrutíferos, que defraudavam gente vivaz dos benefícios da paixão, eram curados com pedacinhos de papel, com as garatujas de Hidalgo representando números cabalísticos.

Os papeizinhos mágicos eram molhados em infusões de mel e engolidos como as pílulas do santo. Essas expansões magicamente íntimas de Hidalgo eram mais presenciadas aos sábados. "Deus fez o planeta com os números certos", comemorava. Dizia que se a terra recebesse mais ou menos que duas calorias por minuto por centímetro quadrado, a água dos oceanos teria se convertido em vapor ou gelo. De modo que a mesma numerologia era aplicável aos seres humanos. E seus cânones e conjuras Hidalgo prometia dominar.

Giulio Torres, um novel aprendiz de bruxo que achava que aquelas cousas eram para inglês ver, sabia que boa semente não pegaria daquelas práticas. Seria uma terça-feira de primavera quando Hidalgo lhe pusera trancado num antigo laboratório de fotografias, donde saíam as mais novas garganteadas do velho Hidalgo. Giulio deveria produzir um unguento: duas pitadas de semente, uma de cominho, éter, água de bica. Fervido a 110 graus, resfriado. Jogado num pano virgem, dum estoque de quatro rolos consagrados numa sexta-feira santa, bem ao lado de uma contumaz frequentadora daquelas plagas, Benedita, que tocava o baralho de suas leituras de destino também e sempre às sextas-santas.

Giulio comprava baquetas de bateria virgens, aos montes, de Teófilo, dono da loja de bumbos, baixo e magro, que levava o apelido de "Cê-Cedilha" (porque suas mãos tocavam-lhe os fundilhos quando caminhava, de modo que parecia trazer um rabo na alma). Pois então que o senhor Teófilo Cê-Cedilha lançava-se ao terror das interrogações não respondidas, indo do verme da dúvida à conclusão, da conclusão à conjetura, da conjetura ao julgamento, e do julgamento à condenação eterna do pobre Giulio, que para ele era mais "um bruxo filho da puta" que comprava tantas baquetas e não "tocava porra nenhuma".

Devia ser bruxaria ou monomania. Mas as cousas eram muito mais simples: duas pitadas de semente, uma de cominho, éter, água de bica, devidamente fervida, molhavam o pano virgem, que era enrolado numa baqueta de bateria também virgem. E tudo isso servia para que os escolhos que o cérebro manda para as partes baixas da cabeça, sob a forma de cera da orelha, fossem retirados. O pano era enrolado na baqueta. A baqueta, quando a poção gosmenta secava, era retirada. Jogada fora. Sobrava um canudo oco. Que era enfiado no fundo da orelha. A fantasia se tornava ainda mais fascinada quando, referiam as instruções, um pai-nosso era acrescentado. O canudo, metido na orelha como bucha de canhão, era aceso. O fulano se sentava, esperaria sua meia hora. O vácuo do fogo, conforme a sacrossantíssima receita de Hidalgo, arrancava mau-olhado, escolhos espirituais, encosto de almas do purgatório em estados "giroscópicos e de caráter espiritual em estado orbicular". E muita, muita cera, que saía aos borbotões do toco daquela vela oca, parecida com gemas de ouro velho brotadas de escuridões egípcias. Assim as almas eram limpas.

Aqueles sábados sonoros de magia, plenos de irresolução, mesclavam dois sons excludentes e interpolados: o oco das velas ocas, o braque-braque, o bruhahah babélico das baquetas de bateria indo para o lixo, devidamente seguidas, porque certamente poderiam ser acossadas em tocaia silvestre, por um mendigo de nome Iago – que não teria prazer em ver os pedaços de pau torneado crepitando nas chamas do aterro sanitário da cidade de Amparo, ao lado de restos hospitalares que traziam aquele quê de feira de ciências, em que abortos conviviam lado a lado com restos de sopa dos tísicos.

Giulio naquele dia fingia não ver o mendigo Iago catando as baquetas para que fossem reaproveitadas e revendidas. A solidão de Iago é algo agreste, é daquelas pessoas cujas mãos fervem a 200 graus, que fedem a suor entranhado de séculos, em roupas que nos causam um *déjà-vu* poderoso porque são um baú de ponta-cabeça, pensava Giulio, pois logo ali viu em Iago uma camisa que era moda quando o mendigo teria seus 7 anos de idade, e agora ele contava 17.

O rosto tisnado de Iago, seu fedor falaz, enfim, serviram de salvo-conduto a Giulio para que cometesse a atrocidade de deixar as baquetas serem reaproveitadas, sinal de que a virgindade da madeira não potencializava a linhagem do milagre, e que hordas e hordas de pedras e fedentina poderiam continuar saindo das orelhas dos desvalidos que pagavam (e bem) pelo milagre de seu irmão Hidalgo, o homem dos números e dos milagres, ainda que urdidos não sem fadigas e com algumas pitadas de fé, cuja procedência Deus sabe.

Talvez os papéis de Giulio, que Balenciaga Torres iria manipular quase oitenta anos mais tarde, fossem um simulacro de sua memória. Mas nem por isso a crônica é inválida.

— CAPÍTULO 4 —

"Giulio, soube por que e como és (foste) o avô de Balenciaga e se seguem alguns 3 meses em busca de vossa saga."
A autora, 2005

Giulio Torres

Infinitas ramificações do universo fervilhavam na cabeça de Giulio: o paiol terá seus 8 metros quadrados. Tanto aqui quanto acolá, um cheiro adocicado de estrume seco, cuja cor não é desta vida, está misturado com fumo mascado e cuspido, aos montinhos, pelo próprio Hidalgo. Ali era onde Hidalgo confutava suas cavilações mais absurdas, ao cabo das quais o pigarrear era a coroação de um processo vomitivo, uma purgação estoica.

Giulio estrebuchava, com o rancor potencializando a cena e a fome agravando a debilidade física. Giulio se esmerdeava e se urinava ali, necessidades físicas alheias que de todo são o aparato das dores morais. Lá fora boquejava-se, já, seu desaparecimento. "Deve ter ido pra cidade grande, como se espera há tanto", declamava Arminda. Nem água nem comida estão dispostos para Giulio. Naquela época do ano, um calor bíblico e um inverno austral se alternavam em Amparo. Bandalho de guerra, Giulio movimentava a cabeça intermitentemente.

Buscava sinais de vida. A dor de sabiá velho, aquela parecida com artrites previdenciárias, era um sinal de vida em meio àquela apoteose de debilidades. A corda já lhe sulcava o pescoço: está amarrada em estrela, desde as pontas dos pés, passando pelo eixo do tronco, dando uma volta no abdome, pulando para as mãos, subindo para o pescoço e fechando o nó final nas costas. Num átimo de violência, como um bardo ensandecido em seus últimos acordes de loucura, Giulio olha para o teto: uma nesga de estrela rebrilha. Aquela cor brilhantemente morta, vá lá, ainda exibia algo parecido com os turgores do colágeno que eram os seios, em formato de pomba, de Arminda, porque, entre as operações do espírito, pensava não dessa maneira, mas soberbamente de jeito mais rude nosso pobre Giulio (ele era o terceiro de um par perfeito composto de sua espinha e as cordas em cruz e estrela), o que ficava ali era a forma e não o conteúdo, então a estrela brilhantemente morta que eram os seios de Arminda se demorava no gosto do que fora Arminda, em fábulas da libido diluídas numa noite abstrata e astral, porque tudo aqui se permite às metáforas, porque só se pensava em estrela sendo Arminda enquanto se tinha o ar de respirar. Ou seja: "Caralho, só penso em Arminda enquanto respiro", ofegava o nosso rutilante Giulio, amarrado pelo irmão à morte, mas numa lindeza –, entende-se, inoportuna, porque naquele catre fedendo a feno cor de morte e merda de bode ressequida, misturada (já dissemos) ao escarro de Hidalgo –, constituía o que haveria de pior em semelhantes episódios.

Se naquela época máquinas de xerox houvesse, num prédio, diria Hidalgo tapando o riso com as mãos que ainda traziam vestígios e rumores de beleza, teriam recalcado os soluços da burocracia e copiado o prédio todo, de maneira que o próprio prédio, em todo xerocado, teria se tornado, e não sem resistência filosófica, um outro prédio em si mesmo copiado pelos lavores diligentes de máquinas copiadoras. Ergo: porra, dizia Giulio, minha dor se duplica, porque não sei o porquê de aqui estar nesta amofinação, nesta quietação de vida em efeitos ramificados uma dor periódica goteja. Mas, ao ver a estrela bailarina naquela réstia de nesga no teto, Giulio pensava, vida ainda existe. Talvez, pensava, o eco da dor, o eco da memória ainda me traga o sinal do que é a última fronteira, porque de que me serve o eco se não para me delimitar a fronteira? Porque, porra do caralho, aparece nessa situação a voz de Arminda por mim procurando, sendo que sou sumido? Nesse momento, salvo para composição de elegias da memória, uma voz entrecortava o ato. Numa atitude de musa galhofeira, de unhas roídas, ela berrava "Cadê meu Giulio?", bem ao lado daquela pocilga. Giulio amarrado e assim seria por mais algumas 17 horas. A acumulação do passado não deixava esquecer aquela voz como sempre sendo de Arminda de unhas roídas, companheira de noites astrais destecidas em porra quente.

Afastamento demais de coisas de que gostamos, pensava Giulio, faz com que elas se aproximem demais das nossas vidas. Porque o afastamento faz com que elas não sejam saboreadas apenas nos instantes de gozo. Ele as faz presentes o dia inteiro. Portanto é melhor tê-las, nem que seja aos pouquinhos, em difusos e derramados segundos. Porque assim logo depois você se afasta delas, como se afasta das urgências de uma vitrine lantejoulada quando não se tem dez réis de mel coado para comprar porra nenhuma – elas morrem-se. Bem-vindos os ermos de espírito, pensava nosso amarrado Giulio, que puderam se afastar das Armindas de suas vidas. Porque, delirava, agora estou aqui amarrado à alma, nesses terrores de aluguel impostos pelo meu irmão Hidalgo, e posso portanto me afastar dessa Arminda que, sob a noite estrelada, faz-se sinuosa de voz, matreira de tons, pedindo minha presença quando mal sabe das amarras que me toldam a alma e os movimentos.

Vinham e entrevinham aqueles momentos de quietação pantanosa, em que, dizia o bêbado Iago, os anjos costumam caminhar, porque tudo se faz silêncio, o ar fica embebido de um linimento de pausas, em que nem ar de respirar sobra e tampouco as veias se ouvem, em que grilos ficam tisnados de mudez. E nessa porra de momento, mesmo assim, só penso em Arminda enquanto respiro, mesmo quando não consigo escutar meu próprio respiro. Mas o estropício retorna, e há momentos que terão apenas o estropício de seus personagens; alguns nem tanto.

Era por esse tipo de delírio que vagava nosso bastante Giulio. A crônica não dá detalhes de como ele sobreviveu três dias e três noutes sem comer. Como Quixote, passava os dias de escuro em escuro e as noutes de claro em claro. Explorou o catre com os sentidos. Sabia onde jaziam as réstias de lavagem de porco, bem como onde outrora, na sua infância, depositava maços de rosas para que, num processo de alambique, lhes arrancasse as essências para vender, almiscaradamente, na feira de Amparo. Tudo ali era uma geografia. E talvez tenha sido no único dia em que abriu os olhos à visão mais bela de todas: o surgimento na memória do local exato em que enterrara o Colt calibre 32 com cabo de madrepérola, porque Arminda assim pedira desde que Hermes, o empalhador de aves que também consertava daguerreótipos, metera duas balas na bunda de nácar do padre Antonio Mastim, quando pegara sua noiva de nome *** chupando-lhe os bagos de varão, como boa matrona de anedota que era, mesmo jovem sendo. "Com força, meu doce", repetia o padre Mastim, quando sente uma quentura de gelo perpassar-lhe os fundilhos, e só depois soube que eram três pedaços de chumbo quente.

Assim, desde então e para todo o sempre, Arminda queria armas longe dela. E fez com que Giulio as enterrasse justamente naquele barraco. A arma estava lá. Seria delírio? Não custava tentar, afinal uma sua mão já se soltava mesmo da corda, o pus do pulso até que dera uma besuntada no processo emoliente de soltura. Giulio passa a tatear, irredutível. "Caralho, sei que enterrei isso aqui", dizia mergulhado em si mesmo. A noite continuava vomitando aquela espessa fumarada de névoas, que se misturavam ao delírio de que Arminda pudesse estar chamando de novo. Seriam, quem sabe, cinco da manhã. Há uma pontiaguda multidão de palhinhas cobrindo as frestas da cabana, como campanários marcando o enterro de quem beijava o solo torpe, afinal para Giulio aquilo não passava de seu batismo na sarjeta.

Um tom coral intenso toma conta de seu braço solto, que cava loucamente de maneira espartana, solto como gado bíblico. O filete nervoso de dor que brota do braço antes dá mais força do que lhe tira a vontade. Está louco, pensa. Busca no ar beijos esvoaçantes de Arminda, aquele fruto maduro que era sua boca desaparece, logo que se está prestes a tocá-lo com seus lábios ressequidos de ódio e estiagem. A pele do braço está enxovalhada. Um nó na garganta corta as palavras que vão ao cérebro porque não podem ser fisicamente articuladas. Tudo em Giulio é a predição do pior, diz-lhe uma voz débil que nem dele deve ser. O ar, pensa, que deveria funcionar como as infusões de brometo que o padre Mastim, que levou o tiro nos fundilhos, ensinou a consumir, não tem função. Nesse momento, roçado por um mistério impenetrável, surge uma voz mandando meter o que sobrou das unhas mais fundo na terra, um pouco mais à esquerda. Sente um calafrio debaixo das unhas. É o metal gelado. O Colt 32 está carregado.

Giulio beija no ar as débeis palavras que ele consegue balbuciar. "Chegou minha vez, chegou minha vez." O cano gelado está pontilhado pelos poucos raios de sol. São minutos maciços de pusilanimidade. A arma é arrancada aos poucos da terra. O contato com o metal infunde nova força em Giulio. Ele vê que a corda que limitava seus movimentos a um nada já há muito deveria ter se transformado numa maçaroca, sem mais ofício que o de colar-se ao seu corpo como um encosto. Ele já tem a arma nas mãos. Ele já conta com as suposições mais espantosas, as de que seu irmão e algoz, que o amarrou à morte naquele casebre pútrido, pode aparecer. E é isso justamente que acontece. Os delírios não teriam sido tamanhos: no seu transe, pontos de verdade se deram. Arminda tinha com efeito visto Giulio naquele batismo de sarjeta.

Fora denunciar justamente a seu algoz e irmão. No primeiro momento, Hidalgo coçou o saco. "Bebeu muito e foi vomitar por ali", disse, venturoso e com os olhos nas partes baixas de Arminda, metendo a mão na barriga como um Napoleão de Carnaval. "Não, ele está amarrado", retrucava Arminda. Hidalgo prometeu irem juntos ao barraco logo ao raiar do sol. Assim se fez. Arminda vai na frente, apressando o passo, como o patriarca português. Hidalgo vem na cola, olhos injetados, numa eficiência no andar bem inatural para seus padrões de bonacho. Era uma cena de todo admirável. Hidalgo parecia ir tirar o pai da forca. "Independentemente do que vamos encontrar ali, não vá me vomitar, hein?", disparava a Arminda. Ele abre o cadeado. Arminda, bem antes disso, já ouvia uns grunhidos de Sátiro, "hum, hum, hum", brotando das frestas da palhoça. Hidalgo, apesar da pose, está tiritando. Em grande estilo, peito desabrochado, de sabiá velho, abre o cadeado. Dá de cara com o irmão, estropiado no chão, dando a impressão de ter tomado um fortificante constituinte, um elixir restaurador. Não há tempo para palavras. Não há tempo para olhares.

Em seu halo de desamparo bissexto, o poderoso Hidalgo se defronta com um fracote prontamente convertido em gigante adventício. Não era mais um personagem de Pirro. Todo o ar de respirar, toda a força de ser de Giulio, poderosamente, saem das veias escorraçadas. Aninham-se com fervor e convicção no gatilho. Hidalgo não teve tempo de pensar quem foi, quem iria ser, se a vida lhe valeu a pena, nem de resgatar lampejos da teoria kardecista da reencarnação que um dia, por força da família, chegou a abraçar. Sua vida dava assim lugar a um cadáver com um balaço no meio da mente. Havia sete anos contaram algo a Giulio: um investigador de Amparo, de seu metro e meio de altura, tinha "tesão sexual" em espancar presos. "Ele batia na gente e ficava com um crânio deste tamanho", relatava um detento com olhos de gavião, de nome Pedroca da Vila, em referência ao agigantamento da cabeça do "aparelho sexual irrigado".

Nicanor, o investigador-carcereiro, tinha um ritual: arrancava toda a roupa de vestir. E ficava só de cuecas para espancar os presos. Não por tara, mas para que o sangue dos espancados não lhe manchasse a roupa, porque dona Julia, sua esposa, já se mancara de que podia ser perfume, fragrância ou o diabo, nada que passasse na roupa tirava o cheiro de sangue velho e repisado do tecido. Quando descobriu que andar de cuecas, pré-espancamento, já gerava um clima de tensão "pré-nupcial" nas celas, com preso para tudo o que é lado se encolhendo e se escondendo, como se aquilo fosse uma força obliterativa, Nicanor fez daquilo um portento de estilo e terror. "Só fico de cuecas agora nas horas mortas e no cu da madrugada", ria-se. Tanto bastou: ficar de cuecas lhe deixava excitado, uma atividade pachorrenta que se desenrolou meses a fio. Até que um preso de nome*** obteve liberdade condicional. Foi um dia comprar leite pros quatro filhos, seria um domingo, 10 da manhã. Lá estava, de calção listrado, como um salva-vidas de filme mudo, nosso Nicanor, comprando lotes de pães. O ex-preso de nome*** seguiu-lhe o caminho. Um dia, de posse de um trezoitão, catou Nicanor com o mesmo calção, de camiseta, cruzando um campinho. Chamou-lhe pelo nome. Nicanor se virou e logo levou um tiro na mente. O balaço furou os pacotes de leite, o sangue se misturou com o barro do campo e com o leite, de modo que aquele céu de inverno, seriam 9 da manhã, tinha a cor exata da maçaroca gerada pela mistura de barro, leite e sangue. "Era um espetáculo da abóbada celeste que se refletia no chão", disse com poesia o ex-preso***. Depois que Nicanor caiu no chão, com olhos incandescentes de prazer, nosso ex-preso de nome*** dá uma cusparada verde, puxada do alto do nariz, bem no meio do sangue e do corpo.

E diz: "É, tio, futebór tem dessas coisa". O extrato de vingança ficou anos constando da antologia pessoal das blagues de Giulio. De tanto guardar aquilo, de tanto aquilo repetir, viu finalmente que era hora de dotar aquela frase de um quê de realismo. E quando seu irmão Hidalgo cai duro no chão, com a bala estrelando sua testa em cinco partes, não disse outra cousa que "É, irmão, futebór tem dessas coisa". Tinha lido em algum lugar que para quem tem de pagar na Páscoa a Quaresma é curta. Catou a mão de Arminda e escarrou no corpo do próprio irmão. Levava a arma Colt 32 apertada contra o peito, quase que em posição fetal, mesmo assim andando com pressa, recurvado, retesado. Mas feliz. Estava livre, naquela espiral vertiginosa de vida, para voar e a vida lhe abria os braços, deveras.

Um influxo de sangue, não profundo, mas grande, ainda que rápido, arranca nosso Giulio do chão. Como no sangue derramado por Nicanor, a manhã era sanguínea. Ele se certifica de estar sem amarras. Estava. Um galo, passado o estupor deixado no ar por aquele tiro seco, acalma-se. Entra no barraco. Começa a bicar a cabeça de Hidalgo, aquela cabeçorra de hidrocéfalo, enquanto o céu intenso e magnético parece chamar Giulio para a vida. Agora ele passa a entender, num relance, que a fixidez na terrinha, proposta por Hidalgo, seria pior que a morte. Era melhor matar alguém ali do que ali morrer. Um bom assassino, que tramasse a morte do próprio irmão, não teria agido assim, ruminava Giulio. Hidalgo fez por merecer. Afeita a ele, Arminda se compraz dessas convicções e, ouvidas a alguém, elas não teriam gerado diferente efeito. Essa Arminda vaporosa cata Giulio pela mão, lhe estende um sorriso de 32 dentes, e toda a energia que se agitava em Arminda se precipitava ali, defronte ao cadáver bicado pelo galo, pelas lacunas deixadas no ar pelo Giulio incerto. Sabedora daquelas ânsias, ela agarra sua mão suja. Ignora seu fedor de mendigo tresnoitado, porque a paixão tem dessas incoerências e cegueiras de ocasião. Bate a poeira entranhada de sangue de seus andrajos. Leva Giulio uns quatro metros à frente. Cata uma varinha. Desenha no chão uma figurinha *naïf*. São os dois se dando as mãos, lá no fundo uma estrada mal desenhada os espera. "Você vai primeiro, um dia te encontro", proclama Arminda de pronto, com a autoridade das videntes.

O vento levanta o vestido roto de Arminda, seu cabelo fica enfunado. Giulio corre para o quarto de Hidalgo. Encurta singularmente seus rituais de troca de roupa. Passa uma Aqua Velva emoliente no rosto. Mete uma navalha rápida no bigode. Lava os sovacos, as partes baixas, tirando partido de sua situação de total insensibilidade à dor, porque nesses momentos de desfechos históricos o corpo fica inerme, a alma vira de borracha e a moral se ajusta à autossobrevivência. Dá uma rápida olhadela no quarto de Hidalgo: tem às mãos a impressão de que era o local de um homem afeito a fanfarronadas. Simplesmente porque sabia que, em Hidalgo, tudo nascia de seu oposto. A prova das fanfarronadas, supõe Giulio, eram justamente os luminosos rumores de religiosidade ali constantes: há formigas e pó espalhados por toda a entrada. Ladeia a porta de entrada um espelho quebrado. Um pequeno templo budista de madeira consta do tampão da mesa. Ao lado, há um quadro esmaecido, de cores que um dia foram doidas, em que se vê a Virgem Maria, e toda essa eurritmia de movimentos religiosos se completa de um pequeno quadrinho com um anjo de olhar de gavião, mas que toca docemente um violino.

Há um castiçal de bronze, sem velas, um prato de comida vazio, dois talheres dentro, um canivete de marinheiro ao lado. Tudo exalava a capacidade de Hidalgo contrafazer, sacrilegamente, os sacramentos dessas penitências. Uma *Bíblia* está marcada em João de Patmos. Nesse momento as juntas de Giulio doem poderosamente. Ele abandona a capacidade de anotar detalhes do quarto. Rouba um par de calças do irmão. Quatro camisas. Sente que seus gestos, ali dentro, são oblíquos. Olha-se no espelho: finge que não se viu, embora a situação fosse plural a ponto de qualquer ser humano, recém-nascido das trevas, ter a vontade de se ver. "Jamais piso nesse solo maldito", disse. Havia uma ameaça mais na entonação da frase do que em seu conteúdo. Nesse momento Arminda entra ali. Revela que escondeu o corpo de Hidalgo numa moita e que fora difícil, muito difícil, fazer o galo de briga abandonar a ideia de continuar a bicar-lhe aquele cabeção de doente mental.

Pensando bem, era reconfortante estar naquele sol, meditava Giulio, em estado de fotossíntese, naquele caos sensitivo que era ver o próprio irmão morto. "Posso estar errado, mas até um relógio parado, com horário errado, acerta as horas pelo menos duas vezes por dia", jactava-se Giulio. "Não se incomode, vou estar ao teu lado nas horas ruins, sobretudo, e ainda mais nas de velhice", consolava-o Arminda. "Quero estar ao teu lado até poder empurrar com amor tua cadeira de rodas", completava. "Empurrar ladeira abaixo, é claro", devolvia Giulio em tom de blague, um dos seus donaires. Olhava para o corpo inerme de Hidalgo: ele era elegante mesmo em estado de decrepitude. Olhava bem: mas o corpo não estava mais lá. Não importa, via-o ali, ainda, naquele pedaço, notava, em que uns pés de açougueiro, gordos em seus peitos, pareciam querer estourar os sapatos de um cordovão barato. Hidalgo tinha mãos e pés de açougueiro. "A morte não é tão feia quanto se pinta", ruminava Giulio, ramalhando não sei que desejos retrospectivos. Nesse instante, à força de completar seus sentimentos sobre Arminda, os braços dela o enrodeiam num prelúdio. Bret Anderson nasceria só uns cinquenta anos mais tarde, mas os sentimentos de Giulio eram anteriores ao nascimento daquelas rimas: ele não soube jamais traduzir em palavras o que sentiu por Arminda naqueles tempos.

Talvez fosse o cheiro de batom fervente e derretido que subia de seus lábios durante o beijo, talvez fosse o jeito como ela jamais tivesse lido Machado de Assis, talvez fosse a forma como ela não sabia arrumar a cama ou tampouco botar as roupas no varal, talvez fosse como ela carregasse nas letras erre em certos momentos, talvez ainda fosse o jeito desengonçado como ela fechava as portas dos quartos. Mas, com certeza, fosse qual fosse a química naquilo tudo, as formas de Arminda tinham sido realçadas e sublinhadas, em seus quês mais eróticos, quando ela, com cuidados de mãe, carregou o cadáver de Hidalgo com um sorriso que lhe nascia dentre os olhos, escorria pelo nariz, ganhava os lábios de alabastro e morria-lhe nos cantos da boca. A inquietação e o desassossego não teriam durado uma hora e não eram consolações certamente o que faltava aos dois.

Giulio estava recomposto. Não ignorava que dali para a frente as cousas deveriam ser ditas de maneira indireta. Mas não era homem de metáforas. Nem precisava: um quê herdado de toda a família dava sinais interrogativos com a boca toda vez que não sabia o que fazer. Sendo mais claro: a dúvida lhe punha na boca uma leve trepidação do lábio inferior – como trazem os velhos que ruminam uma questão. Arminda soube ler aquilo. É óbvio, para os dous, nesse momento, que a questão a pairar no ar era o que fazer com aquele cadáver.

A relação de Arminda com Giulio era um furta-fogo iluminado, criado pela recriação de espaços onde outrora viviam as opiniões de outros. Ou seja, uma liga brunida numa contradança que se opunha ao que os outros falassem. Digamos: sem mais decretos que um "manda esse cara tomar naquele lugar", Arminda rosnava argumentos que faziam Giulio se sentir o máximo, ao erigir as pilastras de seu centro cinético moral. Eram tempos de fala parados, como um carrilhão que pigarreia para bater suas doze horas. Era um silêncio eloquentemente atávico, gerado sempre depois de uma frase longa. Ah, meu Deus, dizia Giulio, como as pestilências sobre a minha pessoa, emanadas neste dia a dia de porra, por gente que se me quer derribado, acabado, são estancadas pelos silêncios desta Arminda, brotados logo depois de longas frases, mordiscadas com os dentes no lábio debaixo, como um gozo que se quer silente.

Vá lá: não que Giulio pensasse com essas exatas palavras, até porque, digamos, sua linguagem na época nem capaz seria de estrépitos de estilo, mas pelo menos intuições do que seria estilo Giulio deveria ter. Porque sentia cá fora que se enfiava pelo caminho da estética quando intuía que nem mais no que Arminda falava ele prestava atenção, mas tão somente no tom resoluto e na falácia desgrenhada que era aquela cadência de palavras, que davam talvez em sua alma uma pontinha de febre, um calor sob os chuvões de verão. Seriam umas duas da tarde, na frente de Jerônimo, o pipoqueiro de olhos tristes e boca de gorila ensandecido, que um dia Arminda disse algo parecido (perdemos as verdadeiras palavras que ela empregou) como "Meu amor, eu acho que sou uma cidade coberta por uma represa". Ela se esmerou em explicar: o acaso lhe deparara a ideia de que ela só se sentia bem no meio do caos. A ideia da cidade submersa era um retrato encaixilhado em sua mente, numa paridade de situações que Giulio também sentia ser a sua alma algo imerso em algo – só não sabia o que, e se o soubesse certamente uma cidade não seria. Arminda continuava que ela não sentia paz na paz. Referia que seu eu se comprazia em situações de guerra, de fricção, de dissolução dos tantos e tamanhos óxidos da rotina, e se estivesse um dia no banco dos réus seu caso seria certamente agravado pela reincidência, porque seu hábito de não deixar nada por barato, de responder na bucha, tinha feito muita gente querer esfolá-la, mas os católicos, com certeza, iriam querer pegar a fila duas vezes. Porque alguém havia dito na sua casa que depressão é meramente raiva sem entusiasmo. E entusiasmo não faltava a ela. Tanto que terá sido esse entusiasmo que tanta paixão infundiu no pobre Giulio.

Ela voltava a dizer que, toda vez que as águas de sua vida ficavam cristalinas, ela podia olhar de chofre para a cidade afundada, abaixo do açude de sua alma mais tangível. Não queria mais se ajustar àquelas reminiscências. Achava que o atalho era tornar turvas e agitadas as águas de sua vida presente, em que o futuro é o presente, o presente é o passado e o passado não existe. Talvez não lembrasse tudo nem tão bem, mas a cidade afundada que era seu passado precisava ser esquecida com os pronomes e preposições do tempo presente. Quer dizer, Giulio era o nome próprio que convertia tudo isso em algo que valia a pena ser vivido, e estava aí o perigo positivo de toda relação. "Estamos bem, não cuspimos em ninguém", dizia sempre Arminda, e Giulio iria se lembrar dessa frase pelo resto da vida e dela se lembrou quando escarrou um curau de 30 centímetros no corpo do irmão Hidalgo pouco antes de ele começar a ser bicado naquele alarido torpe do galo que lhe devorava a cabeça em sangue malograda. Já dissemos que Arminda não se comprazia com a paz. Precisava, numa volúpia preguiçosa, patinhar nas águas de sua vida para encontrar ao fundo a cidade encoberta. Uma revelação que jamais se produziria, uma acontecência que jamais aconteceria davam à sua vida uma angústia dos diabos.

Era preciso, com efeito, buscar a cidade enterrada em águas. Nada mais parecido com essa cidade do que Giulio e seu sangue psíquico e seu caos. Toda essa filosofia que unia dois seres em tropelias de ocasião foi a argamassa para que Arminda fizesse uso de uma técnica aprendida na infância, e que ali lhe reinstalava a confiança de sair do zero naquela situação. Teria seus 6 anos de idade quando aprendeu a fazer hóstias. Aos 8, na mesma nobreza de intenções, foi-lhe ensinado como fazer sabão. Simples: 1 quilo de soda cáustica, 6 quilos de banha de porco, 2 litros de água, 4 litros de álcool, naftalina ou qualquer essência a gosto. O modo de fazer era: derreta a banha (ao ponto líquido) sem aquecer demais; passe a banha para outro recipiente, longe do fogo, acrescente o álcool e mexa por 5 minutos; em outro recipiente, acrescente os 2 litros de água à soda cáustica, mexendo até dissolver bem; misture as duas porções aos poucos e devagar num recipiente onde seja fácil cortar as barras, e mexa até formar espuma, que lentamente vai ficando sólida; após duas horas ou quando estiver frio, o sabão pode ser cortado. O processo pode ser feito em recipiente plástico (exceto a parte da fervura), usando-se luvas de borracha. Havia também as aulas de como fazer sabonete de glicerina: 1 quilo de base para sabonete glicerinado (é vendido em lojas de essências e é composto por óleo de babaçu, soda cáustica, glicerina e pigmento), 30 mililitros da essência escolhida e corante alimentício (opcional). Derreta a glicerina em banho-maria (fogo baixo); adicione corante na cor desejada, evitando excesso, o que pode manchar a pele; quando a mistura estiver totalmente derretida, deve ser retirada do fogo. Mexa com um bastão de vidro por 1 minuto; logo após, adicione as essências e coloque a massa em fôrmas de silicone (sabonetes de 30 gramas demoram cerca de 15 minutos para secar); ervas desidratadas podem ser colocadas junto com o sabonete dentro da fôrma; quando estiver seco, retire da fôrma e aguarde cerca de duas horas antes de embalar; se possível, não manuseie, para que as digitais não fiquem impressas.

Era toda a solução para a atração dos dois: liquidar o corpo do pobre Hidalgo transformando-o num desses deleites químicos que quem sabe poderiam ser vendidos por poucos dinheiros no supermercado de Amparo. A ideia não foi de todo ruim. Salvo que o pobre Hidalgo, fiel aos genes daquela família em que até as mulheres tinham bigodões de fauno, era um corpo padecente de hipertricose. Tinha pelos nos dedos, nos lóbulos das orelhas, parecia ter até nos lábios quando bafejava um simples beijo de bom-dia, as costas não eram diferentes, compondo uma tessitura de aranhol que pedia, genuflexamente, por uma tricotomia profissional. Enfim, não havia como fazer sabão daquele ser cabeçudo que o galo bicava com convicção sem que fosse tornado um corpo glabro de índio de almanaque.

Os pelos em profusão davam uma inocência rústica a Giulio. Mas com Hidalgo era bem diferente: aquilo era um burburinho, uma confusão amazônica de intrincamentos e filetes. Para resumir a ópera: fazer sabão ali era difícil sem que se enxergasse, ria-se Arminda, o próprio Hidalgo numa barra. A solução era cortar o corpo, obviamente aos pedacinhos, começando pelas juntas. Estava tudo acertado.

Cumpre dizer que o corpo de Hidalgo dava assim lugar às cidades submersas de Arminda. A situação era avessa às esquivanças de toda a sorte: era o momento certo para que, naquela paz daquele final de manhã, as águas pelágicas, e seus contrastes singulares de agitação, fossem se apoucando. E, do fundo, viesse a imagem da cidade submersa, em que energias formidáveis de ódio, turvadas pelo plátano de uma educação formal de interior de São Paulo, se agitavam ferozmente, despertadas por não sei que vontade fremente de dilacerar tudo que estivesse pela frente. Essa vontade revestia o amor de Arminda por Giulio de um verniz de todo especial. Ela comia-lhe o rosto aos beijos, beijos intempestivos de messalina, uma messalina de rosto e alma bifrontes. Enquanto beijava Giulio com sofreguidão, quem tivesse olhos de ver veria, deveras, a bolota negra de seus olhos indo para cima, como se estivesse prestes a desencarnar, naquele balé aquoso a que os orientais chamam de *sanpaku* – os olhos dos moribundos. Essa era a feição mais insinuante de Arminda, esse era todo o amálgama que tantos cozimentos interiores lhe geravam quando um do outro se aproximava, e que alguém (em descrições substantivas, sujeitas sempre que são às variações adjetivas promovidas, de resto, pelos poetas) simplesmente chamava de paixão.

O fato é que essa esquisitona enterrava suas mãos pela calça de Giulio adentro. Era um convite da cidade submersa a que os dous consagrassem aquele instante fulgurante ao banimento do corpo de Hidalgo da face da Terra. Ali, epigrafado naquele esfrega-esfrega que não queria se consumar, jamais, numa cousa tão banal que era o ato sexual, estava escrito, na proporção de quatro ou até sete entrelinhas, a cada linha que se lia daquele balé absconso de iguanas em estado de plasmação de auras, que cortar Hidalgo aos pedacinhos, estilhaçar seu corpo em bolotas de carne sem forma, era o *nec plus ultra* que os unia. Era a pilastra dos dous. Eram as vigas mestras da cidade cobertas pelas águas e que se erigiam no mais recôndito da alma atormentada de Arminda. Não havia nenhuma fixidez daquela típica das paixões em estado adventício. Era uma petição de princípios, clara naquela, obscura neste, mas que brotava agora, claramente para Giulio e profissionalmente para Arminda.

Pois bem, foram até a moita em que estava o corpo. Os procedimentos Arminda já os conhecia de cor: seccionar braços e pernas do corpo. Tomar atitudes florentinas e certeiras, no ritual de seccionar os braços e pernas em três, a partir das juntas. Tudo, é óbvio, depois da tricotomia, que seria o primeiro procedimento. "Sou da parte índia da família, esse bosta é da parte que tinha ligações diretas com os macacos ancestrais", proclamou Giulio.

Os passos de tique-taque que deram em direção à moita eram de passarinhos. Levantam os arbustos, em estado de graça, logo sufocados por aquele estupor tão típico do inesperado: o corpo de Hidalgo tinha desaparecido, de fato e de direito. Não deixara pistas, nem pegadas, nem marcas de sangue nas árvores. Faz-se no ar, na mata, aquele silêncio que todos os animais silvestres de Amparo conhecem muito bem: o silêncio que precede os ataques das bestas-feras em estado de tocaia. Nem Giulio nem Arminda sabiam disso, mas suas mãos, dois minutos atrás atadas em lascívia, sofreguidão, buscando uma conexão carnal desordenada, agora estavam enrijecidas, separadas. Sem sangue, como se diz das patas dos pardais que cantam pousados em fios de alta tensão.

Giulio tinha sido avô de Balenciaga Torres. Nada mais.

— CAPÍTULO 5 —

"Pela pedra que cintilas, se me obrigo, de todo, a vós."
Gundor, 1887

Dr. Natanael, o Anel

Compreendi que havíamos alcançado essa emoção irremediável de sermos almas gêmeas quando, rescendendo a humanidade, seus olhos ficaram coalhados, e das pupilas vaginadas, de gato à luz, foram estendidas (projetaram-se) luzes vazias. Tive de recorrer então às mais estupendas filosofias, todas obviamente insatisfatórias, para entender que aquela luz mortiça era seu jeito colateral de dizer "você me toca o coração", ou qualquer outro termo que defina emoções de linhagem apaixonada. Certas emanações dele pareciam ter uma feição sufocantemente cataléptica, devo dizer. Detenho-me por aqui. Não sou intrujona a ponto de tornar aquele encontro algo irreparável para a posteridade, em virtude de minhas impressões. Ele deu ordens estritas para que não fôssemos incomodados naquela sequência de eventos que se seguiriam. Minha empatia aumentava à razão direta dos fatos sobre o avô de Balenciaga, Giulio, que ele havia contratado.

A urgência nos obrigava a sermos precisos. De modo que não experimento a menor perturbação ao, desse meu jeito fenomenológico de ser, relatar o mais imprecisamente possível aquele diálogo tão preciso. Quem procura convencer, do que fala certamente não estará lá muito convencido. Fé em excesso cheira mal: perdoa-se o pecador, mas jamais o pecado. Aprendi a temer as palmatórias do cosmo. Quero evitar, portanto, juízos de valor. Mas caprichar nas impressões e no voo silencioso em que vagaram meus instintos.

No exercício dessa intensa atividade que é dos outros extrair algo, fui me deixando ouvir. As palavras de doutor Natanael caíam pesadamente, com certa tendência ao heroico, mesmo para as menos suscetíveis se semelhantes amplificações. Digo: seu corpo mal estivado adernava, parecia ranger, quando tentava dar adjetivos à figura de Giulio Torres. Doutor Natanael e seus olhos negramente fosfóricos, de piche derretido, fizeram das memórias sem juízo de valor o vigamento da conversa. Não seria uma conversa de fatos proscritos, pois.

Doutor Natanael foi presa das paixões das mais denticuladas. Casou-se onze vezes. O vulgo refere que ele "acendeu uma mulher na outra". Dono da mais desregrada capacidade de discernimento, era nada afeito a quaisquer percepções que fossem passíveis de... Reduzira sua capacidade de separar o joio do trigo a eventualidades em que se verificava o curto calibre de sua alma, muito desabilitada às causas práticas. Defeito, digamos, que podia proporcionar-lhe aqueles prazeres zombeteiros, de momento, em que a vanglória do ato de viver pode estar em encontrar pessoas que gostem das mesmas músicas que gostamos, que fiquem absortas nas mesmas epifanias em que também fiquemos, cujas enunciações de prazer provenham também da capacidade de terem arrancado de suas almas o enxergão que as atava ao solo terreno, ao óxido da burocracia.

Foi portanto na plena qualidade dessas forças de Dioniso, e na aceitação delas como tais, que Natanael foi também acendendo uma amizade na outra, sempre com base nas preferências mais intangíveis que almas diferentes pudessem compartilhar. E assim não é de causar surpresa que, já dono de escritório de advocacia causídica de criminosos voltados ao estelionato, Natanael fez nome e fortuna na banca. Também não consternará que, tomado da mais trepidante excitação, Natanael concordou em contratar um barbeiro que vinha de porta em porta oferecer seus serviços, abandonado a si mesmo, entregue aos golpes de sua tesoura certeira.

O barbeiro era afastado inteiramente das práticas de doutor Natanael. Não gostava de dinheiro. Cultivava um elã, cada vez mais cumulativo, de viver com o menos possível. Mas, naquela segunda-feira após o almoço, quando do primeiro corte de cabelo, uma série de pormenores chamou a atenção do advogado Natanael. Os gestos de Giulio pareciam pertencer a um domínio em que desfrutava de luxos singularmente raros num humano: dava as tesouradas com precisão, sem olhar para a cocoruta do cliente e, de imediato, também sem olhar, já avançava para o próximo tufo em desalinho, para, por fim, ocupar-se, também sem olhar, para as volutas de cabelo que encobriam as tesouras de que em seguida faria uso. Natanael não quis penetrar no engenho desses segredos, porque considerava fora de questão indagar a um potente autômato as razões de seus lances de dedos. Perguntas, refletiu, eram, portanto, inaplicáveis. O fato é que Giulio ajustava-se perfeitamente a seus propósitos: se as partes falam pelo todo e vice-versa, como vindicam os deuses das metonímias e sinédoques, pensava Natanael, acabara de surgir bem debaixo de seu queixo o gerente de que ele precisava. As dúvidas do advogado então se dissiparam por completo: Giulio comandaria ações, diversas em si mesmas, com a mesma maestria com que cortava: e a predição se fez. Giulio entrou na posse do cargo um dia depois. Esteve à frente das mais flagrantes libertinagens, das menos trêmulas atrocidades que um homem pode comandar. Giulio era o dono do indizível.

Na mais resoluta frieza, passou a comandar quem deveria ser assassinado, porque não colaborava a contento com redes de corrupção na polícia. Mentalmente, Giulio nada mais fazia do que, também sem olhar, saber quais tufos humanos deveriam ser *cortados*. Execuções proteladas havia muito passaram a ser levadas a cabo, sem choro nem vela. A sedição deu nome a Giulio. Nomes sonoros de seres humanos eram podados da vida para se apagarem no indefinido de lápides elas também apagadas. Foi Giulio, por exemplo, em suas inflexíveis resoluções, que inventou a nova rede de corrupção de coveiros. Em que os assassinados eram enterrados em túmulos de famílias tradicionais, famílias esquecidas e jacentes, sem herdeiros. Em que corpos de barões do café eram retirados do ignoto de seus túmulos, outrora orvalhados, e sobre eles depositados os corpos mais fresquinhos do planeta. O olhar galvânico de Giulio pôde contabilizar, ao cabo de ano e meio de bons serviços prestados, uma rede de 200 coveiros, todos empregados na tarefa de receber 500 cruzeiros por corpo sepultado em covas esquecidas. A rede durou muitos anos. Os coveiros trabalharam segredando profissionalmente o que sabiam, sem um segundo sequer de desvario que os conduzisse a uma moral de ocasião.

O que me levava a Natanael era saber o grande levante contra a polícia, organizado por Giulio. Em 19.... Carlinhos, sobrinho de Natanael, foi assassinado com dois tiros de 765 por dois policiais, em circunstâncias que não me interessa relatar. A indiferença de corregedores sonolentos produziu fenômeno diverso ali, e fez com que Natanael passasse também a trabalhar para o outro lado, ao mesmo tempo. Reconfigurada, sua amoral bamboleou, num primeiro momento, sobretudo naquele em que Natanael pressagiou sua aposentadoria. Mas, em vez de pender para a moral plena, Natanael fez-se ambivalente: era uma amoral (porque era decididamente uma conduta *amoral*) que passava a trabalhar para dois lados *imorais*: o dos velhos clientes, os policiais corrompidos e corruptores, e o dos novos clientes, os assassinos de policiais e traficantes de caspa do capeta – que era como se chamava a cocaína então.

Quando Dr. Natanael admite esse caráter *amoralmente bifronte*, troca também de vocábulos: sai da alternância e pula para a conjugação: a conjugação do bem que imoralmente combate os imorais (maus policiais contra bandidos) com o mau imoral que *moralmente* combate os imorais (bandidos que matam maus policiais). Era este o momento que me interessava: como o avô de Balenciaga Torres colaborou para tudo isso. Quero conhecer as pulsões de delícia que comandaram aquele escritório. Quero tatear os curativos valores que Giulio trouxe ao flutuante escritório. Quero cingir os que jogam com o delírio da vingança. Os rodopios irruptivos de Giulio são minha meta: porque aqui estarão as raízes de Balenciaga Torres, as imoderações irrefletidas que perfazem sua alma, o despedaçamento da moral que o pôs a jubilar-se, o mundo luminoso das trevas que se reporta ao nada, a rarefação intensificada, a descarga mil vezes amplificada, o pairar-se no intermédio de mundos moralmente paralelos, as inervações alusivas de loucura. A resposta vem no relato de como foi criada a *Virtu*.

Jamais foi necessário administrar correições brutalmente infernais a Giulio. Afinal, ele não diferia um tiquinho sequer de seus golpes de tesoura. Mas passou a gostar tanto do que fazia que o próprio Natanael teve reforçadas suas suspeitas: Giulio jamais se reintegraria na posse de barbeiro. Seus olhos passaram a lançar no ar uma emissão de espécies de élitros furta-fogo, sempre que prestava contas de quantos havia despachado pro outro lado. Tais deliberações traziam indícios inequívocos de que inventariar as mortes havia virado uma empresa, em Giulio, a qual era impossível deslindar. Com tudo isso, e da vastidão do inferno em que se lançara, Natanael teve um discernimento raro. Ocupou-se ativamente de expor Giulio, numa inconcebível determinação, às fricções criminais do mais alto grau. Seria uma forma condigna de mandá-lo pros diabos. O vislumbre deu certo, e a jaculatória ao Demônio, atendida de pronto. Giulio nem mais ferrava no sono depois que virou o capo da *Virtu*: tinha o espírito atravessado por descomunais delírios, mal espaçados, jogava com as sombras, numa imitação simiesca de um maestro: conduzia os fuzilamentos com uma tesoura de prata que trazia num coldre fino. Passava horas a fio estiolando os dedos no ato de coçar esse coldre, com dispersivos olhares voltados a um nada, a um vazio perceptual, que era de onde ele parecia extrair seus mais novos prazeres.

Convulsionado por gargalhadas, Giulio não mais se atinha às suas feições humanas. Sua outrora maleabilidade natural deu lugar a um autômato de carne, ainda que algo recuperado de certos excessos, porque ninguém é de ferro, nem o autômato Giulio. O corpo jogava como um navio, sim, quando ia recolher os corpos recém-executados pela *Virtu*, naquele fluxo contínuo. Era uma ginga diabólica de prazer que fluía corpo afora e coração adentro.

O Giulio avô de Balenciaga que eu buscava era esse: o homem que resfolegava de excitação nervosa, em que sumiam-se as vacilantes morais ante fúrias resolutas, tudo sempre que ante às missões a serem cumpridas. O homem cuja alma jogava a barlavento, o homem sem lastro e sem mastreação, mas cujo tirante, pela noite, o exortava às marés de sangue, que se dissipavam quando a noite virava dia. Óbvio que seu objeto de zelo, no futuro, seria Balenciaga Torres, a quem ele foi deixando o coração tumefeito, aos poucos, infundindo ódios extáticos, sobretudo a partir da formação que Balenciaga Torres iria ter nas práticas da *Virtu* e em funções análogas.

— CAPÍTULO 6 —

"Pelo que errastes, vos serei, ontem e amanhã."
Gunatrions, 1924

A Virtu

Nietzsche me chamou a atenção, ainda cedo, como um portento, ao referir que nossa proximidade do monstro que combatemos nos transforma naquele monstro. Sim, a confissão mais completa é a de que energias formidáveis, como uma ventura em estado igneamente floral, agitavam-se em mim: queria que minhas necessidades de assassinato abandonassem seu estado especular, a refletir a imagem torpe de Balenciaga Torres. E que ganhassem vida própria. Planeava, sob forma de palavras, toda a trama e saga do que seria o matar: ali uma faca, aqui um veneno, acolá a arqueologia dos santos sepulcros dos assassinados, inventariando o que quer que seja. Estava começando a admitir a vontade de matar. Pastorear o tempo com imagens xucras, meu Deus, poderia ser até um serralho digno de assassino em estado de beletrista. Enfim, eu queria matar. Maior estropício não existirá, jamais, para a alma da mulher. Mesmo sendo repórter.

Talvez houvesse profundas conexões entre um sócio de Giulio, advogado, e o próprio Balenciaga. Saio da redação, seriam 7 da manhã. Vou pro litoral. Trago os fragmentos, aqui expostos, de como Giulio aprendeu a matar. Quero buscar a força motriz da saga de Balenciaga Torres. A resposta estava num advogado, dr. Anel, sócio-patrão de Giulio, já com seus quase 90 anos de idade. Mas que, ainda senecto, é toda a voz do mais voraz comando de extermínio da cidade de São Paulo: a *Virtu*. Eis o que quero dizer.

Na tentativa de se pôr a salvo dos tormentos da memória, um advogado, causídico de homens da *Virtu*, agora nivela-se com a liquidez do mar. Tornou sua memória seletiva, também. Toda essa mansuetude que é a vida no litoral, que são as recordações escolhidas a dedo, volta e meia tem seu jejum quebrado por pontuais e singulares chamados de homens da *Virtu*. Nosso advogado, conhecido nas hostes do partido como "anel", em referência à joia que lhe epigrafa no dedo a profissão, está por estes tempos às voltas com chamados e chamados de homens do partido que é *Virtu*. A maioria envolvidos até o pescoço em oficiar a missa que é a execução de ordens, por sua vez e quase sempre a significar execução de policiais marcados para morrer há muito. Nosso advogado encara as defesas desses corifeus com um bocejo. Afinal de contas, refere, de tudo já viu nesta vida, e o seu mister agora é a velha dança cabocla repetitiva de tourear tribunais contando a mesma história de sempre: policiais fizeram de seus distintivos a galinha dos ovos de ouro. O partido *Virtu* acha que a ave agora pesa muito, custa muito, tudo exige, então o lance, conta nosso advogado, é estrangulá-la. *Virtu* cresceu, se estabelece, não vai morrer jamais, diz, porque a polícia virou um grande balcão de negócios. Ela mata o pobre, e o pobre faz uso do atalho da *Virtu* para matá-la: o futuro dessa luta é mais negro que asa de graúna.

Depois de ter passado um dia com o "anel" que defende homens do partido, atravessei uma noite com um fundador da *Virtu*. Desta vez, saímos do litoral e estamos numa favela na zona leste da cidade de São Paulo. É uma noite fria e calculista, de chuva horizontal. Ainda há crianças na rua. Parece que as bonecas ficam mais atraentes para as pequenas meninas quando perdem os braços e seus rostos de plástico se convertem numa maçaroca que em nada lembra um ser humano. Nosso entrevistado, pertinaz, olha aquilo e acha que o mesmo aconteceu com sua vida: seu passado de fundador da *Virtu* virou uma abstração, uma maçaroca da memória. Suas relações sociais também. "Ligo para meu pai e mãe, agora, só por necessidade fisiológica de ouvir uma voz antiga", diz.

A história que se segue tenta mostrar, nas palavras dos dois, os porquês de a *Virtu* ser o que é e ganhar o apoio que tem ganhado da população carente.

A condição das entrevistas era não revelar os nomes. Assim, o acordo feito comigo era de que a revista para a qual eu andava trabalhando indicasse um repórter fotográfico, para que testemunhasse, não só com suas lentes, mas com a carga de vivência que carrega nesse tipo de cobertura, a hierarquia, o nexo, a perspectiva – e sobretudo a veracidade – do que era falado. Nossa primeira ida à favela, na zona leste, havia sido precedida por outra visita ali, feita por esta repórter, naquela quinzena, em 15 de maio de 19..., em que a *Virtu* começara a matar covardemente policiais e atacar a população civil. Para que estas linhas sejam registradas, há que se obedecer ao que disse nosso amigo na favela, por três vezes, à dupla de reportagem: "Se algo me identificar, se souberem quem sou a partir desta entrevista, o mundo vai ficar pequeno para vocês, ou seja, mato vocês, pego vocês, mas atendo vocês porque quero que leiam o que diz a voz das ruas".

Naquele fim de semana de 15 de maio de 19... esta repórter, mais Guilherme Bent, da TV XYZ, e Karl Santayanna, da Comanders International TV, dos Estados Unidos, havíamos atravessado madrugadas naquelas favelas na zona leste, em busca de homens de gatilho fácil. Mas acabamos encontrando quase crianças que coçavam o coldre a cada instabilidade ou incompreensão do que era falado. Era uma missão para ajudar o Karl. Essa história começa na verdade há cinco anos. Quando a *Virtu* ainda era novidade, fui procurada por um monstro do jornalismo gringo, Kirk Seith. Ele morava na Colômbia, cobria a guerrilha das Farc, trabalhava para um jornal de Boston, mas escrevia também na revista dominical do *The New*. Veio a São Paulo reportar sobre a *Virtu*. Esteve na cadeia entrevistando M. e G., dupla que então dividia o comando da *Virtu*. O primeiro promotor a elevar à enésima potência a seriedade do que era o PCC, Márcio Gomes, interceptou fax em que G. encomendava a morte de Kirk, por achar que era "um cara da CIA dos EUA", que teria sido mandado ao Brasil para "estourar" a *Virtu*. Gomes avisou Kirk, que se mandou do Brasil. Kirk esteve em casa ano passado, de férias, e agora cobre Bagdá, mora em Bagdá, pelo *The New*. Kirk pediu a esta repórter que ciceroneasse Karl Penhaul pelas favelas. Santayanna usa colete à prova de balas. Tem uns dois metros de altura e se parece muito com o cantor do Midnight Oil, Peter Garrett. A careca e a altura de Karl bestificam os moleques do tráfico. Eles gostam de conversar com Santayanna, ainda mais apresentados por Bent, que conhece favela como ninguém. Os contatos com os *Virtus* brotaram dessas incursões que datam de maio.

Chegamos a um dos fundadores da *Virtu* por meio desses contatos. Eles não querem que contemos ao antigo líder que tentaram nos vender caspa do capeta (cocaína) antes da entrevista. Mas, nos entreatos da entrevista, feita numa laje, iam nos cantos aparentemente fazer ligações no celular. Não era nada disso: usavam o mostrador, a tela e a luz do celular para esticar ali algumas carreirinhas. Voltavam dando cavalo de pau com a boca. Enquanto isso, nosso fundador prosseguia assim:

"Quem tem mais cana, várias condenações, já é da família, entra levando vantagem. Precisa ler o estatuto. Te digo que pra entrar aqui precisa ser digno, dignidade é algo que não se compra na esquina. Tem de estar disposto a cumprir as disposições a todo momento. A filosofia do comando é 'entrou, divorciou da família e casou com o crime', esse que é o grande barato. Ligou duas da manhã, não pergunta, já vai e já cumpre o procedimento. Quem for indigno sofrerá as mesmas consequências daquele que ele matou injustamente. Te digo que tem de ser quase casto, nada de ganância, de inveja, de traição, é o nome do conjunto das coisas, sabe? O conjunto das coisas é que vale. Entrar e sair de cabeça erguida, devolver a posse quando chegar na torre. Se batiza primeiro, depois tenta se desbatizar com dignidade".

O vocábulo "mérito" é cláusula pétrea na *Virtu*, ele conta. Mérito é igual a atitude ali; ele explica: "Mérito é ter atitude, mérito vem com o tempo, é um mérito que vale quanto pesa. Olha, tô falando de meados de 19... e 199..., quando existia aquela cúpula principal do G.O. Passaram uns três anos, ele perdeu para outra cúpula. Melhorou bastante o lance, sabe por quê? Porque tinha muita extorsão, quem tinha grana na cadeia oprimia quem tinha status. Quero dizer, o cara não tinha uma ficha corrida gigante, não tinha cometido nenhum crime de classe, sabe, mas tinha a grana e então mandava. Era esse o vale quanto pesa".

Por que M.? Ele não reluta em responder, embora nesse momento sua cabeça esteja parecendo querer emitir solilóquios, aqueles balõezinhos das histórias em quadrinhos. Não são rolos de fumaça, são solilóquios de chumbo, que só se expressam pela voz do nosso amigo, mas estão ali, em cima de sua cabeça, como uma entidade que quer se manifestar. "O M. estabilizou todo o lance, deu igualdade, impôs outra força, veio também a força de quem já tava na rua, o pessoal que tava solto também começou a colaborar. Olha, advogado é um ato constitucional, é o lance do princípio da ampla defesa. As mina também começaram a ter poder com o M., virou mais um lance de família. Assumir o estatuto é o lance de cortar o pulso, e também a partir disso sair por aí dizendo que você já tá apadrinhado."

Um celibato sempiterno, que dura para toda a vida: é isso a *Virtu* nos corações e mentes dessas pessoas, ele prossegue. "A *Virtu* é a nova mulher dos caras. Sabe, ladrão é o cara que mais tem fé no planeta, por causa da solidão; quem fica isolado busca princípios e acho que a *Virtu* virou um princípio na vida desses caras. A cadeia ensina isso, ensina autodeterminação, o cara ali aprende a escolher o que é bom para si. Te digo que a *Virtu* não acaba mais não, o partido *se igualitou* a um Partido Comunista, hoje ser da *Virtu* tem também seu interesse político. Alguém que o sistema tinha obrigação de cuidar e não cuidou... adivinha: a *Virtu* recrutou."

Saímos dali para fazer as fotos: duas escopetas, uma daquelas que chamam de "punheteira", um trezoitão, uma semiautomática, mais touca ninja. Ele volta a nos disparar a frase: "Se você contar onde isto está sendo feito, o mundo vai ficar pequeno para você". Nossa primeira etapa de mostrar o "monstro por dentro" estava cumprida. Agora era irmos a um advogado que defende alguns *Virtus*.

Ele se compraz em ser assim chamado porque na *Virtu* todo advogado é "anel". Seu anel está meio gasto, o rubi só cintila quando ele cofia a barba. E só cofia a barba quando olha rapidamente para o mar, que naquele começo de noite estava cor de lua, metade, e metade cor de lodo fresco. Ninguém tem dúvida, quando conversa com o anel, que ele falaria do mesmo jeito se estivesse defendendo um papa, e que seu amor à causa não é à causa da *Virtu*: é o amor à causa de seu cliente. Seus olhos são glaciais. Talvez não saiba odiar. E talvez não saiba amar. Fala da *Virtu* com uma voz notarial, daquelas de quem declama um papel decorado, a voz de quem anuncia o próximo número a ser chamado na fila do cartório ou na fila da execução. Tanto faz. Sua voz fala de maneira lapidar, no sentido de lápide, de quem proclama em letras garrafais uma história de vida que para ele já foi consumada. Toda essa imparcialidade no tom, na forma, torna o seu conteúdo mais acreditável para os repórteres. Seu relato não é uma obediência passiva e irrefletida: "anel" foi talhado como tipo próprio às experiências dessa natureza.

No primeiro instante do encontro "anel" parece de bom humor, mas logo vemos que se trata apenas de um deus que jantou mal. "Veja, a *Virtu* tem de movimentar toda essa grana porque hoje ninguém tem mais dinheiro, pra causa do Lula, pra comprar porra nenhuma. Se você rouba uma carga de 1 milhão, por exemplo, ela vai ser comprada hoje no máximo por 250 mil, mesmo assim, ninguém tem grana."

O barateamento dos objetos de consumo, o turbilhão de quinquilharias que jorra nos olhos de quem anda no centro de São Paulo, tudo isso se converteu num arcano econômico poderoso, que mudou a própria face do crime. "O pessoal não quer mais o relógio ou a TV de grife, o pessoal vai na 25 de Março e vai logo comprando uma réplica. A coisa da Virtu começa a nascer aí, você precisou fundar uma máquina de fazer grana, porque os esquemas habituais não estão funcionando mais."

Há porcentagens, na cabeça do crime, que definem o que é ser policial civil e o que é ser policial militar. Quem vive do crime olha para as viaturas e vê ali dentro porcentagens definidas em preferências. "A PM matava impunemente num grau de 90%, e 10% era extorsão e roubo. Já a polícia civil 90% é corrupto, 10% gosta de matar. Sabe, tem tira que trabalhou pra nós e que entrou pro crime, se desviou, porque teve filho e não tinha 2 mil pra fazer um parto. Se revoltou, foi pedir grana no Banespa, 2 mil, não quiseram emprestar. Na outra semana o tira tava com Mercedes, com grana para comprar um hospital."

Anel não vê saída na polícia, nunca viu. Diz que a *Virtu* é o Estado que vê seu próprio rosto refletido num jogo de espelhos quebrados a bala. "O tira deveria prender 24 horas por dia, mas não tem como pagar as contas, então sua única saída tá no ilícito. Tá na tortura, na extorsão – você joga o cara na represa, de touca na cabeça, amarrado, pra ele pensar que vai morrer, assim depois você tira uma grana dele. Enfia no rabo dele um pedaço de fio descascado e liga na parede, enfia cera de lustrar chão na garganta dele até entupir, aí joga água no nariz dele, ele pensa que vai morrer, faz tudo que você quer. O carcereiro se sente o dono do preso. A mulher do preso tem grau de respeito zero, todos querem comer a mulher do preso."

Para "anel", a polícia ora está despojada da iluminação judiciosa que lhe deu o nome: policiar, reprimir, refere "anel", são agora abstrações – como eram abstrações para as crianças da favela aqueles rostos de boneca que se apagaram com o tempo. "O tempo passou e os valores da polícia acabaram. Olha o lance da cocaína. Posso te dizer que boa parte da cocaína que bate na polícia é batizada e revendida por maus policiais. Já chega a apreensão lá e tá tudo armado pra droga voltar para a rua. Isso é em todo o país. A cocaína chega, é batida em batedeira de padaria profissional, daquelas gigantes. Aí é misturada com manitol, com dextrosol, ultimamente não andam botando pó de mármore, mas andam botando cloridrato de lidocaína, acho que essa porra é usada para diminuir o ritmo dos batimentos cardíacos, isso pesa mais que cocaína, aumenta a pesagem do pó, e ainda adormece a língua quando você prova."

Essa química é conhecida a fundo pela *Virtu*. Ele conta que o partido não rouba no peso, mas a "pureza" da droga virou outra abstração nesses tempos bicudos de gente bicuda. "A *Virtu* tem misturado cocaína na ordem de seis por um, a cocaína apreendida da *Virtu* não presta, é mesmo o que chamam de caspa do capeta, mas a da polícia é menos misturada. Nós temos papéis totalmente invertidos hoje, meu caro, não tem mais diferença, meu, os papéis do traficante, do bandido e da polícia são os mesmos. Por isso acabou o respeito com a polícia, polícia não respeita mais bandido, porque que agora bandido vai respeitar polícia? Nós somos tratados que nem bicho, como é que você quer que a gente trate a polícia? Quem pode mais chora menos, meu caro."

A *Virtu*, conta "anel", passou por esquema semelhante e virou agora outra coisa. Nesse momento sua voz passa a pecar pela falta de elegância, e "anel" parece ficar incapacitado à construção de uma narração regular. Passa a falar em miasmas e espasmos. "Na *Virtu*, quem sobe é quem tem o dom da palavra, o dom da articulação, face esse quadro todo. Olha, o esquema inicial era puro, posso dizer que puríssimo. A revolta do pessoal na cadeia, no começo, era contra o sistema carcerário, contra o que os caras aqui chamam de sistema. Mas aí a coisa cresceu. Cresceu de dentro pra fora. Temos o problema da vaidade, começamos a ver que os carcereiros tavam barbarizando, se sentindo o máximo. Precisamos então dar uma guinada, o pessoal de fora viu que tinha de ajudar o pessoal de dentro."

Ele mesmo, Dr. Anel, quis saber quem era o dono da voz da torre, qual o passado de quem dava ordens. Dr. Anel acredita na máxima segundo a qual perdoa-se o pecador, mas jamais o pegador – então quis ver ele mesmo qual a "qualidade" de quem pregava a "dignidade" dentro da *Virtu*. "Aí temos um ponto que nunca vi ninguém falar sobre ele: o caso do G. Eu mesmo comandei essa investigação. A *Virtu* ganhava nome, dignidade, respeitabilidade, virava uma instituição que aos poucos cuidava mais do preso do que o Estado, tinha carinho com a família do preso, dava colo, sabe o que é colo? Todo mundo precisa de colo, a *Virtu* foi passando a ser esse grande colo que os caras precisavam, como se fosse o colo quente da mãe. Mas peraí, meu velho: eu fui investigar o tal de G. quando comecei a olhar para o caso dele, meu chapa, o G. tinha sido condenado a primeira vez por um estupro, ele enrabou um menino de 6 anos de idade."

Nesse ponto Dr. Anel começou a antever mudanças, sem as quais, acredita, a *Virtu* já teria acabado. "Peraí", eu disse: "Como pode um partido que diz que é colo de mãe para o preso ter como líder um estuprador de moleque de 6 anos de idade? Isso não tem nada a ver com dignidade, com respeito, com quem assalta pra dar de comer pro próprio filho. Nesse momento que se via que o Geleião não poderia ser o líder de algo que se diz digno, estava começando a ocorrer na *Virtu* um lance bem interessante para a época, falo de uns cinco, seis anos atrás: o pessoal do partido tava indo pra rua bicudão."

A *Virtu,* segundo "anel", passou lentamente a ser dotada de uma singular faculdade de querer ser notada à mais pública das luzes: o cotidiano. "Você comandava o menino e ele ia pra rua, matava alguém que era pra ser morto e fazia isso no meio de quinze testemunhas, às três da tarde, na frente de um shopping, com dez ou quinze testemunhas vendo tudo. Era fácil a absolvição, porque ninguém vai depor de testemunha numa situação dessas, porque se vai depor já sabe que no outro dia matam até o papagaio dessa pessoa, matam tudo, parente, passarinho, filha, vizinho e o caraio a quatro."

Viver de porcentagens, atribuir valoração numérica à vida, refere Dr. Anel, é uma poderosa estratégia de sobrevivência – como é saber de cor quanto custa cada tira. "Olha, uma vez acompanhei 70% desses casos. Sabe em quantos teve condenação? Em 0%, dá pra acreditar? Você chega num depoimento desses casos e o promotor não tem absolutamente nada nas mãos, nada, não pode oferecer denúncia, não há testemunha, percebe? Uma vez eu tava num júri desses e sabe o que aconteceu? Tinha uma promotora de saia, ela começou a chorar na frente do juiz, chorava e dizia pro juiz: 'Doutor, Meritíssimo, eu tenho convicção da acusação mas não tenho absolutamente nada para oferecer ao senhor de provas circunstanciais ou materiais'. Vou te contar um caso interessante, era uma chacina feita pela *Virtu* e tinha uma testemunha que era analfabeta. A testemunha descreveu o crime e assinou com o polegar o depoimento. Na hora de depor na frente do juiz, a testemunha simplesmente disse 'doutor, os caras me forçaram a esfregar o meu dedo na tinta e depois apertar ele com força nesse papel.'"

Agora o olhar e a voz e os gestos de "anel" são inexprimivelmente uma orquestra que é guiada por algo a tornar sua fisionomia luminosa, e parece que nesse ponto da entrevista conseguimos chegar ao arcano que comanda o arbítrio e a jornada da *Virtu*. O sapo de macumba enterrado em "anel" parece que resolveu coaxar sobre a hierarquia do partido. "É óbvio que a ordem pra essas coisas vem de cima. Você fala de o nego ser apadrinhado na *Virtu* e pela *Virtu* ele já vai fazendo tudo, acho que nem precisa mais ameaçar, porque as coisas estão de um jeito tal na periferia, tanto descalabro com o pobre, com a mulher do detento, com os filhos, tanto desrespeito dentro da cadeia, que o cara já ganha status falando por aí que é apadrinhado da *Virtu*. Meu velho, aí esse cara sabe que se tiver uma ficha boa, ele vai ter um diploma pra *Virtu*, vai ser a faculdade, a graduação dele. Quanto mais ele tiver barbarizado em termos de crime, eu digo, tiver feito assaltos perfeitos, ações de muita grana, dado a cara pra bater, aberto o peito, sem medo, mesmo que não tenha logrado êxito na hora da fuga, ele vai poder ter mais respeito no partido."

Não se enganem os incautos: aqui nada é romantismo, tudo é industrialização, alerta Dr. Anel. Trata-se de um capitalismo darwinista, mais próximo daquele ensaiado pela natureza, porque sempre o erro é reparado com a morte. "Veja que eu estou falando de uma indústria, eu estou falando de uma indústria do crime, que trabalha 24 horas por dia sem parar, em que se tem de gerar lucros sempre. Então nesse esquema de indústria, de fábrica do crime, vai passar a se chamar no partido um cara de "operacional" quando ele souber arregimentar uns caras que não façam fora do penico, que não fiquem bicudos de droga, que façam a coisa certa, na hora certa, levantem logo a grana, trabalho rápido e certeiro, esse operacional é o que também se chama de 'o piloto', esse cara sabe quem ele vai pôr na parada."

Disciplina é um poderoso atributo para os postulantes ao estado de bem-aventurança criminal que é fazer parte da *Virtu*. Dr. Anel vê nela um autêntico bálsamo, uma dádiva de comportamento. Sua voz fica mais laceada, menos comprimida, quando trata de tais atributos do espírito. "Eu tô falando de disciplina, o lucro que um cara da *Virtu* traz pro partido é o que mais conta na hora em que ele passa por um julgamento lá do alto, da torre, o que conta é o lucro e a disciplina. Como teve disciplina nesse roubo que ao acontecer no Rio Grande do Sul, todo mundo trabalhando, certinho, aí caiu a casa e ninguém abriu o bico. Aliás, puta vergonha pra polícia de São Paulo, né? Porque a PF sabe que aqui em São Paulo boa parte dos tiras virou maus tiras, tá todo mundo comprando e vendendo informação de investigações pra quem pagar melhor. Não tem dessa, na *Virtu*, de o cara peidar na tanga e ficar de gancho um mês, ou ficar sem carro, como acontece na polícia. Se o cara for drogado, tem logo é que limpar o cara dessa vida (matar). Se o cara tem atitudes sem a determinação que foi dada, desvia muito da ordem da torre, vai ser ripado também, meu velho."

"Anel" quer falar agora sobre ligações telefônicas. Ele diz que aí reside a alma da corrupção policial. "Agora, sobre Regime Disciplinar Diferenciado e escutas, quero dizer: claro que no RDD o advogado tem de ser pombo-correio. Ali no RDD o cara vira bicho. Sabe qual seria a solução pra acabar com escuta? Deixa meia dúzia de telefones fixos, aqueles públicos, dentro da cadeia. Deixa os caras ligarem à vontade no cartão. Grampeia todos esses fones fixos, degrava, segue, escuta, você mapeia tudo sem ter trabalho. Acaba rapidinho tudo. Agora, meu chapa, sabe por que não tomam uma atitude tão simples como essa? Porque preferem manter o comércio paralelo de celulares dentro das cadeias, agrada os funcionários de cadeia, que ficam assim com a *Virtu* na mão, ganham poder e tomam uma puta grana dos caras do partido, levantam fortunas. É um salário indireto, então o Estado não pode aumentar salários e deixa essa putaria acontecer, é um *pro labore* da *Virtu* que todo mundo sabe que existe mas ninguém quer mudar. Isso já faz parte do sistema, da indústria prisional."

"Anel" compreendeu que nossa vula era saber o porquê de terem morrido tantos policiais, se não era mau negócio para a imagem do partido ter uma capa de *Veja São Paulo* contando as histórias de vida de policiais honestos, trabalhadores, tombados covardemente por aqueles homens de gatilho fácil, que, iguais ao boi voador de Chico Buarque, atiravam à socapa, tocaiando gente de bem, simplesmente porque é muito fácil atirar em alguém quando não se tem nome, nem rosto, nem endereço, justamente como o boi voador. "Agora, por que mataram os tiras? Todo mundo sabe em volta do distrito quem é o tira ganancioso, corrupto, usurpador. A mecânica funciona assim: esse tira quer carro importado, quer relógio de ouro. Quer arrotar peru sobre isso. Então sabe onde ele vai arrotar o peru? No boteco ao lado da delegacia, no mecânico ao lado da delegacia, na loja perto da delegacia, chega lá, posa de bambambã. O pessoal do partido levanta rapidinho, na vizinhança da delegacia, quem é o tira que toma mais do que deveria, o tira arrogante, cheio de empáfia. Quem levanta essas informações é o paga--pau da Virtu, o chamado primo, que é o nego que não tem coragem de entrar pro partido, mas fica circulando os membros e fazendo pequenos favores. Todo mundo fica sabendo do tira, porque esse tira toma uns gorós e logo fala bem alto: 'Olha, meu, tomei um carro do cara e ainda fodi a mulher dele, e ainda ele me paga de dentro da cadeia!'"

Uma rede social que cerca os distritos dá à *Virtu* todas as informações de que o partido necessita para saber quem é quem na delegacia, conta Dr. Anel. "Quem quase sempre entrega pro partido quem são esses caras são os donos de bar, quase sempre. Os tiras se sentem tão impunes que agora falam em alto e bom som. Aí a torre de comando manda ripar esse tira. Levantam facilmente, pagando, é claro, aos próprios colegas de distrito, de posto policial. Aí ocorrem as grandes falhas na *Virtu*: porque você informa pro piloto, pra torre, que o canalha que tá roubando e estuprando mulher de bandido tá escalonado em determinado dia. Manda um cara lá metralhar o distrito, a guarita. Mas quase sempre quem morre não é o canalha, esses caras trocam de plantão, os papéis de escala não valem mais etc., então você acaba ripando tira inocente, como aconteceu por aquele dia 15 de maio, aquele sábado."

O crime também comete seus erros, mesmo quando acerta um tiro. "A *Virtu* também falha porque uns caras cumprem a ordem errada: o lance é destruir ônibus como protesto, porque dono de empresa tem o ônibus no seguro, mas os caras vão lá e matam o trabalhador humilde que tá no ônibus. A violência deveria ser o ato de atacar o ônibus, o ato em si, mas os caras cumprem ordens de maneira quase sempre errada, são os mesmos cabeças de vento que metralham guarita achando que ali está fulano quando está sicrano. Quem está em cima, na chefia, no comando, sempre raciocina, o que recebe a ordem sabe que se não faz direito vai ser ripado, e quem executa a ação quase sempre é um cabeça de alfinete, quase sempre. Mas as coisas não são assim no mundo, sempre?".

O mau executor é sempre ripado, limado, morre feio, esses são os tantos e tamanhos vocábulos que o pessoal do partido emprega. E na *Virtu*, diz Dr. Anel, muito se erra, como numa empresa em que as ordens, na ponta de suas execuções, são diferentes daquelas emanadas pelos mandões. "Quem executa faz quase sempre outra coisa muito diferente daquela encomendada. Então o lance é riparos cabeças de alfinete, sempre. Te digo que a polícia não sabe mais como agir, desaprendeu a investigar. Para acabar com a corrupção policial tinha de ter um promotor junto, acompanhando tudo sempre. A polícia tem de voltar a ser polícia. Tinha de fazer greve para melhorar o salário, sabe por que ninguém faz greve? Por causa da grana da corrupção. Pra que fazer greve se a grana está entrando?".

Nas escolas de jornalismo dos Estados Unidos se ensina que uma boa história jamais pode ter um final edificante. O cidadão gosta de levar para casa a pulga da incompreensão, das reticências, da interrogação, e dotar sua vida de um quê de imprevisibilidade. Nosso "anel" não sabe disso formalmente. Não sabe que ao explicar como um polícia se tornou igual, em boa parcela, à *Virtu*, está na verdade retomando aquele Nietzsche para quem nossa proximidade do monstro que tentamos combater nos torna iguais ao monstro. "Anel" encerra a entrevista desse jeito: nada aqui será edificante, jamais. Nosso futuro, ao crermos em "anel", é mais negro que asa de graúna.

Dr. Anel vê uma saída radical para o fim da *Virtu*. "As coisas vão ficando assim, até que a *Virtu* comece a matar político, e aí vai se investigar tudo, e vai se ver que a corrupção policial é o que tá gerando tudo. Te digo que 99% do pessoal no sistema carcerário é negociante. A prisão temporária, por exemplo: 5, 15 ou 30 dias. Esse é um puta balcão de negócios: pagou, reduziu a prisão temporária. Os tiras do sistema prisional se acham as rainhas da Inglaterra, mas estão começando a ver, da pior maneira, que não são e nunca foram nada disso. Mas as coisas precisam acontecer, porque a *Virtu* é 24 horas por dia de crime, é um lugar que se não se trabalha legal ali, o cara é ripado, morre feio." Nessa empresa, conta, "não há risco de emprego, há risco de vida".

Do outro lado do balcão, nas hostes da lei e das execuções penais, diz Dr. Anel, nada jamais vai mudar, o que dará garantias "eternas" a que a *Virtu* sobreviva. "Enquanto isso, policiais tomando tudo, a Rota saindo do quartel já sabendo e anunciando que sai dali pra ripar os nego. A Rota pega um cara na favela, mata na frente de todo mundo, mata na frente de lojas cheias. Aí o cara da Rota vai fazer o exame residuográfico, pra ver se há pólvora na mão. Não dá positivo. Como não dá positivo se o PM usa um revólver trezoitão? Claro, o PM mata com uma arma semiautomática, uma quadrada, que é fechada, quase não vaza pólvora dali, mas essa arma não é da corporação – ele mata e entrega outra arma, sempre. O pessoal vai se sentindo humilhado, e é natural que a família e os amigos da vítima fiquem na fissura pra arrumar um jeito de matar aqueles PMs."

Como se pode falar em valores no meio do crime? Dr. Anel vê nisso uma filosofia possível. "Não existem mais valores. Só 10% da polícia presta. Eu me pergunto por que a Corregedoria não faz um trabalho monstruoso sobre esses policiais. Monta uma equipe pra anotar os carros importados deles, anotar as propriedades. Depois se limpa a polícia, manda esses caras novos investigarem, sem extorsão. A galinha dos ovos de ouro hoje é ter um distintivo na mão."

As mazelas da perícia são dominadas por todos, e com a *Virtu* não seria muito diferente. "Olha outro absurdo: o soldadinho, que é o nome do obreiro da *Virtu*, vende droga pra *Virtu* na favela onde o playboy vai comprar. A PM tem botado lá o que chamam agora de serviço velado, que são PMs à paisana. O PM do serviço velado entrega o soldadinho pro PM fardado. Mas a lei diz que a testemunha do flagrante é quem deve depor. O cara do serviço velado não vai depor. Com meia dúzia de fotos, a gente mostra que o PM não reconhece o local do flagrante, porque não estava lá, aí invalidamos o flagrante do moleque da *Virtu*. A PM estraga tudo ela mesma, ela acaba ajudando a *Virtu* a se livrar dos flagrantes."

Há dois pesos e duas medidas, na venda da droga e na abordagem. Há vários pesos e várias medidas dentro da própria polícia, diz Dr. Anel. Desde o começo da conversa, ele sempre deu aos repórteres as entrelinhas de que nada teria final feliz ou edificante, porque tantos pesos e tantas medidas fazem com que lidar com a *Virtu*, e com a própria polícia, seja uma tarefa caleidoscópica. "Tem mais, meu velho: a polícia civil, o Denarc, não vai dar flagrante em forró, porque sabe que se extorquir em forró vai ter nego da *Virtu* lá. Então o Denarc toma grana nas grandes danceterias. Botam um agente intrujado, ele compra o ecstasy de um moleque, prende ele em flagrante, toma 50 mil dos pais do moleque, barbarizam a família. É uma puta indústria essa da extorsão na danceteria. Mas com forró o Denarc não mexe porque não querem morrer. Meu velho, todos esses caras deixaram de ser polícia há muito tempo."

Ele se despede aos poucos, quando começa de uma hora para outra a rabiscar um papel com força, muita força. Já não olha para os repórteres: sua educação não permite que ele demonstre a impaciência pela via dos olhos. Coube ao repórter, portanto, encerrar a entrevista. Já à porta, defronte àquele cheiro de mar, Dr. Anel ainda tem tempo para vaticinar: "Distintivo deixou de dar garantia agora. Tudo está assim por causa de a polícia ter virado o que virou. A *Virtu* só surgiu e só se mantém porque a população carcerária cansou de ser extorquida, torturada, não vê mais a lei. A cúpula da polícia sabe que é assim que a banda toca. Mas não faz nada. Porque não tem grana pra dar aumento. Deixam a coisa rolar. O Estado gerou a *Virtu*, a polícia criou a *Virtu*. Meu velho, o monstro está nas ruas e não vai morrer tão cedo".

Tanta conversa jogada fora, e no final Dr. Anel me dá a dica: "Giulio Torres comandou esse esquema não porque quisesse, mas porque tinha profunda necessidade de sentir o cheiro de morte, mesmo que vindo do olhar de quem matou em seu nome. Você terá de pesquisar, talvez, com pessoas que estiveram presas com ele, digo, Dr. Ml e Casc. Eles sabem do que falam".

— CAPÍTULO 7 —

Confissões 1
(encontradas no caderno de Lita Guna, datadas de...)

Escandir estas memórias em verso, vendo minha pele azulada no espelho. Uma submissão desenxabida diante da vida e das cousas, alguma flexibilidade enluarada, um suor resinoso, com uma auréola de recém-acordada vigindo por todo o dia infindável. Esses são meus sentimentos nesta busca. Eu vou assim me espapaçando, de modo imperfeito, em gestos diagonais, mas bem espaçados, trincando os caninos como quem atarraxa a própria alma. As manchas de minha pele se fundiram, eram ilhoses perdidos num mar de pele, viraram uma massa, um gato-sapato que parecia alguma tatuagem malfeita. E eu tomei esses sinais como cadeias lógicas que significavam algo por vir. Explorei ao máximo essas vociferações da minha pele. Mas vi que as emoções estavam ficando crescidinhas demais, eram um delírio cuspido e escarrado. Tinha de me equacionar então: estava epidermicamente indefesa a mim mesma, sob a tutela de emoções encavaladas.

Passo a ser a comungante da fé substancial nos imperativos da morte e num mundo a ser deliberadamente domado por mim. Mas, à terceira noite do encontro com Dr. Natanael, as informações brotavam a intervalos irregulares, e lá fora a lua oblíqua cedeu espaço a um nada escuro. E nessas situações o repórter sabe que só lhe resta fixar seus olhos num olhar, em que cintilações bem paralelas podem revelar indícios do real estado das cousas.

Mergulhar nessas situações, com um pedacinho de cálamo numa orelha e uma arruda num dos pés, como faço agora, pode ser válido. O assoalho da alma de repórter range, se espalha, a alma se abaula. É assim que funciona o eclodir da imensidão: um biodiverso em que cada coisa que nos pousa tem uma cor diferente. São dogmas de santidade, acho, que nos convidam a mergulhar para dentro de um sonho que jamais será sonhado.

Lembro-me de Balenciaga Torres agora. Rescendendo a humanidade, ele vinha com aquele seu jeitão: olhar coalhado, pupilas vaginadas, iguais às do avô, regularmente indolentes, já que a natureza lhe concedera uma infinidade de matizes — subtons nas feições e, ao coração, a capacidade de segredar algo, porque vazio de fantasias. Tenho certa admiração e algum pavor disso. Sinto-me prensada pela força da gravidade, infinitamente estendida pelo meu passado adentro, num contrapé imperfeito, e uma estática comanda meus pés nessa alternância de passos de monstra. Monstra que quer matar.

Sei que a carestia de certos sentidos convulsiona as pessoas, bafora e verga as almas, e às vezes nossas vozes chocam-se, aflitas, com os gritos que há muito vem se encrespando ao nosso lado. Sóis suplementares, crestados, vão nos objetando a partir dos nossos próprios peitos, e tudo isso fica como um bolo musgoso parado na garganta. Preciso botar meus ódios mundo afora e tirá-los alma adentro.

Sei que o singelo rudimentar é uma extensão natural da percepção que temos das pessoas superficiais, e isso explode luminosamente na minha pele, como um sopro impetuoso, que se ramifica, cálido, nas minhas nervuras. Isso me sobrepuja e assim reúno as inquietações de agora. Dr. Anel é um superficial metido a profundo. Viveu de emoções de fontes não renováveis, como petróleo: um betume irreproduzível.

A conversa não passou de significados oscilantes, e os itinerários impossíveis não se esquivaram disso: apenas vazam, elegantemente, com luzes horizontais que brotam de certas nuvens simetricamente opressivas, ossudas. Essas visões brotam do nada: mas são, significativamente, pessoas. Aquele Dr. Anel e seu cardigã luxento...

Sei que as perplexidades da alma podem encontrar intensificações. Como a minha, agora. Foi desde que descobri que meus olhos tinham cor de "una". É o vocábulo tupi-guarani que designa cor de chá. Tenho, com essa cor, portanto, sagas aflitas a vencer. Serei triste e completa se consegui-lo. Já me vejo fazendo perfis, no espelho, de pura alegria. Uma perigosa suscetibilidade, sem intérpretes imediatos, me torna grave e sucedânea. Assim conquisto os entrevistados. Consegui me ultrapassar a mim mesma. Mas como uma lua sem gravitação. Sei que às vezes cheiro a brim velho. Sobretudo quando deixo-me pensar e peso meus rigores, à falta de outras intimidades de si para si.

Tenho, sei, um corte de ombros inesquecível. Alguma mirração, nos braços, profeticamente exata. Guardei-me enlevos. Tempero o que me exubera, porque sou dada a amplificações. Sempre. Chovo-me deliciosa e evocativamente. Os imponderáveis me ensinaram a me desmagoar das pessoas. Meus constantes avessos e anversos me fazem pensar tais cousas confusas. Às vezes me acho um cigarro já aceso que se dá a alguém: já se sabe o que esperar daquilo que se oferta. Nada mais. Sei chegar, também, ao fundo do esquecimento. Sirvo-me de reconquistas. Há uma certa elegância nesses engruvinhamentos do eu. A tristeza pode ser irretribuível. E assim volta sozinha à sua prístina glória. Por isso, prefiro-me a tudo. Tanto e de tal maneira que há algo de essencial e profundo nisso tudo. Habituei-me ao que em mim se abriga.

Se tudo o que relato é potência ou onipotência, não sei. Sei que a trepidação de procurar Balenciaga foi bem outra cousa. Ele é um trânsfuga. Amansou seus ódios. Habilidosamente intimista, gosta de desfechos duplos, em que descamba seus redemoinhos e exibe suas pacificações. Um deslumbramento, que brota como um candelabro de alma, empurra-o para uma vida lateral (aquela velha vista e entrevista de sempre).

— CAPÍTULO 8 —

"Fixai o paralelo e te reportarás ao eterno."
Neno, 1663

Deus

Contaminada de dor, sinto que Balenciaga cresce dentro de mim como um filho. Minha pseudociese talvez tenha um nome: Balenciaga Torres. Preciso de Deus, preciso de algo que me salve da gravidez desse demônio: falar com pessoas próximas a Balenciaga fez de mim uma sucursal de suas vontades. Preciso de Deus em mim para que eu não saia matando.

Mas, Pai do Céu, o que fazer? Freud referia ser a religião uma vasta ilusão. Marx falava em ópio do povo. Carlos Drummond de Andrade, em destilação "dos ópios de emergência". Jamais fui tocada pelo sentimento oceânico que deve ser a proximidade com o divino. Talvez o tenha, mas a memória seletiva dá conta da poda. Por outra: dá pra falar em pontuais epifanias. Aqueles momentos em que você acha que há algo além do óxido da rotina. Mas isso quase sempre ficou por conta da música. Todas as formas de arte aspiram à música, que não é outra coisa senão forma – notou Walter Pater, pai da crítica moderna, em 1877. Tudo isso para dizer que meu deus sempre foi a música.

A *Bíblia* diz que Deus criou o homem à sua imagem e semelhança. No começo do século XX, Bertrand Russell falava que era o contrário: o homem que criou Deus à sua imagem e semelhança. Seja como for, nós, humanos, sempre quando condenados tal cães, por exemplo, ou como animais irracionais, ficamos de joelhos diante de um deus barbado, ou de um diabo espevitado. Damos credo a figuras antropomórficas. É difícil aceitar que o criador, ou o diabo que o valha, seja nada. Gostamos do que tem as nossas caras. Ou detestamos o que não tem as nossas caras: estão aí todo deus e o diabo possíveis, portanto.

Socino, um monge medieval, foi condenado à fogueira porque dizia que Deus era um ser que "estava aprendendo". Os socinistas, agora, ficam felizes em ver, na física, aquela teoria da constante cosmológica, pela qual o universo está em contínua expansão. Einstein acreditava nisso. Mas repudiava isso quando aplicado ao universo das micropartículas, quando cotejado com a chamada teoria do caos, segundo a qual elétrons podem ser, ao mesmo tempo, ondas e partículas. Foi por isso que escreveu "Meine liebe Gott würfelt nicht mit der Welt", ou "meu querido Deus não joga dados com o mundo". Gostei da frase quando a li. E a tatuei no peito, em alemão.

Mas de lá para cá meu Deus teve dias em que encolheu. Teve dias em que se expandiu. Descobri que cada dia tenho um Deus: é um Deus pragmático. Cada dia colho nos vastos campos de letras, das minhas estantes, o Deus que me interessa. Houve dias em que Deus era um insano. Houve dias em que Deus era o sorriso de minha filha. Houve dias em que Deus era a luz do sol golpeando meus olhos. Houve dias em que Deus estava morto. Houve minutos em que Deus esperneou na minha frente.

Kant falava que não podemos perguntar o que é Deus, mas como ele se manifesta. Religiões tentam responder o que é Deus, e por isso pecam. Mas o ser humano ainda não está preparado para ter o nada como resposta. Surfar o caos que é a vida dá trabalho. Destilar deuses de emergência parece ser "cool". Ótimo: desde que meu Deus venha à la carte, e eu possa escolhê-lo de acordo com o meu humor. Mas há dias em que o que quero não consta do cardápio. Por isso ando emagrecendo.

Estou perdida. Confusa. Só quero matar. Não creio em Deus. Curiosamente, a ciência e seus mais brilhantes descobridores contaram inúmeras vezes com a figura de um Deus ou Criador permeando todas as descobertas. Eu descobri o Demônio. Tento me benzer criando três verbetes para o meu blog. Queria reproduzi-los.

— CAPÍTULO 9 —

"Pois percorrer os campos do demônio contigo, Campos, será também trilhar as plagas do Senhor."
Zanzilla, 1665

BALENCIAGA

Terminado o telefonema de seus três minutos, sinto uma falta de ar. Como repórter madura, não tenho mais um instante sequer de sossego. Olho meus livros, no quarto, um quarto gravitado em palavras. Procuro com os olhos, debalde, encontrar uma palavra perdida que me defina o que sentira ao falar com Balenciaga Torres. Fecho os olhos, sorvo um chá já esfriado. Pego dum lápis, desenho um bonequinho. Tinjo sua tez de vermelho-sangue. Boto-lhe umas barbas de canalha rematado, espetada, hirsuta, logo abrochada por letras infantis que lhe coloco abaixo: acabara de desenhar um golem monstruoso adornado com letras cor-de-rosa e azuis. Nenhum petrecho conferiria mais realismo ao desenho do que essa emanação de cores infantis. De repente, sou tomada por um átimo de pintar os olhos de Balenciaga Torres de um preto irreal. A força que imprimo no lápis me mortifica as mãos. Estaria chafurdando demais naquela pintura? Quando sinto o dedinho adormecer, noto que havia furado o papel, tamanha a força empregada. Balenciaga virara algo disforme, uma feira de ciências, uma coleção de traços rijamente delineados, aqui, uma antologia de atropelos de linhas, acolá. Sorvo o resto do chá. Levanto, passo meu perfume predileto. No pescoço. Faço ali mesmo um contrato tácito comigo mesma: por ele, juro, terei repetido ao paroxismo, por mais de mil e duzentas vezes, o nome de Balenciaga Torres, até que ele se descompusesse, em seu som, numa melodia estrepitosa, num resto de acorde decomposto, e abro os olhos de repente e os enfio no desenho que acabara de fazer, e a isso atribuo que as duas ideias, do nome repetido virado resto de acordo, e do desenho, riscado à exaustão, tenham se dado as mãos e bulido com a terceira ideia. Não tentarei esconder os saldos dessa terceira ideia, menos por gosto que por vergonha. Era a ideia que já entrava sob minha pele de um ritual, feminino ao osso, de exterminar Balenciaga Torres empregando nele o que ele tanto empregava nos outros: a fúria incontinenti de matar.

Naquela noite fui encontrar Balenciaga Torres num café. Seria fácil subscrever, de antemão, todo o longo trajeto, porque a angústia relativiza o tempo. Fito e desfito do banco de trás aquela chuva trôpega, e estou, devo confessar, carregada de provisões morais. Afinal vou encontrar um assassino insigne. Dentro de mim, uma voz sem eira nem beira, sem som nem tom, fica repetindo: "Eis o grande dia". Demais, é isso. Ah, já ia me esquecendo: essa voz reunia elementos teatrais se analisada no conjunto daquele táxi. Esparsos gotões de chuva espoucam aqui e ali no teto de metal. Uns agudos. Outros, não digo que não fossem de *basso continuo*, com ímpetos de lava, convulsa. Ao fundo, dois contrapontos: o motor do carro, rosnando, supinamente. Bem baixinho, o estrépito do rádio. Nada consolam, antes disso, geram mais angústias, todavia, há naquele fim de tarde lacrimoso algo que escapa à minha compreensão, nuns balidos de sons descontínuos que muito se parecem comigo mesma, naquela manhã, indo à ventura de repetir o nome de Balenciaga Torres por mil e duzentas vezes até que nada virasse. Estarei me fazendo compreender ao dizer que esses sons que se superpõem me compelem, à guisa de curiosidade, a traçar um quadro que Balenciaga intuía? Será sempre uma pintura em migalhas de estruturas, de sons, de palavras, de imagens, que viciosamente se aconchegam nos meus seios, sobem-me no pescoço e me beijam numa reincidência manhosa, em furores destemperados. Sou uma súplice por essa confusão que tanto pareço condenar. Não são transtornos cá dentro. São prazeres vestidos de ruídos.

Estou deixando de lado esses pensamentos descarrilhados e trago ainda na cabeça o "tum-tum-tum", revigorado, das gotas no capô do táxi. Pago uma soma irreal pela corrida do taxista. Desço com aquela ressonância ainda na minha alma. Meus passos fazem uníssono com a memória das gotas, de modo que agora são dois "tum-tum-tuns" espectrais. Esses indícios acessórios da angústia param quando sento a uma mesa até que simples. De plástico duro. Há nela uma cerveja, um cinzeiro lotado à boca, guardanapos rabiscados, um relógio e uma pulseira típica dos anos 1960, de prata, onde se lê "Balenciaga". São indícios de um pulso cansado dos trejeitos nervosos que Balenciaga traz nas mãos, e que devem fazer aquelas peças pesarem o dobro, ainda que sejam singularmente esbeltas. Balenciaga me olha com olhos de lascivo. Uma voz depurada dispara um "Tudo bem?". Digo depurada porque senti-o emitir aquela voz primeiro em pensamento, e ela me chegou torpe, quase que vergalhando a mim e à minha presença. Esse conúbio malogrado de duas vozes deu vitória àquela coberta pelo verniz civilizatório. Era com essa que ele se dirigia a mim.

Ele, volátil, pede um café inconsútil. Rimou, não? Verdade. Balenciaga Torres traga seu cigarro e para tais atos, tão comuns, dá um cavalo de pau com a boca, toda vez que sente o travo da guimba. A fumaça sobe. Ele a afasta em dous gestos: num deles, parece que está te chamando para ele. No outro, parece que dá um rodopio no ar com a mão, e tudo ali se assemelha a um beletrista de 8 anos de idade, levantando a mão à professora e dizendo que sabe a resposta à questão. Ele interrompe esse coquete balé de afastamento de fumaça, repele seu estilo, difuso e derramado, e dispara: "Você quer saber cousas de jornalista, não? Vai começar notando a calça que uso, depois notará como fumo, como coço o cabelo, e por fim vai perguntar como tudo começou. Vai rechear suas percepções de estilo, vai rebuscar romanticamente cousas banais", referiu.

Devo confessar que eu nutria esperanças colaterais de que Balenciaga Torres não fosse tão direto assim. Mas era. Minhas estremeações de repórter supunham que nosso negócio era findo ali mesmo. Mas pude me subtrair à ação encantadora que é poder se encontrar com um assassino de tamanho coturno e semelhante estilo. Disparo: "Eu quero saber não de tudo, mas quero saber dos detalhes. Só isso". Balenciaga sabe que um naco de informação, nessas condições, é o infinito para uma andorinha da reportagem. Balenciaga é um gaiato dos diabos. Por pura distração do destino, concede-me detalhes de sua atuação. Transcorreu muito tempo, seriam duas horas de conversa fiada, para que ele passasse a dar recibos gratuitos de seus atos, contradançando entre temeridades com 38 meses de idade, e aquelas fresquinhas, troçando de si mesmo nessas barbaridades, pois estava me confessando crimes encarniçados que ainda nem aniversário de horas, poderia se dizer, estavam comemorando. Vamos às memórias mais inculcadas que trago desse nosso primeiro encontro.

Pessoalmente, a fala de Balenciaga é colorida. Primaveril. Nada de óbices, amofinações. As palavras saem-lhe carinhosas. Nada subscreve aquela voz teratológica que eu ouvia sempre ao fone. Ele dá risinhos descorados, incrédulos. Tem uma beleza talvez perturbadora, porque com toda a minha experiência de repórter eu nunca soube com qual pessoa eu estava falando. Ah, tem mais. Começa a cair lá fora aquele chuvão. As emanações da atmosfera embaçam os vidros do restaurante. Ele se assustou quando liguei o gravador, agarrado a uma superstição, a um quê atávico, de que não gosta de ver sua voz reproduzida, e diz logo isso com a boca cheia, com ticos de hambúrguer saltando-lhe das porções mais ladinas dos lábios. Tem mais: Balenciaga Torres é um arqueólogo de expressões da periferia. Pesca não sei onde uma sintaxe muito engraçada, cheia de laxismos, de supressões, de hipérboles, seja lá o que for, ele poderia falar dentre centenas de ínferos, das mais recônditas profundezas do inferno, que eu saberia muito bem dizer que aquela voz era a dele.

Estou acossada por incertezas de um passado ancestral, de um dia a dia de memórias atávicas, em que minhas recordações mais silvestres se digladiam com as urgências da grande metrópole. É uma rinha de galo dos diabos, em que o vencedor é sempre o silêncio. Balenciaga está impressionado. Nem talvez seja com o meu silêncio. Afinal, não é sempre que uma repórter já entrada nos seus 30 anos vai dizendo que quer aprender a matar. Ele notou, é óbvio, a sinceridade de meu pedido. Justamente as tantas e tamanhas miudezas que acabam por construir a imagem do repórter, os fulgores esquivos das perguntas ladinas, um quê de arrogância contida, as roupas amarfanhadas ainda que de marcas sonoras, os pensamentos afluentes que açoitam o entrevistado sob a forma de olhares de desconfiança: tudo isso eu cuidei de limar do meu jeito de ser, sempre à luz de espelhos estudiosos, de reflexões acrescidas de emendas contínuas. Balenciaga pode ter se preparado a vida toda para encarar o ato de matar como a legitimação de uma petição de princípios. Mas eu mesma me preparei para enfrentá-lo. Sei a todo momento que devo agir como se eu fosse um remanso de minha profissão. Meu silêncio é estudado. O entrevistado gosta de se projetar nos nossos silêncios. Certa época me apaixonei por um professor de estética. Coxeava da perna esquerda. Tinha um hálito de anil. Professava um contentamento todo vaporoso sempre às terças-feiras, quando pagava almoços para alguns hippies. O professor João acreditava numa arte rústica, sem o sabor insípido das academias. Cria como ninguém na força da natureza. Foi num desses papos que um dia entrou numa conversa sobre o silêncio. Lembro de uma vez João ter ficado amigo de um hippie alemão. A incapacidade de um compreender o outro, mas desposarem de tantas ideias em comum, construiu entre eles uma conversa depurada do uso das palavras: conversavam por lampejos de olhos, digo que até por grunhidos. Foi então que Helmut o convidou para uma tarde num museu de arte. Estendeu o convite impresso. Compartilhei do encontro. João não conjurava suas leis de estética.

Helmut, nauseabundo, apenas o pegava pela manga. Convidava a que nivelasse o olhar de João com o seu, sobre determinada tela. Seguia-se um *bruhaha* babélico de grunhidos e uma floração de lampejos de olhos que tornavam o ar elétrico. Pude identificar algumas palavras brotadas no ar: o sentido inclemente para com as cores fortes, uma lascívia dos cafundós toda vez que a dupla se deparava com cores pastel. Como pode alguém "falar" daquele jeito e ainda serem amigos? Bem, foi daquela visita que João derivou-me sua teoria do silêncio. Dizia que as parcas e diáfanas cores dos rostos das pinturas do Renascimento eram um contraste proposital com os portentos coloridos que são as cores que tingem os corpos. Com seu hálito de anis, compunha um ensopado de argumentos, e, abandonado à sua própria sorte, parecia cada vez mais metido em si para declarar, peremptoriamente, o seguinte: "Queridona, as pessoas se projetam no rosto de cor pastel, levadas a fugir das cores carregadas dos corpos e suas roupagens!". Ele passava o mesmo argumento depurativo para a esfera da música. Contava que uma dissonância (eu não entendo de música) chamada nona, muito empregada em harmonia hindu, era feita para que as pessoas se "projetassem no acorde". Referia que a nona conferia ao acorde um caráter de vidro, de transparência.

Salvo meu total desamparo para tratar de música, acreditei em tudo aquilo. Não terá sido por isso que eu iria estudar música, deveras. Meu desarvoro musical se converteu numa estética própria. Com ela debulhei entrevistados, sem que soubessem. Perscrutei-lhes a alma. Vinha com meu jeitinho floreado, meu andar de álamo sob a ventania, um tanto curvava ali, por demais sincera, acolá. Mas prenhe de fabulações fantásticas, cavilando perguntas às quais o entrevistado me respondia sem eu fazê-las. Chamei esse conjunto, um ornato de maquiavelismo provinciano muitíssimo bem treinado, graças a Deus, de "técnica do silêncio". Ela tinha suas subseções, é óbvio. Consagrei uma delas às veleidades que chamei de "gagueiras propositais". Era o seguinte: caprichava na timidez, mais ainda. Espetava meus olhões no chão. Eventualmente, cabrestava a mesa com pequenos golpes do indicador, logo convertidos em carinhos pueris sobre a madeira. Trajava umas camisas desamparadas de tecido hindu, puídas, e que chegavam até a exibir as nervuras azuladas do halo de meus seios. E logo disparava um "Olha, vou deixar a próxima pergunta para o esquecimento, porque você não vai gostar dela". Em seguida, eu fazia menção de ter olhado, de esguelha, para a pergunta de novo, devidamente anotada no meu bloquinho. Aí arqueava as sobrancelhas, cobria o lábio de cima com o lábio de baixo, como um muxoxo ou queixume abatidos em pleno voo e engolidos de pronto. Caso isso não funcionasse, outros ensaios de corpo estavam taxeados, sem nenhuma indecisão.

Quase nunca fiz uso deles. Bastava uma rabugem no segundo artifício para que o entrevistado pedisse que eu formulasse a pergunta. E a respondia, com orgulho de quem no fundo achava ser forte o suficiente para a tudo responder. E os punha à prova. Eles respondiam.

Campos ficou impressionado. Nunca vira Balenciaga ter seu orgulho estremecido pela audácia que era responder a uma pergunta de repórter. Não foi minha inefável destreza na arte de perguntar com timidez o atalho para a conquista de Balenciaga. Terá sido, sim, o sorriso perene que Campos me apontava toda vez que se aproximava da mesa. Com ares de um campeão de boxe por nocaute, Campos comemorava cada resposta que Balenciaga aprofundava. Pobre Campos. Ele servia naquele bar havia 27 anos, acostumado que estava às sobras dos clientes. No final do expediente, montava o prato que chamava de "Feira de Ciências", composto obviamente dos restos mais sérios, e menos comprometedores, dos clientes, levados às ruas pela urgência de compromissos bissextos e inadiáveis. Torcia, como bandalho de guerra, para que os celulares tocassem bem no meio das refeições. De esguelha, já sabia os ingredientes da "Feira de Ciências" daquela noite: media isso pela gravidade com que atendiam os celulares. Foi numa dessas perquirições que notou uma figura mirrada, que jamais vira, de aparência espectral, sentada numa mesa angulada para a porta de entrada. Ia quase que na ponta dos dedos do pé, como gato bandalheiro, chegava à minha mesa, soltava um sorriso docemente ríspido.

Ao fundo, o som de gente ficando bêbada. Foi ele que descobriu, com aquelas sondagens de gavião velho, que meu negócio ali não era colaborar com seu "Feira de Ciências". Pedia um martíni improvável, sabendo que o que me deixava alcoolizada, deveras, era o tráfico de ruídos, a sinfonia que é o som de gente ficando bêbada. Todas as vezes, ao todo pelo que me consta terão sido sete, que levei o cano de Balenciaga Torres, me afundava nos martínis e fiz de Campos aquele que me levou a renunciar ao hábito da desistência. Campos é um negro de alma escarificada, Deus saberá por quê. Trazia aqueles olhões cuja parte branca era amarelada, como bile. Tive certeza de que chorava às escondidas. Flagrei-o no corredor que dava aos banheiros, por quatro vezes, espremendo entre as mãos um terço premonitório, indo para a frente e para trás, em passinhos de criança, adestrado que parecia na arte de cuidar de uma alma sumamente descarrilada. Nesses minutos bem maciços Campos suava pela testa. Parecia se desmilinguir a olhos vistos. Soube que se curava disso sacando do bolso uma poção mágica, que tinha cheiro de sauna decadente, e que aspergia na nuca. Numa noite em que ventos oblíquos penetravam até nossos ossos, fiquei admirando extratos daquele ritual.

Dei dois passos, se tanto. Tamborilei os dedos em sua omoplata direita. Assim que ele se virou para trás, saltei para o lado esquerdo. Aquele Campos fumegante ficou meu amigo nesse dia, aos risos. Conquistei sua confiança com um chiste infantil, que dissipou suas dúvidas a meu respeito numa rajada só, deveras.

Foi a partir desse dia que Campos começou a me confidenciar algo sobre Balenciaga Torres. Nossas conversas combinadas por telefone, seguidas de faltas sem justificativa, me punham como uma estátua de antiquário, lívida, enraivecida, diante daquela mesa de toalhas mudas. Acendia um cigarro no outro. E acendia um argumento no outro, na tentativa de conter minha explosão de ódio. Talvez nossos dois mundos jamais pudessem conversar em pé de igualdade. Minha primeira tentativa de aplacar metodicamente a lava de raiva que corria em minhas veias de afluente amazônico foi, naquela noite, um canhoaço de cinco martínis. Enfio as unhas entre minhas madeixas encaracoladas de utopia. Destruo os cigarros apagados com um clipe. Uma intensidade inexprimível de alcatrão velho sobe da mesa. "Isto cheira a penteadeira parnasiana", dizia a mim mesma. Minha pré-coerência, estilizada pelo álcool e pela fumaça, plastifica meus sentimentos. Torna-os artigo de butique fácil, expostos, prontos para serem regateados por sestércios, dobrões, dracmas, moedas antigas, ouropéis, e toda a sorte de bugigangas. Sinto que minha pele é tinta fresca, passível de ser riscada até pelo mais singelo olhar.

Sinto-me na ponta dos pés na tentativa de alcançar alguma coerência de ser humano letrado. Nesse estado demente me deparo com a verdade mais cristalina de todas: eu seria capaz de matar por delicadeza. Uma sombra cruza meu coração, seguida de uma interrogação sem par: talvez Balenciaga faltasse aos encontros para me deixar em estado de ebulição. Sim, o pobre Campos era sua sonda! Estava ali para, seja como for, seguir os rastros débeis de ódio que minha alma tornava evidentes. Campos era deveras um teleguiado de Balenciaga Torres. Eu estava submetida ao escrutínio de Balenciaga pelos olhos amarelo-bile daquele garçom.

Naquela noite em que tive tais delírios, Campos me conduziu a um táxi. Empenhou-se em me levar pelo braço com rigores de pai. Talvez isso o tenha redimido perante a minha pessoa. Muito de vez em quando Campos saía do restaurante em trajes não civis, como naquela noite. "Vá para casa, esqueça o homem, ele é como desgraça, aparece quando a gente menos imagina", disse, numa voz azeitada, justamente numa ocasião tão propícia porque, meu Deus, naquele resplendor de raiva, eu teria executado Campos com a ponta de minha caneta Bic. Instrumento eficaz esse nas cadeias, aprendi.

O advogado criminalista***, por exemplo. Havia pago menos de R$ 1 mil para que um detento entesourasse a vida de um pobre-diabo na cela. Simples: uma madame altiva tivera seus nervos escrespados ao paroxismo, quadro sem volta. O sacripanta havia lhe encostado uma cimitarra de favela, um pedaço de ferro enferrujado, na jugular. Ela não desmaiou. Mas teve ali, no meio da rua, automaticamente, sua última menstruação. Acharam que o sacripanta havia lhe furado os olhos com o ferro. Ledo engano. Ela se esvaía num sangue psíquico, que lhe transbordava do meio das pernas em plena praça pública. Seu marido, um explorador de cavalos de raça, tomou aquilo como sinal de um sortilégio. Jamais ela voltou a sair sozinha. E passou a acordar todas as noites, sempre às 3h10 da manhã, enfiando dentadas no ombro do marido e berrando "eu te mato, canalha, eu te mato". Tanto bastou. Num escasso acesso de sabedoria, ele resolve consertar a infâmia de ter os braços retalhados, em nome de outro. "O canalha morre amanhã", sentenciou. Assumem devidamente suas consciências de vítimas. Bêbados de vingança, ligam para um advogado com contatos dentro da cadeia. Bastaram R$ 5 mil para o advogado, mais R$ 1 mil para o preso, e mais 60 dias de cestas básicas para a família dele. Naquelas noites de verão, numa hora morta qualquer, o ar é espesso e sentencioso no pavilhão 4. Ouve-se um berro agudo, seguido de um silêncio sedante. Fulano de Tal havia se armado de uma caneta Bic. No outro dia, o sacripanta é encontrado em sua cama. Os olhos estão esbugalhados. Mas magnificados por um halo infantil, de quem morreu dormindo, morreu com uma caneta Bic enfiada no seu ouvido esquerdo e, soube-se depois, martelada tímpano adentro com um golpe seco, surdo, dilacerante, de um pé direito de chinelo Rider.

 O fato é que entro no táxi após ter repassado essa cena, em três segundos, se tanto, enquanto segurava com força minha caneta Bic no bolso. Meu coração está buliçoso e aos incréus posso assegurar que eu iria à frente, sim. Campos, num gesto de sobrancelhas, me diz um "até amanhã". Persignada, descubro que eu não estaria respirando por pelo menos um minuto e meio, tempo em que, pelas minhas contas atuais, terei repassado a cena da Bic pelo menos umas cem vezes. Ah, já ia me esquecendo: a história da Bic tinha sido um dos tantos relatos que sustentavam uma reportagem intitulada "Como se mata na Detenção". Valeu-me uma manchete de domingo e um comentário da faxineira da redação: "É preciso estômago de avestruz para digerir tuas histórias".

 A prestância sem limites de Campos o fez convidar-me à sua casa. Acordei cedo. Minha pele está cansada dos eflúvios da redação, que como se sabe não é propriamente um roseiral. Será antes, em qualquer lugar do planeta, algo parecido com o porão do couraçado Potemkin. Jogo um linimento na pele macerada pelas lufadas de cigarros mortos e ainda assim nas bocas dependurados. Boto no pescoço um lenço inconsútil, brota em minha alma um juveniilismo coquete, por alguns segundos julgo ter 15 anos e a libido à deriva. Ah, já ia esquecendo de novo: assim que lembrei o endereço de Campos, como se sabe uma favela, supus um podredouro. Dei mostras definitivas a mim mesma de que vivo de quadros mentais pregados a pregos de aço, e que o eco de situações passadas me traz os limites das fronteiras em que posso surfar. Tudo isso, toda essa confusão amazônica na mente, tantas palavras, meu Deus, simplesmente para dizer o seguinte: por ser favela eu supunha triste e melancólica. Encontro uma tênue dignidade no ar, casas de cores doidas, alegria, enfim. O ar tem cheiro de Chanel número 5 com bosta de cavalo e mangue seco. Lá vem Campos, em trajes civis: os olhos não são os amarelo-bile, os da noite.

Parecem vazar fósforo branco de dia. Está de jeans puídos, parece ter inabilidade de andar quando não está engalanado de paletó e gravata pretos e brancos. Noto que a mão esquerda treme. "Campos, você é um anjo", digo-lhe estalando um beijo naquelas bochechas de bandalho tresnoitado. Campos tem nas mãos um tridente de ferro bruto. Espeta a peça em sua gaforinha. Puxa o topete de aranhol para cima. "Lembre-se de que os anjos não têm cabelo liso", diz sorrindo.

Minhas conclusões não terão sido rápidas nem totais. Mas havia, digamos, uma troca de inclinação, uma certa classe de filosofia, que começava a me instigar. Passei a não arredar o pé da ideia de que Campos era o factótum de Balenciaga. E logo vou me explicando. A casa de Campos é um casebre dos mais simples. Uma tumba de alegria: úmida, profunda, creio que o que havia por aqui e por acolá seriam hordas de miosótis. Na sala, como que numa abstenção voluntária de tudo o que se passava no entorno, há a escultura, em tamanho acima do natural, de uma negra. Ela está com as mãos cruzadas, as unhas pintadas de amarelo, bem abaixo dos seios em formato de pomba. Os olhos brancos, rasgados, são espetados no além, e parecem disfarçar lágrimas – intuí que uma tristeza emérita saía daquela imagem às golfadas. Sobre as mãos, e abaixo dos seios, há um receptáculo, legatário de não sei que pedidos, empuxados para não sei que almas, metrificados em letras miúdas. As síncopes em minhas conversas com Campos, sentado àquela mesa, permitiam-me dar umas olhadelas nos bilhetes, e bem se adivinhará a letra de Balenciaga em cada garatuja (sei porque ruminei mentalmente o ajuste das gestalts, e sei que aquela letra era sim de Balenciaga Torres).

Clamo aqui pelo foro das fantasmagorias. Campos volta da cozinha e, dada a inclinação dos meus olhos, supôs-me uma curiosa total, e, para não criar um clima de opinião naquele ar ofegante, entrei por uma bastante e sobeja indagação sobre o porquê de Campos estar mancando mais ainda. "Tenho um calo interno", explicou-me. Entrou naquele instante, me parece, num compromisso regimental de si para si, algumas explicações sobejas que giravam em torno de ele ser uma alma bruxuleante de memórias, e que assim andar em sua própria casa lhe trazia mais desvelo moral, mais penúria de memória, então, prosseguia, o coxear aumentava na medida das proximidades das memórias físicas que lhe eram mais caras, e que o lar não lhe restituía deveras a paz, mas, por outra, fazia-lhe gravitar quadros mentais em que viçavam tempos melhores e que jamais voltariam. Voltando: a negra de barro trazia um gorrinho de crochê preto, sobre o qual se espetavam 10 cachos de cabelos verdadeiros alvoroçados e vazados, untados por nós coloridos, feitos por fitilhos de cetim. Campos toma o café engrolando uma música perdida no tempo. Remoço na coragem e pergunto o que eram aqueles papeizinhos.

"Sabe, minha querida, você umas vezes se abre como uma mala velha, mas outras se fecha como um mapa rodoviário. Não sei com qual das duas estou falando", dispara Campos. Para ele, a vida toda não teria o ar suficiente e necessário para oxigenar seus argumentos. Iria levar talvez duzentos e tantos encontros para que Campos me admitisse na fina flor de seus estatutos mais secretos, carecido que era da confiança básica, meu Deus, tão deslembrada por ele, depositada por machos em mulheres de beleza acima da média. Campos parecia um tanto empanado, mas repeliu seus tripúdios e deveras me pegou pela mão. Fomos dar uma volta nos arredores do casebre. O ar tem cheiro de extrato de banana, com que se pinta latarias, porque muito carro roubado ali era remontado numa outra matriz, a que se chama no mundo do crime "paletó". Há no ar uma vocação de quarta-feira de cinzas, com tantas e tamanhas misturas de cheiros e climas. Campos pisa no lodo endurecido com graça. Conduz-me à nave-mãe que emana o extrato de banana, para que visse as práticas industriosas derivadas do crime. Na lama, pedaços de carros jazem mortos. Um pardavasco de dentes separados e máscara antitinta, de monstro lunar, estica as mãos com luvas que já teriam trinchado uns dez automóveis só na última hora. Apertam-se as mãos num rigor imemorial. O pardavasco anda com botas surdas, mas anda a pernadas de troglodita. Mantém os óculos que lhe embaçam os olhos azuis, que me infundem o medo de se ver mortos e seus rostos embaciados pelo suor torpe emanado contra os vidros dos caixões lacrados. Dá suas passadas. Vai a um latão. Saca um fuzil AR-16. Entrega para Campos. "Isso é o que o homem lá pediu, manda lá."

Campos chuta galinhas de costumes fugidios, bicadoras de restos de um lanche, imunes ao extrato que torna o ar opressivamente espesso. Pega a arma e a amortalha em duas toalhas de banho velhas, dispostas ao lado daquilo que teria sido a mesa de refeições do pardavasco: uma porta de carro amassada, mas ainda com maçaneta. "Espero que agora eu esteja falando com a mala velha e não com o mapa rodoviário", diz Campos num sorriso. Ele troca um abraço de urso velho com o pardavasco.

Estamos num platô ardente de cores enlouquecidas: crianças empinam papagaios pedregosos, mas que mesmo assim voam. Uma alegria aborrecida brota dos pedaços de metal retorcidos, multicoloridos. Campos mora numa manga gigante, numa manga em estado de amadurecimento totalitário, absorvendo todas as cores do arco-íris, do preto ao rosa, o amarelo, o verde, um ecumenismo proverbial dos diabos.

Em nenhum momento senti rachaduras no edifício moral que Campos ostentava, hieraticamente, no restaurante. Nem quando o vi carregar, a passos de gato gordo, desordenadamente, um AR-16 rumo ao seu casebre. Nem a mim sua moral de vitrine parecia estripada. Muito pelo contrário: uma sabedoria ancestral ressoava daquela tranquilidade. Não dessorri nem por isso, muito pelo contrário: era o primeiro voto de confiança que eu talvez recebesse no deliciosamente belo mundo de crime de Balenciaga Torres. Era o fervor vulcânico do meu *début* nupcial.

Campos não havia terminado ali. Esqueci de dizer que era um fim de manhã de luz curiosamente oblíqua. No casebre de Campos, seu rosto parecia mais espectral, acho que era aquilo que os fotógrafos chamam de "luz de Rembrandt", uma luz a 45 graus, à traição, que me dava zumbidos nos olhos, que manava, a partir dos olhos amarelo-bile do pobre Campos, um quê de aguazil gerado por entupimento prévio de cachaça boa. Não sei como descrever aquilo, deveras. Deus do céu, em nenhum momento me senti acachorrada, em meus padrões burgueses, por aqueles chuviscos de pobreza retinta e decente, cá e acolá. Sentia sim, por todas as luzes, meu Pai, que um sapólio brabo, uma solução adstringente, me rodeavam o corpo em todo aquele lugar, dando-me um banho inominado, como se toda aquela poção mágica de humores, de climas, professassem um respeito vulcânico a tudo e a toda a podridão de Balenciaga Torres, o homem que sabia matar e com quem eu tanto queria aprender. Não saberei me expressar de maneira mais direta, se quiser ser sumamente fiel ao que sentia naquele podredouro: um vórtice de palavras, de conceitos, uma confusão dos diabos, um eu-messiânico-gongórico brotando do fundo do meu eu mais simples, uma luxúria de palavras sem nexo, um aleijume de ser, um tugúrio que me drenava os turgores de um colágeno de seus 27 anos e pouco de idade que era o tempo em que eu tentava dar nexos e nomes a um mundo que me aparecia, sobretudo, em humores e sinestesias.

Perdi-me em tudo isso quando levo um piparote na bochecha: era Campos, me estendendo um café, ainda dentro do casebre, num gesto que mais parecia uma braçada num mar de luz a 45 graus. "Filha, para cê chutar a própria sombra, toma o café logo e vem comigo." Engoli aquela lava preta em dois segundos, e me trouxe uma reverberação de vida. Digo vida porque em alguns bastantes minutos me perdi, ainda que com uma certa ternura, num lodaçal de imagens despedaçadas e conceitos indefinidos e palavras impronunciáveis. Comecei a intuir que se algo me ensinaria a matar, quiçá um dia, seria em semelhante estado, em que meter uma faca em alguma dessas cousas, nesses gritos fugitivos, nessas sombras em bruma, nesses corpos de pobreza chamuscados, seria muito fácil, porque nesse meu estado de transe o mundo se me afigura como uma massa amorfa em que cão, padre, pedra, criança, lodo, amor, frases luminais e provérbios de boteco, sorrisos em nácar constituídos, abraços tostados pela idade das amizades, passos adormecidos, tudo é muito fácil de ser estripado pela faca e estralado por um balaço inconsútil.

Deus do céu, estava já comendo a janta da morte pela borda e essa confusão mental talvez fosse toda a antessala de que necessitava para matar sem dó, e sobretudo narcotizada pela promessa de um estado acima do bem e do mal. Foi nesse estado que me deixei levar pelas mãos de Campos e fomos conhecer outro entreposto de Balenciaga Torres: a usina de cocaína fundeada bem no meio da favela e à luz do mais solícito dos sóis do planeta Terra.

Nunca havia visto, tão de perto, se é que essas cousas podem ser assim justificadas, o sedimento de uma dor se converter de tal forma numa profissão. "Entra, bem-vinda à morada da caspa do capeta", dispara um latagão de 1 metro e 50 de altura. O dono da dor sedimentada se chama Lupércio. Quando ponho os pés naquela garagem, noto que ele e Campos se entreolham. Havia andado, digamos, uns 800 metros numa rua desamparada da favela, em que as casinhas coloridas davam lugar a uma antologia sem par de ferros-velhos, que pareciam abandonados. Sinto meu nariz retificar o cheiro do óxido de banana e ratificar o cheiro anterior, da casa de Campos, que era algo como Chanel número 5 e cheiro de merda tresnoitada. O bafejo, por mais desagradável que fosse, restituía-me alguma segurança e acho que fumigava nos meus pulmões uma imagem do Campos em quem eu podia confiar sempre.

Sei que sou assim, sempre fui, sempre serei, relacionando cheiros com caras, caras com palavras, palavras com sons, sons com memórias. Lupércio nos esperava sob aqueles céus bíblicos em que os raios de sol, dissipados pelas nuvens, compõem no espectro de luz um leque, contrastando tais luzes diáfanas com sombras sublunares. Lupércio tem o dente da frente cortado, como um esquadro, mãos de monstro, como aço corrugado, e um olhar sinuoso. Lupércio tem olhar de tumba, porque suas pupilas são lápides, e na lousa delas foi que li que aquele brilho abrumado por uma lixa qualquer era o sedimento de uma dor. Lupércio toca pandeiro. Seu apelido na favela é "Cascavel", porque os guizos de seu instrumento têm a mesma ressonância sibilina do réptil.

"Cascavel", soube depois, andava confutando com seus botões havia 14 meses – enquanto a "cascavel" do instrumento exalava síncopes de um samba aloucado, em suas mãos de monstrengo eterno – como lucrar mais na venda de cocaína. Comprava a cocaína de duas fontes: de policiais civis e de policiais federais.

No Brasil todo não se exigem exames toxicológicos de pureza da droga. Só a positivação. Essa desordem suprema gera um negócio lucrativo. A cocaína, a "caspa do capeta", o "diabo ralado", o elixir que faz "nego amar dar cavalo de pau com a boca", nos termos de Lupércio Cascavel, é vendida por maus policiais direto dos estoques oficiais da tiragem. Botam qualquer porcaria no lugar da cocaína, açúcar mesmo. Deixam nas sacolas e lotes, devidamente paramentados que são de carimbos oficiais e brasões lustrosos da corporação, com cocaína em apenas 10% do conteúdo. O resto é mistura. A cocaína da polícia civil é naturalmente mais misturada quando vem das ruas: o crime organizado a batiza numa média de seis porções de "porcaria" para uma de ouro branco. A da polícia federal vem quase sempre num bastão prensado, como um giz, porque a máfia nigeriana que mora em São Paulo assim demanda: são esses gizes que depois, fraturados, entram no cu de outras minorias, embalados em camisinhas, duas camisinhas, no máximo. Os cus mais usados são de bolivianos. Cascavel jura que o material que recebe da polícia federal "é virgem de cu", ainda não frequentou "entranhas bolivarianas", como falou-me bem mais à frente o próprio Balenciaga Torres.

Pois bem, nosso bastante Cascavel havia matado nos últimos seis meses quatro empregados. "Entraram numa de dar opinião, de maneira que ninguém mais fazia nada, pareciam jornalistas como você, vivendo de dar opinião", contou. Houve época, isso ouvi de Campos, que a febre de opinião dominou a favela: era um tanto falar sobre isso ou sobre aquilo, e um tão pouco trabalhar, que todos os negócios decaíram: venda de armas velhas, de carros roubados e remontados, de cocaína, de rebotalhos diversos derivados de butins principescos. Até que algum dia os respectivos chefes, esses, sim, pagos para dar opiniões, descobriram que a favela tinha virado um grande vira-bosta, um liberou-geral fragmentado em ideias assopradas da boca pra fora, um toma-lá-dá-cá de adjetivos esgarçados. Morreram em seis meses 23 pessoas. Ficou proibido usar adjetivos na favela por um bom tempo. Muita gente não sabia o que significava a palavra "adjetivo", nem mesmo o mão de monstro Cascavel. De modo que, colericamente indiferente ao que quer que seja a gramática, Cascavel chamava aqueles acessos de adjetivação, consagrados pelo povo, de "acender uma opinião na outra". Um dia proclamou, de pronto, que iria também ele "acender um cadáver no outro". Foi assim que o adjetivo foi banido da favela. Rindo com seu dente de esquadro, brotando do fundo de *cumulus* e *nimbus* de sacos de cocaína devidamente misturada, Cascavel diz que "aqui nessa terra de ninguém os filho já sempre chora e as mãe já não vê, sempre", e isso para ele já bastava ao miserê local, então era hora de brecar as mortes e não se fala mais nisso – enquanto esquecerem os adjetivos, é óbvio.

Mas eu estava falando mesmo era de mistura de cocaína e do sedimento de dor por Cascavel em profissão convertido. Volto ao ponto em que eu e Campos, eu andando, ele coxeando, estamos a caminho do bunker de Cascavel. Havia naquela estradinha de terra, de seus 50 metros, algo que confundi, a princípio, com campânulas apodrecidas. Mas Campos alertava que ali havia uma "fábrica de cabelos". Quando o dia morria, crianças esfaimadas passavam a percorrer salões de barbeiros, cabeleireiras, em busca de cachos mais avantajados. Ignoravam apenas gaforinhas inclementes. Trinavam os dedos com diligência, no chão desses salões, tentando juntar o máximo possível de cabelos. Campos jurava que alguns cachos eram ainda tão vívidos que traziam impregnados rastros de pensamentos. Deu uma parada no caminho, puxou o ar com a boca, assumiu por uns três segundos uma posição hierática, como que adormitado pelo súbito sequestro psíquico promovido por um bom pensamento. Confesso que o invejei naqueles três segundos. Olha pra mim, dá uma batidinha jubilosa no próprio peito e continua andando, indiferente ao estado anterior. Diz que os cabelos, quando coletados em pequenos extratos, iam para forrar colchões e travesseiros. Os grandes eram vendidos para implantes.

Contava que nas noites longas e sonolentas de verão, em que os sonhos trazem um tempo presente sem privações, prenhes de passados, sedentos de agoras e próceres de um futuro de previsões destrambelhadas, os colchões e travesseiros de cabelos dispunham da capacidade de transmitir a ressonância dos pensamentos de seus antigos donos, e às quartas horas de sono você estaria em condições de sonhar os sonhos por outros sonhados e jamais terminados. Campos falava isso moendo a própria voz com muita intimidade para o meu gosto, e, naquele caminho até o galpão de Cascavel, tinha a mais absoluta certeza de que Campos estava tomado por um nego fulô, por um caboclo velho ou qualquer entidade que lhe impunha à consciência o sono dogmático dos transes transidos.

"Cascavel dorme num colchão e em dois travesseiros desses", adiantou.

Fui assim antecipada a uma série de depurações morais, no sentido de que os julgamentos que teria em seguida colocariam o pobre Cascavel a salvo da ideia de eu, sem nenhuma ponta de sarcasmo, considerá-lo uma vítima da vida. Aquilo que referi como "sedimento de dor por Cascavel em profissão convertido" tem muito a ver com a história do travesseiro de cabelos. Pouco antes de entrar no galpão, dei uma bocejada.

Em seguida solto um vapor bucal, com o bico da boca, para a pontinha de meu nariz. Olho rapidamente para o sol. Em seguida, fecho os olhos, dou uma parada. Campos logo alerta: "Vamos logo, vamos logo", mas estou por alguns segundos detida numa espécie de câmara hiperbárica, uma reconfortante transição que tão bem me faz nesses momentos: bêbada da realidade da favela, aproveito as formas emaranhadas e indefiníveis que o sol deixou na minha retina. Estou de olhos fechados e um amarelo dourado, deslumbrante, como um sol em eclipse, forma-se nos meus olhos. Deleito-me com aquilo. Até que aquelas formas doidas se dissipem, a escuridão total volte, e eu possa tirar os ossos dos dedões daquela posição de fazer pressão contra o próprio globo ocular.

Volto à realidade da favela. Campos vai ao ponto. Cascavel, conta, tinha uma noiva. Morava em Minas Gerais. Viam-se a cada mês, naqueles sexos de ocasião e amores notariais. Numa noite astral, em que os sonhos são promessas sacramentais, Cascavel sonha sua amada lhe fazendo uma promessa desnecessária. Não vê seu rosto. Apenas ouve, numa mixórdia de imagens lamacentas e desordenadas, sua voz declamando um "Lembre-se que te amarei para sempre...". No sonho, Cascavel teria visto as reticências na forma de três estrelas de seis pontas, como aquelas, disse em seu torpor de latagão, "que a turma do Lampião e do Corisco trazem em seus chapéus de cangaceiro". Pois bem, Cascavel acorda em suor empapado, um suor tão espesso que supôs ter suado sangue coalhado e, em suas palavras de latagão, parecido com "prurido de menstro de mulher contrariada". Corre para a secretária eletrônica e, na bruma da noite, vê a luzinha vermelha piscando, como um navio noturno que se perde no halo de um mar eterno. Afastou-se de sua própria vida, por pelo menos um minuto, quando meteu o dedo de latagão na máquina, voltou aquilo para ver quem havia feito o sinal vermelho piscar, e logo ouviu, como num eco espectral, a voz de sua noiva falando, de novo: "Lembre-se que te amarei para sempre..."

Aqui, no resto de fita, o barulho do fone dela sendo desligado, aquele de linha telefônica ocupada, soou como as reticências do sonho. De cuecas, fumando uma guimba, corpo desconjuntado e cabeça ainda mais, Cascavel não sabe se o sonho havia copiado a secretária eletrônica, se a secretária eletrônica havia copiado o sonho, ou se tudo aquilo era um portento que o destino em sua vida imprimiu como um mau presságio. Foi dormir sem ter tentado falar com Camila. Acorda às sete da manhã, vai para a "Clínica Martelinho de Ouro", que mais tarde seria convertida no maior distribuidor de caspa do capeta deste lado do planeta Terra. Nenhum dos cabrestantes da oficina recebera uma única ligação, um único aviso, nem mesmo após Cascavel ter chegado de uma feijoada que lhe caíra na alma como um desastre aéreo, por volta das 13h30. Apenas às 14h10 ele recebe o telefonema seco e total que mudaria sua vida: Camila havia morrido naquela noite mesmo. Sabia a estrada de Belo Horizonte a São Paulo de cor e salteado, de modo que viagens noturnas, com o som bombando ao máximo e um baseado juntando os lábios, eram feitas quase que no piloto automático. Camila, mesmo acostumada às sombras que são caminhões parados no acostamento nas madrugadas, nada pôde fazer. O sono já havia uma hora e pouco fazia dela uma leoa ferida. Foi da perícia a versão mais lancinante: como não havia marcas de brecada no chão, Camila dormiu ao volante e entrou de mente e braços abertos na carreta.

Quando Tião, seu pai, terminou esse relato a nosso Cascavel, um fulgor dilacerante estropiou seu coração como uma clava de lava. Não derramou lágrima. Mergulhou em si mesmo, recolhido a saborear um gosto de bile com querosene. As brenhas de sua alma deixavam fluir alfinetadas que vinham de fora, como grilos falantes cada um deles dando um conselho mais doido sobre como resolver aquela situação e se pôr assim a salvo do sangue que lhe brotava do fundo do saco escrotal e subia à boca, misturado com todo aquele hálito pútrido de querosene, ódio, bafo de bueiro e pedaços anacrônicos de uma feijoada mal digerida e bile entranhada. De si para si, e ninguém mais soube disso, me contava Campos, Cascavel jurou: "De hoje em diante viro o demônio e que Deus nos acuda". E assim se fez, amém.

— CAPÍTULO 10 —

Confissões 2
(encontradas no diário de Lita Guna em 20...)

Bafafás não significam apenas dissabores e desditas, mas pormenores olfativos de certo modo líquidos, que se apossam do nosso quixotismo, deslizam como música e, cá entre nós, podem até amaciar nossos queixumes: pois são burgomestres atados à faina de comer pela borda, de transitar entre os confidentes secretos da nossa alma. Tudo isso aumenta o charme do ser e nossa mania de escrever em água o que não queremos ver revelado assim de chofre, como quem proclama as pedras vencedoras da tômbola de fim de ano. Apesar de tudo isso, ou talvez por tudo isso mesmo, é no encanto que as cousas se decidem, não conflitam, jamais estão abertas aos suicidas, enfim. Calo-me para sossegar e mesmo assim gero um furacão. Não capitularei às carpideiras, jamais. Impossível traduzi-lo.

– Aquele olhar verde nodoso, de couve-de-bruxelas, nos reflexos avermelhados da canícula tanzaniana de janeiro, fazia-me segui-lo com os olhos, em suas confusões arquiteturais, em suas volutas de lágrimas secas –enfim, havia tudo ali que um poço aquoso pode secretar de fúria e primazia. As fossas abissais, ao canto dos olhos, pareciam chupar o veneno do olhar, sob o afluxo dos resíduos impiedosos de ódio e tempestade, e de sombra, caso houvesse aquele sol suplementar e seus emolumentos de verão.

– O fogo sagrado muitas vezes é sustido arrastadamente, súplice. São, afinal, afinidades eletivas. Todos somos suscetíveis a elogios dulçurosos, a venturas compassadas.

– A força convulsiva retempera, chega de repente, pesada de volúpias, por cúmulo das circunstâncias. As sensações inéditas nos sobrepairam, em busca de uma captura. Podem nos ocupar toda uma vida, mas sempre morrendo nos lábios, ou naquelas comissuras que ligam a alma ao corpo. As

sacações mais álgidas vêm disso, sem nenhuma adjudicação suplementar. Tudo é irremissivelmente feito de instantes. São jeremiadas dos diabos.

– Havia mais que um desembaraço naqueles trejeitos desenvoltos, sem remissão: era puro desdém. Procurava cercar-se de polidez. Mas a secura vencia.

– O talhe lhe apagava a expressão, e anunciava novas possibilidades, prelibando a determinação de matar. Nesse ponto sua moral sarnosa abaixava a cabeça, e se dignava a seu infortúnio de fraqueza, e de vida invivida. Nessa luta de pulsões, sempre vence a mais arrogante altivez, pessimamente disfarçada de uma força insubstituível, vital; às vezes, essas forças se distraem delas mesmas, o seu contrário vence. Por pouco tempo. E por puro acatamento da oportunidade e empenhamento em venturas de ocasião. Tudo muito casual a não mais poder. É uma questão de manter-se acima do desespero, do furta-fogo das chamas do que chamamos de fatuidade. Só as lonjuras mais estáticas nos fazem parar de rodopiar sobre nós mesmos e enxergar essas cousas.

– As ternas divagações, os compulsivos devaneios, naquela hora eram cousa de xofrango.

– O bruhaha babélico cujo único valor é a repulsa que ele inspira, até nos mais incoercíveis homens de têmpera, porque as microdevastações de vozes desencontradas, mesmo que estejamos naquelas planuras sociais bem reguladas.

– Ventrudo de imprecisão que era, os ares vibrantes o ocultavam. Também sua fala vinha empergaminhada de citações sem sentido. Careteei ante aquilo.

– Fragor arcádico, impenitente como uma sombra indistinta do mundo e das pessoas.

– Aquele autodomínio frufrulante, furtivamente inflexível. Tateante, dançante. Era a imagem invertida, descabelada, que mostrava emoções inexpressas até então, cousa que sempre viveu sem dizer palavra, sem firmes desígnios, logo inumanas ao mais leve movimento da atmosfera circundante.

– Há quem sustente que os ingurgitamentos se descompõem, começando da região supraciliar. Mas deslindar isso requer um sono profundo, um sentido de responsabilidade indireta. Tudo que é malsonante está ao alcance de toda a gente, mas tais admissões são sempre mortiças, porque brotadas dos entredentes, sejam luminosos ou apodrecidos. Os súbitos *arrancos mais sediciosos, as brutidões, podem às vezes quedar-se à ginga malemolente da mastigação Dharma, de 32 dentadas por pedaço ou naco. Se a iminência te solapa, seja iminente, mesmo que trabalhando em falso, mesmo que vivendo para pospor. A ordem prática do universo, os efeitos conjugados e vernáculos da vida, as sujeições são comissuras que nos privam de reações imediatas e dementadas têm algo do fresco da uma da manhã, porque as imprecisas devastações são resvaladiças: a filosofia não passa de umas cócegas. Disparate que seja, uns aderentes bem liquefeitos nos demoram nessas cousas: a constipação, a diarreia, já aí há a disputa filosófica. Não adianta calafetar tais desarrumações com demais ablações, nem nas duras esperanças da rezinha penitencial das 18 horas.*

– *O rosto encavado me passava isso, dum jeito progressivamente servil, que era na verdade uma tutela em consignação. As palavras lhe saem lentas, sinal de que não devia ser de todo mau. Ele esfrega as mãos rígidas. Fazia quatro anos que ouvia falar desse gesto. Quem falava tinha a voz acontraltada, sempre, o que restabelecia uma certa intimidade com a minha ideia do que ele viesse a ser. Sua voz dilata as diagonais, traz um amargor de cimento derretido pelo sol enevoado de minhas canículas mais pessoais. Quem fala com ele já entra na conversa se esquecendo de quem é filho, do que foi um dia usufrutuário, talvez porque os portamentos de voz, sucedâneos, me lembrem do barulho dos salgueiros ao vento, que uma vez roubaram o sol das tílias anãs, porque até as plantas têm certa luta de classes, sempre em busca de irisações. Sinto uma roda dentada matraqueando no meu coração, ela acende gargalhadas cujas argúcias me consomem. Todo esse teatro do absurdo me parece um artesoado estatutário de profissão, herdeiro preclaro de uma insigne estirpe de filhos da puta metidos a ter certo estilo. O paletó é acalcanhado pelos seus ossos, como um sapato velho. Ele é sinistramente educado. Mas, ao se mover rapidamente, fica no ar a reverberação de que um sáurio passou por ali, ou quem sabe um sacabuxa. Águas duras compõem o olhar, cujos lances de luz são catafalcos. É um endemoninhado consabido. Impõe-me uma geografia cega. O hálito é de moela de galinha fervida na choça mais imprecisa, de paredes vertiginosas. Deploro suas prestanças de cavalheiro adventício, e seus olhares de luminária barroca, de androceu românico, que tenta industriosamente triscar a alma de tudo o que desfila vida. É um canalha edênico, cujos empenhos são de arremedar a própria imagem que a mídia fez dele. A conversa tem um tom de evangelização endomingada, ainda que eu retire da descrição o revoo de aves de mau agouro, rogativas, é claro, que o cercam. Tudo isso o pluraliza. Ele me desnavega, eu sei.*

– Sempre tive esquivas sob a forma de vaivém, e essa minha substancialidade foi tanto se vitrificando que virou, acho, uma justaposição unívoca, de coisas cujo nome esqueci, mas cuja forma agora só me chega quando penso em polarizações dessas coisas. Meu ódio precisa combinar uma ideia de amor, e ele pode brotar de um vento prodigioso, mas tépido como o diabo. Ser assim flutuante me torna recaidiça, numa cocção interna que muito incomoda aos outros. Afinal, tudo que é anverso, tudo que é desenredo assusta as pessoas, acho-me uma sátrapa numinosa. Vou serializando as pessoas com a quentura de quem joga uma partida de totó, aqueles corpos de madeira entalhada são tão inconducentes como me pretendo um dia, quero que me devolvam à condição de uma beque de totó, algo que um dia sei que fui. Apesar de ser uma grandinha irremissível, é assim que vou, nessa soltura conceptiva danada. Se me ultrapasso, custa-me horrores.

– Os pormenores tornavam os espaços mágicos. Eram vindimadores, como cometas desatinados, consteladas purpureamente em seus bricabraques. Pode degenerar em tonteria ater-se à judicatura dessas coisinhas bem acabadas, mas não serei eu o beleguim a ensinar o que ver. Fins de tarde, de sol falciforme, me tornam um fantoche que dança em rodopios, jogando com o sonho dessas pequenices estéticas. O formato e a simetria excepcionais me comovem, sem nenhuma perturbação. Deixo-me levar pelas incandescências magneticamente ionizadas. É aqui que a floração dos disparos de arma no escuro, o púrpura fosco que é a base mais rara dos fogos, aparece. Tais danças extravagantes, sei, provêm do fundo é de mim mesma. De si pra si é que irrompem, sempre, os renovos cujas fagulhas encontramos (buscamos) por aí afora. Eu corusco-me à minha luz. Subo diagonalmente a mim mesma, eu que era a ex-edemaciada da vida.

– Nossa espontaneidade nos igualava, em súbitas resignações mútuas, sempre apressadamente turrões, mas sempre também macaqueando certos refrigérios adolescentes, de saias murchas. O escárnio de uma noite vazia nos tornava dispersos como o cascalho, justamente nós que éramos artífices compenetrados das nulidades que nos tornavam humanos. Al-

gumas nuvenzinhas até nos serviam como comutadores de humor, na nossa sinuosa, eterna disciplina de sermos alguém que valesse um nome próprio. Todos os meus contracantos foram consagrados ao debandar: ora debandar de si mesmo, pelo atalho do autocompadecimento, ora desfazer ilusões no escuro da noite, ora trovejar na pia batismal de velhos de maxilar profundo, esses desgostosos da vida que operam como sapadores no terreno de outrem. Sei que essas almas, se vazassem dos corpos, seriam colostros coagulados, fedendo a ranço, palhas sebentas em decomposição, quitutes de tetos granulosos, sob o clarão de trovões decompostos em luz mucilanegosa, daquelas fantasmais. Nesse estreito universo não há o menor indício de felicidade, porque esses sururus inatos enervam as almas manhãs afora. Enquanto isso, o sol se dissolvia na grama. Nada disso serve nem desserve. A vida é uma distância fosca, com ligeiros murmúrios, que são fluidos vitais que rebentam na fúria de um sargento, eu sei disso. O fogo abranda nossos contornos, curva orelhas, tudo isso sem dizer palavra (afinal, não há o mínimo sinal de zelo abaixo do sofrível). Alterações súbitas predispõem ao riso, o que rege nossos diretivos de conviviabilidades.

– Todo o assinalável ali ele foi incapaz de reprimir: os olores luzidos, e os suores que o deixavam envernizado, preguiças suspeitosamente malvividas, ostenteios de gorgolejos que içam-se do nada, o imparável autopastoreio de certas sutilezas da alma e dos sentidos, esturros bem deliberativos, imparciais sóis de verão, o estalejar bem desabrido daquele espírito que aderna a olhos públicos, a vinte lágrimas de distância sempre, melancolias prebendadas a esmo, paragens que se desfazem em luz, o engadanhar desorientações, as bodas desafortunadas.

– A ginga amortecida de borrachas contra o asfalto, os fachos de luz, o cascalho que se quebra, isso ia me emaciando o rosto, em total desamparo, porque o chão me falta em curvas desesperadas.

– São desejos invencíveis, expostos às calçadas como um estendal de roupas coloridas. Era necessário pô-los de molho, publicamente, para encontrá-los, na manhã seguinte, do jeito que eu esperava encontrá-los: enxovalhados, mas limpos. Só assim minhas dúvidas ficavam terminantes, a todo o transe opressas por um fim.

– As narinas ondulavam e se interpunham entre nós, o que deixava a cena verdadeiramente curiosa, e me invadia com uma confusão de outra

espécie, mais imperiosa, com quês de uma lassidão do prestamista de uma causa desconhecida.

– É claro que surgiu no meu cérebro uma murchidão circundante, que palpitava do além, desconjuntando minhas reações. Irredimível, nessas horas me restava morder os lábios. Tudo isso punha-me num descorçoamento.

— CAPÍTULO 11 —

"Chegarão os nove, mas não a dezena: por tudo que foste sagrado."
Almendras Neto, 1945

Miguel et caterva

Quem, em sã consciência, ou talvez na mais insana inconsciência, poderia dotar de vivência e propriedade uma frase como "Prendi, fui preso e agora estou soltando"? Miguel da Silva Lima, 68 anos, o Miguelzinho do Detran, pode. Esse pequeno extrato de sabedoria faz parte de seu cotidiano: prendia sacripantas, esteve atrás das grades e agora solta acusados. "Nos anos 1980, apareci na *Veja*, fui manchete de jornais, do *Jornal Nacional*", diz, mordendo as palavras.

Sim, Miguelzinho do Detran era um ícone tão oitentista como balas Soft, The Police, Armação Ilimitada, Gang 90, Luiza Brunet, Atari e o Balão Mágico. Livre de sujeições, Miguelzinho é como Carlos Drummond de Andrade, que gostava de dividir sua vida em *chambres séparées*, um imóvel de três quartos bem distintos: maior que o mundo, menor que o mundo e igual ao mundo. Miguel retalha a vida também numa trindade: prendeu muita gente, repete, foi condenado a 14 anos de cadeia, mas só cumpriu 5; hoje, como advogado, "solto pessoas", salienta. O Brasil, de memória fraca, provavelmente não se lembrará do caso de Miguelzinho. Sua história, porém, foi lição para outros funcionários públicos e políticos que vêm sugando cofres públicos e extorquindo o cidadão.

A prática, que hoje é conhecida e em algumas cidades ainda ignorada, foi inédita em 1980, quando o jornal *O Estado de S.Paulo* denunciou a máfia do Departamento Estadual de Trânsito (Detran) na aprovação ilegal das carteiras de motorista. O esquema envolvia donos de autoescolas e funcionários do Detran. À época, trabalhar no Detran era o emprego dos sonhos de qualquer policial ou funcionário público. Miguel da Silva Lima era um desses. Entrou pobre na carreira e em três anos empregado comprou duas fazendas e uma estância no interior de São Paulo, investiu em cem cabeças de gado e ainda adquiriu quatro casas, uma caminhonete, um automóvel e um trator. Com um salário de Cr$ 18 mil (algo equivalente a R$ 2,5 mil atuais), ergueu um patrimônio avaliado em Cr$ 30,9 milhões (algo em torno de R$ 1,25 milhão) no começo da década.

Como salário e patrimônio não se relacionavam de forma direta, começaram as investigações. Naturalmente, tal constatação surgiu apenas depois da série de reportagens publicadas pelo jornal *O Estado de S.Paulo* (em uma delas, os repórteres conseguiram comprar uma habilitação de motorista profissional) e após as denúncias do coronel Sidney Gimenez Palácios, o chefe do Comando de Policiamento da Área Metropolitana da zona sul de São Paulo. Palácios, que passou meses investigando a corrupção do Detran e sua ligação com o jogo do bicho, recebeu ameaças e propostas de suborno. Sua resposta ficou conhecida na época: "Meu preço é a cabeça de todos os corruptos e marginais de São Paulo". Não deu outra: foi eleito deputado estadual em 1982.

O caso despertou o interesse público também pelo fato de Miguelzinho ser um ex-pobre e ter tantas influências no governo. Cínico, o investigador relatou à época que era trabalhador e que "havia se instaurado uma campanha contra si". Para se safar da prisão e não ter seus bens apreendidos, fez inúmeras manobras, como a apresentação de um sócio, o comerciante Rubens Pereira: "Era um agiota, nunca fui amigo dele, não tenho saudades dele, soube que já morreu".

Em quase um ano de investigações e denúncias, Miguelzinho foi preso, solto e teve sua prisão decretada novamente, quando fugiu. A história do investigador que ficou rico à custa do Detran foi perdendo sua força ao longo dos meses e seus diversos desdobramentos foram ganhando apenas poucas linhas nos jornais, até o completo esquecimento.

O domingo havia começado com um azul de regata em Copacabana. Miguel atende o telefone e pergunta se o repórter gostaria de almoçar. "Ah... você almoça com os pais... te invejo, perdi meus pais muito,

muito cedo. Acho que isso me fez confiar em gente no mundo em quem não deveria confiar, eu fiz do mundo uma extensão de mim mesmo, mas não é assim, só se confia na família. Não se iluda, quem cresce sem a estrutura básica da família cresce com lacunas insanáveis." A entrevista já começava ali. Era anterior a si mesma. Miguel moderou esse detalhamento porque não há momento que não orne com singulares filosofias de minuto. E o fez, sempre, com frases devidamente mescladas de polvilhos de citações. Extraídas de gente como Arthur Schopenhauer, Bertrand Russell, Jean-Jacques Rousseau e Ruy Barbosa. "Muito inteligente esse Ruy Barbosa, mas quase tudo o que escreveu foi inspirado na vulgata europeia de direito, que ele, um dos raros que puderam estudar na Europa, lia antes que ninguém."

Miguel tinha a doce e definitiva convicção de querer falar sob aquele sol, naquele momento. No mais íntimo de si mesmo, pede para irmos logo até sua casa. Vamos ao Tatuapé, na zona leste paulistana. Mas lá o tempo já era outra coisa. Miguel nos recebe olhando para o céu com olhar de desgosto. "Meu Deus, olha que céu morboso, miasmático, meio morrinhento."

Miguel é casado há 26 anos, sem trair o leal cumprimento da monogamia. É homem de hábitos invariáveis e mãos gretadas. Acha que a memória que lega para a posteridade, de quem seguiu a lei, até atrás das grades, é seu retrato – e nele está tudo o que deixa para as duas filhas, uma de 25 anos, advogada, e uma de 23, estudante de enfermagem. "Sou um legalista. Mas não gosto da internet. Minha filha arrumou um namorado em Londres, via internet, e acho que isso não é legal", lamenta-se.

Como é homem de gatilho fácil (nascido em 1938, ele não gosta de armas nem trezoitões, mas de livros), coça o coldre e saca de um armário um dicionário. Comprou o opúsculo lá vão seus 40 e poucos anos. "Adquiri de um moleque que desviava obras de um sebo, no centro de São Paulo. Veja a definição de 'miasmático': sim, eu vou te dar entrevista sob um céu de miasmas", proclama. Ele estava certo: o céu do Tatuapé assemelhava-se a restos melancólicos de uma festa.

Que tudo se diga de Miguel, menos que é incerto de seus próprios desígnios. "Nasci no Piauí, no meio do mato, em 29 de setembro de 1938. Vim ao mundo numa cama improvisada, forrada com palha de buriti. Nasci em nenhum lugar, porque aquilo ali não tinha nem nome: vamos chamar apenas de mato brabo. Talvez aquele lugar se chame hoje no Piauí de cercanias de Valença. Meu pai era pecuarista, morreu de úlcera em 1º de abril de 1950, com 42 anos. Minha mãe se foi em 16 de outubro de 1950. Sou o terceiro de onze filhos."

Miguel parece ter uma raiva patente e obtusa quando fala dele mesmo. Mas é apenas seu jeito. Minutos mais tarde, justiça se faça, ele vai exibir o mesmo código de comportamento para tratar de todas as luzes do mundo: do repórter, de seu cachorro, da porta que se abre, do suco que acaba. Nada que não se extinga naquele que parece ser seu último sorriso: largo, perene, escancarado. "Olha, eu nasci num lugar horroroso, triste, cinzento, eu olhava para os céus e me perguntava como poderia ser possível que o mundo fosse somente aquilo, aquela tristeza. Eu não acredito em Deus, em nada. Deus para mim sempre foi uma palavra muito oca, é uma palavra que foi criada para impedir que o homem evolua. Eu me pergunto sempre que Deus é esse. Se Deus existir, meu caro, eu te juro que ele não é um cara bom."

Miguel ora dispõe de vasto destemor, ora de uma rutilante ousadia, quando postula teorias sobre si mesmo. "Meu caro, sou uma tartaruga. Tudo o que bate em mim não penetra. De tanto apanhar fiquei assim, uma couraça que se refaz, dia a dia, no respeito pela lei, pela cultura. Vai dizer que não respeito a lei? Quem pode dizer que prendeu, foi preso e hoje está soltando? Eu, meu caro, eu. Por isso conto minha vida sem nada omitir, me deixo fotografar, porque tudo é cristalino."

Garoto, ele viu no Exército uma salvação. "Meu pai era um negro analfabeto, mas era inteligente. Vivia naquele pedaço de mato que não era uma cidade, era uma corrutela. Ele também achava que deveria ter algo melhor no mundo do que aquilo. Aos 13 anos, pedi pro pai de um amigo meu que me levasse embora. Ele cuidou de mim, me cobriu de molambos, para cobrir minhas intimidades, e me criou assim. Fui para Teresina. Achava que o Exército era um grande negócio e entrei para o 250º Batalhão de Caçadores. As pessoas não ensinam nada para ninguém, é você que tem de aprender. Fui assim conhecendo no Exército aquelas pessoas que habitam o mundo em geral, e se parecem muito: conheci ali o cabo chapado, o soldado maconheiro, o coronel maluco. Fui dar um plantão na cavalaria e naquela porta dos fundos bateu um coronel bêbado. Você sabe que quando o coronel entra pela porta da frente é aquele lance de todo mundo se aprumar e fazer continência. Ele tava tão bêbado que me disse que precisava entrar por trás. Era um ato de decência. Aprendi ali que as pessoas podem ser humildes."

Ele para. Parece estudar o rosto do repórter. Quer se certificar de que suas palavras surtem efeito. E prossegue. "Acabou o Exército, fui para Fortaleza. Acabou minha grana. Fui de carona para São Paulo. Era 1959." O totalitarismo, que são as urgências de uma grande cidade, encantou Miguel. "Cheguei ao Largo da Concórdia e nasci de novo. Eu achava que o documento de ter feito Exército era um grande negócio. Virei servente de pedreiro. Fui num português do boteco. Dei meus documentos como garantia para ter um prato de comida fiado, na hora do almoço. À noite, eu comia um bolinho de broa e um copo de leite. Dormia numa pensão na Rua Bresser. E vi a mesma coisa que eu já vira no Exército: um mundo cheio de bêbados, malucos e maconheiros."

Miguel queria subir na vida. O atalho eram os cursinhos. Dessa conjetura, nasce um novo Miguel. "Eu fazia todo tipo de cursinho, como datilografia. Depois, fui também ser apontador de produção, trabalhei em empresas alimentícias. Mas comecei a notar que precisava estudar mais. Conheci um investigador. Eu dizia pra ele que se fosse para entrar na polícia, tinha de ser um cargo que me desse liberdade."

Nosso "prende, é preso, solta" abandona os leves anacronismos de sua narrativa. Chega a um ponto em que parece estar cego às culpas. Fala com estoicismo, agora. Miguel quer falar na tortura que viu no Departamento de Ordem Política e Social, o Dops, um tempo em que qualquer futuro era utópico e qualquer presente, intolerável. "Antes da revolução de 1964, só ladrão era nomeado para a polícia. Prestei concurso para investigador de polícia civil e entrei em 1967. Uma vez eu estava numa delegacia e mataram um humilde numa favela. Fiquei com sangue no olho para esclarecer aquele crime. Aí me brecaram, disseram: 'Nem pense nisso, aqui não se investiga crime contra pobre'. Tive ali a minha lição do que poderia ser um policial, com raras exceções: não ligar para o pobre. Mas um dia furtaram a casa de um português muito rico que morava atrás do 6º DP. Eu não acreditava no que via: o delegado pegou a máquina de escrever, o escrivão, os investigadores, montou uma unidade móvel e foi até a casa do português tomar depoimento. Levou toda a delegacia para lá para apurar um furto. Aí eu vi que não poderia levar o mundo a sério. Vi que o mundo é basicamente crime, mentira e fraude."

Miguel recalcitra, mas já estamos no inferno. "Depois fui trabalhar no Deic (Departamento Estadual de Investigações Criminais). Lá, conheci pela primeira vez uma polícia séria, de melhor nível. Eu andava contrariado com algumas coisas que via. Por exemplo: na academia de polícia civil eu havia aprendido que tínhamos a obrigação de prender em flagrante qualquer um que fosse visto lendo ou carregando o livro *O Capital*, de Karl Marx. Era feita assim uma lavagem cerebral nos tiras. Eu finalmente fui trabalhar no temido Dops, onde estava o pessoal da tortura e do delegado Sérgio Paranhos Fleury. Nunca me aproximei dele. Eu ficava de olheiro, disfarçado de funcionário da prefeitura, para ver a movimentação dos 'aparelhos' de esquerda. Um dia, fiz um trabalho de observar um grupo esquerdista. Eu os vi sendo presos pelo Dops, os rostos de todos eles. Dez dias depois, todos apareceram em jornal, televisão, revista. A mídia dizia que eles haviam 'morrido trocando tiros com autoridades na Paraíba'. Aí aprendi que quase todos os que haviam morrido trocando tiros com autoridades, em outros estados, eram torturados e mortos em São Paulo, daí levados de avião para outros estados e desovados ali", recorda. E continua: "Depois, fui emprestado por seis meses para o Pelotão de Investigações Criminais do Exército, o PIC. Vi que o Exército era muito mais limpo que o Dops, eles não usavam dementes e não enlameavam a instituição."

Miguel, afinal, decidiu que queria ser delegado. Formou-se em direito em 1976, passou no exame pra delegado. Mas preferiu outro atalho. "Sempre gostei de política, boa política. Então meu lugar na polícia tinha de ser o Detran. Fiquei lá de abril de 1978 a dezembro de 1980. Em 1978, o Paulo Maluf ganhou para governador de São Paulo. E eu não aguentava mais entrar em viatura. Fiquei muito amigo de um deputado do antigo MDB, chamado Leonel Julio. Tínhamos 63 deputados eleitos e o Maluf tinha com ele apenas 20 deputados desse grupo. Começou um processo de os malufistas quererem ter você a seu lado. Começou aí certamente o primeiro mensalinho da política brasileira, que passou batido. O Maluf negociou o Detran com seu antecessor, o governador Abreu Sodré, que havia informatizado aquilo.

O governador Abreu Sodré era dono de 49% da Prodesp e 49% da Prodam, empresas que informatizavam a máquina do Estado. Eram contratos milionários, esses. Um homem do Abreu Sodré, o Francisco Guimarães Nascimento, o Charutinho, virou o diretor do Detran sob o domínio de Maluf. Não havia contato direto entre mim, o Detran e Paulo Maluf, da mesma forma que hoje o Lula não mantém contato direto com ninguém, isso é uma estratégia política antiga, a de não manter contato. Queriam que eu arrecadasse para o Maluf, mas tudo era feito por meio da Assembleia Legislativa: eu mantinha contato com o deputado Armando Pinheiro, que mantinha contato com o fiel escudeiro do Paulo Maluf, o Calim Eid. No final das contas, quem virou manchete e foi para a cadeia fui eu."

Mas do que te acusavam? Como funcionava o lance do Detran? Miguel repele as acusações hoje perdidas na memória do povão, de que Miguelzinho do Detran fez fortuna sozinho, vendendo carteira de motorista sem a necessidade de passar pelo exame prático. "Passei 90 dias no presídio da Polícia Civil, em 1981. Fui condenado a 13 anos e 4 meses de cadeia, sob acusação de crime de concussão, que previa punição de 2 a 8 anos de cana. Fiquei preso 15 meses num negócio que parecia baia de cavalo, sem luz ou água. Minha acusação dizia que minhas quatro propriedades, em São Carlos e Descalvado (SP), de 150 alqueires cada, eram incompatíveis com o meu salário de investigador." E eram. Suas propriedades rurais valiam, em valores atuais, aproximadamente R$ 1,5 milhão. "Estimo que o esquema do Detran tenha movimentado pelo menos 100 vezes esse valor, até quando fiquei preso. Era o esquema montado pelo Paulo Maluf governador", diz.

Mas como era o golpe? "Basicamente, você obrigava as autoescolas a comprarem simuladores para trânsito. Obviamente, era o lance de uma só empresa fazer esses simuladores, sem licitação. Depois veio o lance da automotoescola: tinha de haver, por lei, um curso para guiar moto. As autoescolas escolhiam caoticamente as motos, mas por lei o Estado dizia que deveria ser um determinado tipo de moto. Depois veio o negócio das plaquetas de moto, que deveriam ser da mesma marca."

Trocando em miúdos, não havia ainda uma lei de licitações públicas. Somente em 21 de junho de 1993 o Brasil teria a sua, que diz, entre outras coisas, "admitir, prever, incluir ou tolerar, nos atos de convocação, cláusulas ou condições que comprometam, restrinjam ou frustrem o seu caráter competitivo e estabeleçam preferências ou distinções em razão da naturalidade, da sede ou domicílio dos licitantes ou de qualquer outra circunstância impertinente ou irrelevante para o específico objeto do contrato". Os golpes no Detran eram justamente o contrário disso: obrigar autoescolas a comprar, sem licitação, o que queriam os donos da máfia do Detran.

Miguel já está falando há horas. É figura elástica, acrobática. Sempre que mexe os olhos, isto é, sempre, a voz fica um pouquinho mais grave. Mas o tom vira tresnoitado, de *bourbon*, quando chega a pergunta inevitável: como foi prender, boa parte da vida, e de uma hora para outra ser preso? Nesse momento, assume uma ginga ornitológica e pede para beber água e café. Na cozinha. "Me tiraram tudo quando entrei na cadeia. Naquele momento, pensei: tenho três alternativas. Posso me rebelar. Mas vi que não dava, porque estava preso numa masmorra em que eu só divisava o visor na porta de ferro na cela. A saída da violência era impraticável. Não sou violento. Vi que minha saída era administrar a situação. Pensei então que deveria ler como um louco, coisa que sempre fiz. Cadeia é um silêncio indescritível. Você acha que está ouvindo o barulho do sangue correndo nas veias. E o pior: você está, sim, ouvindo o sangue nas veias." Miguel sabe que o gosto imoderado pela solidão poderia se converter num perigo positivo. Afinal, Miguel Silva Lima, antigo orgulho da corporação, agora jazia entre uma multidão de coisas inexprimíveis e viscosas.

Ele acha que a cadeia só o fortaleceu. Passou maus bocados por ter sido tira. No primeiro dia de cana, meteram para lhe dar comida um ladrão que ele mesmo, Miguelzinho do Detran, botara em cana. "Era o Cascão, um ladrão que eu prendi. Prendi muito mais de 150 pessoas, o Cascão era um deles. Ele me trouxe um prato de comida e perguntou com ironia:'E aí, chefe, tudo bem?'. Ele me disse que a comida era feita por vagabundos, mas supervisionados por funcionários públicos da cadeia. Ele deixou claro que minha comida poderia ser envenenada." Miguel ficou 15 longos meses iniciais de cana só se alimentando de ovo cozido ("só quando vinha com a casca", ressalta) e pãezinhos franceses. A rotina era acordar às seis da manhã, tomar um pouco de ar e passar o resto do tempo trancado. Afinal, ele mesmo metera em cana boa parte dos corifeus ali fechados. "Tanto no primeiro dia de cana como no último eu era o troféu que a imprensa queria. Do primeiro dia, lembro do cheiro horroroso da cadeia. Do resto, me lembro de me atazanarem. Mandavam bandidos irem bater na porta da minha cela, de madrugada. Berravam que eu ia morrer porque era tira. Aguentei isso um mês."

Miguel ficou ofendido quando o diretor pediu que ele virasse informante da diretoria em troca de regalias e privilégios. Lembra que não havia Lei de Execuções Penais, portanto privilégios legalmente obtidos, como regime semiaberto, não poderiam ser gozados. "Me sobrou aquela cela sem ventilação. Fruta apodrecia ali muito rapidamente." Sempre achou que não merecia aquela pena. "Não havia vítima direta dos golpes que atribuíam a mim. Fui condenado por concussão, ou seja, diziam que eu exigia, dava ou recebia vantagens ilícitas, como funcionário público que eu era. Mas cadê a vítima? De quem eu exigia? Isso não constava de meu processo. Era um crime sem vítima."

Vimos o Miguel que prende e o Miguel que é preso. Chegou a hora do terceiro arcano: o Miguel que solta. Esse é um Miguel que usa celular e mala executiva, mas que odeia internet. Miguel que solta tem um nome poderoso entre acusados. Em 1993, a Polícia Federal prendeu Sâmia Haddock Lobo e Antônio da Mota Graça, o Curica. Eram acusados de serem donos de um carregamento de sete toneladas de cocaína, apreendida em Tocantins, cuidadosamente acondicionada entre toras de madeira. Curica já está na rua e Sâmia pouco tempo ficou presa. Também defendeu o delegado Antonio Belio, polemicamente envolvido no caso do sequestro da filha de Silvio Santos, Patrícia Abravanel. O Miguel que solta também teve um papel cobiçado ao defender acusados de terem forjado o famoso "Dossiê Cayman". Lembra com orgulho: "Eu tinha uns garotos do FBI aporrinhando meus clientes em Miami. Resolvemos a questão assim: fizemos um acordo para depor na embaixada brasileira em Lisboa. Fomos lá eu, dois delegados da PF/Interpol, drs. Pontes e Teixeira, mais o procurador da República, Serra Azul".

Miguelzinho não acredita que ele mesmo esteja certo. Mas não hesita em disparar: o gênero humano sempre está redondamente enganado. Sempre. Miguel tão legalista considera que, mesmo alegando ter cumprido pena em nome de pessoas mandadas por Paulo Maluf, apiedou-se do ex-governador quando a Polícia Federal o prendeu, no final de 2005, sob acusação de mandar para o exterior supostos US$ 200 milhões, oriundos de obras superfaturadas. "Fiquei revoltado ao ver Maluf preso. Isso foi uma canalhice sem tamanho. Foi uma vingança política. O artigo 312 do Código Penal não faculta que alguém fica preso dessa forma, preventivamente, sem que tenha provado a sua inocência."

Miguel acha que o ex-governador ainda é (e será) vítima de persecutórias perquirições de cunho político. "Vou revelar algo: um ex-deputado, José Yunes, do então MDB, veio me visitar pouco antes de eu ser preso e ofereceu o seguinte: se eu denunciasse o Maluf como o chefão da Máfia do Detran, eu não seria preso e ainda poderia indicar alguém para uma secretaria estadual de governo."

Como Joseph K., personagem de *O Processo*, de Franz Kafka, Miguel acha que um condenado nadará até morrer afogado, nas luzes vermelhas do sistema, calafetado das leis, num estado de agregação de urgências condenatórias – que querem sempre punir, punir e punir, jamais recuperar. Isso é menos um exemplo de lei do que de ilegalidade, refere. "Quer saber como se safar do sistema? Tente se safar do sistema usando o próprio sistema. Se você tentar apenas se defender, vai morrer na cadeia", define. Eis toda a filosofia de Miguelzinho: só mesmo o sistema pode matar o próprio sistema. A fúria legiferante comanda a vida: mesmo a vida em pleno estado de legalidade.

— CAPÍTULO 12 —

"Chegaste ao Dez, e o undécimo se vos redimirá."
Merqion, 1976

Dé Pá

Não haveria paleta de cores em todo o amálgama do universo que pudesse branquejar o olhar de um senhor de seus 44 anos. Atende pelo nome de Dé Pá. E logo vou me explicando: começava a entardecer numa segunda-feira, das enigmáticas. Dé Pá está numa cama de campanha, digamos, tudo o que lhe sobrou dos escolhos de um divórcio. Uma voz de sexualidade indefinida, ora de falsete, ora de barítono calabrês de anedota de boteco, diz a nosso Dé Pá que ele passara no concurso público. "Sim, o senhor passou. E em primeiro lugar." Embotado com a notícia, Dé Pá ainda crê que tudo não passa de zombaria. Coça o dedo do pé, enquanto uma lufada de ar contaminado de chuva entra pela janela. A cama, desarrumada, parece cachos de um cabelo floral, de pintura parnasiana. Com a ideia de que o telefonema é chiste dos mais brabos, Dé Pá devolve, em tom maciço: "ok, valeu". A voz restitui-se num tom igualmente maciço, apruma-se, na tentativa de um salvo-conduto: "Estou dizendo que o senhor passou no concurso público e deve se apresentar semana que vem. Seguindo o rito da norma, receberá correspondência atestando o mesmo, obrigado". Dé Pá, num gesto de corrupião, dá uma cantarolada.

O revérbero da notícia lhe causa certa soberba, e, dez minutos depois do telefonema, o arrependimento chega, como sempre, pontual. Dé Pá é assim: manda à puta que o pariu quando nota ter sido, minutos antes, mais vulcânico que deveria, mais superficial que sempre se supôs. Mas desta vez o que está em questão não é uma deusa de sensualidade ressaltada pelo recatamento: é o emprego pelo qual lutou lá se vão seus cinco anos. Uma exasperação contida ebule Dé Pá. Essa toada seguiria por 17 dias. Até quando Falcor, seu cão esplêndido em suas cachorrices humanas, demasiadamente humanas, restabelece a baderna em seu trapiche de recém-divorciado. Late em resmungos, num tom confessional. Os dois se entreolham, na portinhola de ébano ensebado, e, nesse momento, Dé Pá sente um desconcerto, metido que está até a alma em seu pijama de previdenciário adventício. Segura Falcor pelo cangote, em apertões escrupulosos que aprendeu em 12 anos de convivência a dar. Gerânios e begônias cobertos de pós dos séculos devem ser afastados pelos dedões gordos de Dé Pá, a ponto de poder meter o carão na portinhola e ver que Falcor não prognosticou um assalto. Um carteiro gordo e rotundo acavala sua coxa de boi de abate naqueles ferros antigos, como um U de ponta-cabeça, que naquelas casas ainda se usavam para limpar o barro do solado. Anuncia correspondência especial. Três dias depois da cena, nosso Dé Pá está de cabelo devidamente temperado por um gumex profissional, sentado à mesa do gerente do banco estadual. Leva holerites lustrosos de seus outros quatro empregos.

A assinatura do quadro daquela cena não poderia ser outra além de "catástrofe". Obedecendo às desertas leis morais dos gerentes, que não leem de onde vem o dinheiro, mas crescem os olhos tão somente às coleções de zeros ao lado direito das vírgulas, o meirinho bancário que atende Dé Pá lhe dá cheque especial que soma duas vezes seus rendimentos totais.

Um mês depois, Dé Pá está do avesso. Mas antes disso vamos mais a Dé Pá: o rosto é chupado, de adolescente, sobretudo porque uma extemporânea floração de espinhas e acnes erra em sua pele. Mais acima, a testa é bem marcada. Parece um mapa da África. Odeia rádio. Quando era pequeno, um tio, Zelão, teve acidente de trem. Dos feios. Passou o resto da vida com aqueles amplificadores de voz, de bolso, que metia na garganta para magnificar a voz. Melhor dizendo, voz aquilo não era, era um sussurro de impermanência, que lhe morria lá dentro. Zelão era comunista. Sempre falava, não se sabe por que, ao final de cada conversa, o bordão "a revolução não será televisionada". Dé Pá sucumbia àquela voz eletrônica, com medo sobrenatural. Sonhava com Zelão, maus sonhos. Via-o tocaiando em corredores escuros de castelos, com o vozeirão moendo sílabas, torturando a gramática. Corria, mas no sonho não conseguia correr. Acordava na cloaca da madrugada, empapado.

Tio Zelão, quando aparecia, era a confirmação do pesadelo, que por sua vez era a confirmação de Zelão. "Calma, é apenas um fanho sem eira nem beira, nem nexo. É um ator sem roteiro", tentava acalmar o pai de Dé Pá. Cada vez que Dé Pá ouve rádio, surgem-lhe os nada tênues estertores do tio inválido, com voz de navio cargueiro ferido de morte. "Esquece dele, porque quem cuida da boca dos outros é dentista", referia seu pai. De nada valeram os conselhos. Dé Pá é assim: prevalecem nele, ainda, suas sensibilidades, que são singulares defeitos de fabricação. Sabe muito bem que quando se está à mercê de um chicote, nada resta além de pular. Mas Dé Pá tem qualidades. Ou as teve, sei lá. Seus amigos o acham uma árvore australiana, daquelas que conseguem viver um ano e meio sem água quando há erosão. É homem talhado para aguentar tempestades, chegaram a dizer. Mas o Dé Pá abriu passagem entre suas pilastras de ferro para virar um cagão profissional quando, naquela manhã, o gerente janota do banco lhe telefonou. Era um aviso de que seu cheque especial estourara 50 vezes o valor de seu salário de funcionário público. Dé Pá vira um vulcão ebulescente. Atira mentalmente granadas para dentro dele mesmo. Entre seus defeitos, Dé Pá acreditava em carma, numa inclemência turva que corre a vida, como rio, sem que entremos em contato com ela. Dé Pá tinha dito uma vez para tio Zelão voz de monstro, sem olhar em seus olhos, é claro, que aquele mendigo estropiado, ofegante em seu trapiche existencial, andando de cotovelos na calçada de pedras portuguesas cínicas, tinha sido um nazista em outra encarnação.

Não se deteve em analisar o desalinho cometido. Zelão pelo menos ficou quieto. Oito minutos depois, soltou uma frase espírita, uma indagação: "Quantas vezes, afinal, já não teremos morrido?". Afinal, o que teria sido em outra encarnação, nesse ordenamento dos tempos, o nosso tio Zelão voz de monstro? Dé Pá contou a seu pai o episódio. Teve de ouvir um "você nunca terá jeito". É esse o Dé Pá que escutou o gerente relatar-lhe o miserê em que se metera. Dé Pá sente subir-lhe um hálito, um bafo, daqueles de porta de cabeleireiro barato, de ar quente misturado com amônia alisadora de cachos teimosamente desgrenhados. O cafundó existencial a se afigurar proclama, de imediato, falência absoluta. Dé Pá corre à cozinha. Fica olhando o motivo, em forma de asterisco colorido, que orna a toalha. Conta-lhe as pontas, são 36, logo calcula que é um tracinho do motivo para cada dez graus. Em seguida dispara a si mesmo: "Seu filho da puta, sabe contar essa porra mas não soube contar quantos cheques meteu pra frente". O rosto passa a trabalhar em repuxões, com movimentos involuntários, os olhos exalam desamor, os dedos estão recurvos a ponto de se imaginar que cada mão esteja segurando uma bola de tênis. Uma tosse cheia de maus fluidos brota do fundo de Dé Pá. A tosse tinha gosto de rabanada, e nunca mais passou. Nem depois de uma semana de divã, porque no dia seguinte Dé Pá arrumou um jeito de ir buscar, de graça, é claro, as atenções afetuosas de uma doutora na ciência de Freud. Iria ser o segundo de uma sequência linear e matemática de erros graves.

Dé Pá está transfigurado pelo totalitarismo que é o agora. Mandou seus planos de futuro à merda. Mandou seu plano de passado, que é o autorreconhecimento, "para a casa do caraí", como notou enquanto mordia um palito de dentes. "O futuro é o presente, o presente é o passado e o passado não existe", reflexionou. "E meu presente é uma dívida impagável, nos dois sentidos do termo." Por vício de sua sensibilidade, amuralhou-se num arrevesamento dos diabos. Nem banho mais tomava. Comia como passarinho sobressaltado, andava em ovos, pisava como gato no rumor líquido das chuvas. Virou uma "virgem sensível", nas suas palavras. E aquela força impagável dos chuviscos de moralidade lhe causava espanto. Não adiantavam repelões, chamamentos do próprio agora, como uma cerveja gelada, ou um sexo de ocasião. Dé Pá está eriçado de argumentos que jamais supôs plantados dentro de si. Achava motivo pra autocondenação, dizia, "até na força de um peido consentido e de um arroto intransitivo". Desconhecia o léxico intrincado que passou a empregar. Tudo isso é cousa das mais luzidias, de modo que Dé Pá só consegue apagar esse brilho de derrota recalcando soluços, confiando na cura do tempo e empreendendo "severas pesquisas nas anotações da memória".

Só Deus saberá quanto Dé Pá teve de se despojar de si mesmo para destrambelhar a língua, desfazer os braços em forma de "x", apertados sobre o umbigo, e começar a falar das tropelias da infância, norteada sempre por atos coloridos e desordenados, e por aquela sensação gostosa e quentinha de que o mundo é um todo oceânico feito de início, e refeito pelos homens, a cada dia, para que seja uma extensão de nossos corpos e vontades, e onde os enumeramentos mais escaldantes do que desejamos podem se realizar com um piscar de olhos. Tudo isso para dizer que Dé Pá teria sido um menino mimado a quem o mundo agora dizia não e não. E tudo isso para dizer também que sua conversa primeira com a doutora psicanalista foi um intenso mastigar de pedras incandescentes, que lhe saíam das entranhas, fumegantes, e vinham parar na boca, queimando a língua, escarificando o céu da boca, derretendo a dentina da base dos caninos e molares, conspurcando a epiglote, e deveras ainda muito loucas para subir caturra acima, sem arremeter jamais, rumo ao tampão do cérebro, para pastorear com mão de ferro as ideias mais recentes, espancá-las ao osso, para logo dizer-lhes "ei, senhoras ideias, não saiam daí de dentro porque o cidadão Dé Pá aqui tem um morto mais urgente com quem deve acertar as contas penduradas, e esse morto se chama passado".

Dé Pá evoca alguns extratos de seu dia a dia de novo pobre. Tentou espanar a alma quando confidenciou a um amigo, Aguinaldo, o seu estado de desamparo e o trapiche existencial em que estava metido até a raiz dos cabelos. Seus pensamentos, tão ativos, eram avivados agora apenas quando alguma chuveirada ou chuvisco miudinho lhe caíam no tampão do cérebro. "Doutora, tenho um enfarto silencioso me tocaiando, sem que eu saiba ele destrincha meu coração, me ajude, por favor", disparou, olho no olho, à psicanalista diplomada que Aguinaldo lhe apresentou. Homem de argumentos outrora maciços, um incontroverso profissional, Dé Pá se converteu num catálogo entorpecido de sentimentos. A ida ao consultório de doutora Aparecida foi precedida de augúrios encarniçados. Ao andar até lá, bem no dia em que ao banco entregou seu automóvel popular, Dé Pá foi surpreendido por um bem fundado acidente: um cabide torto está largado no meio de uma rua mal asfaltada. Passa um motoqueiro cujo velocidade, mais as rodas efervescentes, imprimem ao cabide torto o empuxo de dez foguetes, de modo a projetá-lo, na fúria de um foguete, contra a cabeça de um senhor cinquentão, de suíças nevadas. O senhor cai no chão, dignificado por uma impavidez de cadáver, como se o retesamento do corpo fosse o último dique de sua resistência contra esta vida, que nos prepara assaltos à mão armada, pensava Dé Pá, quando estamos nas fases da vida de braços bem abertos a ela.

Dé Pá não se volta para trás, no resplendor daquele entardecer sanguinolento, para certificar-se de que o homem sobreviveu ou não. Mas que leu tudo aquilo como um rumor indigno de seu futuro no divã, leu. Aliás, entrou sobressaltado no escritório de doutora Aparecida. Combinaram um preço de valores irreais, já que as sessões eram quase um favor, visto que ela devia muitos favores de sangue a Aguinaldo, que indicou Dé Pá. O tom protocolar daquela relação com a psicanalista seria dado para todo o sempre desde o primeiro minuto, quando ela teceu uma série de perguntas notariais de gabinete freudiano de anedota. Já olhou para Dé Pá e largou no ar perguntas fumegantes, de inopino e à queima-roupa. Quando perguntou a Dé Pá algo tão trivial como "sua namorada cozinha bem?", ele logo devolveu: "Não, nem cozinhar cozinha, mas em compensação me chupa bem pra cacete, desculpe o pleonasmo". Tanto bastou para que ela corasse da cabeça aos pés, que seu pescoço de iguana de vidro, como notaria Dé Pá, se esgueirasse no ar, em repuxão sumamente reprovativo, e, num tom forte e ao mesmo tempo flexível, de parreira silvestre, disparasse: "Por ora dispenso figuras de linguagem, metáforas e afins, senhor". Dé Pá retomou a compostura de quem tira sesta de pijamas na hora do almoço, que era o que ele fazia mesmo, e pediu desculpas. E logo veio com mais uma metáfora de que, sim, seguiria tudo o que ela determinasse, porque "para quem vive seguindo um falso horizonte, seguir um rio é a melhor forma de sair de encrencas". Quando se deu conta, viu que cometera nova metáfora. Recompôs-se dando uma coçadela no saco, empregando para tanto a unha do dedão e o polegar, recurvos e potentes.

O primeiro queixume de Dé Pá para a doutora na ciência de Freud era bem pontual. Sempre foi homem de "leite e frutas", dizia, com uma alma sem ferrolhos, aberta. Depois do estouro bancário havia se convertido num minotauro potente, dando "patadas na própria sombra". Complicava-se com as movimentações mais pueris da vida, vinha quebrando todo copo que lhe caísse nas mãos, não dominava mais nem mesmo a arte de amarrar sapatos de forma que os nós lhe durassem o dia todo. Sua memória, antes um portento, agora era uma fagulha terminante em si mesma. Até seus dados pessoais se lhe escapavam. Nem o sapólio de um sono bem dormido lhe alumiava mais a alma, referia. Mas sobre seu maior incômodo ele mesmo havia aprendido a teorizar. Dé Pá havia sido introduzido nos arcanos da vulgata marxista por um tio sindicalista, Rogério. Lapidou o escapulário proletário por anos. Numa tarde buliçosa de um Primeiro de Maio, comprou de um livreiro português, de terceira mão, um livreto do bruxo magiar György Lukács. Aprendeu o missal da coisificação e reificação. Dizia para todos que quisessem ouvir que a sociedade capitalista tornava pessoas coisas vivas, peças de uma engrenagem, ou seja, coisificadas.

E que o tubaronato capitalista fazia essas pessoas reconquistarem suas almas, perdidas no trabalho, ao lhes oferecer produtos cintilantes, pelos quais trocavam todos os seus salários, "num processo de reificação em que coisas viram pessoas". Pois bem, foi desses bocejos teóricos que Dé Pá tirou seu próprio diagnóstico: tinha um coração de comunista "abastecido por um sangue de capitalista", notava. Dé Pá diz para a doutora Aparecida que ele mesmo estava "entrando num estágio de reificar as coisas".

Desembainhava seus queixumes com muita teoria. Revelou que naqueles tempos seu humor mudava de acordo com os desenhos que enxergava nas nuvens, "num xamanismo dos diabos". Punha todo o seu empenho, para doutora Aparecida, em despachar acordes mentais que misturavam os sons que ouvira na madrugada adentro. Tudo mesclado com as ondulações apalermadas das conversas dos vizinhos, que escutava no elevador, e até com os restos de música distante, que lhe chegavam pela vizinhança, ele misturava com tudo isso. Temos um Dé Pá encolerizado pelos vestígios sonoros de seu dia de trabalho. Esse todo ele juntava, embrulhava e ficava martelando na cabeça. De uma hora para outra, essa sinfonia torpe de restos sonoros promete ser tocada em sua cabeça. Ele fica doidinho da silva com os rumores desses arrebatos vindouros.

Diz para doutora Aparecida que jamais quer ser assaltado de inopino por essa revoada de lixo do mundo em acordes bizarros convertido. Explica-se que "reificou" tudo aquilo: dá a essas manifestações o status de um ser vivo. Xinga-as, luta com elas, como se fossem cousas vivas dentro de si – e o pior é que eram mesmo. Atribui certa categoria de loucura a tudo isso. Numa noite manchada por escolhos de nuvens, uma voz poderosa lhe veio de dentro, e ela chegava em fardos espaçados. Dé Pá se declarou não ser o dono daquela voz. Era uma ridicularia sufocante, umas quatro oitavas juntas, ora graves, ora agudas, ora os dous, alternando-se alma adentro. Um suor avinagrado, relatou à doutora Aparecida, brotou-lhe da testa naquele momento, como se fosse um prolongamento da alma, ou o contrário, a dissipação de suas emoções mais íntimas nesse trânsito empapado. Na hora de relatar tudo isso à doutora, Dé Pá está tombado na cadeira, evita não se desmilinguir num aguazil de lágrimas. Sim, está tombado no assento, como trenós amortalhados de branco por uma nevasca. O suor na testa gera uma hipertrofia, típica daqueles sprays de enfardelar cadáveres, de modo a se parecerem com gente viva, mas que no fundo os deixa espectralmente mais mortos. O suor nada purgou de Dé Pá. Apenas denunciou seu descalabro. Ele enfim libera as lágrimas. "Doutora, eu estou reificando as coisas, outro dia vi meu cachorro dar uma patada no criado-mudo, sem querer, ele latiu para o móvel, porque achou que o móvel é que tinha atacado ele", conta. "Estou do mesmo jeito, deixo cair as coisas e brigo com elas, com os objetos, como se fossem vivos. Doutora, eu grito com eles!".

Doutora Aparecida logo explicou formalmente que, na teoria de Freud, maníaco-depressivos ocultavam cousas atrás de cousas, como uma boneca matriosca. Contou-lhe a historinha de uma paciente chamada Dora, um clássico caso freudiano. Dora, prosseguia a doutora Aparecida, mascarava seu amor por uma mulher nutrindo um amor pelo pai. E mascarava para si mesma esse amor pelo pai sob a forma de rigores moral, religioso e sexual implacáveis. Ou seja, doutora Aparecida dizia que Dé Pá tinha torrado todo o seu dinheiro em objetos, e com eles imprecava como se fossem seres humanos, porque de fato os objetos ocupavam-lhe o lugar de pessoas. Mas que no fundo ele poderia estar acobertando outras cousas com esses objetos. "Uma terapia quatro vezes por semana vai aprofundar isso e quem sabe cheguemos à coisa em si", disparou doutora Aparecida, com um olhar de resoluta luminosidade. Começaria aí a surgir Dé Pá, o assassino impiedoso, que mais tarde iria ser o mais prodigioso matador de aluguel da turma de Balenciaga Torres.

A relação de Dé Pá com a doutora Aparecida durou o que duram os sonhos: parecem longos, o são, sempre envoltos naquela camada de lençóis vaporosos, num halo por vezes em que dourado e negro determinam a luz de fundo. Mas nessa perenidade muitas vezes não passam de um minuto. Foi assim que onze meses de terapia se converteram, no final das contas, em onze segundos. Porque onze segundos duraram, exatamente, duas pequenas frases cochichadas, uma no meio da sessão, outra no início, por uma doutora Aparecida mais "castradora do que aconchegante", na fala de Dé Pá. Os primeiros onze segundos ocorrem assim: Dé Pá está ali de favor. Embora completamente abstraído, nas primeiras sessões, sabe que uma bateria morrente pulsa em seu peito. Sente um cheiro abismal, vindo de dentro, cheiro de zinabre das baterias de carro em seus dias de estertor: é o cheiro de sua alma, disse ele a amigos. Essa ramagem de sua alma, seca, pedia para ser arrancada e tosquiava seus humores nos momentos mais felizes. Confiou à doutora Aparecida a tarefa de extirpar aquele linimento avinagrado de seu peito, a que ele chamava simplesmente de angústia. Aquelas sombras bruxuleantes na candeia de sua alma dançavam sempre, como dizia, "no cu da madrugada", digamos entre uma e três horas da manhã. Buscava na doutora o braço longo da psicanálise, de quem esperava um afago fraternal em sua alma dolorida.

    Com o avançar das sessões, foi encontrando uma teoria para chamar de sua. Chegou a dizer na padaria, a um amigo, que fazer psicanálise era "ser ator, plateia e diretor da peça que é nossa própria vida", a que o amigo lhe devolveu uma pergunta sobre qual o papel, então, do psicanalista, e ele, muito cheio de si e manando orgulho por todos os poros, disse que "o papel do terapeuta nisso tudo é o doutor crítico da peça". Alentado dessa forma, disse, cometeu o erro de revelar à doutora Aparecida que está viciado nas sessões. Todo o seu novo ar de respirar vinha das reflexões vomitadas no consultório. Tinha o peito antes machucado, ora em recuperação, todo aberto às dicas de doutora Aparecida. Foi com esse espírito de bem-aventurança psicanalítica, digamos que pela primeira vez, isto é, pelos primeiros onze segundos, que doutora Aparecida, ela mesma, reificou toda uma situação. Disse a Dé Pá que já era "hora de você investir mais em sua psicanálise". Achou estranha aquela forma de ela lhe pedir um aumento. Até porque estava sem um puto. E o motivo de sua ida à doutora foi justamente uma tentativa de suicídio. Havia quebrado por todos os cantos, feito água por todas as juntas, cozinhava seu suicídio a fogo lento. Mas num sábado chegou a um estado terminante, de finalmentes: dependurou-se com a coleira do cachorro no cano do chuveiro. Não morreu porque o cano quebrou. Caiu no chão como quem mergulha num mar de liquens, ou seja, o tapete de borracha o amparou. Ria e chorava ao mesmo tempo, mordia o lábio e assoprava pela boca todo o ar respirado pelo nariz. Achava, assim, uma vilania rapinante doutora Aparecida querer aumentar o preço tão logo. Afinal de contas, seu nome, Timóteo Francisco, jamais era empregado, graças a um chiste fragoroso urdido por amigos desventurados. Ele devia dez mil reais aos bancos, não conseguia cobri-los. Obviamente, Dé Pá era uma corruptela pérfida de "Dez Paus". A zoeira aziaga que brotou de seus ouvidos quando doutora Aparecida lhe cobrou aumento gerou-lhe um repuxão no rosto, como se as orelhas quisessem comer os lábios a partir dos cantos da boca. Levantou-se. Sentia-se uma marionete comandada por linhas que, paradoxalmente, saíam-lhe de dentro do peito. "Vou-me embora, seu pedido de aumento é um presságio de coisas que quero evitar", confidenciou à doutora Aparecida, com a leve sensação de que a relação começava ali já a apodrecer em escolhos e demais barbaridades que marcam os fins de relação.

Embora ela tivesse ficado impassível, reificou ainda mais a situação. "Me rejeitar assim faz parte do tratamento. Volte amanhã", disparou a doutora, num sorriso fumigado de esperança, uma esperança, diga-se de passagem, profissional.

Dé Pá, após essa frase de onze segundos, ficou no consultório de doutora Aparecida até baterem os onze meses, não de todo cascalhosos. Mas em que os arrulhos de felicidade eram bem menores do que a ofegante sensação de que, uma vez ali, pensa Dé Pá, somos levados a nos encolerizarmos com nós mesmos, para termos algum palavreado daqueles de preencher o tempo pago pela sessão. Por outra, Dé Pá acha que, por razões contrárias a ele mesmo, leva-se ao consultório uma "caricatura do que somos". E que o tempo necessário para ele mesmo desdesenhar essa caricatura, desdramatizar seu drama, desencolerizar sua cólera, seria todo o tempo do viver, de forma que a cura viria num dia fronteiriço entre a velhice decrépita e os últimos lampejos de razão que brotam numa mente a rumar para o mundo telúrico da terra.

Nesse espírito, onze meses depois, Dé Pá viria a se defrontar com as prebendas reservadas somente aos fortes de espírito, forjados em divãs: um novo bramido por aumento, vindo da mesma maneira reificado, educado, polido, ladino, enviesado, oblíquo, lateral. Enfim, tudo o que ele não queria.

"Eu até achei que era esquisito, num primeiro momento, ver uma pessoa tão experiente de vida colecionar aquilo daquele jeito", proclamou Dé Pá a um amigo. De fato, doutora Aparecida nutria um hábito que não parecia deste mundo. Com ímpetos de uma criança, ia a lojas de quinquilharias. Comprava porta-retratos. Não pelo formato. Mas pelas fotos que eles traziam. Sim, aquelas fotos recortadas de revistas e telenovelas, que serviam de enxerto aos porta-retratos. Doutora tinha em seu consultório uns setenta deles. Todos naquelas luzes impávidas de olhares ortopédicos, de famílias plastificadas pelas tropelias de publicitários e diretores de arte. Eram rostos macilentos, semelhando infláveis humanos, ruborizados por uma alegria tão natural quanto uma cigana ou falsa baiana tocando uma guitarra de plástico numa feira mística de ocasião. No primeiro momento, Dé Pá achou estranho desventrar suas angústias em face de uma pessoa que cercava-se dos arrulhos de tantas famílias obscuras, sorrindo num tempo parado e particular, algumas delas de nações de nomes sonoros e obscuros, sabe-se lá. Mas doutora Aparecida jamais se fez de surda às suas súplicas, nem quando ele pechinchava o preço das sessões, que era quando os ônibus estavam lotados e boa parte de seus picholés amealhados sumiam do bolso a título de viático para taxistas. Suas aflições mais dilacerantes brotaram de maneira romântica, quando um dia ela lhe relatou alguns causos do psicanalista Jacques Lacan, como o do 449. Seu coração bateu a rebate, encolerizado, quando soube da história da mulher que jogava variantes do quatro quatro nove no pingo, fruto de uma variação bizarra. Sua mãe, viúva, teria arrumado um namorado que quis fazer amor na frente da filhota, então a paciente. A mãe o repeliu. Ele já havia dado à viúva uma apostólica echarpe branca, naqueles instantes de juras eternas e libido à deriva. A mãe jogara a echarpe no berço.

Como não quisesse fazer amor na frente da filha, foi devidamente destinada ao opróbrio pelo parceiro. "Fique com sua filha, não te quero mais." Uma palpitação alvoroçada tomou conta da mãe, de novo abandonada, desta vez pelas mãos de um "não", evocado em nome dos bons costumes. A desilusão cobrou seu preço. A mãe teria vomitado impropérios contra a filhota. Ao ir ao berço, em engulhos fosforescentes de ódio, encontra a echarpe branca encocozada. Bate na filha. E bate mais, berrando: "Ainda fez cocô na echarpe nova!". Dé Pá achou bizarra a explicação da doutora. Mas a admitiu, como um galinho garnisé que adeja em terreno cuja geografia desconhece. Dizia doutora Aparecida que a criança, obviamente em francês, guardou na memória assim aqueles reclamos violentos da mãe. "Ela, francesa, transformou o vocábulo 'caca', 'cocô' em francês, em 'quatre quatre', quatro quatro, e 'nouveaux', de echarpe nova, em 'neuf neuf', nove nove". Dé Pá custou a crer que "cocô na echarpe nova" tivesse virado um 449 traumático, que teria causado até afasias na paciente. Mas doutora Aparecida referia que o caso era verdadeiro, constava da literatura lacaniana, visto que Jacques Lacan ele mesmo havia tratado da paciente e resolvido o enigma do 449 em poucas sessões. O caso gozava de certa condição de chiste, uma piada bem elaborada. Mas Dé Pá ao final se comoveu. Foi assim que doutora Aparecida o introduziu nos mistérios lacanianos dos "significantes sem significado". Foi assim que Dé Pá passou ele mesmo a buscar, como um gavião peregrino de si mesmo, e ainda por cima cheio de termos técnicos, um nome para os bois de uma angústia que certamente não era deste mundo.

Os conselhos balsâmicos de doutora Aparecida promoviam uma burla ante os reclamos da alma de nosso pobre Dé Pá. Não que fossem arrazoados tecidos em longas horas de blá-blá-blá psicanalítico. Longe disso: loquazes, destemidos, os fraseados de doutora faziam das suas, às vezes, muito brevemente, e, nesses casos, não costumavam durar mais que dous minutos. Dé Pá, quando brotavam essas frases certeiras, ante um antes intransitável cipoal. Sentia o intransitável mundo de sua sintaxe particularíssima se dissolver, primeiro, numa sopa de letrinhas, incompreensível, mas que aos poucos era desbastada e se convertia numa frase clara. Por exemplo, Dé Pá confessava que cometia uma "puta cagada" toda vez que se aproximava o dia de aniversário natalício de sua maior vitória, que era ter se tornado funcionário público. Fruindo emanações de erros atávicos, repetitivos, Dé Pá foi introduzido muito claramente ao Eterno Retorno de Nietzsche e ao Retorno do Recalcado de Freud, tudo a partir dos mais singelos exemplos de seu dia a dia, sem passar pelos enfeitiçamentos teóricos e pedregosos que ele supunha serem os reais arcanos da psicanálise.

Dé Pá tinha conseguido fugir do escarcéu que condimentava sua vida toda vez que se aproximava a data do aniversário de morte de seu pai. Porque era a mesma data em que conseguira ganhar o concurso público. Porque era a mesma data em que pairavam no ar, como sobrecasacas cobrindo seu arbítrio e sua jornada, apelos de consumir avidamente bobagens, ouropéis, desnecessidades, espelhinhos, roupas, numa magia irresistível, em que tudo se reificava, em que objetos materiais ganhavam vozes próprias, e a alma de Dé Pá ficava de pronto amurcilhada caso não cedesse à tentação e comprasse aquelas cousas todas, de inopino, num só cheque. Foi assim, aos poucos, que seu estado de ânimo, mesmo em meio a tantas dívidas, melhorou, mesmo em condições deploráveis de humor. Seria uma terça-feira gorda quando Dé Pá entrou no consultório de doutora Aparecida. Era o mesmo cheiro de escombro, mas desta vez os ares modorrentos do consultório tentavam avivá-lo com umas pitadinhas de perfume floral no ar, talvez uma infusão em spray que a doutora aspergira no ar, sabe-se lá. Dé Pá, obstinado naquele dia, olha os arrecifes da sala, que são quadros multicoloridos, em bandeirinhas, uma mistura de Volpi com platitudes *naïf*.

Deixa de se complicar, talvez pela primeira vez, com as contas da memória recente. Sente-se laborioso, sistemático, forte, capaz de descalçar a alma do corpo e entregá-la, de bom grado, à análise criteriosa de sua doutora Aparecida. Era a culminação, mais plena impossível, de um estado de total confiança. "Doutora, sinto-me melhor impossível, e acho que é graças às sessões", disparou. Ela reagiu com um olhar concreto, que não emitiu sequer um mínimo prolongamento de luz. Sufocado pelo silêncio daqueles olhos, Dé Pá prosseguiu. "Temo tirar férias de suas sessões, não sei se saberia tocar minha vida sozinho, isto é, sem seus conselhos." Doutora Aparecida enveredou por um monólogo maciço, empenhada em tirar a impressão de vacuidade de que, ela sabia, seu olhar dava sempre a impressão. Insistiu que aquele era seu cantinho. Em que seria sempre esperado para abrir o jogo de sua vida "sem medo de ser feliz". Falava isso acavalando a ponta de um dos pés num pufe de couro, que mantinha sempre à frente de sua cadeira majestosa de rainha de um condado obscuro e secular. Dé Pá sentiu-se reconfortado ao saber que não seriam as férias que lhe tirariam o apoio mental. De modo que se despediram num "até breve". Na hora de sair, Dé Pá abre as quatro portas, que passam por pequenas antecâmaras e que levam à sala da secretária – uma negra de rosto desbotado e cabelo alourado por uma tinta fúlgida.

Ela logo avisa que, após o recesso de férias, o atendimento seria num outro endereço. Agora damos um salto de quinze dias: Dé Pá passou férias maravilhosas, em que rabugices aferventadas pelas memórias já não lhe corroíam a alma. Fez uma viagem breve de três dias ao litoral. Pela primeira vez fez compras tendo anotado num papel exatamente quanto gastara e em quantas prestações parcelara a compra.

Havia se tornado um prudente profissional. Volta ao novo endereço do consultório de doutora Aparecida. Era um prédio impávido de novo. Quando botou os pés no carpete da entrada, uma palpitação lhe brotou do coração, mas ele resolveu esquecer aquela pontinha de novidade. Entra no consultório. Doutora Aparecida tinha o mesmo olhar, devastado por interrogações insondáveis, o qual Dé Pá tinha aprendido a apreciar como um dos tantos segredos que deveriam ostentar os profissionais da mente. Senta-se. Nota que doutora Aparecida agora tinha um gato angorá, que parecia mais morto do que vivo. A presença do bichano, pela natureza de sua pelagem, dá até um quê de mistério ao já misterioso e dubitativo olhar de doutora Aparecida. O fato é que, tão logo sentou-se ali, Dé Pá se viu na iminência de relatar suas férias tim-tim por tim-tim. Cometeu a inconfidência (saberia disso segundos mais tarde) de relatar que nas férias transitara pelo antes intransitável, ou seja, voltara a consumir objetos pelo apelo que estes lhe faziam. "Comprei muito, mas absolutamente sob controle", confessou Dé Pá à doutora Aparecida. Três segundos após ter disparado a frase, ela dá mostras de que não o alforriaria, jamais, por esse código de comportamento. Dé Pá havia se convencido de todo de que seus excessos eram cometidos sempre na data em que seu pai morreu, e que na data em que ele ganhou o concurso público, que era a mesma em que o pai morreu, ele foi lá e torrou tudo o que não tinha.

Porque, havia-lhe convencido a doutora Aparecida, ele torrara tudo para cavar seu próprio túmulo, uma vez que, gastando o que não tinha, na mesma data em que o pai morreu, estava construindo um dique, em que poderia dizer a si mesmo: "Na mesma data eu sofro um revés de algo que cavei, assim eu, cavando minha própria tumba, evito que algo, que o destino me reserva, venha e cave minha própria tumba por mim". Ou seja, torrar os tubos, na data da morte de seu pai, era evitar que um destino colérico e irado viesse, de inopino, e lhe impusesse privações inesperadas. Dé Pá tinha descoberto seu Eterno Retorno.

Tudo isso passava-lhe, como um filme subliminar, rapidamente pela memória enquanto contemplava o novo escritório de doutora Aparecida. Tão logo ele confessou ter "voltado a gastar, mas controladamente", uma sombra tisnou o olhar de doutora Aparecida, o que sublinhou o seu semblante num roseiral de espinhos cruéis. Ela repuxou os lábios, suas sobrancelhas se encresparam e um humor verde-bile explodiu em estupores, explodiu de seu olhar, que já estava congestionado, em seus canais, com a fruição de outras composturas depenadas. "O senhor deveria estar investindo mais na sua psicanálise, não nessas coisas", disse, em tom maciço, numa vênia cartorial, a doutora Aparecida. Dé Pá saiu dali roendo os próprios dentes, num desamparo de filme existencialista francês. Prometeu voltar no dia seguinte, no horário marcado. Jamais tornou a vê-la. Pelo menos não com vida.

"Inspeção interna – cabeça: realizada a incisão bimastoidea vertical, retirada a calota craniana pela técnica de Griesinger, observamos hemorragia cerebral difusa ampla por todo o hemisfério cerebral, mais acentuada na base do crânio, onde observamos fratura local. Apresenta outra saída de projétil na região occipital posterior. Inspeção externa – cabeça: apresenta-se com dois orifícios com entrada de projétil na hemiface esquerda; um na região supramandibular e outro na região temporal, ambos com áreas de enxugo, tatuagem e esfumaçamento. Observamos também hematoma periorbitário esquerdo. Apresenta orifício de saída na face direita, na região supramandibular. Trajetória dos projéteis. Projétil 1: penetrou na região temporal esquerda, da esquerda para a direita, de cima para baixo, e não penetrou no crânio, com saída na região supramandibular direita (projétil perdido). Projétil 2: penetrou na região supramandibular esquerda de cima para baixo, da frente para trás, atravessou o crânio fraturando ossos de base do crânio. *Causa mortis*: hemorragia cerebral com fratura por arma de fogo, na base do crânio."

Esse era o laudo da causa de morte de doutora Aparecida. O caixão vinha lacrado, e uma tênue nuvem de gaze cobria o vidro que dava para seu rosto enfaixado. O gato havia sido sepultado, pelo zelador do prédio, no lixo comum. O bichano havia sido estrangulado, de um só golpe. Amigos da sociedade de psicanálise se desafogaram em comentários túrgidos, obviamente sobre pacientes. Um investigador levou do consultório nomes trinchados da memória do computador. Todos os clientes seriam ouvidos. Dé Pá largou tudo. Levou consigo o cão Falcor. Sua doméstica aceitou de bom grado os cinco mil reais que ele lhe ofertou, em troca de um beco em que pudesse se esconder da polícia.

Dé Pá foi morar nos fundos do que achou que fosse, de princípio, um cemitério de carros, dada a antologia de focos de lata velha em que automóveis dormitavam, mortos e dilacerados, em meio a um lixo e confusão generalizados, uma confusão amazônica. Foi lá que Dé Pá conheceu Campos, o garçom, Cascavel e outros sacripantas que passaram a trabalhar para Balenciaga Torres.

— CAPÍTULO 13 —

Confissões 3
(encontradas no diário de Lita Guna em 20...)

Às apalpadelas, eu acamaradava suas predileções.
– Uma aragem inteiriçada, de canícula, trazia cêntimos de felicidade, sem ninguém dar por isso. O rádio mandava sons duros, que nos deixavam abertos às perversidades de madrugadas pecadoras, em que a lascívia nos fazia chupar os filetes de sangue que saíam dos nossos lábios, mordiscados com força pelos nossos próprios caninos. Era um código de comportamento que se ordenava regularmente, e que esplende ainda hoje em mim, à força da selvageria de memórias radicais, irredimíveis, existentes sob quaisquer pretextos. Há ainda em tudo isso uma voragem que me faz baixar os olhos de prazer, embora ressoe distante – como toda promessa de resolução viável para os dias duros que correm. Só de falar nisso, eu me retorço.
– Essa extravagância litúrgica pairava num outro plano, mas ampliava-se, sucumbindo a impulsos muito vulgares, evidenciados por olhos semicerrados e uma débil vibração, carregada de eletricidade, concebida na mesma padronagem, aliás – muito detectável e profundamente burra.
– Eram como vidraças espiraladas, dentro das quais bailavam ameias de fumaça, às vezes tinha formatos impossíveis de se transpor aqui para o papel. Essas incongruências providenciais tremeluzem na minha memória e me chegam ainda pelo atalho de fumaças que se espreguiçam, como luar, nas geografias mais pletóricas do meu corpo. Tremendamente confederados em mim, o referencial subsequente dessas sensações é um contínuo, inesgotável fisgar de coisinhas que só eu sei o que são. De repente, precipitadamente, elas se liquefazem, como se respondessem às minhas preces como a maré responde à gravitação lunar, e as minhas entonações zunem, ofuscantemente, nos bulevares.

– Um esquálido adjetivo, colocado na antepenúltima palavra de sua enunciação, furtou minhas últimas esperanças de alegria. As tremendas significações por ele geradas depositaram, em todas as instâncias do meu ser, sedimentos quase abafados, fugidios.

– Os seios modelavam as expressões de arrepio da alma da alma, fugindo do escárnio impotente, como se uma brisa fresca rumorejasse na pele, por dentro. Tudo isso delineava uma pele que começava a branquejar, no estilo próprio dos defuntos profissionais, como se turvasse, ainda mais, o já pardacento. Foi assim que me pus a coquetear, atarefada em gestos convulsos, como se meus olhos tivessem um pincenê adicional a me mostrar estranhas agitações no ar, e algumas abstinências bem voluntárias que eu não via a olhos nus. Havia nisso uma infinidade de pretextos, desprovidos de causas que particularmente me pareciam bem pálidas, porque o uso que se faz de um sentimento acaba fazendo parte desse sentimento. O lance era tanger teleguiados desgarrados, a quem confiei segredos, sem titubear, naquele dia em que vesti uma peliça adelgaçada ao osso. Como poderia assim santificar minha existência mais do que isso tudo?

– Por mais conceptismo que eu possa ter, o pélago que habito tem alguns plenilúnios, são na verdade vozes com certa rudeza. Essas sumidades, suas pequenas escaramuças gélidas, me dão certa neveira nas almas. São vizinhanças inatingíveis, que me subtraem à impiedade. Há um balancim interno que me puxa e repuxa, tenta subtrair-me do encanto de ser eu mesma, eu a quem já chamaram de um ser hílare.

– O halo aquoso era impenitente em seus dotes eletivos. Nos tornava, a mim e a meus consemelhantes, flébeis, impropriamente humanos.

– Era um lácteo ritmicamente difuso, como as pestilenciais aparições de planetas falciformes na minha luneta, duma incredulidade irremediável, mas juro que estavam lá, desmesuradamente ínferos, porquanto os olhos eram vermelhos e piscosos, que extraíam do real algo, é verdade, mas eram de outras esferas, talvez as mais desmedradas. Só quero penetrar-lhes o eventual logro. Isso me dá queimação. Uma angustiazinha daquelas natatórias. Sei que me sou aço flácido. Uma gata bicaudada, de dedos verminosos, e meu encanto, dizem, são gestos estrábicos, desenxabidos, que me reordenam, e ao mundo, a cada instante.

– Os fachos iam caracolando, biarticulados, enquanto isso os olhos ficavam pastosos. E a boca lamurienta, e uma linha equinocial separava dois carbúnculos que depois eu vi se tratarem de pupilas em atitude de afronta.

– Essas paragens dão formigamentos despudorados, e meus braços ficam patibulares, com medo dos derredores, os pulmões entre soluços bem dialéticos, e os jejuns dispendiosos que se seguem me fazem sibilar. Seguir-se-ia um ano bom, de artimanhas, com o estertor de festas de cruz alta, aquietadas pelas velhas deíparas, enfeadas pela contrição que eram, mesmo em suas diversidades, sumamente provençais (mas com algo de impreciso). Os ares divinatórios iluminavam toda a extensão, e eu não daria mais um ducado sequer para apostar que quanto mais rezava, mais os rostos se emaciavam. No engaste de suas joias, notei, boiavam venenos, capazes de dizimar do frio a vida, em que fumegavam secretos ritos celebrantes, das frias luzes do Caribe outonal. Essa era a condição mesma da cena.

– Crepitação impérvia em que a luz se enterrava nos acortinados.

– Olhar dúctil, de ursinho afetuoso, de filho putativo das boas casas. Um fantasista. Dessemelhanças ventrais são meras coincidências. A cabeça era de capacete torreado. Os olhos apagados, cor de verdura cozida demais.

– Despontava um horizonte atroz, desfigurado de fender o ar.

– Intuía o esplendor das cousas porque a respiração estava suspensa, e os seixos meio ressabiados ao vento estival, uma imagem de se lançar desafios ao escrutínio de orelhudos que nos rodeavam.

– Candor enrubescido aparecia pela contestação de seus olhos: uma centelha distante me fez recobrar o juízo e recolhi disso a consumação de uma encostada de cotovelo nos caixilhos que me levou a refletir.

– Uma congregação persistia, reluzente, crepuscular, em meio ao lume.

– Já despossuída de si, uma febre súbita sobreveio, com um vaivém que se prontificava a tudo, tudo mesmo.

– Matizar é estabelecer ligações, agarrações, aqui e ali, em eclosões reumáticas. Isso se dá desde priscas eras. E ninguém notou. Aguçar apetites é violar vocações, também aprendi. As pagas da vida podem ser dissaboridas, algo como ervas-de-porco sumamente congregadas.

– A radiância da manhã era infamante, uma afronta à minha natureza magra de estudiosa à luz das luas e das vibratilidades das madrugadas torpes.

– Não vou me estorcer nem discutir negaças.

– Fulgindo incondicionalmente, de forma a chumbar-se à velocidade *da luz, por menos que nossa credulidade esteja condicionada a admitir em seus esgares de amuo.*

– Sáfaro, com o olhar roçagante dos desimpedidos.

– Uma desarrumação que se projetaria através da noite.

– O olhar fragmentário chapinhava em suas próprias lágrimas, desnervado, fantasista, turvo e torvo como aquela noite embarcadiça, cheia de zangas e penumbras confrangidas.

– Peliças, de todo insignificantes, por isso ela dobrava os lábios, com algo além da empáfia, que não se podia detectar, e aquelas maçãs do rosto, reentrantes, com os ombros estranhamente suspensos, como se ventrículos desnecessários do coração estivessem erroneamente acionados, e tudo isso gerava um ser merencório e envergonhado.

– A insignificância dos dissabores era bem outra: era a dos mais primitivos biombos, das pecúnias que faziam frufru, mas esboçavam renúncias sob a forma de tosses e pigarros nervosos, que se inteiriçavam.

– Treliças, em meio ao fervedouro, separavam os de peles flocosas, vorazes, dos amancebados pela harmonia do halo do sol encoberto, mas que eram proverbiais arrieiros, no fundo, com suas peles de mandacaru, seus olhares de chispa.

– Era todo um sistema métrico de contrições, devia ter tonsuras até no cocuruto do espírito, desvirilizado que era, com suas mãos trêmulas e buliçosas, saídas de braços mal-ajambrados, cujo calor não cedia nem à força de água de bica lá daqueles alcantilados.

– Olhar devastado por veias sinuosas, não vermelhas, mas cor de água velha empoçada, verdosa, de quatro patas, patas chuvosas, que anulavam a indecisão dos olhos em disparates de luz que me desgraçavam.

– Procissão de raizeiros, homens de fé tosca, de olhos anuviados, encurvados em seus corpos indistinguíveis das pedras, metidos nas brenhas, com seus dedos de unhas ígneas.

– O fragor das balaceiras tracejantes, o encarniçamento, o fervedouro, de todo o fulminado pelos zás.

– Hipotecar delírios diz algo, não? Minhas suscetibilidades respondem aos anseios lunares, eu sei porque conheço o meu éter primitivo, a minha espiral curva, presumo algofactício e nem assim reconheço a realidade, mas sempre minhas incongruências cuidaram disso. Nesses interlúdios mergulho nas antigas fanfarrices, sob o zumbido de uma lua achatada,

em total desmazelo ante todas as mesuras que sempre lhe fiz, desde a primeira consciência que tenho de ter olhado para o céu. Fui assim erodindo esses meus incensórios pessoais, olhando cada vez mais pro chão, tremulando teatralmente, tecendo as letras apagadas segundo os pendores de meus reais propósitos de ocasião. Uma alma tecnicolor que se quis digitar na época errada. Um ser vicariamente vertical, com certa perplexidade, aquele tipo de sensação que, uma vez registrada, pagam-se taxas de câmbio sonantes para esquecê-la de pronto. Espiralei cegamentemente os gestos, na brusquidão que é ultrapassar o real.

– Seu perfil, rápido, sumiu pelo ângulo de refração gerado pelo disco brilhante da lua na superfície do lodo. Ele era levado por uma apoteose mental bem paga, que se espessava em face do escrínio crepuscular das barbas-de-bode, numa época em que plantas sem grife eram até subprioresas.

– A consumpção mais luminosa se entrelaça: são as esferas congêneres, que recuam muito longe em minhas memórias. Tento regular-me nessas matizações. Tento não ser clássica, bem no meio e no influxo dessas grecidades, dessas florações olímpicas, que deixam o corpo com aspecto nervudo, em total desacordo com certas elegâncias pelas quais sempre lutei, sempre limpas dessas verrugosas refrações de deuses potentes, seguros mas espalhafatosos, que, com tantas ambiguidades figurativas, estão sempre fantasticamente metidos em simetrias.

– São dolicocéfalos que fogem das minhas configurações, dos meios tuteios, ora já pretéritos.

– Meu vertiginoso destino era perpassado por mil contrastes, que as intuições não apanhavam de pronto. Era uma alma que se aprofundava, conciliativamente, nos sentidos de outrem, como uma vociferação em conjurações secretas, num terreno espiritualmente duvidoso.

– Fioritura (finonitura).

– Tudo moderadamente inefável.

– Estabelecer perspectivas moralmente mais vãs, mas sem renitência, rugientes, bem defináveis.

– As intuições avulsas deixam a alma lascada, bipartida, com um revérbero do poder ordenador tendente à dissolução do mais simpático e vegetativo...

– Grafismos de epígonos.

– Poupadamente.

– Tencionava.

– *Sinistramente refinado, insolvente conectado a préstimos.*
– *Casquilas.*
– *Ebriedade em estado de degeneração.*
– *Olhos ovais de débil.*
– *Cutucante ironização, maravilhosamente construída sobre advérbios de modo, tal como os agrados naturais do dia a dia.*
– *Era uma alma voltada para trás, como se pontuando um ato trágico e pretérito.*
– *Aperfeiçoando-se em cravar-se.*
– *Atril.*
– *Umbroso.*
– *Do passado sobrou-lhe um sentimento cruelmente mortiço, aos pedaços, coercivo.*
– *Bajoujice.*
– *Tributava-se à...*
– *Lastimosos convívios renovados.*
– *Alma vermelhenta.*
– *Hóspede monacal.*
– *Desajeitamento cheio de condições objetivas.*
– *Entre arras e apupos.*
– *Homem de quatro veredas.*
– *Pernície.*
– *Entrelaçamento de morais molengas.*
– *Ladrido subentendido à força criativa.*
– *Entrondante.*
– *O meio geocentrismo não comporta vagas interestelares, é obstrucionista para temas do além-cosmo.*
– *As epifanias dinâmicas, fatais, eram opressivamente misteriosas, obliquamente arrematadas, à esguelha do mundo como o conhecemos.*
– *Inelutável, desenfreado como um instinto desgarrado.*
– *Amicalmente fortificado.*
– *Flanqueavam a base dos olhos.*
– *Aguilhão.*
– *Amiudava os vagalhões.*
– *Cintilação debilmente precisa, estranha ao todo, sujeitada no entanto à cadência harmônica geral.*

– *Almejos.*
– *Aqueloutro, o pagão e incolor.*
– *Secretas esquivanças entreolhadas.*
– *Tematicamente orquestral, com seus engolfos.*
– *Eixo oblíquo.*
– *Petrificava apostasias, basbaqueando.*

— CAPÍTULO 14 —

"Limpai as chagas e do mal terás a bem-aventurança."
Pirilla, 1970

Zé Limpinho

O nascimento

Toda a devoção por viver de um rapaz de peito desossado poderia ter sido muito facilmente extraviada de seu destino se ele não tivesse dado mostras indesviáveis, desde o nascimento, de que seria chamado para todo o sempre, por todo mundo, de Zé Limpinho. Os indícios rudimentares dessa feição começam a fluir num formalismo dos diabos quando Zé ainda estava no berço. Os primores mais aziagos de Zé Limpinho foram notados assim que saiu da barriga da mãe, dona Eulália, numa cesariana de 400 instrumentos, naquele instante difícil em que o cochicho dos médicos, sob as máscaras impávidas de suor e tensão, parecia uma fala de mudos. Zé Limpinho veio ao mundo num remanso tão taciturno que acharam-no mudo de nascença. O cirurgião--chefe demorou para recobrar o domínio de si mesmo, chegou a emitir um muxoxo em forma de "tsic tsic tsic", quando viu que palmadas e palmadas nas nádegas não lhe tiravam aquela severidade invulnerável dos silentes, dos mudos para todo o sempre. Nenhum bulício do infante Zé Limpinho: apenas um despropósito caladão, que desafiava a esquemática previsão de que a criança iria nascer perfeita.

Zé Limpinho guardou palavras secretas para si mesmo desde que nasceu. Só as botava para fora quando sabia-se destinado a uma palpitação fremente: a de que a situação mais limpa do mundo estava prestes a chegar perto dele. De modo que, quando veio ao mundo entranhado em merda de barriga de mãe, tudo o que estava a seu alcance era calar o bico, deveras. Tinha uns olhões azuis diáfanos, levemente puxados, um narizinho de bico de águia e uma bundinha no queixo que lhe conferiram o ar de um recém-nascido que já chegava ao mundo com seus 94 anos de idade. Uma enfermeira loira de farmácia tentou arrancar o que quer que fosse da boca de Zé Limpinho quando lhe deu, às escondidas, um leve piparote na verga, naquele pipizinho do tamanho de um terço de dedo mindinho do menor adulto da face da Terra. Impávido, Zé Limpinho não chorou com o golpe agudo. Só minutos mais tarde Zé Limpinho achou algum prazer e muita esperança, quando colocado numa floral infusão de cheiros, toalhas brancas, perfumes ortopédicos e essências comerciais. Achou ali seu primeiro reino: limpo, longe do papel de magarefe emporcalhado, proclamou de pronto seu reinado na vida e começou a chorar em alto e bom som. Era, deveras, perfeitinho da silva.

Anos mais tarde essa feição mais insinuante de Zé Limpinho iria lhe servir, e como, no sustento e no leite dos gatinhos. Seu senso de limpeza o forçou a criar uma *gestalt* espiritual, digamos, e arquitetônica, de modo que intuía sempre quando as peças de um quebra-cabeça não se encaixavam. E fazia isso por instinto, com base num quadro mental em que tudo se misturava: determinados locais se lhe brotavam "limpos demais", outros "sujos de menos", simplesmente com base na análise das "limpezas" e "sujeiras" afins. Um bruxo converso, criado nos mistérios do Ifá, o *I Ching* africano, chegou a dizer a Zé Limpinho, numa tarde de claridade crepuscular, numa roda de truco da Praça Sílvio Romero, no bairro do Tatuapé, que ele era, sem saber, "um espírita sinestésico". Ou seja, pelas limpezas dos locais determinava o que ali fora arranjado – ou desarranjado. A saber, sabia o mapa de como certos lugares haviam sido montados para dissimular uma cousa ou simular outra.

É óbvio que esse estado de transposição do real só se dava com as devidas depurações. Ele precisava de um cenário para poder atuar. Na canícula paulistana leste, quando suava aos potes, Zé Limpinho era tomado de um estupor devastador, que lhe murchava os cabelos à irrelevância. Murchava à vida no verão, deveras. Precisava encontrar um kit de sobrevivência para prosseguir o ofício de viver nessas situações de sudorese subsaariana. Pois bem, o kit se constituía de um artesoado digno de hospital de potestades árabes: cremes, arnicas, panos variegados de artesanias de perfumistas. Faltava o kit a Zé Limpinho e, desde então, era ele se apagar do mundo, assumir uma palidez de comprimido. Por exemplo: quando veleidades específicas da criadagem de sua mãe, que naquela época era vasta, deixavam escapar polvilhos de poeira nos cantos da casa, Zé Limpinho morria um pouquinho. Às vezes, por pura vilania, elas, a pedido de Zé Limpinho, iam procurar o kit perdido em algum canto da casa, mas com letargo inverossímil, de elefantes caseiros, e locomovendo-se à vigésima hora do dia em passo de tartaruga, só para vê-lo morrer, ainda que hipoteticamente. Zé Limpinho chegou até a ter espasmos, por exemplo, quando o pelame de ametista da cadela Baleia, de sua mãe, deixou de receber panos úmidos, a cada duas horas, com essências de florações primaveris de ocasião. O bodum da cadela quase o matava. A criadagem rebentava em soluços de riso que lhes doíam nos ossos de tanto prazer.

Zé Limpinho, no início dos anos 1980, ao se defrontar com o best-seller de Süskind, *O Perfume*, teve uma intuição que o tirou de pronto da profissão de indeciso visceral. "Este sou eu", disse, ao ver a vida de um bom de nariz que pelejava nos cafundós do inferno até que encontrasse o perfume que lhe fizesse a cabeça. Zé Limpinho pensava nisso, numa tarde invernal de verão, quando estava naquela situação de incubação amuralhada tão típica dos tímidos de alma, e seu pai, metido naquelas consagrações ofegantes de quem encontrou a pedra filosofal, o chama na sala e dispara um "filho, acho que encontrei algo que cai como uma luva na sua alma". Era um anúncio da Secretaria de Segurança Pública, em que se anunciava concurso público para 14 carreiras profissionais. Zé Limpinho havia cursado engenharia, versado em edificações – uma maneira eficiente que ele encontrou de ver "todas as coisas devidamente em seu lugar". Foi com uns olhos insidiosos que chegou a um estado de plena consciência, enfim, pelo qual constatou para que serviriam, deveras, seus hábitos de limpeza e arrumação: iria ser perito de cenas de crimes. Naquela noite de inverno no verão foi dormir febril, e chegou a tal estado de delírio que fritava no colchão, arrulhando vocábulos incompreensíveis, entrecortados com pequenos berros sísmicos, de modo que seu pai, cujo quarto era um morgadio fedorento que empestava toda a casa, abriu as portas da alcova fedorenta, brotou na madrugada, quebrando toda a pasmaceira evangélica que era a madrugada de garoa no bairro do Tatuapé, e meteu uns pezões de chinela de couro duro na porta do quarto inquebrantável de Zé Limpinho.

Encontra o filho, quase que à matroca, numa esquina do quarto, metido num prazer frascário de reler, por mil vezes seguidas, o recorte do concurso público, concelebrando um ritual bizarro: está com os cabelos enfunados, os olhos adormitados nos poços de promessas ardentes contidas no novo emprego, tomado daquela moral infantil pela qual, nas tenras idades, ainda cremos que todo o mundo nos pertence e tudo no planeta é um prolongamento oceânico de nossas vontades mais pueris ou mesmo profundas, pouco importa.

"Vou ser policial, pai", declara na madrugada Zé Limpinho, numa voz de saracura gripada, naquilo que seria um prelúdio de uma bisonha crônica de embustes que iria ser a sua vida dali para a frente e para todo o sempre.

Doía de ver como Zé Limpinho se crispava, naqueles dias, depois do anúncio, ao ver sinais peremptórios de sujeira na casa dos Di Alfredo. Queria ser o perito da casa. E, assim, ele se destrambelhava em repugnância ao abrir as gavetas e notar polvilhos de poluição assentados nos cantos. Foi aí que inventou de limpar os cantos das gavetas com cotonetes. Esses prodígios de limpeza se estenderam sob a forma de estrépitos tonitruantes, que até na prática do sexo o atrapalharam. Numa noite de lua alodaçada, por exemplo, juraram ter visto Zé Limpinho metido numa mixórdia de assobios de felicidade, enquanto preparava suas roupas brancas amarfanhadas, e as transmutava, pelo atalho do ferro incandescente, num remendo digno de marechal. Seus cuidados de mãe com suas próprias roupas, em toda aquela antessala das noites de amor, convulsionariam os mais insignes desodorizadores de salas de cirurgia. Nesses instantes do pré--sexo não havia remansos de consciência, e Zé Limpinho ficava, sim, esporeando os sentidos para ver a deflagração purpúrea de quaisquer microcentelhas de sujeira. Buscava indícios de imundície para cancelar toda uma fulminante operação sexual. Nesses instantes, de antessalas do amor, costumava jantar trazendo no carão um olhar vago e apenas perceptível. Já imaginava, com a comida na boca, que imperfeições iria encontrar no ninho do abate da fêmea. Afinal, nessas análises, tinha o ar rarefeito dos densos de alma. A realidade lhe chegava em ondas. E a memória das coisas era apenas um desvínculo implacável, uma série de confabulações avinagradas que não lhe faziam sentido. Era um quadro mental em que seu rosto escurecia, e por fim ele acabava tosquiando o brilho dos olhos, sempre pensando, ainda com a comida do jantar na boca, sobre quais sujeiras encontraria na câmara do sexo. Nesse estado, logo levou da mãe o apelido de "Zé Zumbi".

Nas noites de amor ele saía de casa nesse estado de letargia. A vizinhança parava para vê-lo, a cada quinze dias, saindo de casa todo de branco, como um pai de santo. Tinha um trejeito esquisito nessas horas. Ele mesmo tinha notado que "os cachorros andam com as patas do lado direito indo para a frente ao mesmo tempo, e as patas de trás, nesse mesmo movimento de andar, indo para trás também ao mesmo tempo". Mas, prosseguia, "os humanos quando andam, a mão direita, por exemplo, é jogada para a frente, e nesse mesmo momento, enquanto isso, a perna esquerda é jogada para trás". Não foi sem pasmo que notou ser ele mesmo o oposto disso sempre que se dirigia a um ninho de amor: enquanto, todo de branco, é claro, sua perna esquerda era jogada para a frente, no andar, a mão esquerda também ia para a frente. Como um cachorro ou como um robô de anedota. Não quis pensar, para todo o sempre e enquanto viveu, por que andava assim naqueles momentos. Mas sempre foi alvo de chacota profissional da criançada, que lhe seguia os passos, andando sobre suas pegadas, e imitando o mesmo gesto de robô destrambelhado por todas as juntas.

Zumbidos persuasivos tiravam Zé Limpinho do seu centro cinético quando ia se encontrar com suas namoradinhas, algumas de aluguel. Vinha naquele andar de robô desvaretado, com aquela claridade crepuscular brotando dos olhos cobiçosos. Entrava nos quartinhos de aluguel e logo ia notando aquela clássica desarrumação das alcovas, de todo vinculada ao teatro dos amores de urgência dos mais recentes clientes. Abria uma maleta. Sacava cotonetes, elixires, sais, sprays, e só quando o revérbero esplendoroso e surdo dos panos contra as paredes e móveis tomava conta do ar é que Zé Limpinho começava a respirar sem os estertores de um motor sem problema de calibragem. Zé Limpinho, assim, ia aos poucos montando um quadro mental e de sensações. Sabia como se limpavam e se exorcizavam as quatro paredes de cheiros indesejados e indesejáveis, e de "sujeiras sujeitas à detecção posterior". Toda a nervosa sujidade mal apagada dos amantes anteriores era anotada mentalmente por Zé Limpinho. Progressivamente, com a naturalidade de um cigano tocando uma guitarra de plástico, aquele robô humano saía dos rescaldos da limpeza, assumia um trotezinho bizarro e ia se movendo numa ondulação derreada, tirando as roupas brancas lentamente. Só depois desse ritual estrambótico é que ficava nu e livre como um táxi de feriado.

Passo seguinte: tirava da bolsa uns sais cremosos, untava a amante até que um vapor de hospital subisse na sala. Nesse clima de nebulosas, cheirando a mentol e outras purezas químicas, olhava com ar de zombaria para as namoradinhas – que sempre lhe retribuíam com olhares ora de encanto de novidades, ora de puro pavor. Sempre nuns resmungos álacres, Zé Limpinho por fim dissolvia os sedimentos das más percepções, ia assim se livrando, pouco a pouco, dos murmúrios, muxoxos, e por fim fumigava um perfume sinuoso em seus corpos. Soltava umas teses fragmentadas, morria-se aos poucos e, em meio ao torpor hospitalar, entregava-se ao amor. Uma morrência louca de doer.

O experto

Mais tarde, com toda essa prática, Zé Limpinho se tornaria um dos *experts* mais aparatados em cenas de crime: sabia como ninguém que os restos deixados na cena do crime eram deste um prolongamento: nem a dissipação do tempo poderia, em certos casos, aspergir gotas de esquecimento que certas tatuagens deixavam no tecido da cena. Mas talvez tudo isso, e mais um pouco, Zé Limpinho deveu a uma matrona de seus 80 anos, que essa sim foi sua bastante ama de leite e sua mãe de criação: uma tia chamada Anunciata. Quase cem quilos mal distribuídos num corpo fino, tia Anunciata era o que se podia chamar de "mulher Abaporu": quase 1,80 metro, pés descomunais, uma letra "L" em caixa-alta. Emitia falas culminantes, em falsete, tinha sempre pressentimentos perniciosos com relação a tudo e a todos, e usava um anel de brilhante aceso em cada dedo. Lamentavelmente turvada por excessos de limpeza, foi dela que Zé Limpinho herdou a mania de limpar cantos de gavetas com cotonetes.

Senhora de uma dignidade irrenunciável, tia Anunciata guardava tantas e tamanhas manias que seriam no futuro incorporadas pelo prodígio Zé Limpinho. Quando ia beijar alguém, por exemplo, tia Anunciata se soerguia numa contradança, em que parecia fazer uso de um cataplasma imperceptível, na tentativa de evitar "perdigotos e catarros sórdidos" aspergidos a partir de beijos pele a pele. Protelou esses estigmas pueris por toda a sua vida, deveras. Mas, na hora de beijar, numa presteza magistral, remexia a alma lá no fundo, tentava apaziguar suas sublevações de limpeza, mas enxergava diante de si o espectro fantasmal de que estava prestes a beijar os cantos de bochechas próximas a uma boca que bem poderia ter, segundos antes, supurado uma espuma inapelável. Portanto, era necessário eternizar-se de perfumes, andar alheia a tudo, murmurar um indomável "afaste de mim esse cálice", e só assim seu espírito estaria pagando amortizações, por toda a eternidade, ao seu costume de limpeza. Tudo isso para relatar que tia Anunciata, depois de falar baixinho, consigo mesma, uma série de impropérios vivificadores, dava seu salto, um saltinho biblicamente incontornável, que quase por distração lhe fazia beijar as pessoas a três centímetros do rosto. Na verdade, eram dous beijos. Tia Anunciata beijava o halo e a aura das pessoas, mas ela tinha a pele tão rebuçada de perfumes tonificantes, que o beijado sentia o perfume de tia Anunciata tocar-lhe a pele como se fosse de fato uma outra pele. Inundados de prostração, os circunstantes paravam toda e qualquer festa para ver tia Anunciata beijando alguém. Era um beijo no éter muito evidente e até didático. Foi de tanto vê-lo que Zé Limpinho derivou dali uma variação e dali também tirou todos os seus propósitos secretos de empurrar o lastro de sua alma para tudo o que fosse sinônimo de não me toques não me reles. Esses prodígios dominantes, acantonados por anos na alma de Zé Limpinho, eram a autoridade válida que o levaria no futuro para os caminhos da fama forense.

Colocando tudo em perspectiva: um casal foi encontrado morto numa cena de crime de confusões amazônicas. Ele, deitado na cama, com as duas mãos em cruz, sobre o ventre já inchado de ventosidades cadavéricas. Ela, jogada ao pé da janela. Ele, com dois chumbos metidos mente adentro. Ela, com três chumbos no pescoço. A cena do crime foi devidamente alterada. Os policiais militares, primeiros a chegar a esse cenário desamparado de vida, haviam sido convencidos pelas respectivas famílias de que o cheiro de sangue seco que subia do carpete deveria ser retirado "de inopino", visto que o crime havia acontecido numa véspera de Natal – e manter nos ares aquele bochorno de vida convertida em morte líquida, pelo atalho do sangue coagulado, não era algo que se coadunasse "com o verdadeiro espírito cristão". Aquela era a primeira cena de crime a ser esclarecida por Zé Limpinho.

Ele entrou no local do crime com o mesmo sentimento pernicioso que mantinha nas vésperas de seus amores de aluguel contrariados: louco para não se contaminar. Uma loucura, uma demência tamanha que, em tantos anos de prática de limpeza, desenvolveu instintos que lhe davam um quadro pronto, fotográfico, sobre tudo o que tinha sido inaturalmente alterado numa cena de crime. Funcionava mais ou menos assim, sempre: Zé Limpinho entrava na cena do crime. Se houvesse tal alteração, uma revoada de ares indignos passavam a calcinar seu humor. Sentia coceiras, primeiro nas costas. Depois malvivia dores inexpugnáveis, primeiro nas juntas, até que uma cena irreal se sobrepusesse à cena do crime, quase como uma tela. Via assim o mundo detrás de uma gaze, sentia ascos de comiseração pelos mortos. Via o mundo brotar a partir de uma luz escarpada e plural, via um mundo majestático, em múltiplas dimensões, e se sofisticava à afetação em seus trejeitos nessas horas – como se uma entidade de umbanda estivesse descendo em seu corpo. Parecia evocar um cambalear furtivo, os olhos ficavam escuros, como cheios de insônias arrevesadas, e santificava nesse momento toda a sua determinação de esclarecer o crime. Tomado dessas inspirações, naquele primeiro crime à véspera do Natal Zé Limpinho logo determinou como haviam ocorrido as mortes e até de onde para onde e em que sentido os corpos tinham sido mexidos. Numa compaixão fulminante, mostrou, com os olhos inundados de lágrimas, onde haviam sido aspergidos dissolventes profissionais naquele carpete às pressas removido, sublinhou seu desdém por suposições contrárias às suas e, em estado de total desfalecimento moral, vomitou toda sorte de súplicas para que o laudo fosse ali mesmo confeccionado, tendo como base suas pressuposições. Tanto bastou para que, no dia seguinte, um delegado da Corregedoria de Polícia, Dr. Santana, um católico macumbeiro de 70 anos de idade e 45 de polícia, o chamasse em sua sala. Só não pediu um exame de sanidade a Zé Limpinho porque, visto que era macumbeiro, foi levado a crer que o pobre perito iniciante bem poderia ser um "perito vidente". Zé Limpinho nunca soube se deixou de ser punido, exemplarmente, por aqueles ares de enfeitiçamento que a zombaria imprimiu à carona do Dr. Santana, ou se aquela chuva umbrosa e insaciável daquela segunda-feira pós-Natal demovera o corregedor da atitude de tomar mais diligência e ir portanto mais tarde para casa. O fato é que Zé Limpinho saiu da sala do corregedor com a estranha sensação de que uma ziquizira fora esconjurada de sua vida pelo fato de os credos religiosos do corregedor, todos emaranhados, terem se dado as mãos em prol dele, num deleite fumegante e demente de que ali haviam se encontrado dois tiras irmãos de sangue em algum terreiro.

Numa cavilação desmesurada para a ocasião, Zé Limpinho saiu da sala do corregedor, dizendo de si para si que "o pior é que fui absolvido de uma verdade pela boca de um delegado que não toma banho há 37 horas e não manda desinfetar a sua sala há 58 dias". Convalescido da cena, Zé Limpinho jurou a si mesmo que aqueles sinos que tocavam a rebate em seus instintos, quando das cenas de crime mexidas, jamais iriam ribombar de novo. Pelo menos na frente dos outros não. Mas seu apetite indomável não terminava ali, é claro. Dali para a frente seus esturros de limpeza, a prefiguração da cena real do crime, os cantos que exalavam vestígios de alteração, os repelões que ferventavam dentro dele, tudo iria se desventrar de outra forma, em outras penitências que na verdade só buscavam a verdade dos fatos.

Zé Limpinho logo achou outra forma de condimentar sua exasperação: formou um ordenamento jurídico tão pessoal para sua alma implacável, que dele apagaria todos os rastilhos de suas angústias pela verdade verdadeira. Todos os reclamos coléricos se consertaram com uma burla sacramental: alterar os laudos dos crimes, inserindo neles anotações baseadas não na ciência, mas na prodigalidade de sua visão de Zé Limpinho, que ele sabia se retemperar a cada respiro, tornando-se mais aguda do que os "decrépitos corregedores". Sesteava os arrulhos de seu estômago, com fome de justiça, alterando os laudos. Mas ia dormir contente com isso: graças a suas alterações, crimes passaram a ser desvendados. E os peritos não reclamavam das alterações, porque, afinal, tinham feito os laudos no bafio invisível da madrugada, na undécima hora de trabalho mal pago. E o que importava eram crimes esclarecidos. "*Fiat justitia et pereat mundus*". Faça-se justiça e pereça o mundo, foi o lema que Zé Limpinho adotou dali para a frente.

Na polícia, Zé Limpinho, com seus tais ou quais arrebiques de "luxúria espacial" – como disse o delegado Nelson Silva, um gordo de 400 quilos que retemperava sua decrepitude com memórias empoeiradas de tempos jubilosos –, ganhou a fama de um "veado contrito", nas palavras do mesmo delegado. O fato é que, com a simplicidade de quem consulta uma palma de mão, Zé Limpinho desfazia o estio das investigações com aqueles ardores de um viço incomparável. Vejamos: tiras gordos e desambiciosos de fama não conseguiam esclarecer o caso chamado "dos três palitos". Um psicopata do interior de São Paulo estuprava vítimas, matava e deixava na cena do crime três palitos de fósforo. Sempre esculpidos num semi-hexágono, obviamente três partes cuidadosamente dobradas com a ponta dos dedos. Eram uns esquecidos das leis de investigação, esses gordos. Jamais coletaram, em seus ânimos vegetativos, essas provas luminosas. Faltava-lhes a indolência natural que Zé Limpinho reunia não poucas vezes em sua alma de equipe. O sestro desses epigramas, suas medidas, até seus halos aromáticos, suas deslumbrantes cartografias poderiam dar luz às investigações desses flibusteiros acovardados em suas carreiras dormentes de funcionários públicos, poderiam tirá-los da categoria de prófugos da investigação e metê-los dentro da mente e do lodaçal de demência que eram as cabeças dos criminosos. Poderiam, enfim, ser a pontinha de luz em face daquelas sublevações omitidas das consciências dos assassinos, pôr em relevo dourado pistas molemente amorenadas pelo óxido das terras.

Era um dia claro, espessamente diáfano. Algumas plantas desiguais ainda inermes, mortas pela granizada dos algodoais, servem de palco, e irrompe do mato Zé Limpinho, com toda a equipe de gordos policiais de anedota. Um corpo de mulher, que parecia capitonado de urucum aferventado, está deitado em forma de suástica, com cada membro para lados diversos. Os lábios tentaculares da fêmea lhe conferem uma postura totêmica. O desenlace teria ocorrido ali mesmo, sem panegíricos, juras ou declarações de dessemelhantes no amor de almas turbadas. Zé Limpinho vê o corpo da defunta e morre-lhe nos lábios o esclarecimento da cena, porque a correição que sofreu na

Corregedoria lhe ensinou que esclarecer crimes com suas faculdades especiais era decretar sua morte profissional. Zé Limpinho sente uma angústia pungir-lhe a alma, um frágil desvario quer se converter em palavras: ele sabe que a cena do crime foi esmeradamente composta, mas prefere ficar calado e manter sua fé pia no correr das investigações notariais e protocolares. A defunta tem um crânio angélico e anguloso, talvez tenha sido uma mente abrasada pelos monopólios de um corpo de modelo. Há uma relação sumamente vincular, pensa Zé Limpinho, entre a posição do corpo e o que o assassino quis omitir. Zé Limpinho treme nas botas, os tiras gordos querem remover o corpo logo. Jorge, passada uma prostração abismal que era menos por respeito do que por medo, pega com suas mãos de coveiro o pulso do cadáver. Zé Limpinho pede-lhe luvas. Entrefechado à presença dos demais, Zé Limpinho sabe que assassinos reconciliados de seus estropícios limpam cenas de crime com maestria, alheios aos eflúvios dos dilaceramentos das carnes, narcotizados pelo letargo que é não deixar pistas, e tudo quanto lhes trouxesse júbilos luminais de uma assinatura de crime tem de ser levado ao catafalco do desassossego. Mas aquele criminoso tinha algo em especial: deixava os palitos de fósforo às claras. Zé Limpinho está fremindo de ideias. Jorge, Manuel e Barroso, os tiras gordos, entreolham-se. Sabem que Zé Limpinho pode emitir outra barbaridade na frente do delegadinho de 30 anos, Dr. Joaquim, um magro de fragores referendados pela mais fina perfumaria francesa, hálito de Binaca, unhas de gato brilhantes como uma urna grega. Zé Limpinho dá seu passinho para trás. O delegado coça o bigode com o dedinho, naquele cacoete que na verdade é um aleijume urbano das delegacias. Solta um "puta que o pariu, Zé, não vai começar!", e os limites instantâneos daquela geografia são trazidos pelo eco de sua voz. Nesse momento Zé Limpinho coçou os ovos, com delicadeza, e abaixou a cabeça. Mas já uma aura esparsa era o resplendor da cabeça estabanada de nefelibata profissional. Ouve o tilintar das pulseiras do delegadinho, duas de ouro e outra de rabo de elefante acantonada em prata, e começa a zanzar o seu pelame de Zé Limpinho três metros algodoal adentro, em quatro direções cardeais. Consagrados à soporífera prudência dos apoucados de vida e curiosidade, os três gordos estão sentados ao derredor do cadáver da deusa. Zé Limpinho volta do mato com um saquinho plástico cheio de palitos dobrados em semi-hexágono, sem ter cedido ao sentimento e aos albores galhofeiros de esclarecer a cena do crime na base da intuição.

A infranqueável densidade do lugar, os inequívocos desertos de algodoais, o salpico das sanhas das abelhas, as intenções deliberadas dos pássaros que cagam na cabeça, o aranhol ilusório da palma da mão da defunta, tudo languescia no rosto de Zé Limpinho: um olhar de líquido podre e amorcilhado, e as reverências apetrechadas de adjetivos que ele dedicou ao delegadinho, tudo geraria mais tarde na sua cabeça uma chuva pensativa, ares estudiosos, arrecifes místicos em silêncio reduzidos, em que subsiste a conjunção tão simplória de alguns palitos de fósforo que ele colheu mato dentro e que iriam esclarecer, mais tarde, muito mais tarde, 17 assassinatos ignorados pelos policiais adônicos, de todo mancomunados em desgraça porque traziam fundeado nos olhos, como um retoque sombrio, o naufrágio de sua razão de serem tiras.

Apesar de o delegadinho Dr. Joaquim ser aparentemente uma pessoa de bom coração, suas expressões salientavam seus defeitos, sobretudo em momentos de solidão. Foi assim que, escondido, Zé Limpinho pôde testemunhar tudo aquilo. Foi num congresso de policiais, em que bloquinhos dourados eram distribuídos. Em meio aos bibelôs da festa, e achando-se sozinho, Dr. Joaquim desventrou uma alma de coiote, olhos rombudos, gestos certeiros e espessos, num conjunto que, de um bote seco, meteu algibeira adentro o bloquinho dourado de um conviva que tinha ido ao banheiro. Minutos depois, falando em público seu discurso dobrado num papelzinho, Dr. Joaquim foi bem outro, notou Zé Limpinho: trazia uma alma floral, de velho em desamparo, quiçá, em que Zé Limpinho não divisava as desventuras de pequeno ladravaz do dia anterior. O coiote seco e buliçoso deu lugar a um velhote líquido, piedoso, de humor ladino, capaz de gestos nem tanto vorazes, nem tão hirsutos que pudesse ser chamado de um diabrete fulgurante. O serralho de voracidade, cujo braço hipotônico de doente mental roubava sem piedade até bobagens como bloquinhos em ouropéis, convertera-se num velhinho trepidante, que parecia flutuar em sua santidade, e a voz, antes ausente, agora era uma antologia musical de tudo depositária de tons aflautados no seu tresnoite, argentinamente aguda em seus falsetes, épica nas pausas, senilmente juvenil em seus iambos, e recheada de tercinas de tosses ressequidas, seguidas de um pigarrear em quiálteras. Sua formação musical, como se vê, havia ajudado o delegadinho Joaquim na engenharia de um caráter bifronte. Toda essa maestria foi repassada a Zé Limpinho como atributo de caráter sem o qual essa coisa chamada homem jamais poderia existir no mundo. Zé Limpinho de logo na polícia foi aprendendo mais sobre os homens do que qualquer doutor da mente. Sabia também que, no remanso de suas almas, assassinos mal pagos empenacham-se com uma emanação de animais de presa, arrogantes em seus propósitos, autossuficientes em suas venturas, e vai nisso tudo o ditame da natureza a que os homens deram o nome de darwinismo. No fundo, concluiu Zé Limpinho, delegado e assassino são iguais.

A memória de Zé Limpinho deu alguns retoques sombrios ao episódio, é óbvio. Ele até teve algumas primícias laboriosas dadas pelo delegadinho, que gostava dele. Um filé com fritas aqui, um elogio na frente de uma autoridade ali, tapinhas nas costas que ele sabia serem arrendatários de causas que até então lhe eram esfumadas. De qualquer forma, as potências da natureza haviam conferido a Zé Limpinho toda aquela intuição. Ele notou que a lua subia muito cedo, numa terça-feira, quando o rebordo de ações do assassino reaparece em cena. Era uma noite crespa, quando tocou o rádio antigo do instituto de perícias e Rufino, um tira estiloso, avisa que havia mais uma vítima naquelas circunstâncias: com o corpo espatifado contra o chão, como uma manga baiana de estação, e com as pernas e braços naquela posição de suástica. Rufino era um janota de estilo refinado. Tinha uns bigodinhos de guias puxadas, magro, mas com gorduras em "locais estranhos, como um vilão da Disney", como gostava de defini-lo Zé Limpinho. Mas era um tira raro. Não errava. Foi por isso que, ao ouvir sua voz de esqueleto, Zé Limpinho desterrou às cegas, de sua memória, tudo quanto sabia do crime de 17 dias atrás.

Estava numa situação incômoda: guaraná quente, esfirra fria, burocracias e um estado moral em que crepitavam sermões adormecidos para todo o sempre e padecimentos que lhe pressionavam a capacidade de julgamento. Tinha medo de antecipar os fatos com seus instintos, sempre certeiros. Botou o casaco. Entrou na viatura no instante em que o ar foi tingido por um frio plano, que era cor da lua. Tinha o olhar imperceptivelmente alterado por razões remotas, mas sabe-se que naqueles três segundos, ao puxar a maçaneta da viatura, um clarão de sapiência lhe oprimiu as entranhas, tornou seus braços pronunciados, e ele atribuiu tudo isso a um motivo prosaico: guaraná quente e esfirra fria na boca da noite. Andaram dous quilômetros, só ele e o motorista, Raul. Mas logo o renitente amontoado de prevenções fatigadas pelo desuso voltaram à sua carga máxima. Sua tendência evangélica para acreditar-se um santo voltou como prenúncio de verão iminente, escarnecida em sua memória em parte pelo crime anterior, em parte pela trepidação de seus propósitos de vidente: talhou na mente em letras garrafais, naquele momento, e escreveu sem escárnio, na lousa de sua memória multitudinária, que só pelo atalho da dor e do trabalho frustrado é que seus chefes compreenderiam que ele, Zé Limpinho, sempre esteve certo: começariam assassinatos em série com a assinatura dos palitos sextavados na cena do crime.

Foram precisas várias felicidades ceifadas, mais aquela nitidez da confusão sem par, e outros tantos gestos descompostos pela lucidez mais invulnerável que a corporação já tivera, para se chegar ao veredicto de que crimes seriados se avizinhavam. Afogado em sua devoção a si mesmo, tudo isso ia correndo como um raio na cabeça de Zé Limpinho quando ele desceu com Rufino da viatura. Não havia frincha de dignidade nos olhos daqueles jovens riquinhos, afluindo instintivamente pela porta de incêndio, tentando convalescer-se de seu descosimento moral quando se tratava de pensar nos outros. Zé Limpinho entra na boate, com a convicção extenuante lhe pulando no peito como um coração doudo, e seu olhar já petrificado pelo uso quer sacar a arma contra todo aquele juveniilismo do qual ele nunca pôde privar. Um gorila humano alourado, um armário de bigodes desconjuntado em seus 2,10 metros de altura, cata Zé Limpinho pelo braço. Leva-o ao banheiro feminino. Nove segundos antes de entrar ali, coçando o coldre, espírito saindo pela boca, compreendeu que, matizado pelo eterno redemoinho interno de três segundos, jamais poderia exigir coerência entre o que intuía e o que deixava vazar aos outros. Viu naqueles três segundos o corpo de um homem afogado, com a cabeça metida dentro da privada, em cuja água podre boiavam treze palitos cortados em semi-hexágono.

Equivocou-se naquele zumbido arcaico de seus instintos. Errou: era uma mulher. Um silêncio fantasmagórico e plural reinava entre os azulejos. Lampejos desordenados fumigavam na cabeça de Zé Limpinho. Pela loucura dessas venturas tão desventuradas, explodiam em seus olhos luzes que não existiam, extravios impiedosos cometiam-se nos sentidos, galopes descadeirados lhe presidiam os nervos da perna esquerda, evocava histórias incompreensíveis, imagens cometiam desabafos de cores recendentes a pura loucura orbital. O bulício resfolegante foi condimentado com cavilações perniciosas, e o alarma vicioso vinha pelo atalho de sua perna esquerda, que tremia, solitária, como uma vara verde. É óbvio que o pobre Rufino viu tudo aquilo com os olhos que a terra há, empertigou-se todo, eriçou os bigodes já àquela hora reverdecidos de raiva e a aparência de negócios turvos que lhes impunham o gumex das guias. Rufino desentranhou arrancos, parecia um monstro metido em pressas sem par, abriu a boca e disparou um prelúdio fugaz de tudo o que pensava: "Porra, caralho, Zé, você cheirou cola ou tá loco mesmo". Zé Limpinho tinha o corpo e a alma naquele momento aterrisando na água podre da privada em que estava mergulhada a cabeçorra do morto, com os palitos semi-sextavados lhe roçando o rosto de bebê de 18 anos de idade. Zé Limpinho notou que seu braço era de canhoto e estava quebrado.

Certamente tentou dar a descarga, para buscar ar na privada enquanto o carrasco lhe quebrava os ossos, não só no golpe, mas numa torcedura de propósitos, porque, soube-se depois, o assassino não gostava de tocar as vítimas, embrutecido que ficava pelo estado de graça que era matar naquele vácuo audaz, naquela fumaçada rarefeita pelo halo da morte iminente, e no desencanto compassivo de que uma só morte não sacia a vontade de matar, porque a vida é tão frágil que a morte deve ser repetida em reiterações abismais, em atos sumamente insignes. A morte não pode ser mealheira, deve vir a granel e acontecer de preferência nas desordens da obscenidade, pelo atalho de mãos imperiais, ávidas por acabar com a elegia de malogros que é a vida do cidadão de bem comum, a que Nietzsche chamava de "o homem alexandrino", categoria que vive em percalços manhosos, rabeando a vida a esmo naquelas impertinências descarrilhadas que constituem o ato de viver à custa dos pais ou de sinecuras familiares, e tudo isso deve sim ser desbastado a ferro e a fogo por uma devastação heroica, essa sim a profissão de fé do assassino de bem, porque a indumentária e a vida do homem alexandrino é moralmente urticante, não passa de um burocrata. Muitos meses mais tarde se saberia que esses eram os motivos "morais" do assassino. Suspiros de pélagos desordenados e as querências homéricas do assassino de bem não podem dispor de inclemências titubeantes, devem se exprimir numa exalação cifrada do ato de matar, que se erige no rito de cada ato simbólico do assassino, sempre munido de provisões hoje jacentes, mas que já dominaram a moral do homem em tempos mais pagãos e menos católicos, então a mortedo outro é isto, ao final: uma graça imprevista, um disparate sísmico contra súplices ignotos em suas tristezas plenárias, revestidas sempre de desalentos adventícios, em que toda classe de crepitação moral se dá, onde se fisga quem é fraco em seus contratempos, que empoam em verdade caras sarapintadas de baixa autoestima e vida de peixe-piloto, que vive dos restos do tubarão e em troca lhe purga os vermes do cocuruto de cartilagens. Tudo isso passou em dois segundos pela cabeça de Zé Limpinho. Já era sua intuição sobre os motivos de matar do assassino, que ele intuirá apenas do halo e da bruma dos azulejos daquele banheiro.

Mas o bravo Rufino lhe dá três tapinhas no rosto e dispara de novo: "Porra, o que está acontecendo, caralho?", e então Zé Limpinho sai correndo para o banheiro feminino e sua visão finalmente se confirma, porque lá está, agora sim, um corpo de mulher com a cabeçorra metida privada adentro, só que sem braço quebrado, porque de tão bêbada nem teve tempo de tentar dar a descarga.

A manhã acordou quente e uma tripinha de sangue gelado, daqueles de gengiva, bastou para reincidir Zé Limpinho em seus desafogos. Desceu pelo canto da boca. Ele se mexeu incomodado, por fim acordou. Foi ao espelho do guarda-roupa e notou que um olhar de demente deformava sua cara de bolacha recém-saída do forno das cobertas. Aquela desídia avalentoada, que era um filete de sangue a ousar tirar-lhe o sono, gerou uma súplica imperial, que volta e meia Zé Limpinho repelia. Não queria que tudo aquilo voltasse mais uma vez. Afinal de contas foi na infância, quando várias tripinhas dessas brotavam das gengivas pela manhã, que Zé Limpinho começou a ter as visões terminantes e antecipatórias. Não eram saudades reparadoras, nem um culto feroz à predileção por semelhantes demências: mas toda vez que sua gengiva sangrava até se converter numa brancura epidérmica, esse silêncio em sangue derramado era uma precipitação afônica de visões de cousas que estavam por vir, sempre seriadas.

Zé Limpinho no começo se compraz com isso, mas depois repele, porque apesar de ser uma reedição de um xodó de sua infância, que lhe antecipou paixões e abraços vindouros, também foi motivo de rodopios desarvorados, de grasnidos de dor desamparados de verdade, de primores de dor tresnoitada, de refúgios rueiros em busca de paz, porque o filete de sangue consagrava seus préstimos a arvorações de fatos ainda implumes. E tudo isso para dizer que o filete de sangue punha Zé Limpinho num estado de atenção inútil. Simplesmente porque falhava várias vezes. Sempre falhou, aliás. Zé Limpinho repele o filete. Continua o resto de manhã preguiçando na cadeira, entre arrebatamentos de ocasião, boas memórias da infância, goles de café e aqueles ticos siderais, que brotam do lampejo da memória da infância, quando o estouvamento dos filetes de sangue, então verdadeiro promontório de amores de clima tropical sob o luar, ainda significava, em suas palavras, "pelo menos porra alguma".

Rufino liga o telefone, falando de um páramo vulcânico da periferia da zona leste de São Paulo. O telefonema tornaria Zé Limpinho vítima de suas antigas convicções. Prova que o filete de sangue ainda era fruto de uma conjura dos diabos. Zé Limpinho atende com a voz enfermiça, típica dos emotivos de ocasião, dos poetas e dos nefelibatas curvados antes às veleidades do humor mercurial. As emanações do repuxo de sangue queriam, novamente e enfim, dizer alguma cousa. Zé Limpinho, em seu hálito mais tônico, numa voz de falsa baiana, de artificialidade das mais depuradas, atende e diz, quase que numa lucidez confabulada: "Quem foi agora?". Rufino devolve, com voz de um escaveirado das escuridões, que, longe de ser um tributo ao acaso, mais três corpos haviam sido encontrados. Todos com a cabeça metida fundo na merda de privadas da periferia. Zé Limpinho volta à tensão. Desta vez com alma macilenta, olhar ossudo, quebra a xícara de um café que supunha de temperatura malograda. Está lanhado pelas exigências de sua alma mimada e hemostática, louca por proventos emocionais de toda espécie, que lhe dessem a garantia de que os filetes de sangue estavam errados de novo. Mas não estavam. "Caraco, eu estou te dizendo que a Polícia Militar disse que encontrou mais três cadáveres, podrões de souza e silva, metidos na merda até a alma, e você não fala nada, caraco", urge Rufino. Zé Limpinho desliga o radinho de música clássica, num gesto cavo, feroz, e, súbito, é engolido por uma progressão exata, lúbrica, que se instala como um pileque repentino no seu fígado. São danações translúcidas, de um batistério antigo. E assim transtornado, ainda com a mão no volume do radinho, sente fisicamente os arrancos do terceiro filete de sangue que desce pelo lado direito do lábio e, obviamente, era uma representação liquidamente transtornada pelo desgrenho que era sentir a veracidade dum terceiro corpo em privada torpe tombado.

O espetáculo dos corpos metidos nas privadas reafirmou em Zé Limpinho aquele frêmito dos anjos reparadores, ou nem isso: gerou-lhe uma vertigem eufórica. E toda aquela lucidez alada dos que sabem que o que pensaram se converteu, algum dia, nas certezas, nos fatos, nas ocorrências previamente intuídas pelas almas apuradas de dignidade. As duas cenas de privada alumiaram o esbugalho dos olhos de Zé Limpinho, que em estado natural já eram mesmo esbugalhados. No outro dia ele ocupou-se em destruir seu medo de declarar a todos, em alto e bom som, que tudo o que acontecia no bairro do Tatuapé, em termos de crime, ele tinha intuído muito antes. Ato contínuo foi ir ao Bar do Jonas meter goela abaixo um querosene, na boca da manhã. E, sem nenhuma concessão parnasiana às suas intuições de que deveria fechar a boca, enfim, Zé Limpinho começou a falar a todos, sem pausa, o que vira e o que antevira. Mantinha aquela imaculada clarividência como um relicário pessoal e intransferível.

Mas agora era hora de dar com a língua nos dentes. Fez-se um pileque. Quatro da tarde já estava dormindo, de novo. Nem sabia para quem, nem para quantos, havia contado tudo. No outro dia, suportando com um estoicismo dos diabos aquele sol de pré-primavera, Zé Limpinho levantou da cama e, com aquela obtusidade irretocável, telefonou para Rufino. Sabia que não havia, como intuíam os policiais incompetentes, ásperas dessemelhanças entre os crimes, e só um cego, ou um dos tantos feitos da degradação profissional, poderia ler aquilo como mera coincidência. Enfim, quem matou um matou outro. E meteu todos na privada. Com vestígios nada arquejantes, como a cênica puerilidade que era botar, como uma *corbeille* de formatura, palitos quebrados no *mise-en-scène* do crime.

Enquanto pensava tudo isso, Zé Limpinho telefonou para Rufino, que antes não atendera. Então se deu conta de que confessar ao amigo policial suas intuições poderia torná-lo um inflexionador de fantasias, como um marujo de carnaval. Afinal, até Rufino já o sabia um incorpóreo vocacional cujo ressentimento compassivo, por não ter reconhecidas suas intuições, fazia-o igual àqueles cujo olhar, emitido a chicotadas, pedia aos outros, genuflexamente, um "por favor, reconheçam minhas intuições". Além disso, há que se dizer, Zé Limpinho era um cagão profissional. Temia que seu chefe vociferasse imposturas de ocasião e o mandasse, enfim, tomar no cu por mais uma bobagem espírita. Afinal, ele era visto como um magrão apalermado que dispunha de uma raridade em sua condição quixotesca: bochechas róseas e encantadas, só encontráveis em gordos sinceros de alma. E de um carmim nostálgico dos tempos do onça, naqueles em que o homem falava o que pensava, sem lugar para balbuciar, dilaceradamente, os trocadilhos de vitalidade a que eles, também os homens, convencionaram chamar de "mentira" – e que os psicólogos apontaram como os tálamos das fixações infantis em negar a verdade aos papaizinhos. Tudo por puro medo de, desgraçadamente, rilhar a alma ao ouvir pais dizendo "verdades", que possivelmente justificavam naquelas suas exorbitâncias morais, metendo porrada nos filhos, engasgando suas hipóteses aromáticas. E sempre vomitando a dispneia atávica da tradição, nas tantas variantes menos claras do joelhaço no milho, que se fazem pelo atalho das prédicas da *Bíblia*, da moral, e da abominavelmente "autêntica" reprise florescente que é a memória das "verdades" da família. Tudo isso gravitava, com palavras mais objetivas, é óbvio, a mente de Zé Limpinho. Ele conversava com Rufino desenhando na mesa do café, com os dedos, as cenas dos crimes da privada.

Os suplementos gerados por sua memória pareceram xaroposos a Rufino, que ouvia a conversa como uma constelação vociferante de delírios, mentiras e feridas abertas. "Você, vossa excelência, não me venha com essa merda toda, porque eu reconheço, sim, os dois crimes de ontem como cometidos pela mesma pessoa, e só isso", dizia Rufino do outro lado da linha. Com aquele sentimento confuso de ódio e repugnância, Zé Limpinho curvou-se ante os reclamos de Rufino, afinal. Desligou o telefone e resolveu não mais levar a sério a Polícia Civil. Reiterou sua paixão pela profissão e pela corporação. Só quando, dez dias mais tarde, durante sua licença, um raio contínuo de crimes fez alguém lhe telefonar, relatando que quatro corpos haviam sido encontrados nas mesmas condições, Zé Limpinho sentiu que era hora de ir embora da Polícia Civil. Sabe-se que a ínfera canícula do espírito se manifesta pelo atalho do suor gelado. "Porra, você de licença por uma semana enquanto a merda desaba por aqui", disparou Rufino ao fone, de novo.

Pois o suor gelado de Zé Limpinho era apenas uma sensação irmã e secundária de toda a aridez inatual que lhe cobria os olhos: afinal, ele jurara não mais se comover com a ocorrência seriada do que ele havia previsto, as mortes sempre iguais.

Velho truque humano, Zé Limpinho adulou os desassossegos de ocasião com flores: mandou uma *corbeille*, asmática, é verdade, para seus chefes na polícia.

Teve toda aquela dispneia fatal de desamor que caracteriza todos os mal-amados do planeta, andou patando toda a sua casa, como um minotauro, por três dias maciços, e, saturado de ressentimentos e sensações prestes a serem remetidas para o degredo do esquecimento, meteu-se naquela clássica e abominável gafieira de perplexidade: arrotou para meio mundo que a Polícia Civil era uma merda em caixa-alta, ou que outro nome tenha, empostou ditirambos contra a corporação, e há cousa de dois dias meteu-se em toda uma operação de procelas, fatalmente acompanhado de sua solidão, que diziam ser a Polícia Civil o pior de todos os mundos. Seus reclamos escalaram a culminância das manchetes. Saiu na *Gazeta do Tatuapé* como "herói incompreendido" e "um espírita degredado".

— CAPÍTULO 15 —

"Porque, do amor, perecerás eternamente, hoje ainda."
Santillion, 2001

Douglas, o Gari do Amor

Desde então sóis prematuros explodiam no quarto de Zé Limpinho, que passou a acordar com os pardais. Adotou uma escala de exercícios, a maioria de uma beleza limpidamente abdominal. Passou a acariciar a ideia de que ele mesmo não passava de um frangote físico. Vindicava a si um Maciste, obtusamente colossal. Andava abraçado por todas as horas com os aparelhos de fisicultura. Ele havia trocado o carro pelos tais aparelhos. Passou a vestir roupas verde-oliva e toda sorte de impertinências contra a lei passou a adotar. Já era outro. Com uma prodigiosamente deslavada cara de pau, ia ao boteco e contava tudo o que sabia sobre a polícia. Tanto bastou: há taras analfabetas de formas, e vai nisso talvez o maior mistério dos homens. Gente que não sabia que nome dar às suas taras, de repente e não mais que de repente, passou a sentir em seus corações a formação de um desenho que as tocava: eram as suas taras ganhando forma graças à projeção que podiam fazer sobre as histórias de Zé Limpinho. Aquela dor cesariana que é a traição à socapa, pela qual muitos tinham passado sem poder racionalizá-la, ganhava um rosto. Entregues a essas suas potências vitais, gente como Douglas, o brutamontes, apelidado de "o Gari do Amor", passava horas, e eu direi mesmo dias, aprendendo com Zé Limpinho como era a corrupção, a sacanagem, a putaria, escutando o que Zé falava sem lhe pôr uma vírgula. A partir das 15 horas, sempre, uma cavalgada dessas almas ia ao boteco no maior descaro hípico. Deus do Céu, que danação obsessiva era ver Douglas, o Gari do Amor, curvar-se ante a inflexão de proclamas que era ver Zé Limpinho, na mais impessoal aridez possível, vomitar suas utopias flamejantes, referindo como o mundo não passava de uma fruta fendida pela corrupção. Aquelas mentes obsoletas de vida eram alumiadas, e a confusão humilhada que era o descabelamento era modificada por penteados na base de pente Flamengo e Gumex. O populacho passou a se arrumar para ouvir as prédicas de Zé Limpinho. Não havia quem não barrasse um desodorante no sovaco, uma Binaca na boca, desse um tapa no sapato e uma esmerilhada na unha apenas para ver Zé Limpinho falar. Douglas, o Gari do Amor, ignorava de todo que aquela nova religião solar, fundada na base de supetões estilísticos e no esguichar feérico da moral de um derrotado, era na verdade tocada por um tira.

Douglas, o Gari do Amor, trazia na memória, de forma doce, os gestos evocativos de Zé Limpinho. Chegou a acreditar que a verdadeira moral de um pregador não podia ser assim, como um santo de interior, que passa um fim de semana plantado no criado-mudo rubicundo de cada quarto. Depois achou que Zé Limpinho era um archote de chama cava, era um fogo de sarça, que dá luz mas não esquenta. Enfim, Zé Limpinho poderia ser a encarnação mais obtusa da mentira. Mas o quadro mudou. Douglas, o Gari do Amor, vivia de favores de escritórios de advocacia. Limpava, porcamente, cenas de crime. Vociferava espasmos de ódio contra desvalidos que eram testemunhas de crimes de policiais militares, para depois matá-los, sempre estrangulados. Douglas, o Gari do Amor, já fora homem de bem. Mas o castigo vagamente melífluo que era ter sido traído, em plena luz da tarde, por suas quatro ex-esposas, fizera dele um assassino. É óbvio que Douglas, o Gari do Amor, fizera por merecer, e sua enfática e reverencial brama por vingança tinha um fundo nele mesmo: era Gari do Amor porque teve 17 amantes, em média, por casamento. O fato é que a moral do Gari do Amor era tão cava, até na sua vingança, que ele descontava as chifradas tirando a vida de outras pessoas, e deixando as suas "ex" intactas do fogaréu canicular que ele tinha no coldre, representado por um 45 de cano cheio de furinhos. Alugava o berro para escritórios de advocacia.

Alterava cenas de crime. Tudo muito malfeito. Agarrou-se às suas desilusões com um profissionalismo hirto de vingança. Implacavelmente prático, Douglas, o Gari do Amor, era o sortilégio mais ardente de escritórios de advocacia, simplesmente porque dava asas à utopia recurva, constante da cabeça de todo advogado criminalista com a burra cheia de moedas, segundo a qual soa facilmente acreditável, a qualquer juiz, qualquer história vagabunda, pré-coerente. Desde que disponha do mínimo de provas. E Deus ou o Diabo saberão dos frêmitos tremendos, do clarão de prazer que varava o estômago dos advogados toda vez que Douglas, o Gari do Amor, irrompia na porta, dinamizando as impressões colhidas de que "doutor, fique tranquilo porque tudo está limpo e resolvido", num tom pueril, mas irretocavelmente vital. Douglas, o Gari do Amor, dava sempre uma ênfase primitiva às descrições. Arriava os punhos, derrapava palavras nos lábios, e podia varar horas e horas, indivisível às dores, narrando com um alarido vibrante, detalhe a detalhe, como quebrara o pescoço de um pedreiro-testemunha. Na sua dor de vingar, Douglas, o Gari do Amor, manava sangue pelas ventas. Seus relatos exâmines tinham até alguma beleza narrativa, porque sempre traziam suaves associações com passagens bíblicas protocolares. Como tal, não havia lugar para náuseas. E até os relatos sobre sangue derramado vinham, em sua crueza, com o rosto dos translúcidos fundamentais da vida do homem de bem: a água, o vinho branco, a chuvinha. O relato de Douglas, o Gari do Amor, era um surto cálido de arroubos das abundâncias do romantismo. Por isso mesmo Douglas, o Gari do Amor, vinha falhando. E feio. Tinha tanta certeza de que matava bem, de que limpava a cena do crime como ninguém, e convencia tão bem os advogados disso, que um dia seus erros começaram a subir à tona como bois que caíram no lodo.

Douglas, o Gari do Amor, está fumando, no fundo do quintal, ensopado de sudorese, olhando as galinhas. Saca um cigarro do bolso, tomado de um vago frigir de ovos ocorrido bem sobre seu coração. Como quem segura um círio, tira e põe na boca o cigarro fazendo uso das duas mãos. Um gesto monstruoso. A palpitação desprimorosa o faz mais vergado do que já é. Nada ou muito pouco intui do porquê daquelas cousas naquela hora. O cacarejar das galinhas é um gemido paralelo de seu coração, que, sem perder a pungência, vai saindo da boca. Douglas, o Gari do Amor, está solidamente altivo, sem camisa, fenecendo num estado em que desejava ser um autopsiado de emoções. Eis que a luminosa potência que é o cano de uma arma cromada rebrilhando ao sol brota do meio das galinhas.

Ele segue o cano da arma com os olhos, tem ainda tempo de pensar que isso há de ser uma ilusão canicular, mas razões pretéritas já o fazem ter um gesto de idílio. Catorze segundos depois da visão, Douglas, o Gari do Amor, está de joelhos. Um negro rotundo, de voz tribunícia, tem o cano apontado contra a mente de Douglas, o Gari do Amor. Então Douglas, o Gari do Amor, ouve: "Por que todo filho da puta é romântico? Por que todo corno chifrudo é romântico? Não importa, senhor doutorzinho, seu romantismo está fechando bancas de advocacia. Abre o olho, japoneis". Impotente de reações, brota da testa de Douglas, o Gari do Amor, um suor maciço, de idílio, e no mais abismal descaro o negro tribunício mete-lhe a bota na boca, com pés taludos. O negro cai fora. Douglas, o Gari do Amor, acorda, horas depois, como quem acorda de um sonho. Deveriam ser umas três da manhã. Um rompante corrosivo sobe-lhe pela boca, ele gorjeia bile, numa orfandade dos diabos. Na agilidade da dor, um espasmo deslavado o faz levantar-se, estrebuchando e de todo desumanizado. Sobra-lhe um gesto enfático que é, com os dedos recurvos, empapados de barro, apontar para um horizonte de nada, botar para fora suas danações, e numa voz lúbrica disparar: "Eu te pego, filho da puta". Entra pela porta da cozinha: a casa toda tinha sido pilhada. O corpo ondula, em desafogo. Chamas rascantes troçam de sua coragem, porque vêm do ventre, como cólica.

Por causa disso ele manca, como coxo de peça de teatro. Então Douglas, o Gari do Amor, foi pastorear mais adiante e a sala estava um remanso desatinado, inundada de luz da lua, com um envelope tamanho de um bonde, branco, deitado no chão refletindo o luar. Douglas, o Gari do Amor, fala em voz alta, como que para pôr cobro à sua coragem, mas a voz saiu como um mormo de pomba tísica. Sua pele lateja de rubor. As costas estão numa erosão sacramental, afinal ele levou porrada enquanto desmaiado. Ajoelha-se. A luz da lua alumia a carta, com letras desenhadas, de gente reles, vociferando que ou ele consertava "toda a merda que fez" ou ia ser denunciado "por alguma porra de crime que nem ainda aconteceu, mas vai acontecer". Agonizante de atordoamento, estropiado pelas intempéries, olha para trás, a luz da lua alumia um rastro desventurado de sangue, que lhe caiu bunda afora. Só pensa numa pessoa: Zé Limpinho.

Douglas, o Gari do Amor, foi rastejando, na primeira hora da manhã, buscar Zé Limpinho no boteco, que ele passara a frequentar para predicar suas falas, a partir das 7h30, num rigor de general. Encontrou Zé Limpinho já outro: bêbado de primeira hora, sem os fiéis habituais, tão mentiroso quanto um hímen complacente. Tinha-lhe ainda, é verdade, uma insolente veneração, em comunhão com metade do quarteirão. Experimentou logo cedo outra sensação de frustração. Zé Limpinho talvez não fosse nada daquilo, certamente sua filosofia fosse apenas de fundo depressivo e, nessa falsa qualidade, Douglas, o Gari do Amor, foi tomado de uma sensação sólida e quase diabólica de matá-lo, de preferência "com uma flechada de índio nas costas". Mas uma chuva amarga varreu a manhã.

E para Douglas, o Gari do Amor (sempre foi assim), convém não alterar as cousas quando chove. Evocativamente didático, Douglas, o Gari do Amor, pluralizou sua dor vomitando verbos anelados na cabeça de Zé Limpinho. Não via mais nele o serralho de deus grego, nem uma confluência de virtudes cálidas. Derivou para o desamor. Olhava para Zé Limpinho e agora via um axadrezado anacrônico de falsas promessas, uma debandada de boa-fé, um puerilzinho. Pegou-o pelo cangote. Numa embriaguez glacial, arrastou Zé Limpinho pela nuca até o meio do asfalto, que já naquela hora chorava ser remoto de luares plenos, porque o sextante do sol era a pino. Douglas, o Gari do Amor, com seu perfil abjeto de triângulo amassado, misturou os proverbiais ingredientes dos rapapés, jogou fora sua superstição arquejante de jamais bater em santos potenciais. A porrada brotou numa branda fruição. Seu ódio regulava com o do negro tribunício que horas antes lhe metera porrada. Enxotou de sua alma antigos rastros de amizade, teve um esgar de gorila velho e, numa ferocidade triunfal, explodiu-se em porradas. Como um médium de terreiro (cavalo), Zé Limpinho deixou seu corpinho ser invadido por aqueles coices, parecia tentar recolher o erro que foi "pregar" sua causa bêbado submetendo-se, dilacerado, à pusilanimidade das porradas.

Não chorou uma névoa sequer, não retesou um milímetro do corpo. Com uma cintilação nos olhos, limitou-se a cuspir um escarro magenta, enquanto Douglas, o Gari do Amor, dava piruetas no ar, petrificado de ódio, ralhando ardente consigo mesmo, com a alma ardente e escoiceando sua efervescência, expressa num halo cor de asfalto que lhe cobria a alma. De irmão e guru espiritual, Zé Limpinho converte-se num dessemelhante. Experimentando aplicar o mesmo que o negro fizera com ele, Douglas, o Gari do Amor, não precisa de espaço. Obedecendo ao costume de sua violência, com a língua molhada de selvageria líquida, joga Zé Limpinho no asfalto e esfrega sua cara no chão. Espicaçado, Zé Limpinho dá um riso carmim, de sangue, e, na prudência mais pânica que poderia ter, resolve ficar quieto. Puxou do nariz um catarro de sangue, como se já pudesse sentir o prenúncio da morte. O presságio melancólico, a aura indigna, sorrisos atrasados, cataclismos estontéreos, prestância caridosa, tormentos oblíquos, olhos que parecem vitrais emudecidos pela bruma, buliços enviesados, inabilidades dementes, pré-coerência de plantígrado, e nada de refinamentos plurais e cartesianos, tudo isso embalado junto fazia com que Zé Limpinho se persignasse e assumisse a condição e a consciência de morto recente. Mas Douglas, o Gari do Amor, não matou. Não era piedade: era a mais natural necessidade de sobrevivência, que abraçou Douglas, o Gari do Amor, com força, pelas costas, como uma febre fantasmagórica. Numa brusca sinceridade, numa inesperada sinceridade, Douglas, o Gari do Amor, naqueles seus conhecidos movimentos desprimorosos, exteriorizou seu caos interno numa só frase. Nesse momento, levanta Zé Limpinho, que traz no rosto uma sombra – que, longe de ser barba recente, era crosta de asfalto misturada com sangue tão prontamente seco. Num alvoroço fragoroso, numa vênia de matador profissional, Douglas, o Gari do Amor, dispara: "Há muito eu queria te falar, mas a voz me sumia. Agora é uma questão de sobrevivência. Minha e sua, senhor. Desse momento pra frente você vai parar de beber, vai parar de posar de galã da santidade, filho da puta. Vamos trabalhar juntos. Você está sendo contratado para me ajudar a limpar as cenas de crime. Eu me salvo, tu te salvas, e nós dois enchemos o cu de dinheiro". Um sabujo alvoroçado pela promessa, Zé Limpinho é levantado do chão. Sente uma dor devoradora. E uma agressividade afetuosa o pega, de novo, pelo cangote, bota-o de pé. Treze segundos depois, uma timidez invernal, pois tinha se cagado fisicamente nas calças, Zé Limpinho está num táxi. A promessa de Douglas, o Gari do Amor, era uma analgia para ambos, que os salvaria por algum tempo das intempéries do mundo criminal. Zé Limpinho sente uma contração não hipotética: seu estômago se contraía do prazer que é estar vivo.

— CAPÍTULO 16 —

"Por que a ausência te perfaz, de tanto?"
Trota, 1994

O advogado

Ele deflora a lei com lanhos de perícia: bota projéteis de calibres diversos onde não havia. Move corpos na cena do crime. Em inspirações abomináveis, percorre shoppings, tromba propositadamente com senhoras vetustas nos elevadores. Arranca-lhes os cabelos. Bota-os sorrateiramente num saquinho. Essa expertise abominável conduz as madeixas das velhotas para cenas de crimes, o que confunde a polícia e os peritos. Afinal, ele é um dos criminalistas mais famosos do mundo, porque os fios de cabelo, as mudanças de cenário, confundem a perícia de tal forma que os crimes resultam sem solução. Quantas lágrimas de crocodilo assassinos já não derramaram no tribunal do júri, porque tudo neles virou inocência, graças às mutilações abomináveis que Dr. Joseval faz? Dr. Joseval deteriora os vagalhões do Ministério Público, porque seu desassossego congênito não admite que um seu cliente vá para a cadeia. Ele tem cabelos nevados, pômulos turvos, seus relatos são desinfetados de emoções, porque sua esposa tem os seios mirrados por um câncer, e ele é triste. Suas evocações da vida pessoal são timoratas, seus risos são de invernadouro. Mas, para o cliente, tudo na vida profissional de Dr. Joseval contrasta com as promessas solares que ele faz e cumpre, porque ele é um profissional edênico. Nenhum elogio a ele, em 40 anos de advocacia, será desleal. Ele é boa-pinta: nada de murchidão, nada de emoções malogradas, ele emana vida, seus cotovelos são acanelados de sol do Caribe, sua pele é remoçada pelas venturas da lua da madrugada, ele pastoreia o espaço sideral com poesia e vinhos da madrugada.

Numa noite que se esfumava em evocações do Saara, metido naqueles contubérnios esperançados das juras de amor, Rodolfinho terminou seu sexo deleitável com a namoradinha, para depois experimentar a tentação anacrônica de ter duas mulheres de aluguel ao mesmo tempo. Uma delas, malsã e de práticas desbragadas, como se lavar ao bidê com uma perna acavalada em cada parede, na sua voz de murcho desinteresse pela vida, emitiu, enfim, um pedido sonoro: queria correr pela primeira vez a 200 km por hora. Era uma diáfana advocação de aventura a que Rodolfinho não poderia se furtar. O carrão importado de 8 cilindros, então, vara o espaço da noite desarticulando os ermos com seu vento, turvando a picardia da madrugada com pitadas de veneno, enquanto os olhos das duas mulheres de aluguel são convulsionados pela ventura dos 200 km por hora em plena via urbana. Esse tipo de genuflexão à perigosa vontade dos outros, que sustentava sua docilidade, teve um preço: enquanto as duas mulheres de aluguel, endoidecidas de álcool e velocidade, emitem uma mixórdia de assobios, misturados ao bafo de uísque e ao hálito de vendaval, Rodolfinho pisa fundo e destroça uma senhora de 83 anos, que levava Rulfo, um pastor-alemão, para tomar o ar da madrugada.

O que sobrou era ruim de doer de se ver: uma sopa de ossos. Enfeitiçado pelo ranço que lhe fora ensinado em outras ocasiões, Rodolfinho sai do carrão e, em face da abrasão bíblica da cena de morte, não chora, não ri. Manda as garotas de aluguel saírem correndo. Saca do bolso seu antigo sortilégio depurativo: o cartão de Dr. Joseval. A equipe da Polícia Civil que chegou à cena do crime era perfeita: Douglas, o Gari do Amor, já havia separado todos. Os acréscimos da alma de Rodolfinho, diante da cena, já brotavam supurados de corrupção. Sabia que os tiras que ali estavam o tornariam infenso aos acervos fumegantes de ódio prolatados por promotores de Justiça. O breviário de embustes estava apenas começando, e um remendão foi acrescido à amortalhada cena, de modo que Rodolfinho, gretado pelos abusos do álcool, foi descrito como quem andava apenas a 40 km por hora, num nimbo fantasmal da madrugada, e, de repente, passando no sinal verde, foi surpreendido pelo chorrilho sibilante que era uma velhota de bengala e um pastor-alemão, curtindo os prazeres peninsulares da noite passando no sinal vermelho. Rodolfinho só não contava com o fato de que, acostumado às comedorias com as quais tinha empestado a Polícia Civil, Douglas, o Gari do Amor, havia se esquecido de um detalhe: naquela equipe de peritos havia um jovem, apenas um ano mais velho que Rodolfinho, que saiu dali com a determinação irrevogável de contar tudo à Corregedoria. O caso subiu, em uma semana, às manchetes dos jornais. O madrigal daquelas herdades tão antigas de corrupção foi santificado em letras garrafais. Douglas, o Gari do Amor, à undécima hora de uma sexta-feira, recebeu um bipe de Dr. Joseval: deveria, incontinenti, matar o perito que depusera à Corregedoria. Numa catadura de clarividência, como nunca tivera, Douglas, o Gari do Amor, achou que aquilo, por fim, estava indo longe demais. Desligou o bipe, tomou um trago de uísque, rolou umas sete vezes na cama, levantou, enfim, e foi pelejar madrugada adentro nos cafundós de paisagem lunar, onde fabulava seus circunlóquios, pensava na vida e enfarruscava o corpo com algum rapaz de aluguel. Foi dois dias depois disso que o negro de arma niquelada lhe mostrou como é que a banda deveria tocar dali para a frente.

Foi com base no episódio de Rafaelzinho que Dr. Joseval ordenou que um pente-fino fosse feito sobre os códigos de comportamento de Douglas, o Gari do Amor. O mundo de Dr. Joseval foi reduzido, a partir de então, a desmontar um quebra-cabeça, olhar a parte de trás de cada peça, checar-lhes a lisura, e ver se alguma doença de fundo havia deixado uma ou outra peça com um encaixe inatural. Tudo isso, é claro, tendo como pano de fundo Douglas, o Gari do Amor. E começou a se dar conta de que aquele era o caminho mais certo, quando uma voz esganiçada e moída, como de rádio de cabeceira com pilha fraca, foi deixada em sua secretária eletrônica. Era uma história dos diabos. Ajudado pela secretária de carne e osso, Dr. Joseval volta a fita, escuta, com uma sudorese irritada, a fatal objetividade da mensagem: uma chuva de palavras miudinhas varre os olhos vorazes de Dr. Joseval. "Tem gente dando com a língua nos dentes porque anda bebendo demais, e além disso tem gente que desconta cheque do senhor a partir de promissórias de papel higiênico."

Diafanamente didática, a frase, no entanto, tinha uma cadência abjeta, evocativa de que, antes de ser falada, tivera pluralizada suas tantas e tamanhas formas de ser dita. E que, portanto, aquele jeito de falar, como médium adolescente em transe, era apenas a cintilação de uma idoneidade prostituída de piruetas – o que, no mundo do crime, muitas vezes é uma coreografia necessária quando se quer dizer a mais límpida verdade. Petrificado de realidade, Dr. Joseval pergunta, de si para si: "Porra, mas que merda de papel higiênico é essa?", para depois moderar o tom e, com lábios ardentes, perguntar em voz alta: "O que será isso do papel higiênico?", colocando as costas da mão ossuda, de pé de arara, na testa. Desfitou os olhos verdes da secretária e passou a experimentar um desses gelados que sobem pela espinha e que se aninham bruscamente nos pulmões. Sente que necessita de espaço para convocar mais ar. Estala selvagemente a língua, transido de ideias novas. Pega o molho de chaves e some dali. Como quem foge de um incêndio.

Papel higiênico

Uma sombra lancinante, daquelas de filme de xamanismo, fez-se sobre a casa dos Moura, e só sobre ela, na véspera de Natal. Atirou sobre o sobrado um quê de urgência espicaçada a golpes de facão, como se o tempo quisesse antecipar-se a si mesmo, numa conjunção pânica entre ontens vindouros e amanhãs pretéritos. Naquela noite, com os olhos vazando messianismo, o filho mais velho do casal, Mauro, deixa o computador, pega uma arma quadrada e niquelada e desce a escada de falso Carrara verde numa ginga furtiva de leopardo velho, como se pairasse no ar, como um santo. Valorizando os próprios passos, e dramatizando plasticamente cada gesto e cada pausa, Mauro, como se já pudesse sentir a gravitação dos cadáveres vindouros, puxa um cigarro, põe na boca. Não acende. Num olhar voraz e inconsciente, repete para si mesmo o que vinha repetindo por toda a véspera de Natal. Uma fome devoradora retesa seus músculos do corpo, a partir da face, que já assumia feições de máscara mortuária de museu latino. Em tais contrações, rebenta em soluços e dispara. O pai, a mãe e a irmãzinha caem fulminados, com a TV ligada, o frango com farofa no forno, a árvore de Natal luzindo como estrela. O cachorro, Rex, morreria meia hora mais tarde, com uma injeção de terebintina na pata esquerda, numa dor tão intensa que poderia ser fisicamente palpável.

Mauro agora está todo nu, olhando-se no espelho da sala numa fúria selvagem, obstinado de realização, os lábios hediondamente remordidos. Bem naquela hora, como numa premeditação de terreiro, liga tio Ariovaldo, que, como o pai morto, também era advogado criminalista. Mauro não tem inspiração engenhosa. Pede ao tio um vital "venha aqui que as coisas não estão bem".

Catorze minutos depois, chega o tio. Dezessete minutos depois, chega Douglas, o Gari do Amor. Já acompanhado de PMs que ele escolhera a dedo. Hirtos de profissionalismo, movem os corpos. Arrancam o tapete. Mudam a posição dos móveis. Intrujam na cena do crime projéteis deflagrados, de outro tipo de arma que não a niquelada disparada por Mauro. Douglas, o Gari do Amor, dispara quatro tiros nas paredes. E mais sete nos corpos de pai, filha e mãe. Nota que o pai havia morrido com as mãos torpemente levantadas para o próprio filho, como se estivesse tentando se render ante um assalto. Até agora Dr. Alberto não havia questionado os porquês do assassinato, nem arrancado os cabelos ao ver o irmão hipotônico no chão. Agiu como um mordomo da morte, bestial, ardentemente glacial, e louco por um despistamento de ocasião.

Por causa disso, o tio, Dr. Alberto, enamora-se de uma ideia. E a compartilha com Douglas, o Gari do Amor, e com os dois PMs comprados. "Ele morreu com os braços levantados. Portanto, o rombo da bala ficou, com a camisa levantada, numa certa parte do peito. Ele caiu, a camisa desceu, então o rombo das balas fica mais abaixo, na camisa, do que no corpo. A camisa tem de ser retirada daqui, incontinenti", proclama. Na sua fúria mais abissal, arrancou a camisa do decujo irmão. Enquanto isso, Mauro ainda está nu, sentado na poltrona, com certa unção de santidade maldita, ainda com a guimba de cigarro na boca, como quem ultrapassa um misterioso marco da própria existência. Tem os cabelos de um Beethoven heroico e petrificado e uma pose rodinesca. O sexo, mirrado, é coberto de supetão pela camisa arrancada do pai morto, pelas mãos de ninguém menos que Dr. Alberto. Nesse mesmo instante, um dos PMs comprados, que traz no peito uma placa de pano em que se lê "Sd Jonas", puxa o outro policial, de placa "Sgt. Dogna", e dispara: "Deus do céu, você viu aquilo, sargento?". A irmãzinha de Mauro havia caído de tal forma sobre o corpo da mãe que daquele ângulo o corpanzil de dona Margô parecia ser dono de uma hemiplegia dos diabos: plasticamente, era um corpo com um braço de criança e um braço de gigante.

Dr. Alberto, tomado de um pungente clarão de Marte, reage à excitação vocalizada pelos dois comprados. Vai lá, numa crueldade metódica, e separa o corpo da filha do da mãe. Em seguida, com um gesto das mãos, doutrina a impostura de uma efervescência coletiva, como um maestro que rege uma polissemia. Todos se entreolham, com o cantinho de suas vistas. Enquanto isso, o corpo da criança começa a soltar uma baba dourada, pelo ouvido esquerdo, que desce e vai cerzindo o tapete azul-lunar, numa urdidura fantasmagórica. Um dos PMs comprados, o sargento, está de costas agora para tudo aquilo. Tem uma nostalgia cruel nos olhos. Examina, como um convite à paixão, os três quadros da casa. Está detido na pintura dum homem sem olhos, ou melhor, em vez de retinas, um borrão gráfico – que parecia ter sido feito na base da violência, numa bengalada artística, digamos – representa a vitalidade da íris. Sargento Dogna lembra-se da íris defunta e murcha de seu pai. Morreu por erro médico, com os olhos supurados e verdes de uma infecção inaudita. Ele jurou, de punhos cerrados de Maciste ensandecido, em cima do caixão lacrado, que iria seguir a lei, para corrigir o mundo de semelhantes erros. Está agora ao lado da lambança, psiquicamente sequestrado pelo poder plástico e abominavelmente artístico do quadro sem olhos. Leva um supetão. "Oooo, meu, acorda, Zé Mané, e ajuda a tirar esses corpos daqui". Era Dr. Alberto. O vocábulo "acorda" o faz ligar um delírio no outro. "Acorda, acorda!", era o que falava, 27 anos antes, sobre o caixão do pai.

Sargento Dogna comete uma gafe abominável. Olha para Dr. Alberto e esganiça, com uma satisfação em caixa-alta no regaço, um:"Mamãe, juro que eu vou vingar essa merda toda, juro". Ajoelha-se diante de Dr. Alberto, genuflexo e aninhado em seus sapatos de cromo alemão. Numa serenidade elástica e efervescente, Dr. Alberto passa as mãos na cabeça de sargento Dogna, que sente uma comichão. Numa fala macia, numa unção misteriosamente ilimitada, Dr. Alberto, cometendo um de seus vagos escrúpulos, afeta uma fala macia. Só faltou dar um beijo em sargento Dogna. Suas mãos suntuárias, de magnata, tilintam no ar o Rolex e duas pulseiras de ouro, maciças como um faraó. Enxota da alma quaisquer possibilidades de admissão da cena. Num lampejo pânico, saca do bolso do paletó uma Browning 9 milímetros, encosta na cabeça do sargento e mete-lhe uma bala na mente. O cabo Hilel está nesse momento flertando com a ideia de que alterar a cena do crime, conforme o pedido, iria render um dinheiro gordo e fácil. Escuta o violento estourar do cérebro do sargento, dá um pulo para trás. Ainda tem tempo de soltar o pulso esquerdo da menina morta, pelo qual ele içava o corpo, mas só isso. Dr. Alberto aponta-lhe a Browning 9 milímetros. Cabo Hilel cai de joelhos, e antes de morrer ainda teve tempo de dardejar Dr. Alberto com um olhar que parecia de agradecimento. Desce de joelhos, lentamente, depois mete o nariz no bico do sofá. Morre com a cabeça enfiada entre duas almofadas, como um avestruz em estado de plenitude. Mauro ainda está incisivamente fremente em seu estado de letargia, com o sexo coberto pelo pano torpe. Olha o acontecido movendo o olhar, se tanto, uns três centímetros, depois volta ao seu mortal centro cinético.

Agora a situação muda de figura. É necessário que se monte outra cena de crime, com o acréscimo de mais dois corpos. A próxima tarefa de Dr. Alberto será montar os estribos metalizados que darão sustentação racional à nova cena de crime que se punha ali. É nesse ponto que entra a figura de Zé Limpinho e o brilho cínico a que ele emprestou ao seu nome de perito dos diabos. Mas as cousas não seriam tão fáceis assim. Dr. Alberto pede a Douglas, o Gari do Amor, que chame a pessoa de quem ele tanto havia falado. Douglas, o Gari do Amor, telefona para Zé Limpinho. Seriam 23 horas e pouco. Vinte minutos depois, com os olhos encharcados de sono, segregando uma falta de pudor selvagem que acabara de incorporar a seu caráter, Zé Limpinho entra na casa. Reassume a plenitude de seus passos de robô, engenhosamente disparados, pé ante pé. Olha para a lambança. O que antes o irritava, e mesmo ofendia, agora é visto com uma simplicidade terrível. Começam chover nesse momento, a uns dois metros dos corpos, os cântaros de luzes vitais, vorazes, que compuseram, desde o início e para todo o sempre. Uma súbita onisciência embriaga Zé Limpinho do cadarço do tênis à risca do cabelo. Ele começa a trabalhar. Quem o via poderia jurar que um dos olhos assumiu a forma de uma lua de eclipse, em formato de cimitarra turca, e que o outro virou um arco gótico, em busca de luz. Enquanto em sua cabeça ressoa um trechinho, bem diminutivo, de uma marchinha, ou o diabo que o valha, de Patativa do Assaré, ele ouve com as orelhas que a terra há Dr. Alberto repetindo em ecolalia, como um gravador em *loop*, os vocábulos interrogativos latinos "Cui Bono? Cui Bono? Cui Bono?", que ele sabia, também de ouvido, desde a academia, que significavam algo como "quem vai lucrar com isso?".

Zé Limpinho, numa deflagração potente como um jorro de alma, devolve: "Doutor, só o senhor sairá lucrando aqui, tenha a máxima certeza disso". Termina a frase e, numa voz interna, é óbvio, pune-se por ter dito aquilo. Não pelo conteúdo, mas pela forma, que reputa ignóbil. "Haver máxima certeza vindica haver mínima incerteza", pensa Zé Limpinho, troçando de si mesmo.

Bom, naquele lugar era quase impossível uma troça, mas, em se tratando de Zé Limpinho... Ele pensa, como quem se indaga e condena, que, sim, havia todo um cenário encharcado de vingança: afinal, a limpeza glabra da cena do crime seria respeitosa, plasticamente respeitosa, quase uma homenagem, às avessas, é claro, a tudo o que ele passara na polícia. Afinal, de policial defuntamente inconfesso, seus alaridos profissionais, todo ele chorava de emoção. O sargento Dogna, morto no chão, com sua fronte acabaçada de gente ladina, o cabo PM, esvaído em sangue como um imperador suicida. Sim, pondera Zé Limpinho, aquilo era uma inversão moral deliciosa. Uma ode, uma exaltação fulminante ao seu novo cinismo, de todo incivilizado, é verdade, mas essas palavras soavam a Zé Limpinho como música, e quando as pronunciava, mentalmente, já lhe ocorria outro sentimento. Ora pipicas, dizia, esse doutor Alberto é de uma cordialidade alucinante. "Jamais ouvi algo dele, nesses poucos minutos aqui, que me caísse como um vazio no coração", reflete. Enquanto pensa a frase, lépido, sua alma tem uma cistite infinita, e seus olhos são varados por lágrimas de prazer. Ele liga os dois sentimentos, prazer e vingança, e, por uma alucinação nostálgica, rearruma os corpos da mesma forma com que esclarecia, antes, um assassinato: o súbito prazer de mascarar a cena de crime vem conectado a uma curiosidade sôfrega, que assumia ali sua plena euforia numa frase: "Quero ver quem decifra o meu quebra-cabeça", repetia Zé Limpinho. Não, não, apesar de sua alma ficar construindo cenas como "esmague os vestígios com o bico da bota", suas vergonhas mais íntimas estão em contrações. É assim afastado de possíveis recaídas fatídicas, porque a vontade de ser tira de novo era dos diabos. Tinha de subvencionar a contravontade com as imagens dos dólares, o cheiro visual das verdinhas, as promessas de plenitude de Dr.

Alberto, que o deixariam longe de comer jiló, novamente, chispado de ódio de barnabé mal-pago.

Não era de frente que Zé Limpinho dava boas-vindas a esse novo eu: concordava circularmente com as novidades, como quem sobe uma serra pela borda. Carregado do antigo sentimento atávico de impotência, é obrigado a destroncar a afetação, tão nova, com umas frasezinhas do tipo "Valha-me Deus, valha-me". Para depois, num gesto potente, altivo, olhar vital, voltar ao rearranjo da cena do crime, jogar nela projéteis para confundir tudo. Num olhar de mais fluidos, de íris pútrida, com uma dor fulgurante na consciência, foi até a viatura dos dois PMs mortos. Pegou os cabritos, as armas que eles mantinham na parte de baixo dos bancos, que não eram da corporação. Volta com elas para a casa. Dr. Alberto o vê com os cabritos nas mãos e dispara um "Sei, sei, sei!". Quase vomitando de dor, de mais a mais, pensa que fazer aquilo enfim seria coisinha de nada. Repele a onda de pavor na alma, tranca os braços, mas depois os abre em congraçamento bíblico. Morde o olhar com as pálpebras. Trinca algumas palavras, que nem chega a pronunciar. Estuda o ângulo dos corpos e a cena da lambança. Dá um espirro de pura volúpia, como se fosse para afastar as brotoejas compassivas que a vontade de lei gera na pele da alma agora criminosa.

Moralmente, sente-se de cócoras. Percebe-se dono de um falso martírio, e, na sua volúpia de novo bárbaro, dispara as armas como um demônio alado. Sorve freneticamente, com o lábio de baixo, o suor gelado que lhe vem da testa. Numa sofrida submissão, repele mais uma vez os sentimentos inatuais de justiça. Estrebucha sua dor num sorriso quando olha com cuidado o que acabara de fazer – teve então a brutal intuição de que aquela seria apenas sua primeira obra-prima. Numa sensação cruel e retardatária, desfez-se em gargalhadas. Com um hálito de limão--bravo, Dr. Alberto o abraça e dá-lhe um beijo na bochecha. Ambos estão gargalhando. A saudade, essa caftina do caráter, já não o assalta mais: sabe que é um demônio recém-converso às trevas. Fez uma pose de quem se exibe para pintura. E vê que há, na dor, um estado de prontidão. "Pra que temer? Pra que esperar algo de mais?", consola-se. Douglas, o Gari do Amor, está aterrado, ao lado de Maurinho, o assassino. Sabe que seus dias estão contados como pessoa necessária.

Enquanto a cena do crime é vista e revista, num albor de terreno baldio a ser civilizado pela razão, Douglas, o Gari do Amor, assume as características de um franciscano alado. Que piada. Não cicatrizado da inveja, assume uma postura, digamos, sumamente nupcial. É agora um santinho. A imagem frascária dos corpos sendo dispostos cartesianamente, pelas mãos diligentes de Zé Limpinho, explodiu nas águas translúcidas dos olhos de Douglas, o Gari do Amor. Chorou, escondido. Ele está agora a dois centímetros da moral católica, condoído ao osso. Aliás, uma impostura típica, típica daqueles drasticamente batidos pela derrota técnica. Zé Limpinho era melhor que ele e ponto final. Douglas, o Gari do Amor, tem seu moral arregaçado de par em par, como uma mala velha. Ele, que não raro atirava pra matar por trocados, ele, que não valia um ovo, uma pinga, agora retifica sua posição. Está estrebuchando em seus novos brios de legalista, justo ele, um assassino, cuja novíssima decisão, implacável, era botar ordem nas cousas pelo atalho da Justiça. Era o que pensava no seu eu fundo. Atracado a esse entusiástico suspiro de Justiça, essa legiferância de covarde, Douglas, o Gari do Amor, dá um tapinha nas costas do demônio assassino pelado, Maurinho, e dispara um "boa sorte, espero que você se safe dessa merda familiar". Coça o saco. Anda de peito aberto até a porta do sobrado.

A dúvida cruel do que fazer agora é de uma penetração tamanha que, digamos novamente, Douglas, o Gari do Amor, tem uma bola encaçapada, mas insubmersível, abaixo do feltro. Pois, como se sabe, o cidadão-lorpa, quando derrotado, ajoelha-se perante a própria sombra. E soluça petições à consciência do minuto. Quando brotam respostas, treme de medo. E me explico: Douglas, o Gari do Amor, faz mil perguntas à sua Alma, ao seu Espírito, e dez mil respostas recebe. É difícil analisar a situação multitudinária. Bom mesmo, e tão simples, meu Deus, é espremer gatilho de berro. É essa questão que lhe dá toda a altivez de sonâmbulo com a qual deixa a casa do crime, de peito erguido. Para o efeito plástico da cena, digamos que Douglas, o Gari do Amor, deixa a casa do assassinato com um lançamento em profundidade, que o torna um ser tão natural quanto uma falsa baiana. Tudo nele, tudo, agora pode se justificar com aquele seu tremendo impudor típico, de quem acaba de saquear os víveres de uma criança africana. Tanto faz, pensa. Afinal, são esses os tantos nomes do medo e do fracasso.

Enfim, brota uma decisão dele: o Douglas Gari do Amor que agora deixa a casa, incontinenti, acaba de algemar ao pé da mesa o Douglas Gari do Amor anterior. Proclama retoques abissais no outro eu. E tudo fará para afogá-lo, com uma objetividade de suicida, no mar da legalidade. E com lances de "decência cidadã", naquela apoteose falida das epopeias clássicas. Deus do céu, esse Douglas Gari do Amor que sai da casa, coberta de lua homicida, dispõe da plasticidade de uma orquídea. Está hirto de decisão. Sabe que, ao mesmo tempo que um escarro homicida está espetado em sua alma, com a força dos jorros pulmonares de ocasião, ele agora se dilacera em efusões novas e legalistas.

Escapa também (isso é novidade) às suas vitais premonições de médium, que aprendeu a ler com Zé Limpinho. Passa a ignorar a intuição. E o faz com um presságio obtuso: ao antigo Douglas Gari do Amor, diz-se, convém não reconhecer o novo Douglas Gari do Amor. Esse Homem Novo ora se descompõe aos borbotões. Chora de emoção na porta da casa. Está tentando prévias garantias de que havia evoluído de um criminoso para um legalista – justamente o caminho contrário do Zé Limpinho deixado para trás, 17 metros e 10 minutos antes. Há agora uma crença em Douglas Gari do Amor, digamos úmida crença, de que essas vigílias, vindouras e indignadas, em prol da Justiça, vão brecar a desumanização tão funda no animal torpe que todos trazemos dentro de nós.

Enquanto, cá fora, Douglas Gari do Amor é um imbecilizado de ressentimentos, um nefelibata encantado com sua nova autocondição de futuro homem da lei, lá dentro da casa a cena é bem outra. Se Zé Limpinho viu, algum dia, certa puerilidade no crime, agora ela se deslocou para outro lugar – e só o Diabo saberá para onde. Acaba de estabelecer um vinco de colarinho-duro com o crime. Dá medida à sua nova pacificação de si para si com uma surda plenitude. Nem precisa Dr. Alberto dar as ordens: ele limpa a cena torpe de lambança e fluidos com gestos secos e certeiros, como uma camareira sessentona, patusca. Não dá a mínima pelota para uma nesga azul de consciência que brota naquela noite na qual o senso de justiça arde em mil danações. Duas irresistíveis rajadas fermentam naquele quarteirão, naquela hora: Zé Limpinho abre os braços para o crime. Douglas, o Gari do Amor, abre os braços para a justiça. Arrancos vitais os desgarram de seus antigos conceitos. Ao passar a mão na testa e senti-la seca e glacial, Zé Limpinho fenece de novidade: agora sabe-se um gelo, que sob excitações específicas trocou de lado. Ao passar a mão na testa, a poucos metros dali, Douglas, o Gari do Amor, também fenece, sabendo-se agora derretido em água de suor quente. Um e outro apelam a memórias sedativas, numa euforia de virgens. A memória não os salva: Zé Limpinho, com sangue pelas canelas, continua arrumando os corpos com delicadeza. Douglas, o Gari do Amor, numa pungência vocacional absolutamente nova, sai dali correndo, para dar com a língua nos dentes no primeiro boteco que visse pela frente. Entra no carro, olha no retrovisor. Vê olheiras de rolha queimada. Bota óculos escuros. Olha-se de novo no retrovisor: rilha os dentes, o que lhe extrai da alma um quê de delírio visual.

Douglas, o Gari do Amor, acelera o carro dois tons acima. Serão duas da manhã. Penteia os fatos da última hora e desgrenha a realidade, como um bom repórter de polícia. Tem a alma anelada de sentimentos ornamentais, no mais desvairado delírio de recém-converso à lei. Passa a achar que moral é algo facultativo, "depende do lado que dói o calo", e nem a muque, reflete, deixará de dar com a língua nos dentes sobre o que sabe. Sua missão agora é fanatizar os apaniguados da polícia, os informantes, em modulações espasmódicas de verdade. Quer revelar como prevaricou, quer deixá-los em convulsão moral. Douglas, o Gari do Amor, tem sedimentos de resplendor. Acelera o carro velho de dez anos, passa faróis no vermelho, tudo com a mais córnea convicção de que sempre serviu, sem o mínimo de sobressaltos, a quem lhe pagou. Diminuiu a marcha na esquina da Rua Felipe Camarão com a Joconda. O boteco, inundado de fumaça, traz meia dúzia de pierrôs de ocasião, cujos olhares sugerem os de peixes abissais de enciclopédia, num amorável prenúncio de que a noite de crimes, cocaína, sexo sem amor estava apenas começando, e seria ressoante de valores ruindo de velhos, mas tão válidos para se viver, meu Deus, tão válidos, que Douglas, o Gari do Amor, tinha vontade de parar o carro, beijar um mendigo na boca e proclamar que o gosto da vida é o gosto da sarjeta. Que fosse equívoco ir para o lado da Justiça, mas era tão autêntico, pondera, que Douglas, o Gari do Amor, se sentia um tritão romano, tribuno de alma. Achava-se tão inválido de viver seu antigo estado de espírito que encontra-se capaz de bordar bordões de ocasião. "Todo o perdulário tropeça nos seus excessos", ria-se, num jeito tocante e tão cálido que, no delírio da madrugada, via-se tropeçando nos quase duzentos cadáveres que produziu a soldo. O novo Douglas Gari do Amor, reflete, há de ser um "servidor sempre de gatinhas para a Justiça". Sabe que seu novo orçamento só poderá ser constituído, é óbvio, em cima de denúncias. Propõe-se, então, um anfitrião da imperceptível drogadição dos sentidos que era servir a um distintivo fulminantemente mal acabado de latão, mas que enfim era o da Justiça e da Lei.

Vamos que, pensa, "um dia eu me torno um juiz...", reflete ao volante a 117 quilômetros por hora. Douglas, o Gari do Amor, urra ao acaso, a cada 30 segundos, urra para o céu de piche, sem estrelas, e no seu urro profundo vai certa dose de novo mistério, o mistério que tange de burocracia os amanuenses eméritos, carimbadores, cumpridores da lei, cujas orelhas entram em frêmito quando ouvem falar em licenças-prêmio, que dispõem de requintes romanescos de tudo denunciar, que ficam estrábicos de prazer com o aumento do quinquênio público e, como tal, gozam com o poder estatal. Definitivamente, por obra de Exu, de Marx, de Darwin ou do Diabo que o Valha, a candura vesperal, de meia-entrada, que era ser funcionário público, leia-se ser Zé Limpinho, pula de alma. Está, incoercível, em Douglas, o Gari do Amor. Cá dentro, ele sente o frêmito de tudo isso e para o Monza ano 1988 na esquina de Alfredo, o vendeiro. Alfredo varrera sagas de famílias ao viciar seus herdeiros em drogas – do rodo metálico ao crack, e ultimamente PCP e Meth, vulgo metanfetamina. Era uma delícia visual, para Douglas, o Gari do Amor, ver jovens recebendo drogas gratuitas de Alfredo, em troca de uma sugada em suas partes potentes, de potros indômitos. Com as bochechas sulcadas ainda do rigor obtuso que eram os jovens membros viris, Alfredo recebe Douglas, o Gari do Amor, dando pernadas no ar de contentamento.

Alfredo berra: "Ei, quem é morto sempre desaparece, chega aí!". Douglas, o Gari do Amor, desliga o carro. Esbarra em um jovem vestido de garçom, ainda em estado de se recompor da mordedura que recebera no crânio do sexo, porque Alfredo é voraz nas suas gulodices. Enfim, Douglas Gari do Amor Novo, em aparência, pouco difere do Douglas Gari do Amor anterior.

O boteco, cujo cheiro pertinaz era o de uma sauna de cadáveres, arremessa a dor de Douglas Gari do Amor num delírio suicida. Fisicamente esfolado pela meia hora anterior, sabe que o momento é de um flagrante imaculado: sabe que tudo o que sabe, atolado em suas entranhas, deve ser, incontinenti, vomitado àquele veado que é Alfredo, um homem tão atento a tudo que sua dimensão mais humana era a da vigília permanente. Douglas, o Gari do Amor, entra no boteco de Alfredo constelado de vidências que espoucam em sua retina, numa premonição quase cega: sabe que dali não sairá vivo. Nem ferrolho de macumba, nem os infantes ornamentais do candomblé de Tia Julia, nem as premonições vomitadas três dias antes num pileque na gafieira da Tuca, nada o desviará do descaro que ora se põe. Alfredo está num fulgor demoníaco, ventando distensões por todo o corpo, tudo para predispô-lo a uma confissão, verdadeira e também traidora, que já entrava por sua venda de veado antes que Douglas, o Gari do Amor, sequer abrisse a boca para desfraldar as verdades e nada mais. Todo o íntimo esbravejante de quem está prestes a confessar, toda essa irredutível abundância que compõe o canalha arrependido favorecem o chiste. Tanto é a verdade mais crassa que sucedeu a esse potente sugador de membros viris, Alfredo, que Douglas, o Gari do Amor, estava num estado total de desintegração indiscriminada. A desilusão inconfessa foi intuída por Alfredo ao ver Douglas, o Gari do Amor, sentar às mesas de ferro e rebentar as comportas do crime ao se desarmar: sacou uma pistola de cada bolso, uma de cada bota, uma de cima da bunda, e, num pudor irredutível e fatalmente convulsivo, cometeu essas imodéstias minuciosas demais para seu caráter: pela primeira vez na vida apareceu a Alfredo como uma dessas criaturas da vida que, quer queiram, quer não, já são outras. O fogo criminal tão cósmico em Douglas, o Gari do Amor, agora era, Deus do céu, um pobrerio capaz de desencadear manchetes. Estava cabisbaixo, e não tardaria que se consumisse, em espasmos deslavados, pelos quais sua boca o devoraria a ele mesmo numa euforia dilacerada, num desfalque pânico, antes do qual desfraldaria seu sorriso tido e havido como o mais canalha dentre os assassinos. Mas, pensa Alfredo, de nada adiantariam tais lorotas retrospectivas. Douglas, o Gari do Amor, exala desenlace, está fatalmente apunhalado. Na tentativa de checar tudo isso, Alfredo se senta à mesa. Douglas, o Gari do Amor, é outro. Está fartamente atolado em convenções. "Por favor, amigo, deixa eu te confessar algo...". A recepção de Alfredo é relativa ou nula.

Nesse momento uma sombra, digamos, provençal, desenrolava-se em seu interior mais profundo. Deus ou o Diabo sabem que há paragens não anunciadas sobre as quais não convém interrogar. Há nós musculares, potentemente musculares, na alma, que são vibrantes de insinceridade. Aparecem no gogó, quando se pronunciam certos adjetivos e advérbios de modo. São castões de bengalas da alma. Aparecem quando certas ubiquidades fermentam na alma, num calor enfezado, promovendo salamaleques derivativos do ódio. Tudo isso se promovia no eu profundo de Douglas, o Gari do Amor.

Nada disso, porém, evitou que mesmo esse seu eu profundo, em respeito ao passado recente de psicopata social, relatasse versões expurgadas. Pois bem, foi com essa aura, de sentimentos exauridos, que Douglas, o Gari do Amor, alacreou o ar do bar do Alfredo. Vislumbrou as perspectivas mais corrompidas. Relegou a uma esquina da alma partes daquele sentimento sacolejante de verdade. Sem ser editor de almas, estava editando a sua. Vários eus se confundiam no processo. Tanto foi que, a partir de um riso marcial, esquinas se projetavam, pedindo, como grilos-falantes, a revelação da mais torpe verdade, por mais dura que fosse. Que verdade, afinal? Deus do céu, sabe-se no crime que a versatilidade esconjura todo e qualquer dualismo. *Donc:* Douglas, o Gari do Amor, tinha de ser versátil para contar meias verdades, tinha de vomitar ditos dissociados, tinha de falar alguma cousa, e mesmo assim lavrando tentos com partes de sua consciência.

Douglas, o Gari do Amor, de uma forma um tanto indulgente, está sentado entre umas tantas begônias e promontórios de sempre-vivas. Tem um ajustamento necessário àquelas paresias ressonantes de podridão. Sob o efeito do luminal que é o desgarramento moral, o ódio, começa a vomitar o que guardou anos a fio. Coça o saco novamente, bota um pincenê para analisar ali, no podredouro de Alfredo, o que iria golfar primeiro. Sabe, mistral, que ora é, que a verdade, essa natureza impregnada de potências, emite risos silenciosos, que derrubam ducais. Decididamente ressequido, seu moral opta por tatear o colar de contas, o rosário, enfim, que foi sua vida, alternada entre espaços de moralidade e contas de absoluto inferno e lassidão. Os sentimentos submersos resolvem se projetar sob a forma de novas palavras, novas acontecências, afinal, tudo aquilo era o novíssimo *bel paese* da verdade e da confissão, livre de amuradas. Há no ar hinos secretos a serem trinados: Douglas, o Gari do Amor, supre-se de seus piores trejeitos de bêbado, tilinta os copos, escolhe palavras evocativas e estéticas, manda sua alma para o purgatório, abraça a gulodice da confissão. É, enfim, um *chasseur* de um eu novo, o qual ele não sabe onde está. Mas sabe como encontrá-lo. É pelo atalho do vomitório da memória. Chama Alfredo, o canalha apedeuta, e num floreio dos diabos a verdade brota da água suja da sua memória, como uma ilha vulcânica que do nada aparece. Tem o olhar desbotado e, embora sob uma lua hirta, acha-se sob o sol de satã e rodeado de nenúfares. Nada mais mentiroso: está no cu da madrugada, em meio à mais profunda cloaca que a sociedade poderia ter produzido naqueles dias. Alfredo senta-se a seu lado.

É óbvio que o preço de toda a nostalgia é a floração de uma memória seletiva dos diabos. É também muito óbvio que nostalgias desoladas pelo álcool são malsãs. Porque nada depuram. São vomitórias, caudalosas, nada trazem de sedante aos ouvidos dos que não querem ouvir as verdades mais verdadeiras. Foi assim, lanhado pela vida, que Douglas, o Gari do Amor, aprendeu isso. Mas naquela hora o álcool foi um totalitário dos mais canalhas, rastreou, impertinente, na base das bordejadas, todos os cantinhos da memória de Douglas, o Gari do Amor, foi uma solução adstringente poderosa. O sol era apenas um rumor denso quando Douglas, o Gari do Amor, começou a vomitar verdades. Imperturbável ao ouvir que clientes temporões privavam de arcanos dos quais a polícia há muito queria desfrutar, que flutuavam facilmente da boca torpe de Douglas, o Gari do Amor, Alfredo ainda iria presenciar algo muito maior que essas impertinências. Adernando como um galeão holandês, disposto a afundar atirando, as palavras adejam como um pardal sobre o lábio torpe de Douglas, o Gari do Amor: até o barro dos desvãos do boteco de Alfredo reverberava os dós de peito que ele punha ao final de cada revelação: era uma enxurrada nada antediluviana de telefones, nomes de assassinos, práticas viciosas e ilegais, de morais aparentemente limpas que se desvelavam embarradas de crimes hediondos; eram detalhes alvoroçados de contratos com lavadores de dinheiro, e, no altiplano das frases, como um poeta medieval doido, Douglas, o Gari do Amor, dava os nomes completos desses canalhas, seguidos de CPFs, RGs, endereços, nomes das respectivas comborças. Os mais poderosos chegavam a virar estribilhos fulminantes. Um nome de toda aquela versificação absconsa ia e voltava, como um barquinho de papel: era o nome de Balenciaga Torres. Era sempre pronunciado batismalmente, digamos, porque a cada estribilho de Balenciaga Torres seguia-se um jorro poderoso de vômito que àquela hora só era água. No beiral da cena, começaram a juntar-se personagens noturnos que duas horas atrás eram apenas sombras furtivas. Mas, com o sol prometendo um esplendor dentro em breve, aquelas faces malsãs se desencubavam. Lentamente, temos juntados 17 seres da noite. Douglas, o Gari do Amor, parece revitalizado, e continua chispando faíscas de revelações. Alfredo não consegue conjurar curas de imediato. Está em estado de, digamos, coçar o coldre. A cena é insular, um palco anônimo, mas um bêbado endoidecido, cercado de quase vinte seres aparatados de celulares, já é outra cousa. Lentamente, cada um daqueles seres da noite, acobreados, saca um papel do bolso. O mais surpreendente: eram pedaços de papel higiênico. Neles, veem-se coleções de zeros, numerais absurdos, representando dívidas contraídas por Douglas, o Gari do Amor. Eram em verdade autênticos cheques, que Douglas, o Gari do Amor, emitia, assinava embaixo, com sua chancela lustrosa e principesca. E punha ao final, numa outra letra, arrevesada, o nome estropiado de Balenciaga Torres, que é de quem deveriam ser cobradas as faturas em papel higiênico emitidas. A ressonância das 17 criaturas da noite já guardava lances do protagonismo típico de transes populares a precederem enforcamentos: era o zunido congênito da fome de sangue.

Com uma devoção de eunuco, Alfredo foi pondo fim àqueles desatinos: sabia que alguns dos 17 seres da noite não tinham a mínima ideia de quem fosse Balenciaga Torres – e os demais queriam mesmo era sepultar esse nome, depois de enforcar, é óbvio, Douglas, o Gari do Amor, pelos arrieiros. A cena começou a ser desempoeirada com o retorno estrepitoso no celular de Alfredo. Sistemático como são todos os reincidentes, Alfredo deixou Douglas, o Gari do Amor, flutuando no ar quente das sete e pouco da manhã, metido em seus rugidos heroicos e bravatas rimadas. Voltou do caixa com uma injeção pequena, daquelas subcutâneas, parecia. Abraçou imaculadamente Douglas, o Gari do Amor, cuja camisa estava orvalhada de baba. Dessangrado, Douglas, o Gari do Amor, recebe o abraço como um laço de organdi que seria destinado ao vestido debutante de sua filha morta aos 13 anos, desfaz-se em meditações diagonais, de olhos fechados. Enquanto mil delírios explodem em sua cabeça, Alfredo se lhe espeta a injeção na jugular. Ele cai de joelhos, lentamente, como quem espera uma unção. Sua vida foi surrupiada por 3 mililitros de flúor misturado com cocaína e Viagra. Derretido no chão, 17 seres passaram lentamente por cima de seu corpo para trocar os papéis higiênicos por dinheiro vivo, que Alfredo guardava dentro de pneus velhos. Um sargento brutal, meia hora depois, veio com um cabo também trocar os seus papéis higiênicos. Saiu dali com um sorriso platinado quando de Douglas, o Gari do Amor, só restavam impressões de uma bota deixadas no barro do bar de Alfredo, que alguns costumavam ter como monazítico, balsâmico.

— CAPÍTULO 17 —

"Estiola-te no descomunal, que o excesso te proverá."
Tembate, 1956

Porrada

Sempre que pensava em bater em alguém, isto é, sempre, fazia mil conjeturas, diariamente. Todas postulavam a invencibilidade. Era acordar, olhar-se no espelho, certificar-se de que os músculos permaneciam retesados. Sair, escolher um rosto que tivesse um quê, um mínimo quê de desagrado. Para simplesmente cobri-lo de porrada. Até matar. A mínima infração a um código de moda errátil. Um olhar de desaviso. A dissipação de um sorriso num rosto sério. Qualquer alteração climática, de humores, física, e sabe-se lá o que mais, era motivo para que Ricardo Gomes e sua turma de oitenta e tantos homens fortes do vilarejo que é o bairro de Casa Branca, em Santo André (região do ABC paulista), cobrissem um cidadão de porrada. Afinal, eles eram os temidos Carecas do ABC.

Hoje Ricardo Toste conta 36 anos. Tem dois filhos. A barriga cresceu. Os músculos, cultivados durante anos por quatro horas diárias de boxe, quatro de malhação e outras tantas horas na promoção de arruaças de toda sorte, permanecem. Mas Ricardo, mesmo entrado em anos, ainda não suporta caçoadas. Diz: "Eu brigava tanto para tentar encontrar quem me vencesse. Nunca encontrei. Aquilo me dava sensação de força, de vida". Volta e meia trabalha como segurança de jornalistas. Não faz muito tempo, alguns fotógrafos quiseram retratar o centro de São Paulo na madrugada. Quando supunha-se que os sacripantas, famélicos, parasitas obscuros, desvalidos, enfim, dormiam a sono solto nas calçadas engorduradas de pátina secular, algumas criaturas se levantaram desses túmulos. "Vieram roubar os fotógrafos. Eu peguei um pedaço de pau. Fiz um risco no chão e disse: 'Quem passar daqui leva porrada'. Ficaram na boa", orgulha-se Ricardo.

Ainda que os Carecas do ABC não existam mais, ainda códigos de comportamento deles sobrevivem no eu mais profundo de Ricardo. Foram o grupo mais temido de São Paulo. Andavam com tacos de beisebol, machadinhas, barras de ferro. Orgulhavam-se de ser antinazistas. Suportavam negros, nordestinos, gays, judeus. Aliás, orgulhavam-se de ter minorias, como negros e nordestinos, em suas fileiras. Nem um lampejo de incerteza, no entanto, lhes roçava a mente quando se tratava de apontar os inimigos a serem exterminados numa chuva obstinada de porradas: roqueiros, punks, *rockabillies*. E sobretudo *skinheads* neonazistas. Ao contrário do que se pensa, os carecas do ABC sempre odiaram nazismo. Seus resplendores em moda eram os mesmos dos *skinheads* neonazistas: cabeça raspada, músculos de concreto, suspensórios, calças jeans e coturnos. Mas sempre se bateram. Mortalmente. É a primeira vez que um Careca do ABC resolve contar tudo. Não só contar, aliás: Ricardo fez questão de mostrar, ponto a ponto, onde e como os carecas se reuniam. Ele quer também comandar uma versão bem desobstruída dos fatos. Que se resume a uma matemática descomunal. "Durante cinco anos, briguei 27 vezes por mês, ou a cada 365 dias eu brigava 330". Exagero? Não. Ricardo sustenta uma conta que é uma coleção de zeros, zeros que parecem ter sons esféricos e orbiculares como bolotas de ferro na ponta de um instrumento medieval. Tais contas são lamentavelmente respeitáveis: Ricardo deve ter metido porrada em alguém, enquanto Careca, pelo menos 1.650 vezes. Não sabe quantas ele levou de volta. Usando um olhar obscuramente calmo, mostra um corpo com estrelas sulcadas na pele, por pauladas ou facadas. As mãos, cobertas pelo vitiligo de alabastro, ocultam-lhe algumas marcas.

Ricardo Toeste morou até os seus 13 anos na região da zona norte. Foi quando se mudou pra Santo André. "Era um cidadão normal. Normal. Não tinha nada que me desabonasse", lembra. Refere que não curtia nada. Era um cara simples, pacato. "Gostava de ir pra danceteria, às vezes eu ia pro Clube Atlético Aramaçã, ia para o salão do Clube

Primeiro de Maio." Era um cara normal, que trabalhava como office-boy, tinha seu dinheirinho, gostava de comprar suas roupinhas e vivia normalmente, como qualquer garoto da idade. Gostava do samba, gostava do *black*, de *break*. Gostava de uma música sertaneja. "Eu vivia como qualquer garoto normal de 15 anos. Não tinha nada que me desabonasse, até que eu passei a ter problemas dentro de casa, com a minha mãe, com o meu pai, se separando naquela época, e comecei a ir pra rua."

A beleza muscular depurada por horas de malhação. A versão menos equívoca do exercício da força. A indolência plasmada, em estado bruto, sob o couro cabeludo de cabeças raspadas a mão própria. Tudo isso seduziu Ricardo a favor dos Carecas do ABC. Mas, sobretudo, o exercício da força, publicamente e sem fronteiras. O grupo era composto por quatro cabeças: Babu, Chileno, Cebola e Carrasco. Ricardo veio a ser a quinta. Tudo começou numa escola chamada Avanço, na rua General Glicério, no centro de Santo André. Ricardo conhece Carioca, "aí fizemos uma amizade, parava pra tomar cerveja junto. E eu sei lá, eu via ele batendo nos cara, botava os cara pra correr, aquele visual louco, camisa flanelada, coturno, calça jeans".

Os assaltos de inopino, cometidos por puros exercícios de poder em praça pública, eram mais que um apelo: constituíam uma tentação fácil. Foi assim que Ricardo testemunhou episódios que o convenceram da necessidade de fazer parte daqueles planos encarniçados, daqueles amores de urgência, travados em linhas de trem, com sutilezas de um açougueiro, em que Carecas semeavam seus jorros potentes nas coxas de mulheres de seus inimigos. Sim, os Carecas transavam as mulheres de roqueiros, *rockabillies*. Elas lhes concediam amores de ocasião, reagindo com mudez arquejante, digamos, porque se sentiam protegidas. Na cabeça de Ricardo, tudo isso girava como um vórtex de valores em mutação. Era tudo muito novo. Imagine você: está numa vida pacata, de repente começa a ser cortejado pelos homens fortes do vilarejo. Eles logo te dizem que estão no mesmo bar que você, e aí de repente olham pro cara a seu lado e não vão com a cara dele. Metem porrada no cidadão.

Sem saber, um estrondo vulcânico já se fizera em sua cabeça. Ricardo tinha o coração nas mãos dos Carecas. Eles não usavam drogas.

Não bebiam em excesso. Os coturnos tilintavam. As camisas de flanela seduziam as mulheres. Malhavam bravo na academia Gerson Doria. Treinavam boxe na Pirelli. Mas Ricardo ainda não era do grupo, de corpo e alma. Seu *début* foi assim, lembra: "Nós fomos pro centro, tava no centro lá andando, vinha vindo uns cabeludos, o cara não fez nada pra mim, eu: 'Ô, cara, você tá olhando pra mim por que, mano?'. O cara: 'Ah, não sei o quê' e já fui pra cima, já catei pelo cabelo, já saí espancando, picava no rodo, chutava a cara, sabe, e isso daí sem visual. E ele começou na minha cabeça depois disso: 'Porra, mano, você briga pra caralho, você tem que ser um de nós, você tem que ser um de nós', e eu 'não, não, não', até que 'vamos nessa, vamos ver o que vai dar essa merda'. Fui lá, raspei a cabeça, comprei um coturno, cheguei em casa com a cabeça raspada, a minha mãe olhou pra mim e falou: 'Que caralho que você fez?'. Minha mãe não sabia de nada, ninguém dentro de casa. A minha mãe achou que eu tinha raspado a cabeça por uma simples brincadeira. Sem saberem que a partir daquele momento eu ia começar a me envolver. Porra, e daquele dia em diante eu comecei a ir pro centro e surrar todo mundo".

A facilidade com que Ricardo exterminava o oponente lhe valeu seu nome de guerra: Sombra. Quando das tratativas para a realização da entrevista, ficou combinado que esse seria seu codinome para a reportagem. Esse sestro durou o que duram os sonhos. Afinal, conta Ricardo, ele não deve nada a ninguém: não matou, não cheirou, não foi fichado na polícia, não roubou. Combinado isso, Ricardo, agora Sombra, revela que, para acudir às urgências dos Carecas do ABC, tinha de ser batizado. Sua igreja iria ser um corredor polonês. Um exército de 80 homens fortes, vertendo sangue pelos olhos, espera avidamente que o postulante ao novo cargo passe ali pelo meio – e que por sua vez, naquela dança doida, em que sons surdos, que parecem ossos quebrados, inundam o ar, o novato verta ele mesmo sangue, mas não pelos olhos, e sim pelas ventas, porque a única forma de Sombra virar um Careca do ABC é lhes conceder aquele sangue derramado em ritual consentido. Foi assim, sentado no chão, sangrando, tendo atrás de si um exército de homens suados, que Ricardo virou Sombra – nome que passa a usar ali mesmo, oficialmente, sentado, numa perplexidade dolorosa, naquele eremitério de dor, violência e glória.

O que os Carecas do ABC liam? "Nada, porra nenhuma!", responde Ricardo Sombra, dilatando até a insolência o tom magistral de sua voz, que nesses momentos fica tresnoitada, de *bourbon*, nesses momentos em que também a memória do nosso personagem se compraz com a ideia de que Careca em estado bruto é apenas a força do espírito, convertido em força bruta. E sem palavras. Só golpes. Afinal e deveras, a história dos Carecas do ABC jamais esteve nos gratos artifícios dos cronistas que gostam de metáforas, nem nas longas digressões dos estilistas dos códigos de comportamento urbano. Parece-se muito com aquilo que Walter Benjamin chamava de ler o que nunca foi escrito: o ler mais antigo, um ler anterior à linguagem, cujo objeto são as entranhas, as estrelas, as danças. Liam Hitler, Ricardo? "Porra, meu, já te disse, caralho, não líamos porra nenhuma!"

Ricardo é simpático. Um bonachão. Paga suas frases de efeito, sempre recheadas dos vocábulos "caralho e porra", com a cortesia de sorrisos e gargalhadas. Gosta de dizer que a força a comandar seu arbítrio e sua jornada sempre foi (hoje ele ainda acha isso, mesmo com sabedoria de cachorrão velho e antigo bandalho de orgias carecas) a de se sentir superior – pelo simples fato de não encontrar ninguém que o derrotasse. Venhamos e convenhamos: os Carecas do ABC não liam porra nenhuma, não gostavam de neonazistas. Mas viviam de vagidos da teoria que gerou o nazismo. É a teoria do super-homem.

O filósofo Nietzsche dividia claramente a história entre "os pobres de vida, fracos", que empobrecem a cultura, e "os cheios de vida, fortes, que a enriquecem". Para ele, a civilização sempre foi obra "de seres predadores que ainda estavam cheios de energia e apetite de poder, que se lançavam sobre as raças mais fracas, mais civilizadas, mais pacíficas". Essa era toda a figura que Nietzsche chamava de o guerreiro ariano, que "emerge de uma repugnante procissão de assassinato, incêndio criminoso, estupro e tortura, de alma alegre e impassível". Era nessa estirpe que Nietzsche valorizava os "estados orgulhosos e exaltados da alma" vivenciados e potencializados pela "guerra, aventura, caça, dança, jogos de guerra, e em geral tudo o que envolva a atividade vigorosa, livre, alegre". Se você disser "Nietzsche" a um Careca, certamente ele te responderá "saúde!", achando se tratar de um espirro. Mal sabem que são nietzschianos à alma. Foram "bestas louras" inequívocas o tempo todo.

Foi justamente num desses rituais de pastoral consagração às forças do vitalismo e da natureza, com base na porrada, que nosso Ricardo Sombra se defrontou com o que era aquela força em seu estado de bruta gratuidade. Era uma tarde comum, com aqueles bochornos de verão que tornam Santo André uma panela incandescente. "Foi uma vez que a gente saiu da escola, tava eu e esse Carioca, líder dos Carecas. E daí nós paramos num bar pra tomar cerveja. E tava tomando cerveja, batendo papo, trocando ideia, o cara tava assim, supercalmo, o cara pá, brincando. De repente entrou dois cabeludo, cara. E um desses cabeludo tinha uma cruz de ponta-cabeça no pescoço, era Anticristo que ele falava." Foi tudo há 18 anos. Raspando-se um pouco as memórias de Ricardo, parece surgir, sob a polidez da linguagem que ora emprega, o demônio daquela possessão, tudo naquela tarde no ABC. "E aí então eu vi aquele cara se transformar, cara. Aquele sorriso no rosto sumiu, a sobrancelha enrugou, o cara já tremia, eu falei: 'Mano, esse cara tá se transformando'. E assim, do nada, ele falou: 'Ricardão, fica longe'. E sabe, ele não precisou de companhia, ele não precisou de nada. 'Fica longe de mim.'"

O Carioca readquiriu seu ar frio e indiferente, misturado a rompantes de galhofeiro. Ricardo do lado, boquirroto, salivação intensa. "O Carioca pôs o copo no balcão, já virou, já catou um pelo cabelo e saiu batendo e catando o outro, e correndo, e se espalhou pelo meio da rua com os dois, sentando a porrada mesmo, sem piedade, e aí os cara correu, ele nem correu atrás, ele falou: 'Nem vou correr porque eu tô tomando uma cerveja com você, vamos continuar a beber'. Como se aquilo fosse a coisa mais normal do mundo. Cara, sabe, eu... porra, meu, aí eu olhei aquilo e falei: 'Você é pirado, cara'. Ele falou: 'Não, bicho, nosso negócio é bater. Nós bate mesmo, é por isso que nós tem nome'. Sabe, a maneira que o cara falava, o visual, aquilo foi me atraindo, sabe, aquele poder de 'porra, vamos ver quem é o melhor, vamos ver, vamos ver'. Aí eu comecei a andar com ele, sem o visual, comecei a aderir à violência. Sem visual nenhum, comecei a ir no vácuo do cara, bicho", lembra Ricardo.

Essas expansões íntimas de violência alternavam dandismo violento, humor mercurial, com exercícios de academia, mais pitadas de humores nem bonitos, nem simpáticos. Ricardo ainda hoje se admira de semelhante escolha. É uma questão, digamos, que nosso bastante Ricardo Sombra ainda parece ruminar. Por exemplo, como Ricardo escolhia as vítimas para cobrir de porrada. Simples. "Bastava eu olhar pra sua cara e dar aquele clique, 'pá, é ele'. O que mais me chamava a atenção na época eram os metaleiros, os *heavy metal*, eram os que eu mais caçava. Em segundo lugar, às vezes eu corria atrás dos góticos, que andavam tudo de preto, tinha *rockabilly*, tinha várias tribos. Mas os inimigos meus, os que eu mais corri atrás, seriam os metaleiros, na época, e os skinheads, quando passei a bater de frente com eles."

A primeira batalha campal que presenciou, Ricardo a traz marcada na memória como uma das cicatrizes de seu corpo. Ele tenta falsear a força dessa memória, aprumando o peito. Mas os olhos estão inflexivelmente injetados no nada – também, já se passam 18 anos dos fatos. Foi criado em Santo André algo de playboys, um movimento chamado FAC, Força Anticareca. Começaram a pichar nos muros gritas de "morte aos carecas". "Pô, começou a mexer, como se você fosse mexer num barril de pólvora com fósforo aceso, caralho. Um dia a gente tava passando em frente ao Colégio Américo Brasiliense, e o Chileno achou um desses indivíduos que era da FAC. O apelido dele era Chileno porque ele era chileno mesmo. E ele começou a bater naquele moleque, nós tava em seis careca, eu, Babu, Cebola, Carrasco, e nós deixamos o Chileno socar o moleque e ficamos atrás. Aí os que vinha a gente segurava pra ninguém pegar pra que ele sangrasse bem o moleque. Aí pegamo e fomo embora, continuamos no centro. Aí foi feita uma rebelião pra catar a gente, o colégio inteiro saiu à nossa caça. Aí foram chamados reforços, os caras começaram a vir tudo pro centro." O cenário se converte numa batalha campal. "E aí se encontramo com esses cara, mano, e começou a confusão, pancadaria. E eu nessa briga vi um... uns careca foram chutar a cara do moleque, o moleque tava de óculos. Sabe, naquele chute eu vi a cara do moleque ser rasgada todinha. E na verdade o moleque era um inocente, cara, não tinha nada a ver com nada. E aquilo, sei lá, bateu na minha consciência, sabe, nesse dia dessa briga aí eu... foi quando eu parei, comecei a perder o gosto."

Ricardo Sombra fala a céu aberto, dando seu nome, porque apesar do que se segue, sumamente violento, ele diz que nunca teve problemas reais com a polícia. Confessa-se incapaz de matar. Nem sabe se foi violento de fato, e parece ter em mente que suas movimentações se constituíam, sim, em folguedos de adolescente com a cabeça cheia de hormônios, estamina, eventualmente cerveja. Ricardo tem uma fala direta que dispensa em geral metáforas, apólogos, mas namora amplificações de cenas que ele relata com gestos de poltrão. Talvez o extrato mais impressionante desse conjunto seja o caso da machadinha e das técnicas que ele empregou para torná-la literalmente um instrumento de vertigem moral via ameaça escrotal. Resumindo, aço no saco do sujeito. "Eu tinha faca igual à do Rambo, eu era fã dele, com bússola e tudo. Eu tinha uma machadinha, eu afiava ela nas duas ponta e afiava as duas ponta em cima. Porque se eu quisesse te judiar, o que eu fazia? Eu pegava você, te encostava na parede, virava o machado de ponta-cabeça, jogava ele no meio do seu saco e levantava. Eu ia falar pra você assim: "Ri, ri, ri que eu quero ver você rir, se eu não ver os seus dentes cê tá pego". E aquilo afiado, no meio do seu saco, com o cabo pro alto, e eu levantando, cê imagina a sensação que cê não vai ter, né? E eu falava pros cara: "Ri, mano, ri porque..."

O ritual da machadinha era a coroação de um dia a dia que nem com sabão e bucha se apaga hoje das memórias de Ricardo. "A gente saía de manhã, não ia trabalhar, era um bando de burro, um bando de vagabundo, tinha que arrumar dinheiro. Então a gente ia pegar os playboyzinho de manhã no centro da cidade." Ricardo jamais admite que os Carecas do ABC cometessem assaltos. Apenas subtraíam pequenas somas, mediante ameaças no melhor estilo brutamontes. Se o fulano tinha R$ 50,00 na carteira, pediam R$ 10,00 e mandavam-no guardar o resto. Imagine-se 80 sequazes carecas em tal empreitada. Como era? "E aí, mano, chega aí, faz uma colaboração pros careca, pros cara tomar um café". Taca o machado no meio do saco. "Vai, mano, ri que eu quero ver um sorriso seu, e aí, colabora com 10". O cara vinha e dava 10. "Ó mano, o negócio é o seguinte, você vai embora daqui, se você chamar a polícia depois a gente vai te achar, você sabe quem somos nós". Então, mano, era um bando de vagabundo."

Excitam a mais viva curiosidade as descrições que Ricardo passa a fazer de quem iam se constituindo, aos poucos, como principais inimigos dos Carecas do ABC. Aqui, um roqueirinho com a respiração pálida de medo, ali um *rockabilly* prestes a perder o topete, acolá um playboy fortinho cuja namorada logo o verá beijar o asfalto em atitude genuflexa diante dos músculos da trupe. Mas, com o tempo, os Carecas do ABC perceberam que o grande inimigo a ser enfrentado eram mesmo os *skinheads* neonazistas, cujo território de atuação, basicamente, eram as franjas do bairro do Tatuapé, na zona leste da cidade. Foi nesse bairro, na Praça Sílvio Romero, que tiveram a briga mais feia. "Porque nós saímos de Santo André, foram duas briga feia que nós tivemos, que eu me machuquei, eu tenho uma cicatriz aqui, que ela sumiu porque a barriga cresceu, na época era um abdominal, hoje virou um tancão, e nós viemo pra essa Praça Sílvio Romero. Viemo dar um rolé, chegamo aí e encontramo com as fera, os *skinheads* mesmo. Eu lembro que eu tava dum lado da rua, eu olhei do outro lado da praça e vi o cara de costas e a suástica nazista nas costas dele todinha. Foi, acho, nós tava nuns 25, eu falei pros cara 'ó, mano, os *skinheads* tá aí, cara. E aí, vamo pra cima, que a briga começa'. E aí você começa a sacar de machadinha, soco-inglês."

A memória é a de que realmente saíram no prejuízo nesse enfrentamento, porque, segundo Ricardo, "naquela porra lá, começou a sair *skinheads* pelo ladrão, parecia que os cara descia das árvores, mano. Pô, e era machadada, facada, correntada, soco-inglês, o que você imaginava. Tudo arma branca, não havia arma de fogo. Um taco de beisebol, qualquer coisa na mão da gente virava uma arma, cara". Os Carecas do ABC desceram da praça, rumaram à Avenida Salim Farah Maluf, a cobrir o antigo córrego do Tietê, e que liga a Marginal Tietê ao ABC Paulista, um corredor infinito de asfalto, que em linha reta os levaria ao ABC. "E aí se separou todo mundo, e quem conseguiu chegar inteiro, conseguiu, quem não conseguiu, se fodeu, cara. Se arrebentou e tomou um cacete do caralho, como o Alemão, foi parar no hospital; os cara quebrou mais de cinco costela dele, ficou todo fodido. Por quê? Porque os cara era maioridade. Só que chega uma hora, você se mete numa briga dessas, mano, você vira um cachorro louco. Você não quer se machucar, mas você quer machucar alguém." Nesse lufa-lufa de enfrentamentos, todos os que levam porradas demais, ao chegarem de volta ao território, obviamente têm no seu corpo, entranhado de manchas roxas, um passaporte que os vincula poderosamente à execração. É nessas horas que deve, portanto, brotar do inconsciente, da força da natureza, a besta-fera a que se referiu Nietzsche, aquela que "emerge de uma repugnante procissão de assassinato, incêndio criminoso, estupro e tortura, de alma alegre e impassível". Ricardo conta que ali seu apelido de Sombra ficou para todo o sempre. Porque muito bateu e pouco apanhou. "Só que chega uma hora que você olha pra frente, você não sabe quem é quem. Que é todo mundo careca, de suspensório e calça jeans. Cacete, quem tá comigo e quem não tá? Acabou, mano, você quer sair dali do meio. Aí chega uma hora que você vê que não tá dando, você quer, sabe... eu falava pros cara: 'Essa galera não vai usar só força, não, eles têm um pouco de inteligência'. Tem que saber a hora de sair fora. Nem sempre dá pra gente. E aí eles me apelidaram como Sombra. Levei o nome de Sombra."

Os Carecas do ABC gostavam de levar suas garotas para passear na Serra do Mar, a partir da gare de Paranapiacaba. Levavam só a roupa do corpo. Num domingo, encontraram um hippie morando no mato. O pobre-diabo, sempre metido em si mesmo, cujos cabelos realçavam a cara esquálida de bicho do mato, ajoelhou-se, em atitude crística, quando viu Sombra chegar com a patota. Recebeu a promessa de que não seria espancado caso cuidasse do estômago dos Carecas. E a eles proporcionou fogo, sopa e bebida. O código de comportamento das minas dos Carecas do ABC, inflexível, não permitia beijinhos (mesmo aqueles no ar, sem som nem tom) entre amigos. "Olha, mulher de careca era homem, entendeu? Não é esse negócio de você ser um e eu ser outro, e quando eu vejo você, você tá com a sua mulher do lado, eu vou lá e dou um beijinho nela. Se você fizer isso é a mesma coisa que você dar um tapa na cabeça de um *pit bull* e falar: 'E aí, mano, vamo brigar?'. Entendeu? Mulher de Careca era homem, dava a mão. E até mesmo elas eram mais forgada do que nós." As minas dos Carecas, geralmente, se vestiam de preto, jaqueta preta de couro, o mesmo estilo deles. Suspensório, calça jeans e coturno. Então, pra elas não usarem o "coturnão" dos machos, compravam umas botas no estilo coturno. Algumas raspavam a cabeça. Escutavam Ratos de Porão, Toy Dolls, Ramones. Para Ricardo, gostava-se de "tudo aquilo que desse pra gente pular, e até mesmo a dança do Careca era pura violência". Volta e meia, naqueles recessos de festas, em que o som para, as pessoas ficam em silêncio, naqueles instantes de rumores calados, aqueles que William

Gibson chama de "momentos em que baixam os anjos", os Carecas do ABC preenchiam com seus urros. Sempre assim: "Carecas, oi, oi, oi, oi, não gostamos de racismo, não gostamos de nazismo. Carecas! Carecas!". Tais festas não eram fissuras na atividade violenta da gangue: eram apenas a sua coroação. As festas sempre ocorriam em casas vazias, de amigos. "Meu, nós fazia as nossas próprias festa, porque nós não era aceito em lugar nenhum. Qualquer lugar que a gente chegasse era sinal de confusão. A gente não era aceito, era barrado em todo lugar. Então a gente fazia a nossa própria festa. 'Ô, galera, a casa hoje tá vazia.' Então a gente... todo mundo, pá, dinheiro, comprava cerveja, comprava carne, fazia um churrasco, nós curtia o nosso som. A gente era reservado, o nosso mundo era só nós. Não existia esse negócio aí do lugar onde não existia o movimento eu vou me misturar com outras pessoas. Entendeu? É como se você fosse inimigo do mundo."

O que era mais gostoso de tudo isso? A sensação de poder, responde Ricardo. "Cara, como se fosse um deus. Você saía atrás da confusão, você queria achar alguém que te derrubasse. Eu saía pra rua brigar, cara, eu treinava horas, mano, eu não tinha barriga, eu não tinha nada disso, não, eu era forte. Eu treinava horas, e puxava ferro, e ia pro boxe, treinava, e aí eu saía pra rua e queria achar alguém que fosse melhor do que eu. Eu queria te dar pancada e queria tomar. Tinha que achar alguém. Só que ou por Deus ou por sorte, sei lá, eu nunca achei esse alguém que me levasse pra lona mesmo, no mano a mano."

O dia veio, finalmente. Ricardo achou essa pessoa numa festa junina. Olhou para ele, não foi com a cara, logo meteu um soco em sua boca. Um dente quebrou. Ele olha pra Ricardo e fala: "Uh, mano, eu quero ver se ceis são bom mesmo!". Saca do revólver, abdica da arma, era daqueles trabucos calibre 22 de Velho Oeste, dos que abrem ao meio para se lhe meter as balas no cano. Ricardo relata que "ele falou 'mano, nós vamo rolar até um cair aqui'. Eu falei 'vai ser agora, mano, vamo nessa'. Aí ele falou pros camarada dele: 'Mesmo que eu apanhe, nenhum de vocês vai se meter. É eu e o cara'". A festa junina se abriu ao meio. No centro, os dois leões se digladiando. Ricardo leva muitos socos nos olhos. É finalmente arregaçado. "No outro dia, quando eu acordei, eu não tinha olhos, mano, parecia aquele Rocky lutador, totalmente deformado. O cara poderia ter ido pelo jeito mais fácil e atirar. Mas não." Ricardo ainda guarda esse extrato de memória com força. "Então não sei se isso foi proteção de Deus ou se foi sorte, mas eu sempre dei sorte nesses tempo todo e nunca achei ninguém que me levasse pra lona mesmo, eu dizer: 'Vou trocar porrada com você e porra, você me detonou, mano, me levou pro buraco.'"

São inflexíveis as determinações dos Carecas do ABC quando se trata de deserções. Você toma porrada para entrar, você toma porrada para sair. Foi assim, mesmo com um homem que transfigurou seu apelido numa tatuagem: um homem chamado Cavalo. Levava esse nome por causa da cara equina. Ricardo conta que "ele foi ficando da paz, da paz, da paz", e a determinação irrevogável para tanto era a expulsão. "Quando você é um Careca muito pacífico, os caras te expulsam do bando, e aí vão te expulsar com uma bela surra, mano, vão te sangrar, te bater, e daí pra frente eles nunca mais vão mexer com você, você não vai nem feder e nem cheirar. Só que você não é mais Careca. Mas antes disso você vai tomar um cacete, mano, porque quem entra, entra. Só que sair você não vai sair, não. Só vai sair fodido, se eu te arrebentar, senão, não vai sair." Outro que passou a ser tido como estroina de alto coturno, canalha imperdoável, foi justamente o que colocou Ricardo Sombra no movimento, o Carioca. "Ele me levou pro movimento, me fez um animal como ele e depois foi surrado que nem um porco porque passou a beber muita cachaça e começou a apanhar no centro da cidade. E aí o boato corria em Santo André. Um mandava para o outro, em alto e bom som, um 'você viu, tem Careca apanhando no centro. Quem tá apanhando no centro da cidade, quem é esse? Pô, é o Carioca, filho da puta tá com a cara cheia de cachaça, mano, vai brigar como?'. Carioca tomou cacete do Cebola. Ele falou: 'Pode ir embora, mano, nunca mais cê fala que cê é um Careca, seu filho da puta, ou eu te mato'. E mandou embora, mano. Então, a maneira de você sair era assim, e quando saí eu saí desertando, então você passa a ser um desertor", lembra Sombra.

Ele estava prestes a querer seguir o mesmo caminho. Não para atender às urgências de alguma bebida, de alguma religião, de alguma retidão de espírito. Mas para atender a um pedido maternal de sua avó, dona Neuza, então com 60 anos de idade. Ela vai ao neto, diz que o criou com amor e carinho, orna graciosamente a conversa com os chamamentos de fidedignidade ao bom nome da família, já que o pai de Sombra era homem de bom nome, empresário do ferro, que lhe deu sempre tudo o que quis, moto 750 cilindradas, carros último tipo. Sombra se mudou da cidade para nunca mais aparecer. Quando voltou à cidade com a reportagem, estava desconfiado. Afinal, refere, "quem bate esquece, quem apanha, não".

Sombra avalia hoje que tudo aquilo era a expressão máxima de cada um pelo atalho dos músculos, que era uma maneira de pôr pra fora a revolta que tinham. "Eu me perdi naquela época porque o meu pai, depois de vinte e poucos anos, tava se separando da minha mãe, largou minha mãe, largou meus irmãos na rua da amargura, então isso me deixou mais revoltado do que talvez já fosse." E os outros, Sombra, por que entraram para os Carecas? "Muitos era por sem-vergonhice pura, muitos era embalo, entendeu? Muitos era porque morava em periferia, e o pai talvez fosse um bêbado, cachaceiro, outros porque talvez nunca teve amor e carinho, nunca tinha família pra cuidar deles."

A relação de Sombra com seu pai hoje é definida por ele como "maravilhosa". Na sua adolescência, viu no pai uma força incapaz de lhe dar o que ele postulava, talvez mais atenção, quem sabe? "Meu pai era aquele cara seco, grosso. Então às vezes minha mãe falava, eu lembro até hoje, minha mãe falava assim: 'Luiz, seu filho precisa comprar tal coisa', e a resposta era 'manda ele se virar que ele já é homem, tem dois colhão que nem eu', entendeu?". Mas Sombra não quer que seus filhos conheçam esse passado. Sombra é casado com uma mulher negra. Fala dela e da família e lampejos, finalmente, lhe brotam do olhar, além dos habituais emanados quando troça dos cabeludos, punks e roqueiros. Considera que seu rosto de Careca do ABC foi desenhado numa areia que o mar desses vinte anos já apagou. Ficou a força: exercida profissionalmente e em nome da proteção de quem lhe paga os serviços de segurança. "Só posso te dizer uma coisa: até hoje ninguém me derrubou", sentencia olhando para o nada.

— CAPÍTULO 18 —

"A vida é como a lei da gravidade: ela te influencia, sempre, mas você jamais vai poder influenciá-la."
Professor doutor Maldonado

Professor Maldonado

Insulada que sou, meti-me numa contradança, nada insular. Valendo-se magicamente, como ninguém, da plenitude de seu estratagema, que era disparar frases de efeito, coladas umas às outras, de forma que as suturas eram implícitas, o professor logo disse "ok, mas jamais cobrem nada de ninguém, porque cada um tem seu esqueleto dentro de seu armário, e isso é um direito sacrossanto das democracias modernas, se é que vocês estão me entendendo". Os alunos ponderaram, cediços, que esses projéteis verbais, vindo traçados como vinham, eram indicativos de algo que apenas podiam intuir da figura do professor doutor X. Já eram umas 10 da manhã e o suave estertor de gente com fome se fazia com pernas cansadas que se movimentavam em semicírculos, vulgo hora do recreio. O professor X não sabe que meia dúzia de alunos podem ter intuído a sua difusa ligação com a frase de efeito que acabara de pôr em caixa-alta. De qualquer forma, ele se levanta da cadeira, com uma aura plena de purpurina desbotada, sente fisicamente o tiquetaquear do relógio, quando no seu coração começa a dançar uma troadinha, nada sutil, que fende o clima de opinião que ele imprimiu na classe pelas duas horas e pouco que se passaram. Reinstalado da posse de seu corpo, isto é, tendo checado todos os pertences já dispostos dentro da mala, professor doutor X tem um lampejo rápido e repete para si mesmo, num elã plangente: "Sei que hoje estou deixando algo a desejar". Depois, metido que é das teorias lacanianas, faz uma análise da frase. E resolve lê-la de outro ângulo, assim tendo acreditado que na verdade quis dizer a si mesmo o seguinte: "Sei que hoje estou deixando de desejar algo". Mas, enfim, esses arrancos flácidos de sua inteligência fazem seu olhar cinéreo dar umas piscadelas, ele repete a si mesmo no seu melhor rouquenho "vamos nessa", promete não mais se esgoelar em aula, vê um brilho selênico no sol lá fora. Ainda teria um dia maciço pela frente. Uma sensação deleitável, aliada a dropes de limão, tosse ligeira, gotas de saliva orfanadas no ar, clima seduzente de verão, professor doutor X sai pelo corredor atacando quem visse com um olhar de regulagem astronômica, preciso. Sua imagem se desintegra incompletamente na multidão, vê-se de longe ele levar de alguém um abraço inquisitivo, ele prossegue com seus olhos de um cinza impossível, e só ele sabe que sua aula, mais uma vez, vazou pelas juntas práticas que só ele conhece, anêmicas e pesadelescas, e que no fundo de tudo isso pairava uma verdade malsã.

Para acudir às urgências de tais digressões, professor doutor X verte suor, é todo poros, e essa cintilação catártica em sua pele, esses quatro costados de "fulgurância gélica", conforme gosta ele mesmo de explicar, dá assim lugar à expressão de sua aula. Apesar de opaca, sua fala atrai alunos adolescentes porque, destituída que é de arengas morais, consegue ser a vera-efígie da adolinquência, ou antes: professor doutor por duas horas consegue passar em revista o minueto ressabiado do catolicismo, ri-se das ancas florentinas da moral, transmuda morais gigantes em teorias enfermiças. Ele tem a fala foliculada, seus adjetivos minoram a opressão da cátedra, adora rebobagens, as alterações de seus timbres, um esmero pachorrento pensado e repensado transmitem algum vislumbre da vida mais viva que há. A pele do professor doutor parece ter longanimidade, apesar de seus 56 anos, porque embora semidestroçadamente acobreada pelos banhos de luz artificial, simulacros de luz, insossos, são os espreitantes desse ser tão ígneo, latejante, adamascado, de moral policromada. Estarei exagerando na linguagem? Caso ela transmita alguma esquivança, vá lá, vou confessar que frequentei as aulas de professor doutor para tentar entender, com alguma faceirice, seus sestros de falar adjetivos sobre adjetivos, e até julgo ter me feito anacoreta, sem nenhuma caçoada, tudo dentro desse movimento natural de ser repórter. Deus do céu, sua fala é de todo anestésica, confere à classe algo pré-pubescente. Entrei como ouvinte, saí como fã, tomada de gestos columbinos, com minha órbita solar metida numa assimetria babilônica, e até a extensões de suas aulas pude assistir nalgumas noites incandescentes, amistosamente agressivas, porque quando o professor doutor fala e levanta exibe cabelos do peito desgalhados e um torso simiesco. Sem mais dissipações, típicas de quem está pagodeando, ao cabo de tudo isso sei que se raspasse um pouco sua pele encontraria a besta em pessoa, sob a forma de um tritão de mãos estropiadas pelo óxido do giz de lousa.

Ampliada às crônicas pueris, por pura ilusionice dos alunos, não terá jamais a figura do professor doutor andado recôndita, porque as falas jamais trouxeram o acanho típico de algumas universidades particulares. Professor doutor tinha os olhos estrelados de adjetivos dogmáticos, metia os ombros às causas públicas, quaisquer que fossem. Hirto, limpo, adiposo sempre, febricitante às segundas-feiras, professor doutor me admitiu em suas aulas após uma conversa de cinco minutos, uma vivisseção de minha vida, que buscava chaves nos meus episódios mais adventícios. Naquela mixórdia de perguntas à queima-roupa, quis saber: quais notas de rodapé eu mais amava, algumas palavras que já tivesse pego eu mesma lendo de trás para a frente, pensamentos estranhos que eu acabei admitindo como meus axiomas particulares. Foi nesse espírito, disposta a uma dilação de meu eu mais errático, que me encontrei numa segunda-feira fria e calculista com professor doutor. Me recebeu planeando umas zumbaias de moleque, indeciso e vário, mesmo assim com a porta da classe 127-B escancarada. Uma classe de 17 alunos, de uma angústia prostática, me esperava, de riso escancarado. Enquanto isso professor doutor gingava suas modulações de voz. Bastará acrescentar que a classe de "nerds", humanizada a granidos selênicos, adiposos, de gente acostumada a descer agridocemente a cabeça para tudo o que o professor falasse, bateu palmas à minha presença. A lanugem simétrica na lousa, a chuva murmurante do lado de fora, as talagadas repugnantemente animais que professor doutor dava no giz contra a lousa, os olhares cerimoniosamente inquisitivos, tudo isso, Deus do céu, foi de me dar uma comichão bamboleante nas pernas.

"Com vocês, dona jornalista, que já me respondeu por e-mail quais são suas cousas mais esquisitas e veio aqui aprender as cousas ainda mais esquisitas de toda a filosofia de nosso mundo", disparou professor doutor. Parecia um político novel, metido a falar sobre o que não sabia, mas mesmo assim foi sincero naquela insinceridade. Talvez não tivesse melhor ofertório na sua simpatia tão artimanhada nessas simetrias sociais. Mas, confesso, fui suscetível de todo às magias da ocasião. Professor doutor é dono de uma ninfescência sem par: o sorriso é róseo, tem as mãos que parecem uma raiz de planta, eu mesma o chamei mentalmente de uma "artemísia preênsil". Tudo porque ele se agarra com precisão aos argumentos que acaba de esbulhar. Os satânicos anteparos que ele bota a seu redor, com sua fala eletrônica, com seus sons bilabiais, te seduzem de antemão. Num primeiro momento, já disparou: "Vocês sabem que ciência é tão somente aquilo que admite ser contestado. A psicanálise não admite ser contestada. *Donc* psicanálise não é ciência, então saibam que estão pagando a faculdade para terem aula de uma autêntica bruxaria criada por uma casta vienense que, por ser muito orgulhosa para se ater ao que os outros falam, criou um sistema próprio, para pelo menos poderem se ater às suas próprias palavras". E punha-se a rir, com aqueles olhos iridescentes, com aqueles esganiços da classe fazendo eco, que troavam incongruentemente com o resto da humanidade. Deixe-me explicar melhor: a primeira impressão que tive da classe, aquela aura baça de subserviência, aquelas modulações de risos rouquenhos, aquelas tiradas nínficas das moçoilas, o filtro nauseante que era a aprovação do professor doutor ao que quer que se falasse ali, tudo isso me deu uma primeira impressão, na qual todo bom repórter aprende a se pegar: eu não estava lidando, ao que parece, com seres humanos, propriamente.

Como fui admitida? Ele me pediu um ensaio sobre algumas fotos que me mandou. Todas de São Paulo. Remeti-lhe o seguinte:

Será Londres uma São Paulo de piercing ou será São Paulo uma Londres tatuada? Tanto faz. Quando esteve no Brasil, em 1993, com sua banda Public Image Limited, John Lydon, fundador dos Sex Pistols, lamentou que Londres não dispusesse dos grafites constantes das ruas de São Paulo. Também, pudera: a tipologia de São Paulo, um bric-à-brac caleidoscópico, faz jus à "bio-diver-cidade", em que, vencidos pela realidade, palhaços lúgubres, às vezes na luz do dia, outras sob o sol de satã, ficam transidos de sonho. E expressam a loucura que é a cidade sob a forma de uma pré-coerência de todo coerente: porque a tipologia não quer ocultar. Quer mesmo é revelar. Essa revelação é das melhores porque não se supõe inefável, como se supõem os "artistas". Tampouco se pretende dedutiva: é indutiva. Sugere, não afirma. A tipologia de São Paulo é de uma certa classe de luz sublunar, apesar de todas as suas cores. Está sempre assoprando algo ao pé do ouvido. Mas no final das contas não quer chegar ao fim de um conto: pretende apenas que seu zumbido nos torne prenhes de novos significados, e que cada um encontre o seu. Seja como for.

Renato de Cara sofreu o sequestro psíquico imposto pelo mar eterno que é essa tipologia. Capturou o momento em que luziram nele. E os extratos dessas fulgurações nos chegam como uma biópsia do que é a pele tatuada da cidade. Walter Benjamin, no começo do século XX, escreveu as 1,3 mil páginas de Passagens parisienses sob a possessão de uma magia semelhante. Sua arma era o texto, que se desdobrava, impressionista, sob as fulgurações parisienses. Benjamin foi seduzido pelo vidro e pelo ferro. Chegou a dizer que as passagens de Paris "são caminhos que olham para si mesmos a partir de janelas cegas". Trata-se da mais espessa coincidência possível. Renato de Cara pega uma porta de ferro, em fatias, em que outra porta faz dos olhos do retratado uma janela que cega seus olhos. Mais à frente, uma flor psicodélica verte vida sob uma porta de ferros pontiagudos, como se a rosa domasse seus próprios espinhos e os ofertasse ao apreciador, num gesto cálido. Já um urso infantil, não sem desaviso, fiscaliza a rua, com seu olhar saponáceo, enquanto mármores de lápide, hieráticos como ciprestes, lhe servem como companheiro tumular.

A tipologia de São Paulo vai além de todas essas bases sobre as quais é representada. Alheia aos malefícios que a poluição visual possa ajudar a verter na alma das pessoas, ela não se sente oprimida por tais incertezas. Tudo porque às vezes ela é um significante sem significado. Não quer dizer nada. Quer acontecer, de modo variegado, ao sabor dos olhos do cliente. Note-se que Renato de Cara bota em caixa-alta as intervenções que as gambiarras típicas da cidade de São Paulo (tripés, fios, plataformas, ferros retorcidos, grades deslocadas) promovem sobre a tipologia. É o ruído sobre o ruído. Os painéis desossados de mensagens, por ordem do senhor prefeito, ainda estão altivos mandando significados. Pintores renascentistas gostavam de carregar nas tintas das figuras sacras. Mas, na hora de pintar-lhes o rosto, empregavam cores pastel: queriam que quem visse a pintura tivesse um ponto de descanso, para poder projetar seu rosto no rosto da figura. A ossatura dos painéis vitimados pelo decreto do prefeito estão aí, cumprindo o mesmo papel multitudinário: pedem, de pés juntos, que o paulistano projete em seus ossos o seu sonho de consumo. O nada oferta uma promessa de felicidade: está vacante, mas pede um sonho.

Walter Benjamin referia que o mundo deve ser compreendido em fragmentos relampejantes, que a sacada intuitiva, promovida pelas Denkbilder, ou imagens mentais, revela a essência das coisas. O flâneur de Walter Benjamin é primo-irmão do Mandrião, de Oscar Wilde, que sai flanando pela cidade após as 17 horas para respirar a verdade das ruas. Eis toda a força do ensaio: captar flagrantes, como quem vê, sozinho, uma ilha vulcânica brotar do fundo do oceano. Esses relampejos são a alma dos ensaios. Por isso ensaios fotográficos guardam aquele bocejo floral, tão singular, que é ver a parte pelo todo, vulgo sinédoque. Renato de Cara registrou lantejoulas do dia a dia que, por mais parecidas que sejam com um jogo de espelhos quebrados, remetem à feição mais insinuante da cidade: os pontilhismos de estilo em que o ruído da informação se pretende música. Cada um vê o mundo, dirão, com seus próprios olhos que a terra há de beber. Austríaco radicado no Rio, o escritor Stefan Zweig viu no mapa do Brasil o formato de uma lira. Lima Barreto enxergava no mesmo mapa a rematada figura de um presunto. O que Renato de Cara enxergou na cidade tatuada? Viu que suas escarificações, feitas a ferro e a fogo pelas tipologias, são o estêncil mais palpável de sua alma, o DNA de seus códigos de comportamento, o astrolábio (em plena era do GPS) de seu futuro.

Professor doutor me fez sentar na primeira fileira. Deu um passo atrás na estrutura do curso. Explicou-me que o curso se chamava "Entartung", que em alemão significa "degeneração". Ele expunha tudo de maneira nervosa. Tinha esgares comatosos do lado esquerdo do lábio. Suas ideias eram amarradas (foi a impressão que anotei no bloquinho) num matelassê nauseante. Os conceitos ele explicava sem cuidados de natureza alguma, como se estivesse vomitando algo decorado. E, de dedução em dedução, atingia um humor subtropical, um estado desbeiçado em que, endefluxado, chegava a trechos menos equívocos, de credo íntimo, de aura trepidante, de arengas exasperantes. Era a fase dos adjetivos.

Adjetivos que anotei, e que aqui reproduzo, em demasia, para devolver à figura do professor doutor o que ele me ensinou, aplicado a ele mesmo. Nenhum adjetivo constará de meu relato que não tenha sido anotado, devidamente, da ginga angulosa de seu falar, da nitidez pavoneante de suas construções mentais. Professor doutor era um gêiser de ideias e sobretudo de adjetivos: nos primeiros cinco minutos, para me introduzir no conceito de "entartung", falou de "circunvoluções fitossanitárias", de estados "latejantemente primaveris", dos "belvederes de moral", do "luar tecnicolor", da "inchação dos meneios atrozes". Todos esses estratagemas de linguagem geravam uma aura de azul implacável na classe. Mas era uma técnica de professor doutor para manter as pessoas acesas, incursões laterais circenses, e a névoa bidimensional que brotava disso obviamente ajudava a endeusar o professor doutor. Lembro-me de tê-lo descrito, nas minhas anotações e já à luz de sua técnica, como "dono de uma rusticidade pictórica de fundo platinado voltada a púberes filisteus minimamente razoáveis e afogueados".

Naquele dia professor doutor emendava a aula número 8: estava falando do texto "Recordar, repetir e elaborar", de Sigmund Freud, datado de 1914, tão fundamental à psicanálise, mas que ocupava apenas, no original, duas páginas de livro. Não o inculpo de quanto, em seus risinhos farisaicos, ele poderia contribuir poderosamente para que alunos deixassem ao raso a vontade de ler outras cousas – visto que emendava, a cada minuto, aquelas tiradinhas opalescentes segundo as quais "até que enfim encontrei um texto de psicanálise que vocês podem entender". Bom, o chuveiro de adjetivos sem graça parou. E, com o rosto zebrado pela luz da persiana, prosseguiu naquele montículo mirado de pequenices e, em sorvos, apresentou o texto de Freud. Zuniu alguns argumentos segundo os quais aquelas duas páginas de Freud falavam "mais que toda a obra", porque revelavam "o manjar dos deuses de todo o comportamento humano". Professor doutor Maldonado adicionou, com a simplicidade de quem comia um maxixe, que "expelimos para fora – desculpem o pleonasmo –, sob a forma de ações, tudo aquilo que não temos sequer a coragem de lembrar". Avoquei meu antigo comportamento de aluna, meus códigos de comportamento de peralvilha, e fria, indiferente, impassível, tomei do texto – com a determinação de que para buscar o que queria deveria me entreter com tudo o que funda e consolida uma boa pauta. Talvez um pedaço da frase sobre ter um esqueleto dentro do próprio armário estivesse explicitado no texto de duas páginas.

Embarquei no brigue de professor doutor Maldonado. As sutis dosagens de psicanálise tinham o traço indistinto de Freud, a escrita simples, como um conselho. Já me predispus a ver no professor doutor Maldonado um tipinho de *arrière-pensée* que nada devia saber de psicanálise, metido que era com seus maneirismos vocais de ridicularizar a tudo e a todos com seus falsetes de garoto mimado.

O texto de Freud diz, logo no começo, que "podemos dizer que o paciente não recorda coisa alguma do que esqueceu e reprimiu, mas expressa-o pela atuação ou atua-o (*acts it out*). Ele o reproduz não como lembrança, mas como ação: repete-o sem, naturalmente, saber o que está repetindo". Mais adiante, afirma que "aprendemos que o paciente repete em vez de recordar e repete sob as condições de resistência. Podemos agora perguntar o que é que ele de fato repete ou atua (acts out). A resposta é que repete tudo o que já avançou a partir das fontes do reprimido para a sua personalidade manifesta – suas inibições, suas atitudes inúteis e seus traços patológicos de caráter. Repete também todos os seus sintomas, no decurso do tratamento".

O texto de Freud era uma introdução, feita para a graduação, para os textos pipilantes e pesados, as chaturas carmesim que professor doutor Maldonado ensinava na pós-graduação sob o nome de "Entartung" ou "Degeneração". Sabia que, como boa repórter, teria de me refestelar na sua logorreia para tentar entender o porquê de professor doutor Maldonado ter sido o consultor de vários júris sobre assassinos em série. Professor doutor Maldonado parecia ter espasmos de prazer percorrendo o corpo quando aparecia na televisão, sempre de rosto marmóreo e mãos de centauro, explicando o porquê de determinado bexiguento em questão ter matado quatro, cinco, dez pessoas seriadamente. A comissura de seus lábios em aula era a mesma apresentada na TV: seu esgar revelava que ele acreditava profundamente nas suas palavras de que estamos condenados, com predicados e desabonos, ao infortúnio de andar alguns passos para trás, prefigurando o estouro de uma boiada atávica. Professor doutor Maldonado cria que o estroina primevo estava enterrado dentro de cada um de nós, como uma cidade submersa, aguardando apenas a oportunidade para que demais milhafres e canalhas também desventrassem de si uma besta primordial. Molemente sentado na cadeira, aquele nababo de truz enfim nos perguntou se havíamos terminado o texto de duas páginas e prometeu emendá-lo a um resumo do que era o seu curso "Entartung". Num desgarro gracioso, pulei para a primeira fila.

Professor doutor Maldonado começou defendendo as teorias de Guido Arturo Palomba, psiquiatra forense paulistano, alapardando dele boa parte de seus escritos. A pressurosa teoria do Dr. Palomba trata daquilo que se chama epilético condutopático, que sofre de um troço tremelicante e imorredouro, direi, que torna esses pobres--diabos almas pressurosas. Logo me explico com as anotações da aula de professor doutor Maldonado. "Temos epiléticos geniais, se é que vocês estão me entendendo, como Napoleão, Machado de Assis, Van Gogh, Flaubert, Dom Pedro I e Dom Pedro II, Dostoievski. A epilepsia é a mais polimorfa das doenças. Nos assassinos ela assumiu outra forma: são pessoas fronteiriças, precisam de um canal de violência para escoar suas tensões." Lembro que a elocução pré-cambriana de professor doutor Maldonado soava como um refrigério bom de doer. Tudo porque a culminação de seu senso de humor, que o desobrigava, pelo tom jocoso da voz, a acreditar no que acabara de falar, projetava-se na minha alma, pletoricamente, como uma presença sedativa, uma promessa rememo-rativa dos diabos de que no fundo, no fundo, a vida era uma esparrela, as cousas nunca foram, nunca são e nunca serão tão sérias assim, e a vida de gente de bem vai sempre desabrochar, profilaticamente, nos sucedâneos da piada mortal, nos gorjeios do sarcasmo, nas tiritantes tirações de sarro contra tudo e contra todos.

Enfim, tudo poderia acabar no riso, mesmo na aula do douto professor doutor Maldonado, que refulgia na televisão falando das coabitações das feras dentro de nós. Mesmo naquelas aulas que tinham sido frequentadas por Zé Limpinho, mesmo naquelas aulas em que um pasticho do crime, Douglas, o Gari do Amor, havia tentado fazer o ajuste focal filosófico de sua vida de viajor da morte empoado de sangue seco por todos os poros.

Os destinos de todos os assassinos, prosseguia professor doutor Maldonado, eram nivelados por escólios pálidos e comuns entre eles. "Todos esses criminosos que sofrem de epilepsia condutopática não premeditam os seus crimes, não têm motivos para cometer os seus crimes, são muito ferozes, matam com golpes múltiplos, jamais têm cúmplices e agem sem remorso algum." Deus do céu, como professor doutor Maldonado é mestre e doutor nas justaposições de ideias que não são suas! Saí para o banheiro. Seriam nove e meia da manhã. Meu jeito elísio de andar, as treliças ancestrais que carrego nos cabelos, minha vida arcádica de leitora voraz... com a ajuda desses meus bastantes predicados, que se pareciam comigo intimamente, e às vezes nem tanto, eu via de uma perspectiva ladina tudo o que professor doutor Maldonado falava. Sei que decorebas, feitas para impressionar quem nos rodeia, são vascularmente afuniladas quando decoradas na noite anterior. Soam como vestido apertado. As pulsações gravitacionais geradas pela decoreba parecem, para quem decora, algo tão natural como água de calçada, empoçada, perfurada pela chuva. Mas esses símiles caem mal para meus ouvidos. Lavei os olhos, olhos de clepsidra evolutivamente larval, porque, sim, olhando-me naquele espelho eu era algo novo: uma massa amorfa de carne. Estava passada. Olhos malva com morango. Cataclismos perceptivos decorrentes do sequenciamento simétrico que fazia das falas de professor doutor Maldonado e sua lassidão diligente: que era tentar passar a ideia de que sabia tudo aquilo com naturalidade. Que lúbrico. Que canalha, pensei. Em sua camisa de jérsei policromada, seu olhar falofórico de macho decadente. Seus gestos côncavos de tímido profissional metido a aguilhão, *c' est le mot*, sua doença atávica que chamei, no banheiro mesmo, de "metaforismo esparso" – que nos conduz, por lindas aleias enluvadas de verde, a um falso caminho de sapiência. Enfim, minha missão era desmascará-lo não com esses adjetivos, muitos dos quais aprendi (anotei e ora uso!) em sua aula; mas com a prática que liquefaz qualquer canalha, que abre parênteses, que transforma um metido a gargarejar adjetivos, em abluções rosáceas, num beletrista abúlico, indecente: a prática de investigar fatos. A ave-do-paraíso acadêmico, o seu deplorável fluxo de minuetos, tudo muito divagante para meu gosto, suas referências anagramáticas, seus gracejos cavernosos, seus olhos de órbitas de contas, tudo prometi destruir no espelho do banheiro. Porque sabia que professor doutor Maldonado, especialista naquela pudicícia que era apontar defeitos em quem sofria de "degeneração", tinha abrigado em suas aulas, ainda que infrequentemente, dois sacripantas do crime: Zé Limpinho e Douglas, o Gari do Amor. Eu teria de esperar rajar em seus olhos, *soi disant*, o brilho da confiança, pela via daquelas pupilas *coeur du boeuf* que todo babaca entusiasmado com jornalistas de saias emite quando sente uma pontinha de confiança. Nesse estado de espírito, voltei para a aula, pronta para ouvir demais sinais que a sineta daquela vaca-madrinha emitia para alunos e alunos, todos extravagantemente cediços. Todos arfantes como um pufe velho. Todos virilmente desimpedidos de algum juízo de valor que prestasse alguma coisa.

Voltei. Professor doutor Maldonado estava com os cabelos cintados de pó de giz. O zebrado do sol nas cortinas, antes sobre sua cabeça, estava num recorte de parede descascada. Seus recursos narrativos, seu eu apostrofável (que eu tanto odiei) haviam se curvado ante outro ser. Que agora me surgia como algo paralelo à alma do professor doutor. Encontrei ali bem outra pessoa. Tinha os pés, numa mobilidade preênsil, enfiados em sandálias de couro e coçava, descortesmente, os pés malcuidados. "Estava contando aqui para os alunos, dona repórter, que a vida às vezes nos serve cartas marcadas e que a teoria de Entartung pode nos ajudar a navegar nesses mares de incerteza, se é que você me entende." Agora sua voz era de uma sofreguidão desbotada. Tal estado de apatia, iria saber depois, era o lenitivo fatal para a transição a uma outra figura que iria conhecer bem depois. Os alunos já estavam se retirando. Professor doutor esperou a porta bater, alguns glu-glus e glu-glus agudos se fizeram com o estrépito. Olhares balançantes tentavam se voltar para nós, caras bobocamente arredondadas soltavam risinhos pueris. E de repente, não mais que de repente, os transes beatíficos de alunos com a libido à deriva se foram, parecia que um áspero anoitecer começava, já no início do meio-dia, e meu cóccix rebrilhava, só para mim, num feixe de angústia que me devorava por dentro. Foi nesse clima de incandescência que professor doutor Maldonado começou a fazer uma breve exposição de seu curso. Claro, sempre numa indolência locomotora que mexia com seus deltoides. Deus do céu, sempre com palavras empoladas, recheadas de imagens que pareciam devaneios pictóricos de um beletrista. Nesse clima continuou coçando o pé e me perguntou qual era a razão de meu interesse. Não emendei meu costume de dizer sempre a verdade, fosse que fosse pelos surtos do meu espírito em ornar minhas palavras com barcarolas, confabulações, sem necessidade de vigários da ética para sacramentar meu jeitinho moribundo de descompor os outros com boas tiradas, bons sorrisos, boas mentiras e intenções recônditas divergentes. Que mais?

Bom... A tarefa de sondar as florações mais recentes da vida do professor doutor Maldonado não foi difícil. No final daquela nossa conversa, dez minutos, se tanto, ficou acertado: no outro dia, 7 da manhã, na sombra das tílias, se é que nesse horário ainda existe sombra, eu ouviria diretamente do epitélio de seus lábios os porquês de ele ter iniciado o curso "Entartung" há três anos. Como sempre agi, numa paz evangélica, ouvindo tudo o que as pessoas têm a dizer, desde que na minha frente, e tentando negar tudo o que elas falam (desde que longe de mim estejam), passei a madrugada sondando a vida do douto on-line. O cidadão, que me pareceu à primeira vista um semipudendo profissional, justapunha a figura do professor aguerrido, de ponta, à dissimilaridade de outro papel social. Passava seus sábados com pacientes terminais, em hospitais com sessões dos chamados cuidados paliativos. Deus do céu, que entreato mais translúcido alguém poderia ter em sua vida? O lunático fosforescente tinha pelo menos 3 mil citações on-line de serviços bem prestados à comunidade. Seis meses atrás perdera seu pai devido a um erro médico. Não processou o hospital, ao que tudo parece atendendo a um pálido escólio de um padre marxista. Era vegetariano. Nutre um verdejante apreço, que parece vir de muito, muito longe, pela laqueadura moral imposta pelos comedores de alfafa.

Nunca me serviu essa imagem como sobrepeliz ao que eu procurava: procurava, e queria encontrar a todo custo razões que fizessem dois sacripantas, como Zé Limpinho e Douglas, o Gari do Amor, terem frequentado suas aulas. Lembrei-me, na frente da telinha do computador, de suas córneas nubladas, vibrantes de lava. Sabia que aquele homem bem poderia nem ter tripas, e que certamente estariam elas num horizonte de aluguel – um horizonte de aluguel que poderia aparecer, sei lá, nas entrelinhas de uma conversa de meia hora, que poderia aparecer após a terceira chuva de verão num mesmo dia.

Cega no breu da investigação, chegou-me um recurso de multa bastante interessante. Dado o seu mais desbragado estilo de cratofonias léxicas, jamais era de se esperar encontrar, no pantanal das historietas muito bem contadas pelos papéis notariais de multas de trânsito, umas pobres murtas linguísticas tão mirradas. Sim, era um parche de pirata capaz de tapar e zarolhar qualquer olhar legal aquela explicação de professor doutor. O pai estava às portas da morte, numa UTI do litoral sul de São Paulo, cercado de homens e mulheres de branco ofuscante, ou azul de uma Jerusalém celeste. Sob um sol úmido, dirigindo a mil por hora, tomado do tilintar multicor daqueles capões desordenados da Serra do Mar, professor doutor vê o bricabraque celeste sumir de seu campo de visão. Fecha-se o breu da serra. Professor doutor está a 170 km por hora. Atrás de seu carro, outro, buzinando, dando farol alto, colando-se a seu *derrière*. Como estamos falando de um idiossincraticamente irretocável porra-louca anarquista ao volante, é óbvio que não dará passagem a uma alma cortesã tão apressadinha. Professor doutor coagula em sua mente estressada versinhos com xingamentos, arrepende-se mentalmente, pensa no pai. Quer voltar atrás, dar passagem, fazer cesuras, entrar numa zona obsedante. Mas, canalha bem centrado que é, ignora essas poções antiácidas de perdão. Prossegue na luta de não dar passagem. O automóvel, depois de vinte e poucos minutos, ultrapassa, cismaticamente. Um quilômetro à frente professor doutor Maldonado é parado, entre álamos, por policiais timoratos, que logo lhe metem um cano na boca. Obrigam que desça de mãos na cabeça, desventrado de reações, justamente ele, altivo convicto. Um sargento conducente logo dispara: "O senhor é louco de fazer isso nessas condições?". Vendo a desintegração de seus perfumes num suor álacre, sentindo que as fronteiras entre certo e errado deixavam de ser dietéticas, professor doutor Maldonado, o homem intercambiável, sente zumbidos sublunares, quer reagir a cusparadas (ele sempre reagiu a cusparadas na infância). Mas mira o dístico heráldico da lei, sente a fosforescência radiosa do cano fumegante em suas bochechas. Pensa. "Não jogarei bolas de gude pros cavalos." Vai temperando o acaso. E rende-se assim, tentando uma solução dupla. "Tenho um pai que me está morrendo, se é que o senhor me entende... E tem mais: os senhores me metem o cano na boca, mas nada fizeram com o psicopata que ficou por horas atrás de mim, dando buzinaços, encostando no meu para--choque. Nada. Isso é a lei? (Se é que os senhores me entendem...)". O sargento, uma potestade semipagã de gordura por todas as ventas, vê e pressente, em êxtase, uma oportunidade legal, límpida, cristalina, de crucificação. "Meu caro senhor, o 'psicopata' grudado atrás do senhor éramos nós, tentando brecá-lo daquelas loucuras."

Todos os diálogos constam do recurso notarial. Não consta que as marcas d'água que o noctâmbulo professor doutor Maldonado deixou em sua vida, ora no peitoril da biografia, ora nas primeiras linhas, são contradições dos diabos. Ele não teve o pai morrendo em seus braços. Na hora da partida pelejava consigo mesmo, bêbado, nos cafundós litorâneos, onde as manhãs já nascem apodrecidas de dor, e tudo muito naturalmente, dia após dia, havia séculos. Teve nas suas botas, nas 48 horas que se seguiram, mais quatro policiais lançando bile sobre suas imprecações, sempre usando a figura do pai ignoto na cama, e quando o pai se apagava do mundo ele estava, como um aquarelista da alma, vomitando filosofia atrás das grades para meia dúzia de presos por narcotráfico que, como ele, dispunham de diploma superior. Deus do céu, quanto endosso se faz sobre a vida das pessoas quando se tem fontes no departamento de multas!

Fiz-me encontradiça no dia seguinte. Respondi aos e-mails do professor doutor Maldonado, quatro ao todo. E-mails típicos de quem te olha até que as órbitas façam sangue. Minha esquivança, meus desdéns, deixei-os de lado. Tudo em nome da profissão, minha alma se dobrava ao influxo de tantas sensações juntas. Eu já conhecia esse sestro oblíquo do professor doutor, que tão desastradamente o fez suspeito da polícia. Ele admitia a tudo e a todos em suas aulas. Suas falas de ordem diversa, dono da capacidade de deixar claro que de onde vem o reproche daí mesmo vem o aplauso, tudo isso colaborava para uma situação em que não faltava quem quisesse, no Departamento de Homicídios, penetrar-lhe as intenções, aliás, num primeiro momento pias, absolutamente pias. Era um sonhador, com recamos de inglês, ornados de francês. Seus e-mails tinham esse viés de peralvilho profissional, de quem precisa mostrar, por todo o sempre, que vivia de interrogar textos, de ruminar questões. Eu na minha mediania de repórter estava lá, no outro dia, sete da manhã, pronta para anotar tudo como se fizesse parte daquele time de fâmulos, babadores profissionais, anotadores de apólogos de ocasião, com todas aquelas tantas e tamanhas amplificações típicas da cortesanice mais babaca do planeta. Imagine-se o seguinte: rutilante de justiça (isso quer dizer que vivo entre os vivas e os morras!), inclinada ao vandálico estado de pôr minha própria vida em risco em prol de uma boa história, cedi aos impulsos do coleguismo. Eram nove da manhã e eu entre os pasmosos estudantes, pegando símiles e xeroxes do que era todo o curso "Entartung". Nessa coquetice sensaborona, baralhei alguns argumentos que me davam alguma sobreposse à causa de minha presença. Estava ali porque, referia, queria me preparar para o curso de pós-graduação em seis módulos, três anos, que professor doutor Maldonado ministraria. É óbvio que a zurrapa que eram aqueles moleques e molecas ampliou isso às fofocas, sem acanho. E, com a aura estrelada de interrogações, passei a ser a queridinha da classe e me vi num malogro curioso: de perguntadora passei a perguntada. O ramalhete de espantos que chegava com minha presença não era apenas porque eu tinha 15 anos a mais que todos. Era porque Rebeca, uma das queridinhas da sala, e Ezequiel, pessoas com certo ar duplo, haviam lido um texto meu, on--line, em que defendia filosoficamente que a maioria dos sacripantas que investiguei eram "homens-covo". A saber, pobres-diabos corcoveiam a existência à morte para pegar caranguejos no Alasca, lançando ao mar os chamados "covos". Vi tudo isso num programa de TV daqueles que tentam te cumular de benefícios culturais na boca da madrugada. A saber, no covo só se entra, jamais se sai. Analisando, sem nada entender, o lance da economia chinesa, meti ombros à escrita, numa vadiação dos diabos em que tentava mostrar que a economia dos chinos é um covo ao contrário: sai tudo e nada entra.

Pois bem, referia meu artigo lido por Ezequiel e por Rebeca: os "homens-covo", tão centrados em suas leis particulares, em suas niilidades, acreditam que tempo virá em que o mundo dará lugar a tal dissentimento, a tal morte moral de cem mil anos, que todos só mandarão para fora os seus valores mais pessoais. Sem ter que introjetar a lei, os costumes, os códigos de comportamento.

Assim o mundo seria uma fusão misteriosa e insigne dessas particularidades maçudas, com cada um defendendo, em seu mundinho, aquilo que só consegue admitir *in petto*, a um pequeno grupo sigiloso. Por menos subtil que possa ser essa minha teoria, por mais inatural que seja, foi o que apliquei aos assassinos a que me referi: seus rasgos de violência, suas macacoas nada morais, seus arregaços, o ego enfunado, tudo compõe o tipo de ser, nada caritativo, que é o criminoso-homem-covo. Um espécime que se afez a apenas, ratoeiro que é, impor algo ao mundo. Eis toda a minha sintaxe. Ao ver Rebeca e Ezequiel com olhares de escárnio, lançados em prestações sucessivas no ar, perguntei se eu era malquerida. "Nada, nada, nada...", empulhou a rapariga. "Vimos seu artigo, acho que é uma coisa muito estranha você pensar que as pessoas possam ser apenas assim, porque pelo que me consta o professor admite, nas aulas, textos que sejam contrários ao que ele diz. Então você pode ir parando por aí em achar que o professor doutor Maldonado é um homem-covo."

De qualquer forma, rutilei a caneta, rabisquei nervosamente um papel e devolvi que concordava com ela. O palanquim ali me serviu para uma interação social que, no meu projeto de caminhar ali às apalpadelas, traria alguns frutos. Não tardou a que, vendo-me entrar na aula com a sobrepeliz de um aluno e uma aluna, professor doutor Maldonado passasse a me ter como a talvez mais recente conversa ao seu covo. Amiudou-se o seu ar de desconfiança, ele passou a ter um tom menos doutrinal e já nesse tempo eu era a alma feminil mais nova convertida às suas aulas-covo, aos seus adjetivos suspirosos e à sua moral de esquivança a uma tal ou qual solução para que a humanidade fosse um pouquinho melhor com o passar dos anos.

"Vejo que você já vestiu a camisa dos degenerados, se é que você me entende!", disse o professor doutor Maldonado. De fato, alguns minutos antes, agindo como se uma iluminura inabalável pusesse em suas mãos o donaire de dizer algo sobre os minutos que se seguiriam, Rebeca havia sacado um tarô de treliças e, em interlúdios protocolares de 12 segundos, disse em voz alta o que lera nas cartas, com uma gélida submissão àquele amontoado desbastado de treliças de papel puído. Assim foi o tarô, assim foi o que se seguiu: o espasmo de uma carta, não lembro qual, referia Rebeca, me punha "em comunhão com outras comunhões". Sentei-me e o professor doutor de unhas descuradas me fuzilou com os olhos, numa trovoada de equações, que vários filósofos já haviam espeitorado o que está por vir. Abri meu caderno. Professor doutor virgulou a alma com goles de saliva, tomou um copo de água (um gesto tão banal aparentemente o descompôs dos pés à cabeça), parece ter encaixilhado a memória e, num gesto de zanga, afastou as anotações e logo me veio fuzilando umas ameaças no seu melhor estilo *volant en arrière*, fez uma convocatória musgosa, abrochando uns lábios na tentativa de amortecer alguma sensação Deus sabe qual. Falou com não sei que balanço na alma o seguinte: "Colegas, se é que vocês me entendem, nossa nova colega de turma está aqui para coletar dados para o curso que há de vir. Peço que sejam gentis com ela, sobretudo quanto a certas perguntas que porventura possam vir sobre aqueles que frequentaram este curso e o deixaram da pior maneira possível, se é que vocês me entendem". Estava demorando para professor doutor trilar desconfianças pendentes de um varal de interrogações, que ele me impunha com os olhos, desde o dia seguinte. Com um repuxo no meio da alma, levantei. Tornei claro, e em voz alta, que meu interesse era, sim, referente ao porquê de dois sacripantas procurados pela polícia, um deles, recém-assassinado com uma injeção no pescoço, terem frequentado o curso.

Professor doutor Maldonado sobrescritou que apesar de um dos procurados ser "praticamente do subdiaconato da polícia", havia estado lá para obter pontos em sua carreira de perito criminal. E que tantas outras miudezas, sempre sem concessões da subvenção que era a opinião da classe, tinham sido botadas no papel por pura invencionice "de uma imprensa mais competitiva do que competente, se é que você me entende".

Professor doutor, antes de retomar a aula, trilava, com um carão que parecia naquele momento uma folha de flandres, que o "caiporismo" da nossa imprensa já havia alcançado até o desfastio e "um ponto de achegas, se é que você me entende", em que o esplendor de sua aula fora apontado como um hibernáculo que atraía "desajustados sociais e assassinos e mimados" que queriam viver sem nenhuma escrituração moral, de leis, de respeito. "Minha querida repórter, você é aqui admitida porque adoramos o seu texto sobre os homens-covo, embora você tenha feito ali muitos juízos de valor, algo que deploro, se é que você me entende". É fácil imaginar que nosso mujique seráfico, nesse momento, tentava mostrar que, antes de despersuadir-me de algo, queria evitar uma quietação geral, então era necessária uma convocatória implorativa, mas sem sobressaltos, a que toda a classe desse as mãos no gesto frascário de me receber. Levantei, com meus cabelos sem sinal de pente, com uma vontade profunda de erguer um coelho pelas orelhas. Disparei que confabulações, barcarolas morais, surtos da alma coletiva não iriam me luzir a um protesto. Muito pelo contrário: eu estava ali, "se é que o senhor me entende", para deslindar o porquê de Zé Limpinho e Douglas, o Gari do Amor, homens de débil força moral, terem se interessado pelo curso. Desparafusada que sou, apelei ao refrigério que tinha nas mãos. "Mas isso quero contar ao professor doutor pessoalmente, se é que o professor doutor me entende."

— CAPÍTULO 19 —

"Rarefa, pui, come pela borda... mas alude, sobretudo."
Dindinho, 1988

Entartung

Dormi, sobranceira, pedindo que o destino me deparasse na aula uma Providência Divina, fundida de todos os sentimentos possíveis e imagináveis. Agradeceria se a tal Providência, com as devidas fomentações, destrambelhasse de vez a língua de professor doutor Maldonado. E ele, sentindo-se influído de sopros divinos sobrepostos, vomitasse de vez tudo o que era, ou o que poderia vir a ser, a tal da "Entartung". Absorta num sentimento de zâimbas, minhas mãos já saíram da cama coçando o coldre, loucas para meter um dedo em riste, mãos alígeras, que eram sim o reverso de toda a minha retidão de espírito. Eu tinha medo das minhas mãos, que sempre falaram muito antes do meu cérebro. Bem, foi nesse espírito que atravessei aquele corredor de jequitibás, com todas essas energias deformantes se agitando dentro de mim, com oásis de pouca paz interpostos entre essas progressões das mãos nervosas, com as minhas unhas córneas gotejando pedidos de explicações. Fui nesse aclive frenético em direção à classe. Fazia inverno no verão. Minhas relutantes conflagrações prosseguiam em floração. Meus punhos seguiam cerrados. Professor doutor Maldonado havia laqueado seu desamparo de homem de meia-idade com uma camisa de seda fina, uma flor peregrina, que dava certa elevação ao seu talhe de decadente profissional. Debalde, um coletinho de couro bem sardônico cintava a camisa de seda.

Naquele dia, diria, professor doutor Maldonado estaria orçando os seus 80 anos de idade, sem no entanto recuar àquele sentimento propenso à infantilidade. Digo isso porque me recebeu com um tapinha nas costas. Depois levantou os dois ombros e, num lampejo, saiu de seu pesadume habitual, com um ar de quem fala "E daí?" (se é que você entende o que estou perguntando).

Cada passo do professor doutor Maldonado levava após si os olhares estentóreos. E um chumaço de tensão. Ele deu uma nota adicional ao seu maneirismo e moeu um cognome para "Entartung", com uma explicação bem violácea da silva de que, na verdade, queria falar de algo tão comum quanto "decadência e degeneração, se é que vocês me entendem...". E, com um humor cloroformizado, naqueles cabelos de desalinho agreste, começou a conflagrar os elementos. "Gente... antes de mais nada, o mundo, se é que vocês me entendem, é uma samambaia, tecnicamente uma samambaia: cresce para baixo."

Vou começar do seguinte ponto: professor doutor Maldonado era um comunista empedernido, e em estado de plena oclusão. Teria, vale dizer, quase sempre, um *pied-à-terre*. Acordos judiciosos consigo mesmo segundo os quais a sequidão acadêmica, a atividade de se falar algo, e sobre o que nada se viveu, era algo como, em seu *dictum* mais particular, "colecionar selos mas não mandar cartas". Dessa forma ele não viveu num beiral opalescente, de quem vê as cousas de longe. O levantamento de seus dados judiciais revela que já teve 14 processos, ações civis indenizatórias, por ter atacado governantes com artigos ácidos. Professor doutor, em dois casos, fez um judicioso acordo em que pedidos de desculpas, botados on-line, garantiram o fim das ações. Bem como a catalogação de professor doutor naquela febre taxonômica, pela qual alguém é "comunista empedernido, em estado de plena oclusão", ou "um pau mandado dos comunas que não gostam de aparecer e não sabem escrever". Tudo bem, dirão, professor doutor sabe como escandir um verso, putrefazer um ícone. Foi com essa imagem que eu havia colhido dele, na noite anterior, que colidiram as palavras com as quais ele explicava a degeneração após a tirada abismal da samambaia, pela qual entrou assim, quase que à toa, num tema tão cheio de conclusões adjacentes e exuberâncias descomunais.

"No século V antes de Cristo Hesíodo já falava em decadência generacional", disparou. "Os Vedas, na Kali Yuga, contavam sobre a última e pior época, quando o forte, o esperto, o atrevido e o negligente governarão o mundo. Giambattista Vico, o napolitano, muito mais tarde, acreditou em ciclos da história. Petrarca tinha saudades do *dolce tempo* do primeiro estágio do homem. Vocês não me verão, se é que me entendem, jamais fundando uma ONG, mas esse curso se deve ao fato de eu acreditar naquilo que Rousseau escreveu em 1762 sobre o bom selvagem. Eu, se é que vocês me entendem, tenho saudades de uma época que não vivi. Acho que meu curso nasceu disso", explicou.

Uma vez abstrato, sempre abstrato. Professor doutor Maldonado difundia em tudo suas saudades do que não viveu. Tudo isso lardeado de memórias familiares, as quais ele gostaria bem de ver num in-fólio. A cada dez minutos de aula, notei, ele emitia um cricrilar asmático, diria que estava espelhando refrações de sua vida particular num gesto bastante estranho: parava tudo e começava a riscar, na lousa, círculos dentro de círculos, até que meio giz fosse gasto.

Na quarta vez consecutiva que se dava esse estilicídio dos diabos, eu bem do meu jeito recombinei sinteticamente meus olhares de expansão íntima, forcejando para que eles gerassem no professor doutor alguma expansão ou contração muscular. Deu certo, e, antes que ele tentasse transmudar seus mormaços naqueles goles de água repentinos, parou tudo, sequestrado pelo meu olhar que foi; tinha uns olhos que chamejavam e, grandemente desconsolado, disse um chiste sem graça, com gotinhas de água ainda vicejando nos lábios: "Olha, gente, se é que vocês me entendem. A minha aula é GLS". Achei que ele enveredava pelo politicamente correto, discursos de não sexismo ou o diabo que o valha. Mas logo emendou: "Meu curso é giz, lousa e saliva, se é que vocês me entendem!". E voltou às explicações.

Mais tarde eu viria a saber cousas bem interessantes sobre o professor doutor Maldonado. Memórias diuréticas o recompunham durante a aula. Lutava, trepidantemente, para que seu pensamento bifronte não o traísse à socapa. E me explico melhor: parece que ele conseguia pensar ao mesmo tempo várias cousas sobrepostas. Esse assédio atroz da memória o comprimia. Enquanto falava naquele dia sua introdução ao curso, enquanto falava que tinha saudades de coisas que não viveu, foi sequestrado psiquicamente por coisas que ele viveu, e muito bem. Eu viria a saber depois que, naquela primeira aula, uma angústia galopante o consumia. Era a imagem do pai, também professor, morto. Despersuadido quanto a esquecer o pai, o qual fora proibido de visitar por impedimentos morais aos quais jamais tive acesso, o professor doutor Maldonado repassara naquela hora da aula o episódio em que aspergiu as cinzas de Getúlio Maldonado Sobrinho no campo de futebol, gramado, da faculdade pública na qual dera aulas por 35 imperturbáveis anos. Após não sei que sacanagens e pachouchadas da carreira pública, Getúlio Maldonado Sobrinho se aposentou. Sem ter a promoção que esperava. Ulcerado pelo seu caráter sacerdotal de espera de mais de um lustro, vendeu tudo o que tinha. Foi para um interior da vida. Marxista que era, teve tempo de ligar para o filho para abjurar de sua fé nas conjeturas do comunismo. "Filho, preciso me mudar daqui, porque no sótão há fantasmas de escravos esbaforidos. Escuto correntes de fâmulos desacorçoados". Vendido o terreno, Getúlio Maldonado Sobrinho mudou-se para uma casinha de três águas, cheia de reminiscências vagas embrulhadas e dispostas dentro de três baús velhos. Na última vez em que ligou para o filho, numa voz de truz que tendia ao rouquenho, perfeitamente desregulada pelos nervos, disse: "Em São Paulo eu não tinha problemas de respiração apesar de tanta poluição, mas aqui o ar é puro, eles fazem uma queimada de cana uma vez por semana e isso me ataca a ponto de ser internado; em São Paulo eu morava defronte uma avenida com aquele mormo de fundo, a noite toda arfando de escapamentos e aceleradas de supetão, e eu dormia; mas aqui, nesse silêncio, pelo menos duas vezes por semana o cachorro do vizinho dá umas latidas na madrugada e eu não durmo mais".

Foi o último rasgo do pai, cujo corpo, sem enterro, foi doado à faculdade de medicina pública. A assinatura do pai, feita dois anos antes, autorizando a doação do corpo, era uma garatuja venerável, um vaivém de riscos circulares, a expressão desordenadamente gráfica de um gesto catalítico de desamparo total. Nem preciso dizer quanto me comoveu, quando vim a saber pela própria boca do professor doutor Maldonado, que seus círculos endoidecidos na lousa eram cópias, símiles banais, da assinatura tortuosa do pai cedendo o corpo à causa de Hipócrates.

A aula prosseguia e o próximo passo era navegar no sedã mental que nos levaria às origens filosóficas do decadentismo moderno. Aprendi que em Hegel "a Europa é o fim da história". E não foi. Mergulhei no Blake que via nos rostos que encontrava "os sinais da doença e da desgraça". Entendi o Baudelaire para quem "o progresso atrofiou em nós tudo que era espiritual". Embebedei-me do sentimento de "l' ennui" dos franceses, a letargia ou náusea resultante de um estilo de vida supercivilizado. Concordei com o Baudelaire para quem "os povos nômades e até os canibais, em virtude de sua energia e dignidade pessoal, talvez sejam superiores às nossas raças no Ocidente". Assenti com o Gautier que um dia defendeu "antes a barbárie do que o tédio". Vi de perto o Gobineau para quem estamos "sem fibra e sem energia moral", graças à modernidade. Penetrei na alma folclórica alemã, a alma coletiva chamada "Seele". Fiquei sumamente apaixonada pelo preceptor de Nietzsche, Jacob Burckhardt, segundo o qual "numa crise o processo histórico subitamente se acelera de forma aterrorizante, os avanços de outro modo levariam séculos, parecem até flutuar como fantasmas em meses e semanas, e se realizam". Assenti com o velho Jacob que a nossa vida é um negócio, e para o homem da Idade Média a vida era simplesmente a vida. Fatiguei Schopenhauer, e assim também me convenci de que o mundo é uma representação, uma criação do nosso eu individual, que este mundo é uma ilusão, uma projeção de nossas esperanças e temores. E nesse ponto professor doutor Maldonado nos expôs o sentimento de nirvana, de vazio. Para fugir das ilusões, disse ele referindo Schopenhauer, "a vida deve não ser".

Mais tarde eu viria a saber quando exatamente o professor doutor Maldonado meteu-se em toda essa matalotagem convincente. Eu viria a saber depois que aquele rio recôndito, carregado de sentimentos de fundo, que corria nele enquanto dava aulas, tornando-o, como referi, um homem bifronte, não brotara necessariamente da morte do pai. Os fatos não teriam tido tamanha importância. Há razões sublimes, ou pelo menos dilacerantes. Assim é a vida, assim são as pessoas. Eu saberia mais tarde um dos episódios mais intrigantes da vida de professor doutor Maldonado. No seu carão chupado e terroso ele já havia absorvido, com vagar e superficialmente, uma cena de singularidade enigmática. Tribunos das causas perdidas que são as das pessoas com seus dias contados, tios e tios-avós do professor doutor Maldonado fatigavam todas aquelas noites de verão, de sua pré-adolescência, vingando-se por serem safenados. Determinados a comprimir a vida em festas perduráveis para todo o sempre, roubavam os segredos da noite confabulando a Grande Noite, sempre sediciosos. Moveram-se num janeiro de bochornos, 17 ao todo, para um sitiozinho a 30 quilômetros de São Paulo, e o pequeno futuro professor Maldonado notou algo de diferente na paisagem quando viu o horizonte se encrespar de árvores. Antes cansados pela curta viagem do que pelas safenas específicas, a necessidade os fazia angustiados. Trancaram o pequeno futuro professor Maldonado num quartinho de 6 metros quadrados e ali ele viu três luas rodopiarem sobre si. Um rematado feixe de quarta lua, que definia o recorte da janela do catre familiar, fê-lo eriçado de ódio.

Primeiro com angústia, e com indiferença depois, arrombou a porta e ao medo juntaram-se outros medos de fundo plástico. A cena era dantesca e verbos indeclináveis, mormos mais atarefados que o rosnar dos cães, bufadas no ar, tudo estava dilucidando a cena para o futuro professor Maldonado. Eu saberia depois que seus vertiginosos rabiscos na lousa eram apenas a enfatuação, ou o que quer que seja, da assinatura do pai moralmente moribundo. O golpe feliz de arrombar a porta fê-lo ver, suado e de cabelos cerdados que estava, num vasto amanhecer, seus tios-avós berrando, em vozes argentinadas, enquanto carneavam um boi assado, que a vida era curta e essa obra incessante, que é o ofício de viver, teria de ser vivida ao talo naquela noite iniludível. Nada ali era módico e as irrecuperáveis cenas idílicas, que eram tudo para os diabéticos safenados, converteram-se ao futuro professor doutor Maldonado num quadro que abarcou o que há de mais vertiginoso na vida de alguém. Tudo porque o baile era uma imprudente compressão da vida: estavam ali para consumir tudo o que lhes fora proibido, até que caíssem. Quando as cores da aurora já se perdiam nos páramos, e essa superstição que é o viver não valia ali dez réis de mel coado, veio o primeiro indício inequívoco da barbaridade.

Tia Tereza teria seus 120 quilos. Falseava seus 80 anos com uns olhos olimpicamente azuis, cintados de bolinhas marrons que ali caíam como a face mais rematada do perjuro. Dançava carregando, ao lado, um carrinho por onde se dependurava um soro. Praticando a soberba, o que nessa circunstância não é algo irrisório, prosseguia na sua solidão mais falaz dançando solitária, como se as mangueiras do soro fossem seu par mais perdurável. Mitigava a densidade da cena com uns gritinhos de alegria. Sua lepidez não excluía a preguiça. Tomou-se por deusa de ocasião e, vertidas suas emoções da hora pelo atalho de uma expressão de bacante, virou o resto de uma garrafa de vinho. Sabe-se lá há quantas ela dançava e consumia. Caiu morta, enrodilhada no soro, após uma enfiada de gritinhos que deixou impressos no ar como solilóquios de histórias em quadrinhos. O desenho daquele corpo inerme tinha a seus pés, aninhado, um vórtex de tubos plásticos, em tudo semelhante, eu viria a saber depois, à assinatura mediante a qual o pai de professor Maldonado doou seu corpo à ciência dois anos antes de morrer de desgosto por causa da universidade pública.

Como se as variações vindouras fossem desta diferentes, o pequeno futuro professor doutor acreditou, por instantes, que aquele baile de estancieiros da família apenas falseava as cousas. Custava-lhe crer que tudo era real. Que ali, sim, se praticava a soberba de escolher a própria estética do morrer, que ali, sim, mesmo no seio da família, havia inequívocos canalhas profissionais. Enquanto tia Tereza, acossada pela memória da vida de 80 anos, emitia os últimos movimentos com os olhos azuis olímpicos, e se mexia em meio a ventosidades, o futuro professor doutor entreviu o que estava por tanto a perdurar: a falaz solidão de outros familiares que, pondo-se de lado, como pais de santo, suando às bicas, mitigavam a densidade da cena dando alguns risinhos – enquanto, é óbvio, eram devidamente acompanhados pelos soros e seus tubos serpenteantes. Tudo prefigurava o pior. Futuro professor doutor, creio, olhou com horror para o lado esquerdo. Vinha dançando, como um bumba meu boi confuso, entranhado de si, com o olhar tisnado de angústia, o tio Rogério.

Perjuravam ao jovem futuro professor doutor que não se levasse tio Miguel a sério, jamais. Era um comunista de carteirinha, digno de troças, militante de piada, que cunhou *O Capital* de Marx em versos, prodigalizou vendetas públicas contra patrões, tinha como livro predileto *O direito à preguiça*, do cunhado de Marx, Lafargue, um libreto que era também a sua bíblia. Cantava loas e assonâncias, não sem medo, contra a Santa Madre, dilatava-se sempre até o amanhecer metido a tocar marchinhas comunistas numa rabeca consagrada ao luar em Arembepe, e entre suas inextrincáveis presunções estava a falar, todos os dias, que "só quem morre é que conhece a Deus".

Tio Rogério era dono de olhar mortiço, sesteava crianças com frases de efeito (e tão somente nessas horas seus olhos chamejavam) e fazia fogo com essas *boutades*. Gostava de dizer "tem certas cousas que só devem ser olhadas pelo retrovisor do carro". Como a memória de professor doutor Maldonado nunca lhe foi infiel, ele tinha bem claro, defronte de si como se fosse um agora, o momento em que afirmou "me dê um exemplo disso", num tom que não coincidia com os tons de crianças de sua idade. Tio Rogério devolveu: "Palhaços e pedintes de farol, por exemplo, só devem ser fitados no retrovisor, não os encare nos olhos". Tio Miguel tinha verdade sempre no tom, nunca nas palavras. Gostava de visitar a família, fixando somas para tirar maus-olhados com uma reza marxista, um misto do "mundo melhor" do *Capital* com o Sermão da Montanha, de Jesus Cristo. Chorava sozinho, nos cantos, sempre às tardes de domingo, talvez dessangrando a história de uma possível escarificação espiritual de fundo amoroso. Ramifica-se em quatro, no trabalho numa tecelagem, seus dedos viravam doze, vinte, trinta. Também operava bem trabalhos de versal/versalete para *in oitavo* impressos em Minervas (chegou a prodigar três edições dum opúsculo folhetinesco). Sempre chamou ao Carnaval de "tríduo momesco". Seus olhos baços, de semicego, contudo, eram singelos de astronomia pessoal, com estrelas cintilantes devidamente emitidas quando o assunto era seu sobrinho predileto, o pequeno futuro professor doutor Maldonado.

Aos entardeceres de fim de semana, tio Rogério entrava pelas rótulas familiares, sempre de supetão. Gostava de ver seu semblante rafado pelas sombras, via-se no espelhinho de bolso com prazer. Legou à família o hábito de cultivarem as memórias protocolares dos Maldonado, odiava o petrificado ontem dos álbuns familiares – sempre vindicou a memória oral. Muitas vezes desdourou o horizonte moral da família com pileques tonitruantes, de Cinar com pinga, em que sentenciava o vago itinerário da vida de cada um, em falas que eram presunções de poesias populares. Todas essas imagens intrincadas dançaram, até onde soube, por duas vezes na cabeça de dilatada memória que era a do professor doutor Maldonado.

A primeira foi logo depois de tia Tereza ter caído morta da silva no chão. O corar, esse hábito da alma tão típico em professor doutor

Maldonado, parece ter recorrido a uma autopiedade dos diabos: porque seu sangue das bochechas sumiu, e um redemoinho tão irrevogável quanto seus pretéritos lhe sugou a alma.O que ele viu? Lá vinha, dançando por quatro indolentes horas, tio Rogério. Trabalha os gestos de sua dor com desenhos no ar, feitos por unhas córneas de dedos absolutamente recurvos. Tio Rogério fabulava no ar uns risinhos, esgotava sua teoria marxista plasmando expectativas de igualdade. Calma e angústia, que ali eram a mesma cousa, emanavam cadenciosamente. Um balé infernal. Nas mãos, a prefixada garrafa de Cinar. Atrás o prodiga uma coleirinha de cachorro, que na cena não levava esse nome porque na verdade era outra cousa, era o cano plástico de um soro. Tio Rogério agora falava indiretamente, como uma parábola. A vaga geografia de sua dança bizarra não abarcaria dois metros quadrados. O sonho lhe concedia uma visão, pensava tio Rogério: via o pequeno Maldonado rindo, porque essas adversidades vagabundas nos turvam os olhos.

Tio Rogério, o homem de pensamentos helicoidais em que se comprazem e se dilatam as lendas familiares, suscitava em futuro professor Maldonado tudo o que ele um dia não iria querer ser: a pobre gravitação dos arcanos marxistas no sonho do operário, as transmigrações do sonho para a teoria abortada da realidade, os pistolaços de ódio contra o capital, a desolação dos páramos dos sonhos de acumulação; o hábito fácil de dissecar a crônica dos trabalhos de uma navalha afiada, as tantas configurações que as brumas de um sonho de vida melhor podem ter, a parada dos periódicos ponteiros que marcam a vida, as noites ociosas que nos defrontam promessas de felicidade; a resignação ao opróbrio, o jeito malemolente de ser ao ficar abismado diante da abóbada celeste, o nume dos bochornos inaugurais da primavera de chuvas no campo de futebol do clube operário, a dissecação da lua, que para ele não passava de mais um hábito do tempo, a mirada, no fim de tarde, nos confins boreais; as detidas precisões da faca de gráfico, a vindicação dos astrolábios contemporâneos da igualdade social, o sonho de um homem que reúne seus outroras num projeto de futuro e olvido; o esgar helênico após a piada no bar do sargento aposentado, o reflexo invertido que a memória etílica nos concede, o "muito razoavelmente" que o patrão emitiu ao nos analisar certas dádivas secretas que em nosso trabalho perduram, a capacidade, verossímil, de intuir uma metáfora a partir da natureza, o lícito chiste que ocorre nas inequívocas latitudes do operariado suburbano; o que nos lega toda a decifração marxista, o hábito de existir que se digladia no fervor de nossos olhos com a presença do inominado, todas as labaredas da manhã que não se sabem sol, os lustrais atos reflexos, a sombra refulgente dos que tombam no chão; a singular mescla dos pirilampos de sonho que um dia lhe couberam, essa invisibilidade que é o hábito, os que se sentem abrumados por um "oxalá!", a falsa data estelar do nosso nascimento, a mediania das manchetes sempre desnudas a proclamar um algo. A ginga adormecida dos entorpecidos de luar.

Pois bem, o rito bizarro e elementar fluía, lerdo como o tempo dos velhos. Para o pequeno professor doutor Maldonado se esgotavam as possibilidades de salvação de todos ali. Objetaram (ele se lembra) que, caso cessada a música da banda, que moía (despejava) alguns mambos e cumparsitas, talvez a família de safenados deixasse de se transfigurar. Ninguém dava descanso ao álcool, e, de tão aturdidos, não notavam que suas vestes já eram sumamente escuras de sangue arterial. A submissão aos ritmos lascivos degenerava, vez ou outra, em injustificados acessos de gargalhadas. Quem comutaria essas penas? Ninguém. A banda, que reunia a família a seu redor como uma fogueira ancestral, tinha em torno de si os brilhos equidistantes de outras quatro tias que canalizavam suas diabruras de outra forma: rezando. Era feriado (essa indecisão do calendário) e, antes de suster a prática daquela dança de São Guido, as quatro tias vertiam seus segundos ali impondo outra música sentenciosa às cumparsitas despejadas. Tia Ana, tia Aida, tia Tonica e tia Ina traziam um singular talhe de expressões: todas gordas, todas com mãos afiladas de endríago, todas de olhos verdes cintados de incomuns olheiras, que pareciam de rolha queimada. As quatro tias tinham cabelos de galhos enlouquecidos. A memória alongada das três revelava que passaram boa parte de seus quase 80 anos rezando para as nuvens, que consideravam um reflexo alongado do Paraíso. Parlamentaram por quase três lustros as causas das Escrituras, viviam na possessão que é a espera de um milagre (qualquer que fosse). E, sob o poder de algo que jamais aconteceu, mediam as horas com cigarros, infinitesimalmente acesos por quase 80 anos. Professor doutor Maldonado sempre as viu maiores, ao somar-lhes ao corpo detalhes desprezíveis a outras crianças. Como, por exemplo, ter achado que tia Ina tinha quatro metros de altura, porque sempre que os rolos de fumaça de seu cigarro se desentendiam rumo ao céu, ele os somava à sombra que dilatava nas paredes a altura natural de tia Ina. Era uma imagem confusa dos diabos, mas o pequeno professor Maldonado sempre singrou a vida em petiço, praticamente à deriva quando se tratava de medir pessoas, gestos, alturas, profundidades.

Soube depois, todas as tantas e tamanhas digressões em aula de professor doutor Maldonado costeavam aquele tempo, aqueles dias de fluxo correntoso de novidades. O efeito linear das quatro tias sempre juntas, as tutelas protocolares de mimo que as quatro lhe davam, a paisagem selvática dos olhos verdes, tudo isso, aliado à cena do baile endoidecido, foi coligido brutalmente, em professor doutor Maldonado, de um jeito iluminativo. Seria improcedente dizer que a aula de "Entartung" era um contraveneno a esses incivis lances de degeneração familiar. Digo outra coisa: essas cenas, soube depois, corriam como rio de fundo na cabeça de professor doutor Maldonado enquanto ele ministrava as aulas. Aos desmedidos abusos familiares não sucederam as aulas: as aulas palavrosas só existiam porque não o conteúdo, mas a forma do que era degeneração era simplesmente igual ao que em aula se falava. O cosmorama de percalços vividos por professor doutor Maldonado, o nuvarrão de líquidos hospitalares, o sonolento suicídio do baile, tudo eram pecinhas suplementadas, em suas montagens, pelas aulas. As vertiginosas conjeturas de que o novo mundo unido, em que o indiático e circassiano davam as mãos, poderia assistir, apesar dos pesares, a um estouro de boiada literal e figurativo, todo esse rasqueado tornou o professor doutor Maldonado um convicto dos diabos. Acreditava na irrevogabilidade disso tudo.

— CAPÍTULO 20 —

"Quem insiste em ensinar jamais terá algo aprendido."
Battega, 1982

Aula

Um halo estival cruzou em espirais o rosto do professor doutor Maldonado. Um sentimento barato, do tipo "custa mais do que vale". Mas, de qualquer forma, ele sempre reagia como uma chaleira chiando àquele tipo de cousa. Entrava em parafuso, ou algo assim, e devolvia com teorias e mais teorias de "Entartung". Seu rosto saiu do corado, partiu para o furta-cor, repousou na cor de miosótis. Talvez um pecado esplêndido, quebrando a letargia da rotina. Fosse o que fosse, o turbamento teria corado, ou desmaiado, o rosto mais empoado da cidade, como uma espécie de segunda natureza se impondo totalitariamente. Professor doutor Maldonado botou o giz num canto da lousa. Borrifou gotas ácidas, que lhe atenuavam o hálito de bandoleiro. No seu olhar mais untuoso, disparou: "Nietzsche nos falava das águas da religião que estão vazando e deixando poças. Dizia que tudo o que é contemporâneo, inclusive a arte e a ciência, serve à barbárie próxima. Ensinou que um dia de inverno acha-se sobre nós, e habitamos altas montanhas, no perigo e na pobreza. E que a saída está em homens redentores, filósofos, artistas, escritores, indivíduos escolhidos, prontos para obras grandes e duradouras".

Uma espessa ironia contornava as pétalas flamejantes de seus lábios. Ele observou a todos, para aferir o efeito gerado pela frase, apurou o nariz, como quem tenta captar um cheiro picante de perfume barato no ar. Devolvi dizendo "mais um filósofo que fala em Deus, não em Deusa, e que define o gênero humano como 'homens', como se não existissem mulheres". Um tremor lhe percorreu o fígado. Dissipou a formosura de sua pose catedrática, sorriu sem querer, passou a usar uma cara de sifão, seus olhos projetaram no ar sombras sobrenaturais. E mandou de volta: "Sexismo não faz parte de minha cátedra". E prosseguiu, como se fosse um desambicioso, como se gostasse do viço vegetativo dos inermes: "Nietzsche condenava o que chamou de homem alexandrino, cuja criatividade secou em face do cotidiano bancário de rotinas protocolares da burocracia, se é que vocês me entendem".

Foi para a lousa. Repetiu sua garatuja, a assinatura herdada do pai que doava o próprio corpo à ciência. E prosseguiu: "Nietzsche dizia que a casta nobre sempre foi a casta bárbara. Defendeu o que chamou de Besta Loura, ariana e vigorosa. Era esse guerreiro ariano que emergia, dizia Nietzsche, de uma procissão de assassinato, incêndio criminoso, estupro e tortura, sempre de alma alegre e impassível".

O olhar do professor doutor Maldonado nessas horas sempre condescendeu a uma loucura que ressoava fisicamente em mim. Tentei recorrer à piedade. Mas me inimizava, porque os ontens de minha memória de repórter sempre o botaram como um áugure de causas que eu desconhecia. Nunca gostei de gente cujas declinações são consteladas de futuros do pretérito. Não gosto da planura de quem diz que diz sempre o que pensa. Agir com gestos simétricos, interpolar filosofias, tornar cada minuto uma minúcia do tempo, quartear as geografias do mundo como se nelas só a filosofia existisse. Isso retumba mal no reportariado. O jornalismo vê com maus olhos quem se embandeira assim. Professor doutor Maldonado deve ser um mitigador. Devasta distâncias filosóficas com falsa leveza e o diabo. Futuro do pretérito sempre sucede à mentira. Isso é consabido por qualquer tira.

Homens de meia-idade de barbas malfeitas e relvosas, homens singularmente conjeturais, metidos a transliterações, cuja silenciosa curiosidade carece de esperança, sei disso, com o tempo sempre chegariam a lugar nenhum. Mas nada disso me interessa porque, *mise au point*, minha missão dava bulhufas a tudo isso. Não há vivalma no meu mundo filosófico e os rudimentos dos meus entressonhos mais comuns são banalidades de repórter de polícia. Prefixei a mim mesma que todo interesse meu estava no eventual rumorejar da classe sobre a presença, ali, de Zé Limpinho e de Douglas, o Gari do Amor, cujo pescoço foi segado numa fuzilaria de injeções e agulhas tóxicas. A vagarosa gravitação filosófica do professor doutor Maldonado, confesso, torna para muita gente a manhã um período épico. O termo do professor doutor Maldonado é o minuto: ele cifra o mundo em imagens rápidas, dissipa o eco das nossas eventuais incompreensões com um invejável zênite de outras explicações. Não conheci gente mais indivisa, mais generativa, mais feral que ele de giz na mão. Minha consentida confusão para a filosofia, para mim mesma algo dilaceradamente irrecuperável, ganhou algum sopro de vida aos poucos, nas aulas. As densas simetrias de sua fala, a lentidão crassa com a qual hierarquizava o mundo, tudo isso, acho, fez sumir as circunstâncias de minha ignorância: minha confusão estelar conhecia a luz, mas não o calor da filosofia.

Pavia

Os epigramas do curso eram dados aos poucos. E assim, aos poucos, chegamos àquele desenlace do século XIX, quando ficou evidente a alguém que nossos dessemelhantes brotariam do fundo de nós mesmos para vingar anos e anos de civilização. Naquela manhã, o professor doutor Maldonado trazia traços de amargura. Suas primeiras horas do dia vinham pejadas da noite. Produzia efeitos de um jeito entrefechado: não arvorecia as ideias como simplesmente ideias. Frutificava a aula produzindo efeitos, com uma verbosidade que eu nunca vira, arrevesada. Seu desleixo natural, sua aura azul-ferrete, os hábitos descoloridos, a senhoril beleza de um decadente profissional davam lugar a outro homem. Um novo hábito desabrochou ali e perfez um outro ser – mas os homens têm desses arrancos, eu sabia. O que intuí foi naturalmente forte: o efeitismo novel queria, agora tão ágil e loquaz, desatender à imagem do homem anterior. Não tardou que entrasse, achando-se bem representado naqueles exageros, em sua predileção por Cesare Lombroso. Naquela linguagem testamentária, notarial, professor doutor Maldonado trocou o "será que vocês me entendem?" por dois vocábulos explicativos: *donc* e *ergo*. Desafogava-se daquelas sobressalências novas, que pintaram na sua linguagem, com pigarros inéditos. Aos três minutos de aula caiu espalhadamente no chão. A mundanidade que era a turma não reagiu: nem uma gargalhada, nem um gesto de ajuda. Nada. O dissentimento provável, o riso amargo, o remorso certo, nada brotou dali. Daí, o remanso fê-lo se reerguer, de quatro que estava. Levantou-se, derreou o corpo, que pareceu-me onduloso por dois segundos, os olhos emitiram uma cintilação baça, de morto. Teve o condão de pedir desculpas e, cansado de suster o novo ar de desamparo, deu uma gargalhada sincopada, de dois segundos, um ato de debilidade, quem sabe. Retomou suas rogativas e, como quem afasta-se de si, alumiou a aula com uma frase em duas oitavas abaixo, roufenha: "Estamos falando de degeneração, *donc*, estamos falando do italiano Cesare Lombroso, *ergo*: o homem que descobriu simplesmente tudo". Emite um complemento: "...se é que vocês me entendem...". Ninguém sorriu.

Como muitas vezes o olhar não condescende aos estados de alma, ressoou com cheiro de ontens, em mim, a nova cara do professor doutor Maldonado, quando um formalismo irresponsável tomou-lhe conta. A pele do rosto, antes pacífica, revelava uma das maçãs do rosto calcinada: era uma marca córnea, de acento de carro fatigado por guimbas em brasa. O olhar agora tinha cor de osso, meio champanhe, e a expressão do rosto algo de criança febril. Estatuiu que era razoável crermos numa hipótese infinitesimalmente provável, que dissentia de tudo o que vemos e de tudo em que cremos – e salientou, de todo ressentido, que toda a dissensão é malvista. Foi assim, aos poucos, amoedando, com sua exposição, a ideia de que a "visão de Lombroso" era passível de ser revista ainda hoje. E foi assim, no seu novo tom infrequente, que desfiou um rosário italiano.

Em 1870 Lombroso encontrou seu impávido colosso, que era um defeito humano brotado de uma matriz macacal. Elegíaco, metido no seu mais novo afã de ocasião, professor doutor Maldonado virou um vulcânico dos diabos. Coçava as sobrancelhas com o mindinho, com o resto da mão pousado na testa. Juro que o vi repetir a maldita assinatura do seu pai, a do vórtex, em plena pele. Os detalhes indicativos de quanto esse lance de Lombroso o tocavam eram cifrados em gestos, em novos cenáculos, era um tempo novo em seu ser, que só poderia ser a partir de agora aferido por aqueles ímpetos, por aquela perduravelmente dolorosa dança de São Guido. Não havia mais filtros para os matizes de sua alma, professor doutor Maldonado expunha em sangue puro o que era, e não se envergonhava de sulcar essas águas vermelhas, de lambança, com os vaivéns que legava a todos nós. Lombroso era quase um pretexto para professor doutor Maldonado sair da inação e demorar-se em ser o que sempre foi.

Duas agonias passaram a pulsar nele: um burburinho que vinha de dentro, um dilaceramento que brotava de fora. Tudo era sucedâneo do maldito Lombroso. Desatendido por nós, porque nos tornamos irrequietos em classe, talvez por mera intuição, professor doutor Maldonado desalentou sua gravitação em classe. Baixou um pouco o tom de voz, atartarugou-se em si mesmo, e agora toda a matéria de sua exposição vinha na condição robótica dos que leem por ler, nacarados de alguma vergonha, seja qual for.

Pois bem, ulcerado de sobressaltos, Lombroso declarou ter encontrado a chave da degeneração, disse professor doutor Maldonado. Na cidade de Pavia, no referido ano de 1870, dissecou o cadáver de Villela, o Jack Estripador da cidade italiana. O crânio do pobre-diabo trazia depressão na junção com a espinha, "como nos animais inferiores, incluindo roedores". Tanto bastou para que dali procedesse toda a sua lei. Sua vida parou de ser uma bandeira sem vento, na metáfora do professor doutor Maldonado, esse mais novo escarnecido perante todo o sentir da classe.

A depressão encontrada por Lombroso em Villela era sinal alígero, era uma chuva torrentosa de novos argumentos, referia professor doutor Maldonado (com essas mesmas palavras), em que, agora nas palavras de Lombroso, as mandíbulas enormes, grandes ossos faciais, insensibilidade à dor, visão extremamente aguçada, tatuagens, excessiva indolência, paixão por orgias e uma ânsia irresponsável pela maldade "por si mesma", tudo era um arcano invulnerável que legaria às gerações egressas a marca da besta decadente e retroativa a um estado atávico.

Foi nesse momento da aula que entrou em classe um repetente, Edson Botelho, um crápula mimado, cujas mãos ossudas lembravam galhos de samambaia, e me disse o que eu queria ouvir, mas não tinha coragem de escutar, mesmo sendo algo brotado de mim mesma. Já que vira a aula "n" vezes, Edson Botelho detinha toda espécie de falas desatinadas a que todos queríamos ouvir. Passou por mim e incluiu em meu repertório seus temores justificados da seguinte forma: primeiro veio uma maçaroca dilacerante de termos chulos e rápidos, cousa de segundos. Depois, cochichou na minha outra orelha: "Pensa bem, ano passado eu notei: essa pessoa que ele descreve não parece ele mesmo?". Valia mais tomá-lo por piada. Mas a verdade mais solar é que um vago sentimento de sabedoria total se apoderou de minha pessoa: professor doutor Maldonado era a cara do monstro descrito por Lombroso. Será que os assédios palpitantes da teoria de Lombroso, em que professor doutor Maldonado aventurava suas conjeturas, não eram apenas palavras que funcionavam, para ele, como um espelho funciona para uma adolescente no dramático desabrochar de seus vícios virginais?

Outro dia

No outro dia, acordei com bruscos clarões, que se tocaiaram numa noite de incertezas. E brotaram exatamente às sete da manhã. Tudo quando quatro alunos de gestos tentaculares, Edson Botelho, Rafael Pirro, Nelson Yeghor, Marlene Debur, chamaram-me na lanchonete. Queriam fixar medidas da minha presença em aula. Edson Botelho e seu tipão nebular, típico de quem prescinde de explicações, logo soltou o verbo num influxo de frenesis. Um ano antes, revelou, os dois vagamundos que eu tanto procurava, Zé Limpinho e Douglas, o Gari do Amor, haviam frequentado as aulas, contrastando com tudo ali: um cheio de retintins e estribilhos de efeito, tentando achar motivos para apertar o gatilho fácil ainda mais facilmente. O outro, um neurótico, notou, que fluía em classe como se estivesse no meio de um sonho, desvanecendo-se em trejeitos, com pouca sutileza e muita educação. Minha angústia encontrou uma erosão, enfim, quando, naquele início de manhã fresco, Edson Botelho revelou que as feições dos dois, apesar da presença opressiva em sala, eram irrecuperáveis. Sabia que ambos eram egressos da polícia, que um abjurara da fé nas leis, e o que era um valor normativo dos códigos, no início, havia virado para os dois um ícone pessoal. "Usaram a aula para construir um jeito pessoal de ver o mundo, que justificasse o que eles pensam sobre o mundo." Nesse sentido a índole irrevogável dos dois tinha usado as aulas do professor doutor Maldonado como instrumento de seus ódios.

— CAPÍTULO 21 —

"Porque, sob rosas, prantearás o duplo de teu sangue."
Sccrivo, 1911

Os filhos

O surfista de limites

Professor Maldonado teve filhos malucos. Todos tinham em si o mesmo demônio que ora tenho dentro de mim. Contar a história deles é contar, pois, também a minha. Terá sido num dos tribunais mais vulcânicos da vanglória de ser pai, digamos um primeiro de janeiro, 11 e 11 da manhã, que veio ao mundo, num brusco clarão, o Guilherminho. Moldou o seu caráter em redes tentaculares em que sempre se surfaram limites. Jamais fixou medidas para nada. Prescindiu de juízos de valor, era um ser tão nebular que aos 7 anos, numa tarde oblíqua, o Julinho, do 172B, no condomínio contíguo à casa dos Maldonado, propôs-lhe um novo limite: toda vez que tomasse um tiro terso, teatralizado com suas mãos de atirador de elite, Guilherminho se atiraria ao chão. Tanto bastou: a primeira vez desse influxo de frenesis de faroeste foi na terça-feira seguinte – bastou o marulho de Julinho, estalando a língua no ar, simulando o matraqueio de uma semiautomática, para que Guilherminho pusesse mãos à obra.

Subiu num ônibus, debicou o corpo vagamundo que ele só e, quando o retintim de Julinho se fez ouvir no ar, quando o estribilho de "pá-pá-pás" contrastou com o conjunto de sons locais, Guilherminho, algo diverso da postura hirta, passou a fluidificar o corpo no ar como se nadando em sangue, e, no meio daqueles sonhos loucos de que estava ferido deveras, jogou-se da porta do coletivo, caiu de bruços. Vendia-se baleado. Seu corpo nivelou-se, numa fusão plástica, ao asfalto. Esgueirado de dor, emitindo sussurros estontéreos de prazer, resplandecia que só ele. Vazava um losango de luz pura pela lente de seus óculos de sol juvenis quebrados pelo asfalto. O rumor expectante de dois operários, que de pronto o socorreram, foi quebrado em seu silêncio por gargalhadas diabólicas, porque Guilherminho sentia prazer na dor; os mimos morais de ter ossos imaculados se desintegravam, também, com o impacto do asfalto. Feita a colocação circunstanciada de um guarda, de que poderia de fato ter sofrido um balaço, Guilherminho revelou o recurso, que consistia no fato de o guarda de trânsito vislumbrar, a 27 metros dali, a figura de Julinho, com um joelho espetado no chão, ainda em posição de tiro, dando risadas e assoprando o dedo indicador como quem espanta a fumaça fumegante do cano de sua arma poderosa, composta tão somente de artelhos juvenis ainda em estado de floração óssea. Levantado pelos dois peões e pelo guarda de trânsito, Guilherminho se esvaía em sangue, mas sua felicidade estava estampada naquele rosto marcado pela singular mobilidade de suas pequenas maçãs. Ele reajustou os argumentos numa corporificação verbal sumamente viperina. Olhava, com gosto de sangue na boca, para o céu azul, um recorte entre as três cabeças que o carregavam para a ambulância, viu que no céu rodopiavam memórias inconsoláveis de seu sonho de sangue e aventura, sentia uma chuva oblíqua que não existia lhe enregelando a coluna cervical, uma desesperança pecaminosa lhe pedia, de joelhos, que morresse ali mesmo, mas ele sabia que o nome do jogo não era esse, o nome do jogo seria dali para a frente e para todo o sempre "surfar limites", porque o bálsamo que é sentir que se perde a vida por alguns segundos nos salva das rabugices atávicas, é uma reiteração dos turbilhões que nos fazem ficar de pé, pela primeira vez na vida, e continuar a subir o rio das coisas como salmões canadenses, cegos pela empuxo do viver.

No hospital, prenhe de sonhos, ainda tentava deslindar os propósitos de sua vidinha. Começou ele com aqueles olhos de nanquim interrogando as indefesas nuvens de delírio, uma heroica estrutura, quase física, dona de enlouquecidas propensões. Guilherminho, entubado, incrementado por esparadrapos e bandanas e sonhos, mesmo palidamente suplicante ante os doutores, vomitava olhadelas débeis; era ele em verdade tentando capturar a essência de seus sonhos. Mas as reprimendas dos doutores revoluteavam o ar sob a forma de "tsc,tsc,tsc" reprovativos, sob a forma de invencionices morais das enfermeiras, que vinham entrecortadas por beijinhos que elas tão bem sabiam dar no ar, e era nesse momento que Guilherminho semicerrava os olhos para voltar-se aos sonhos que, dentro dele também, tremelicavam dinamicamente. Estava afeiçoado às longitudes dos saltos das portas dos ônibus, ao "mosh" de pular de palcos desprovidos dos apêndices de corpos para segurarem o seu, afinal, jamais gostou de gradis que lhe obstassem o surfe. Sai do sonho, desatarraxa soluçantemente o braço dos líquidos de potássio e afins, olha para o quebra-luz, sente uma discreta renovação de humores. Seriam 5 da tarde. Tem um baque quando se vê, de pé, em trajes embrionários de doente, em que predominavam geografias e istmos de ataduras, sabe que os contornos que limitam seu corpo são irreproduzíveis pela fala. Vai nesse *perpetuum mobile* de sonho coruscando o olhar, sente-se beato de si mesmo. A oscilação palpitante, intui, é sim uma predição. Tem um desmaio mortiço de 47 segundos, o que é perfeitamente compreensível, escuta tim-tins internos em estado de eco, a visão de suas unhas da mão tremeluz difusamente. Sabe-se meramente incorpóreo. Comemora a bem-aventurada subitaneidade de memórias esparsas que começam a brotar em cascata: recorda o pincenê do avô, lembra-se aos 4 anos de idade expelindo as tossezinhas da primeira bronquite, funde-se nas memórias, reintegra-se ao presente, vê que esse processo é um relógio vital desnecessário, porque tudo o que quer é o bricabraque de memórias. Dá passos sibilantemente regulares rumo à janela. Num esmero travesso, trava a porta do quarto por dentro, devotado às vagas suspeitas que chegavam do sul de seu ser, mandando sinais de que ele estava parcialmente aleijado. Lembra-se da execrável gravata de professor de seu pai, um eclipse secreto lhe brota do peito, recorda as pirogravuras da mãe que quebrou com sons líquidos, associa o barulho aos seus ossos que rilharam no asfalto, sabe-se lá por que os sons se combinavam. Sente o rosto do pai mal-escanhoado naquele beijo de formatura, resgata a constipação de um Natal, as recordações agora são leitosas e há violação do bom renome da família porque ele agora os odeia, a alma translúcida da irmã natimorta lhe toca as mãos, num gesto preguiçosamente exangue. A vida malsã de surfista dos limites até que lhe foi grata, salvo descuidos arroxeados que ainda traz no corpo, escuta os indistintos gritinhos da primeira namoradinha, suas treliças com as mãos de carne e osso, os sussurros de indefinível prazer líquido, a cintilação do gozo, as reentrâncias ajaezadas de dois corpos em contato, as projeções geográficas do porto de Santos, os promontórios de merda mar adentro. E extrai de tudo isso um indistinto sentir, diga-se de passagem, que reviveu movendo os lábios, como quem está aprendendo a ler. Foi assim que se atirou da janela do hospital, mas o laudo pericial deu que ele já caíra morto do quinto andar do nosocômio.

De trás para a frente

O outro filho de professor Maldonado tem um demônio dentro de si que fá-lo pensar de trás para a frente. Eis o que se segue. Perpetuado de dor, porque pela primeira vez havia uma morte que não era por assim dizer recreativa, Alvinho olhava, com funduras de piedade, o tamanhão arrevesado que o pescoço de Guilherminho ganhou no caixão. Quis vivificá-lo com uns cataplás garços, como de costume, mas um dó de glote apertado saiu sob a forma de choro abafado, e um bulício desconjuntado se fez atrás de Guilherminho. Eram Joca, Borba, Hilel, René, que quatro anos antes, numa manhã de sol transparente, deslizando entre os delírios de violência, viram Julinho atirar com as mãos contra Guilherminho na porta de um coletivo. O golpear dos olhos de Guilherminho, abatido, intumescia sua alma de prazer, o irmão esbodegado no chão bem que merecia mais: lá no fundo, aquele horizonte apagado, oprimente, que se juntava às almas urbanas como um cataplasma, e nem a fumaçarada, Deus do céu, conseguia bambotear os olhos do Guilherminho. O prazer de se atirar no chão, na frente de Joca, Borba, Hilel, René, e a pedido das mãos do irmão, aquele rangido engastalhado dos ossos no chão, ao rés do pôr do sol urbano, olhar os operários ainda dependurados nos ônibus, com aquele molejo treliçado de bochornos, ver todo o mundo da perspectiva de um cadáver: eis todo o prazer de Guilherminho. Mas naquele dia do Joca, Borba, Hilel, René, o Alvinho quis ele surfar os limites. Na esquina da Henrique Sertório com a Felipe Camarão, ungida com uma bênção líquida urdida nos céus, rostos laqueados de chuviscos, redemoinhos de significado torpe iam ecoando através da reverberação do silêncio que a chuvinha impunha. Todo esse quadro, mais os pedregais de ódio amontoados naquela família, serviram para que, sem dó, após ter limpado as mãos na calça jeans, Alvinho socasse com os dedos dos pés (ele tirou a bota) o Guilherminho que ele acabara de abater com um tiro de dedos de carne. Era disso que todos se lembravam, a cada bocada da angústia, quando viam os rebentões de choro brotando charcos de baba podre da boca do Alvinho que chorava ao pé do caixão. Que fosse uma dor aguentada de anos, que fosse dor de desfilhar qualquer pai torpe, que fosse dor daquelas que vão comboiando a brocados de lágrimas os olhares mais puros dos canalhas. Tudo o que é borbulha de angústia, tudo que é descarnado pela dor líquida, tudo que é tão forte a ponto de amolecer correntes, tudo isso se concentrava na cerração grudada no vidrinho do caixão que separa a cara de Guilherminho do mundo vivo, e que causticava os horizontes de dor ali sobrepostos. O rosto ranhoso do defunto gordo transluzia, desvanecido, enquanto lá dentro os gestos dos vermes já trabalhavam pelo seu futuro, a podridão recente lhe chicoteava as costelas. Nesse cenário o Alvinho corrediço saía do velório, olhava para o luar descabeçado que se abria sobre as campas, do qual só se via a luz, sem o pedregal cósmico nacarado que seria a lua naquela noite, e Alvinho achava que o frescor da madrugada poderia destampar sua alma que se desabitava de si mesma, e ia borboletear, lavada de lua, em algum recanto de sua memória de canalha.

Ainda lavado de lua, Alvinho meteu as duas mãos nos bolsos das calças jeans. Ouvia o eco, lavado de lua, que vinha de algum lugar, rebentando pelos cantos, e que era um estêncil sonoro das vozes em torno do caixão. Tira restos de biscoito de um bolso, alguns trocados amassados de outro. Seriam duas da manhã. Agora, pode-se dizer, já enxergava as formas do velório do irmão, pois entrou na capela e logo tratou de reconduzir a essas formas o seu significado. A fumaceira persistia, o ar era espumoso, os olhos de todos estavam borrosos, os sorrisos das piadas do velório eram empardecidos. Passou a chover, incontinenti. O troar percussivo das nuvens espancava o cascalho, retorcendo o que já era desigual por natureza. Os adjetivos das piadas eram de doer, diluviando os brilhos dos olhares. E nesse momento o defunto ia assumindo outra cara, agora tinha algo de esfarelado, os óxidos já endureciam a expressão hirta de maquiagem. O corrupiar moral de Alvinho se fazia pelo gatilho torpe, ainda: ele olhava para o irmão defunto e seus dedos da mão direita simulavam aquele gatilho de carne novamente. Não se sabe como, o tempo tem dessas cousas, de repente a lua voltou, apenas para azular a aurora. No oco dos seus queixumes, enquanto aquele riso desfeito de ódio ia se descompondo em outra expressão, Hilel achegou-se de Alvinho e perguntou se ele continuava pensando de trás para a frente. "Sempre e por toda a vida, inclusive passei a madrugada repensando as coisas de trás para a frente". Sim, essa alma desmedrada, dona de um matraquear parelho que era viver rezando baixinho, na verdade não rezava nada, passava a vida pensando as cousas de trás para a frente. Ia assim, aos fiapos, esfiapado, se desvivendo de tanto pensar ao contrário, e através de seus olhos o mundo chegava outro. O olhar era sempre vazio e descolorido. Nele languescia um facho de luz em apenas duas situações: quando atirava em Guilherminho, quando o cobria de porrada, e quando pensava ao contrário. Quando esse papo com Hilel já ia engatado, alguém avisou que era hora de carregar o caixão. Um rumor oco percorreu calidamente as plantas de uma alameda de pedra, os caporais estavam orvalhados, os circunstantes borrifados de sobressaltos, e o sol despontou, sorvendo ensanguentadamente a manhã. O luar calado ainda parecia mandar do sul sua tristeza, mesmo sob o sol de satã, as luzes de esbarravam, as pessoas suavam. Uma nuvem havia escurecido tudo. O coveiro malpariu um muro de tijolos, o ecoado dos passos das pessoas parecia ter entrado no túmulo, e com o rosto arrebentado de pensamentos Alvinho sentiu, sob a sombra, a reverberação cósmica das estrelas escondidas sob a luz do sol, e através de suas recordações apodrecidas de dor leu um poema palíndromo, em que obviamente cada linha lida de trás para a frente dizia a mesma coisa, tudo isso composto naquela alameda de pedra que gretou as beiras do caixão de Guilherminho.

Você conhece a figura "palíndromo". Lê de trás para a frente, dá no mesmo... O maior da língua portuguesa, dizem, é "Socorram-me subi no ônibus em Marrocos". Millôr Fernandes adora um em inglês, referente ao construtor do canal do Panamá, Ferdinand de Lesseps: "*A man a plan a canal Panama*". Charles Berlitz ensina que o primeiro palíndromo da humanidade ocorreu quando Adão se apresentou a Eva: "*Madam I'm Adam*". Nos anos 1980, no Rio, dizia-se um palíndromo sobre uma figura política do Norte do Brasil: "Dar uma na Murad".

Como o país vai mal das pernas, esta repórter confeccionou para a Semana uma poesia-palíndromo, lembrando do Juca Chaves, que, nos anos 1970, cantava "Este é um país que vai pra frente", dando, no palco, passinhos para trás. Vale lembrar que também na música se fazem coisas de trás para a frente. Os guitarristas Jimi Hendrix, George Harrison, Steve Hackett, Andy Summers, John Frusciante e Jimmy Page adoravam gravar guitarras de trás para a frente — o que chamam de *backward masking*.

Aqui vai o palíndromo-poesia. Trata de Papai Noel, do Senado, do Trótski e dos marujos do Senado que juram, pela mãe, pela família, que não mentiram em seus depoimentos (será que escondem o braço tatuado com um "Amor de mãe"?). Trata também do Tio Sam, da bioética, dos genes, da Presença de Anita, do Islã. Fala da CPI do futebol e da senadora crente que também jura que não mentiu. Enfim, um palíndromo-poesia que caminha como o Brasil: de trás para a frente. Detalhe: cada linha é um palíndromo.

- 1 -
Adias a ida,
adora roda da dor!
Socos ocos...
Ardem... Rir? Medra.
Omito, ótimo!
Missa, assim?

- 2 -
A Diva da Vida?
Luz azul...
Ato idiota?
O treco certo...
Mega-agem.

- 3 -
Rota e ator:
seres
até o poeta,

lima a mil
a rima na mira...
Levar Ravel:
mote e tom.
E reviverá a reviver e
o naipe? Piano.
Paro o Rap:
ligamos som ágil!

- 4 -
E nego o gene,
o vivo,
ora raro...
(a mal, a lama aluga a gula)
A bem, ameba, a bem, ameba.
O pito? O tipo.

- 5 -
A moda doma
o dedo, o dedo
Leon e Noel.
O ter, reto:
É torto o trote.
Lavo o oval.
Será? Ares
... repus o super.

- 6 -
A tara da rata,
A tora da rota:
rota, o ator
socos, salas...
Levo o vel.

- 7 -
Odor, rodo, o lago, o galo,

reter amor, aroma, reter:
Atual, flauta, autua.
Metem (o demo) medo.
Araras-sarará:
Aí, alisar Brasília.
Elo: porca, acrópole,
lide, o edil.
O dolo no lodo,
só passo os sapos...
Atrela, alerta. Saias?
As senadoras? Sim! Missa, roda nessa!
Remeter e temer.
Retrata: atar, ter.

- 8 -
Aí, rufar a fúria, o mínimo, o anão,
a dívida.
Anita atina: "*Rapariga, a teta, agir a par!*"
"Amar-te é trama"...
Mas... oito, Tio Sam?
A nota à tona,
a mala, a lama,
a cem, a mil, lima Meca,
a rogar agora.

- 9 -
Apara a rapa,
o duto, o tudo,
o curto, o troco.
Aí, a boca, a cobaia
Esse osso:
Razão, o azar.

- 10 -
Oi, rato otário!
A lava, a vala,

a bola, a loba,
a leva, a vela,
as lavas, a valsa...
Siris! Soa aos siris!
A roda adora
ora, o aro.

- 11 -
O capo, opaco, ata, berra, arrebata:
"Metem logo o gol!
És sapo? Passe!
Emite! É time!
E troca a corte!"
Orar é raro...

- 12 -
Aloca a cola,
a luva, a vula,
o tiro, o rito,
o corte e troco.
Sarar? Raras Maras saram...
Mamães? Se amam,
(marujos o juram...
após a sopa!)

Como veem, algo nivela meu destino ao desses loucos. Mas eu precisava achar Norma, a Louca.

Norma

Como ouro puro, o retinir da memória lhe depara cenas flamejantes. Tão poderosas que sua expressão corporal, ressequida de gestos na hora anterior, agora é bem outra: ela gesticula elasticamente. Um sorriso infantil vaza pelos cantos dos lábios. "Juro que eu sentia cheiro de ouro. Eu pegava uns funcionários, andava no mato. Minha intuição me brecava. Ordenava então: 'Vamos raspar esse cascalho'.

E encontrávamos ouro de fato. Uma vez eu ia para Campinas, pela rodovia dos Bandeirantes. Senti o cheiro de ouro num trecho. Eu tinha um mapa cartográfico comigo. Cheguei: a região era, ou foi, região de ouro. Meus instintos não me enganam." Junte-se a essas declarações o fato de a protagonista ter se escondido numa lata de lixo, ao lado da parricida Suzane Von Richthofen, para fugir da morte numa rebelião de cadeia e tem-se uma peça de realismo fantástico. Ledo engano. Tudo isso, e muito mais, sucedeu a Norma Regina Emílio, ex-mulher do juiz federal João Carlos da Rocha Mattos.

Presa por quatro anos, sob acusação de formação de bando ou quadrilha e lavagem de dinheiro e assassinato qualificado, Norma conta 59 anos. Foi casada por dez com João Carlos. Teve com ele o menino Charles, hoje com 16. Seu ex-marido, o juiz federal João Carlos Perez, foi preso na Operação Atheu, a primeira grande deflagrada pela PF, em outubro de 2003. Sobre ele pesa a acusação de ter montado uma quadrilha para suposta venda de sentenças judiciais. Na primeira semana de março de 2008, o Tribunal Regional Federal de São Paulo (TRF da 3ª Região) comunicou que João perdeu o cargo de juiz federal criminal. Não há recurso para a decisão. De acordo com o TRF, João agora passa a ser um réu comum e poderá ser condenado como tal, perdendo a condição de preso especial. João foi encaminhado para a Penitenciária de Araraquara, a 273 quilômetros de São Paulo.

Norma jamais havia concedido uma entrevista. Recebeu esta repórter de *Semana* no vetusto gabinete de seu advogado, Luiz Netto, no centro de São Paulo, por uma hora dilatada. Diz que o canhoaço intempestivo da Operação tinha apenas um objetivo: buscar as 42 gravações feitas pela Polícia Federal durante o sequestro de um ex-prefeito, encontrado morto em 20 de janeiro de 2002, assassinado por Balenciaga Torres. As fitas foram esquecidas em seu apartamento, na Praça da República, pelo ex-marido João Carlos, no dia em que foi visitar o filho. Nas fitas, caciques da política desfilam suas vozes.

A ex-mulher de João tem gestos principescos. Sua fala, seu léxico são de gente que leu muito. Pode-se dizer que tem uma rara polidez. Mas a rosa náutica que lhe dava o norte à vida, revela, murchou à morte. "Nunca deixei de me considerar uma perseguida política. Tudo talvez porque as fitas do caso do prefeito ficaram em casa", explica. Nesse momento ela entrecorta a voz. Um brilho fugaz toma conta dos seus olhos. Ela toma fôlego e desentranha palavras que guardou por anos. "Quem fazia aquelas escutas da Operação sabia que eu montava provas contra João devido a um processo doentio, eu estava num estado de insanidade, jamais quero voltar a cometer aquele absurdo contra alguém. A Operação se aproveitou da minha fragilidade mental. Eles sabiam que eu não estava bem, sabiam que eu fabricava provas contra meu ex-marido. É extremamente doloroso eu falar isso aqui, mas é a pura verdade. Depois de um bombardeio desses, eu não sei se alguém tem condições de levar alguma vida, não planejo mais nada. Perdi o controle e a possibilidade de programar minha hora seguinte, o dia seguinte, enfim, meu futuro. Meu passado também está aniquilado. Você joga uma pedra na água, ela faz aqueles círculos que não têm fim. Essa é a minha vida, essa é a imagem dela: círculos sem fim". Ou seja, suas ameaças contra o marido, grampeadas pela PF, eram as do amor contrariado. Naquela época o juiz federal a abandonava, a fogo lento.

Um laudo médico, datado de 24 de maio de 2006, é taxativo: diz em letras maiúsculas que Norma é semi-imputável. Os motivos baseiam-se em declarações bombásticas dadas aos peritos por Norma. Eles afirmam que ela "desenvolveu ódio pelo juiz João e passou a prejudicá-lo o máximo que podia. Tem um grande conflito porque o esoterismo prega o contrário, mas não consegue deixar de odiá-lo. Já o viu ao lado de um demônio, ele é um monstro... Gostaria de estar morta, mas não tem coragem de se matar. Refere que aos 23 anos se feriu e recebeu uma luz dizendo para se automedicar... Até o padre Quevedo foi à sua casa. Acha que a mulher do juiz João pertencia a seita satânica".

Com isso, o laudo concluiu que Norma "apresenta transtorno de personalidade adquirida, transtorno de personalidade com instabilidade emocional, tendência a acessos de cólera e uma incapacidade de controlar comportamentos impulsivos, além de perturbações de autoimagem e comportamento autodestrutivo, compreendendo ideações suicidas".

Norma começa a falar agora, com calma e precisão, sobre as polêmicas fitas do caso do prefeito morto por Balenciaga. Repete a história por três vezes. Não entra em contradição. "A partir do fato de que havia grampos telefônicos indiscriminados, o grampo escapa do controle de quem deveria zelar por ele. O segredo de justiça foi aqui desvirtuado criminosamente. Eu mesma fui inúmeras vezes grampeada, quando eu pedia, ao fone, para o João Carlos retirar aquele material lá de casa. E o material que estava lá em casa não era um primeiro material, era um segundo material. O primeiro foi destruído. Mas meses depois chegou para a vara um segundo material. Eu não tinha nada a ver com isso. O João Carlos, por ser uma noite que pegaria o meu filho para jantar, levou aquele pacote lá para casa porque uma funcionária da Justiça não havia retornado de uma consulta médica, e ela tinha a chave do cofre. Foi por isso que ele deixou o material em casa. Eu pedi insistentemente que ele retirasse. Nos grampos foi detectada essa conversa minha com ele, pedindo para que retirasse as fitas. É tudo muito absurdo."

Os quatro anos de cadeia imprimiram uma penumbra existencial em Norma. Que ela descreve com minúcias. "No começo, era um inferno, diziam que as vítimas preferenciais daquela rebelião seriam a Suzanne e eu. Eu estava no primeiro pavilhão da penitenciária feminina da capital. Passei toda uma madrugada sendo protegida. Fui levada até coberta, fui escondida no lixo. Dezenas me ajudaram. Sou grata a pessoas que não sei quem são. A Suzanne foi transferida naquela mesma noite pra outra unidade. Não há política efetiva de recuperação. Não são delinquentes que são presos. Conheci muita gente que teve o azar de alugar o quartinho dos fundos para uma traficante, que a pessoa desconhecia. Precisava de 200 reais por mês para implementar a renda mensal com o aluguel". Neste ponto, um *flashback*: ela consagra alguns segundos a resgatar os porquês de ter sido perseguida junto de Suzanne: "Queriam me matar na cela porque eu era mulher de juiz. E porque ela havia matado seus próprios pais".

Norma está hirta. As iniludíveis memórias do cárcere parecem ter amorcilhado seus gestos delicados. É hora de a repórter mudar o rumo das perguntas, a bem do prosseguimento da conversa. As respostas sobre seu passado relaxam-na. "Nasci em Ponta Grossa, meus pais em Tibagi. A origem dos meus bens é o garimpo de diamantes do rio Tibagi. Meu padrinho e minha madrinha me dotaram de diamantes antes de eu ter nascido." Uma das peças da defesa de Norma, assinada pelo advogado Luiz Netto, realça seus dotes. Refere a peça notarial que os padrinhos dela, Alencar dos Santos (o Nhozinho) e Garibaldina Santos, eram dos mais prósperos comerciantes de gemas do Paraná, que lhe outorgaram, como presente, "litros e litros de diamantes". Norma agora quer falar desse passado dourado.

"Com cinco anos julgo que tenha começado a trabalhar, areando bicicleta com gasolina e Bombril, e ela assim se tornou uma peça vendável. No primário eu dava aulas particulares, era excelente aluna. Sempre tive muita habilidade manual. Eu botava a cara e fazia tudo. Aos 18 anos de idade comecei na Companhia Telefônica de Ponta Grossa. Eu havia batido o carro de meu pai, ele disse que eu ia pagar com meu trabalho. Entrei no Banco do Brasil em 1968, no primeiro concurso que admitiu mulheres. Eu cursava faculdade de administração. Também entrei em concurso no Banco Central. Nunca tive problemas de sobrevivência. Meu pai era auditor da Receita Federal e tinha comércio de automóveis. Sempre tive bons meios. Conheci o João em 1987. Fui oferecer bens apreendidos pela Receita Federal para a Justiça Federal se aparelhar mais modernamente, material de leilão."

Norma não tem mais esperanças, confessa. Encerra a entrevista. "Não gosto de mais nada. Não sei quem eu sou. Sou meia pessoa, vivo uma situação absolutamente neurótica só de estudar processos, que se multiplicam de uma forma incompreensível. Virei uma pessoa amarga e vazia, meu filho nem fica mais comigo." Uma cena gélida, como um aguazil de inverno, volta e meia lhe brota na memória: o dia em que foi presa. "Sempre tive um sentimento claro de perseguida política. Eu era insistente, falava palavrões para ele tirar aquilo dali (as fitas). Não houve respeito humano na operação Atheu. Arrebentaram a porta, eu estava tomando banho quando tocaram a campainha. Eu fui até a porta, anunciaram que eram da PF, eu estava sem roupas, pedi um tempo para botar a roupa, arrebentaram a porta e entraram. Meu filho foi acordado com armas apontadas contra ele, ele iria fazer 12 anos, ele teve de se despir, teve de se vestir debaixo de armas. Ninguém me perguntou de fita, revolveram a casa inteira, o resultado foi um terremoto, só não caíram as paredes." Dois minutos depois dessa frase, já desligado o gravador, Norma parece restituída a uma paz secreta. Foi nesse momento que suas memórias de garimpeira profissional, a abrirem este texto, começaram a brotar. Norma, na hora de ir embora, me tocou na cabeça. "Querida jornalista, você também tem Balenciaga dentro de ti."

— CAPÍTULO 22 —

"Jogai com o sonho, louvai o rodopio, sempre na flutuação das delícias."
Sperante, 1944

Xamãs

Rosto em brasa, olhar rutilante, assoprando ao pé do ouvido um muxoxo, ele garantiu que se eu abrisse os olhos enquanto vomitava veria lagostins mentais: "Você está purificando o seu espírito, não só o seu estômago. Feche os olhos e veja os lagostins psíquicos que saem com a purificação espiritual!".
Por não atender ordens havia muito tempo, acabei atendendo aquela. Mas não conseguia fechar os olhos. O espaço da alma estava todo preenchido. Pressentia a força mágica do lodo, em que cairia de fuça minutos depois. O acaso havia me deparado a gravitação das plantas, que cercavam todo aquele sítio. Ora abria os braços com gesto oriental, ora, em total desacordo com o estado anterior, tentava destecer um arco-íris que não existia. Eram estados de alma escrupulosamente ambíguos. Ele já disparara a frase, o muxoxo, minutos antes. Mas ela voltava, em eco e em outras vastas operações de duplicação, que nosso léxico é incapaz de exprimir. O que não admira, nem provavelmente consternará, é que nessa verossímil fração de segundo eu já caía de cara no lodo, aceitando assim a desinteressada oferta da seita: se caísse, estaria tomando uma "peia", uma surra. Estaria tratando de um duelo de energias, nem sequer morais, em que render-se ao lodo, ao solo, era queimar etapas de um provável e figurativo carma negativo. O lodo me faria renunciar às surpresas do futuro. Enfim, eu, absorta em meu lúcido sonho, estava antecipando uma peia do destino, ora incerto, logo

dominado. Ali, no vômito e no lodo, estavam condensadas as vastas operações da ayahuasca. O vômito veio em jorro poderoso e totalitário. Talvez alguém tenha me dito, não há certeza se isso foi realmente dito, que o vômito era a vindicação de uma filosofia das plantas de poder.

Por dois meses, percorremos a cidade de São Paulo em busca dos novos xamãs. O vômito torpe era a coroação de uma delicada negociação para penetrar, ao lado do repórter fotográfico João Wainer, numa disputada seita de ayahuasca. Lá, pudemos saber que São Paulo, havia pelo menos três anos, já se convertera na mais poderosa capital latino-americana do xamanismo. Da seita, entramos em contato com os xamãs gringos mais disputados do nosso continente: o matemático e engenheiro PhD alemão Max Sandor, o quiroprático australiano Rowland Barkley, mais uma guru que comanda uma respeitada seita de ayahuasca do Estado e um carioca que viveu três meses na floresta, tomando diariamente infusões de plantas no ritual do Daime Eterno – e mais meia dúzia de personagens que relutam em dar seus nomes e outros nem tanto. Como, por exemplo, a índia Mara, mãe de um menino de três meses e que deu à luz, ela e o marido, sob o efeito da planta.

Em verdade essa busca pessoal começara havia quase onze anos. Soube naquela época que, num bairro da zona oeste, um farmacólogo peruano chamado Don Augustin estava promovendo sessões com a planta Don Pedrito, e que objetivavam libertar drogadictos e alcoólatras de seus vícios. Minhas referências eram as de um trauma. Afinal, na época levei a amiga de um amigo ao ritual.

Meia hora depois de ela ter tomado a planta, passou a gritar: "Demônio! Demônio!". Tivemos de segurá-la por quase seis horas, tempo em que a "planta de poder" insistiu em permanecer no seu sangue. Essa mulher me telefonou por anos a fio, dos locais mais improváveis possíveis. Ligou num Ano-Novo e referia que estava indo para Machu Picchu buscar respostas para o demônio que ela vira anos antes, em minha companhia, e que eu era a culpada de tudo, ainda. Soube depois que ela teria cogitado mudar seu nome para Brida, porque o dia em que a levamos ao ritual era exatamente aquele em que a personagem de livro homônimo de Paulo Coelho virou bruxa.

Eu havia ficado muito amigo de Timothy Leary, guru de John Lennon, desde 1989. Cheguei a telefonar ao guru, pouco antes de sua morte, em

1996. Leary explicou que ela não vira o demônio. Disse que, em verdade, quando se ingere uma planta dessas, ocorre a morte psicológica, na qual o superego se dissolve. "Se o seu superego tem formação católica, ele vai tentar 'sobreviver' se projetando em quem está ao lado. E ele se projeta como o contrário de sua formação. Ou seja, um superego católico vai tentar viver culpando quem está ao lado, como se fosse o demônio." Mal sabia eu que, agora, estava prestes a ver os meus próprios demônios num ritual xamânico de Ayahuasca.

Agora, hora do relato, aquele ritual já caducou. Mas prossegue nos meus sonhos. Enfim, ainda se guardam dali as vastas sinestesias: e não custa nada descrever que, volta e meia, algum cheiro daquele lugar ainda me aparece enquanto cor, e alguma cor ainda sobrevive enquanto cheiro. Tudo aqui prefigura um labirinto. Acho que, melhor dizendo, essas coisas são agora como se não tivessem sido. Mas é viva a memória de meu interlocutor, o homem dos lagostins psíquicos, contando como foi parar ali pela primeira vez. "Eu era um alcoólatra potencial. Meu maior pânico era saber que, no dia das eleições, não teria o que beber, por causa da lei seca. Então fazia um estoque de bebida para poder ter as minhas garantias pessoais na hora do voto."

Era uma manhã de domingo, 10 horas, quando chegamos ao sítio, em uma cidade colada à capital paulista. O porteiro, mulato e rombudo, estava adestrado no hábito de não encarar a buzina à porta de ferro, que teria seus 10 metros de comprimento. Parecia que estávamos chegando a um churrasco dos triviais. Logo à frente está uma casa de madeira, das grandes, ornada com um quê de residência estival. O porteiro rombudo, na sua inocência mais invulnerável, e no seu melhor português, indica que "o lance" era mais para baixo. Divisamos um lago, sem outros traços dignos de nota que a cor de lodo. E bem ao seu lado um coreto, desses de cidade do interior. Parece haver ali um jogo de estranhas ambiguidades: muita gente de branco, muita gente colorida, gente com cara de matuto do Norte do país, mulheres com feições da melhor burguesia paulistana; há também atores afetados e atrizes. Algumas falam comigo com tinturas mal fixadas de carioquês, ciciando letras "s". Outras são apenas pessoas comuns. Soube depois que ali havia gente que aparece na televisão, em novelas. E que no meio daquilo tudo também poderia haver juízes e promotores (o verbo me foi dado no futuro do pretérito para que não buscasse, com os olhos e a curiosidade, tentar identificar alguém). Meu guia logo me diz que foi essa presença das atrizes que o convenceu a entrar para a seita. "A primeira vez que tomei ayahuasca, eu não achava o fio da meada. Na segunda vez era dia do meu aniversário. Ali começou a ficar tudo muito claro. A presença de atores e atrizes é uma garantia de que os rituais terão um enfoque mais criativo e menos religioso."

Entramos na fila. Pagamos R$ 90 e recebemos uma senha com uma folha seca plastificada dentro dela. Tivemos breve palestra sobre a importância de respirar durante o transe. Somos acomodados no coreto. Seriam umas 100 pessoas. Os vinte que ali estavam pela primeira vez ficam em separado. Recebemos a dose da planta. Mais ou menos uns quatro dedos em um copo médio. O gosto é de corrimão de escada de pensão. Tanto que te dão um pequeno pedaço de maçã para suportá-lo. Tenho uma sensação ominosa, daquelas em que se abre mão de tudo para não renunciar às surpresas vindouras. É a sensação de estar pela primeira vez numa fila de roda-gigante ou trem fantasma. Na minha frente, dentro do coreto, havia umas 15 pessoas. Estão todos de branco. As mulheres têm o rosto goiano, brasileiro. Pode-se dizer que são lindas. Entoam modinhas repletas de chamamentos até que bonitinhos: falam de luz, de Cristo, de amor, de paz. Toca-se flauta, violão e bumbos. Mas algo de estranho começa a acontecer: aceito o repto de ver aquelas peles lindas se transformando em peles de múmia. Entro numa situação em que a ilusória força daqueles axiomas de paz, contidos nas letras das modinhas, não mais me socorre. Quero gritar: aqueles rostos estão com pele de defunto. Vejo meu pai morto no caixão lacrado. Ele que já se foi há 26 anos empresta sua pele hipotônica de cadáver àquelas pessoas. A alegre sensação juvenil que eu estava tendo ali, de que tudo parecia o bar de *Guerra nas Estrelas*, com suas figuras estranhas e biodiversas, de que eu estava vivendo num alegre, sonoro e encantado baile de máscaras, tudo desaba. Quero gritar. Estou rodeado de mortos. Um dos guardiães se aproxima de mim. Pede que respire fundo. A verdade surge, poderosa: eu beirava a morte psicológica. Foi nesse momento que veio o jorro totalitário de um vômito torpe.

Limpo a boca. A música que se canta me enleva. Minha cabeça traz alguns trechos que guardo decorados há anos. Veio primeiro um Borges:

"A música, os estados de felicidade, a mitologia, os rostos trabalhados pelo tempo, certos crepúsculos e certos lugares querem dizer algo, ou algo disseram que não deveríamos ter perdido, ou estão prestes a dizer algo; essa iminência de uma revelação, que não se produz, é talvez o fato estético". Eu discordava em partes: minha estética não admitia a baba do vômito, tampouco a salivação intensa. E concordava em partes: as visões eram revelações que não se produziam de todo.

Depois me surgiu outro extrato. Que eu decorara ainda adolescente, tirado do capítulo "O Delírio", de *Memórias Póstumas de Brás Cubas*. Por anos esse trecho foi toda a explicação para o delírio que ali, de fato, vivia em carne e osso: "Talvez, a espaços, me aparecia uma ou outra planta, enorme, brutesca, meneando ao vento as suas largas folhas... caiu do ar? Destacou-se da terra? Não sei; sei que um vulto imenso, uma figura de mulher me apareceu então, fitando-me uns olhos rutilantes como o sol. Tudo nessa figura tinha a vastidão das formas selváticas, e tudo escapava à compreensão do olhar humano, porque os contornos perdiam-se no ambiente, e o que parecia espesso era muita vez diáfano. Estupefato, não disse nada, não cheguei sequer a soltar um grito; mas, ao cabo de algum tempo, que foi breve, perguntei quem era e como se chamava: curiosidade do delírio".

O doutor Leary falava que nessas horas você tem de se agarrar a algo: me agarrei a Borges e a Machado de Assis. Logo os repeli: lembrei que estavam mortos, como meu pai. E que certamente teriam também aquelas peles de defunto das pessoas do coreto. Olho para o lado: João Wainer não pode me ajudar. Está descalço e em outro planeta. Nesse momento começo a me acalmar; uma resposta brotava.

Ela vinha em forma de perspectivas. Algo como se você se perguntar alguma coisa naquele transe, a você mesmo, as formidáveis energias que se agitam em seu interior conectam várias cenas da sua vida como resposta. Você troca uma resposta trivial por várias imagens. A memória, essa cúmplice por vezes traiçoeira de nós mesmos, vira uma torrente. Nesse momento abro os olhos: estou naquele coreto, que parece um invernáculo. A xamã que comanda a coisa toda toca um bumbo. Uma mulata linda está se curvando em semiarco: está sob a posse de um caboclo. Um DJ que eu conhecia de vista é tomado por uma entidade árabe, falando a língua. É violento. Tem de ser afastado do invernáculo pelos "seguranças", que são os mais velhos frequentadores da seita. Minha salivação continua intensa. O amigo que me levou ali chega perto de mim e dispara: "Você pode agora estar sujeito à telepatia". Foi a única coisa de que duvidei naquele ritual.

Vamos colocar em perspectiva: o cérebro humano contém aproximadamente dez bilhões de neurônios, cada um fazendo milhares de conexões. Cada neurônio age como o sistema binário de um computador, ligando e desligando. E dessa forma nossos pensamentos, emoções e decisões são transmitidos à vasta rede que somos nós. Neurônios são ligados por aqueles rabinhos, os axônios, que não se tocam. Os sinais passam de axônio para neurônio numa vala de sinapses, no espaço de um milésimo de segundo. Esse impulso tem carga elétrica de 120 milivolts. Se há telepatia, como passar de uma informação à outra sem que haja esse complexo de toques, voltagens, axônios?

O cérebro produz ondas, medidas em ciclos por segundo, ou hertz (Hz). Cérebro relaxado ou em descanso produz um ritmo alfa, entre 8 e 14 hertz. Ritmos beta, que predominam durante o trabalho ou o caminhar, por exemplo, se dão entre 13 e 30 hertz. Durante o sono, produzimos ondas delta, que oscilam entre 1 e 4 hertz. Os ritmos chamados theta, produzidos no transe ou sono profundo, estão entre 4 e 7 hertz. Mestres zen e iogues dizem que podem mudar voluntariamente as ondas de seus cérebros. E a ayahuasca te bota em alfa.

Minha única explicação racional remonta a um livro que li no doutorado, *A New Science of Life*, escrito em 1981 pelo biólogo britânico Rupert Sheldrake, em que defendia o conceito de "ressonância mórfica". Vai por aqui: ele pediu a um poeta japonês que lhe mandasse três versos similares. Um era uma cadeia de palavras sem sentido. O segundo era um verso coerente, mas recém-composto. O terceiro era um verso famoso, muito conhecido entre crianças do curso primário no Japão. O doutor Sheldrake então leu os versos para três ocidentais, que não falavam uma palavra de japonês. Sabe de qual eles mais gostaram? Do verso popular. Ou seja, haveria em nós uma estética inata, baseada na afinidade. O que senti sob o efeito da planta de poder definitivamente não foi telepatia. Foram afinidades de estado alfa.

João Wainer não vomitou. Ficou sereno o tempo todo, e descalço. Diz ele que, "à medida que o chá fazia efeito, o atabaque ia se destacando entre os instrumentos, dando cara de umbanda para o ritual. A essa altura meu cérebro dava *loopings* de montanha-russa pelo sistema solar e eu já não entendia mais absolutamente nada. Para complicar ainda mais, um homem jovem, de barba e sem bigode, com chapéu e túnica, incorporou uma entidade que gritava de forma agressiva palavras em árabe na roda". Ele lembra que "pessoas dançavam curvadas, em ritmo alucinante, enquanto eu enfiava cada vez mais meu pé na areia e me segurava na cadeira como se apertasse o cinto da poltrona do avião. Percebi a entrada dos guardiões para retirar o árabe dali. Ele relutou, mas ao sair parou na minha frente. Olhei de perto para o rosto dele e minha loucura passou na hora. O tranca-rua era praticamente um sósia do Ricardo Cruz, editor-chefe da *Rolling Stone*, e aquilo me fez lembrar da minha obrigação que era fazer uma foto do ritual, enquanto eu estava ali, bem louco e sem imagem nenhuma. Aquilo foi demais e pedi outro gole de ayahuasca. Desta vez um pouco menos, num copinho de café. Bastaram cinco minutos e eu fiquei louco de novo". O que Wainer teria visto em seu transe? "Quando eu fechava os olhos, via formas geométricas que voavam no céu e quando eu abria via um cara cabeludo com um cajado e as costas totalmente curvadas andando de um lado para outro soltando palavras em esperanto ou em qualquer outra língua morta. O sósia do editor vira e mexe voltava para a roda fazendo com que relances da minha sanidade mental voltassem. Quando eu esquecia minha pauta, me sentia muito bem. A música parou por alguns instantes, e algumas pessoas correram para fora. Eu estou bem, mas vejo o Tognolli correr junto. Escuto barulho de vômitos sincronizados como uma sinfonia bizarra. Olho pra trás e tudo que vejo é uma enorme quantidade de material orgânico amarelado saindo em linha reta da boca do Tognolli com cerca de um metro na horizontal. Fiz de conta que nada acontecia, fechei os olhos e me concentrei de volta na canção."

Uma das figuras mais etéreas daquele ritual era a índia Mara Cruais, 23 anos de idade. Ela passou as quase seis horas do transe com cocar, sorriso perene, ao lado do marido. "Eu estava numa fase difícil. Nada dava certo. Eu usava drogas. Tentei suicídio. A ayahuasca me deu respostas que nenhuma igreja me deu. Hoje sei que vivemos em apenas um universo, aqui na Terra, mas que há outros. Me livrei da cocaína. Sou feliz." A felicidade de Mara, cuja família vem da tribo araribá, nas cercanias de Bauru, interior de São Paulo, mereceu uma coroação que ela mesma escolheu. Seu filho Taipan Yagé Antunes, que está para completar cinco meses, nasceu sob a planta: Mara e seu marido tomaram ayahuasca, enquanto as mãos diligentes da parteira trabalhavam. "A planta me ajudou a suportar as contrações e eu vi o espírito entrar no corpo de meu bebê quando ele nascia", lembra. O segundo nome de Taipan, Yagé, vem da obra de William Burroughs, *Cartas doyage*, que ele escreveu nos anos 1950 quando visitou o Peru e tomou a ayahuasca de lá, que se chama, justamente, yagé.

Já passado meu transe, vou ao lado de uma fogueira, deixo Mara e vou conversar com alguém que dificilmente dá entrevistas. Trata-se de Sandro de Forton Visintin, carioca de 41 anos de idade. Ele é tido como um dos sacerdotes da seita do Daime Eterno. Passou seis meses no interior do Acre, em Mapiá, comendo e dormindo na selva e tomando a planta todo santo dia. Ele é daqueles que buscam as plantas em seu estado natural, no meio do mato bravo. "Tomar isso é se livrar do coletivo e encontrar a sua própria natureza. Para mim o catolicismo passou a ser enganação." Nesse momento uma das mulheres que tocava violão vem conversar também ao lado do fogo. "Estou indignada porque na *Rolling Stone* número 1 vocês colocaram aquele Daniel Pinchbeck. Ele está fazendo fama com nossas plantas." Visintin faz coro com ela. "Esses gringos não vejo com bons olhos, eles estão cumprindo uma ciranda de expropriação de 500 anos levando nossas plantas e fazendo fama com elas."

Um banquete fenomenal é servido. Tudo do bom e do melhor: queijos, caldinhos, pães, sucos variados, frutas frescas. Começo a perguntar como definem a planta. Ficam de me mandar (e mandam) por e-mail um verbete: "Ayahuasca, nome de origem inca, refere-se a uma bebida sacramental produzida a partir da decocção de duas plantas nativas da Floresta Amazônica: um cipó, *Banisteriopsis caapi*, e folhas de um arbusto, *Psychotria viridis*. É também conhecida por yagé, caapi, nixi honi xuma, hoasca, vegetal, Santo Daime, kahi, natema, pindé, dápa, mihi, 'ovinho da alma' ou 'pequena morte', entre outros. Ayahuasca é de origem quechua, significa 'liana (cipó) dos espíritos'". A bebida foi utilizada por povos pré-colombianos, incas, e hoje faz parte da cultura de pelo menos setenta e duas tribos indígenas diferentes da Amazônia. "É empregada extensamente no Peru, Equador, Colômbia,

Bolívia e Brasil. Foi usada provavelmente na Amazônia por milênios, e está se expandindo rapidamente na América do Sul e outras partes do mundo com o crescimento de movimentos religiosos organizados tais como Santo Daime, União do Vegetal, Barquinha ou Natureza Divina, que a consagram como sacramento de seus rituais." Alguns usuários dizem que a ayahuasca não seria um alucinógeno, apesar de produzir o que clinicamente é caracterizado como alucinação ("percepção não registrada pelos sentidos físicos, em especial as de conteúdo metafórico individual"). Eles a definem como "um enteógeno, uma vez que seu uso se dá em contextos litúrgicos específicos".

Quimicamente, "a propriedade psicoativa da ayahuasca se deve à presença, nas folhas da chacrona, de uma substância enteógena (alucinógena) denominada N,N-dimetiltriptamina (DMT), produzida naturalmente (em doses menores) no organismo humano. O DMT é destruído pelo organismo por meio da enzima monoaminoxidase (MAO). No entanto, uma substância, a harmalina, atua como um potente antidepressivo inibidor da MAO. Assim, o DMT tem sua ação alucinógena intensificada e prolongada".

Todos estão felizes e sorridentes. O ritual acabou. Mara diz: "Escreve aí que completei minhas revelações falando com o Max Sandor e com o Rowland Barkley". Chegava a hora de ir atrás dos dois xamãs. Max e Rowland escolheram São Paulo para viver. Estamos agora no centro de São Paulo. É lá que mora Rowland Barkley. Formado em quiropraxia, fez sua iniciação na Nigéria e com aborígenes australianos. Seu site, www.tranceform.org, está escrito em seis idiomas e anuncia seu método: "Antos: terapia de liberação energética". Viaja o mundo com frequência. Seu folder, bem cuidado, refere que, pelo atalho do método Antos, você pode "desfazer nós energéticos, liberar-se de egos de pessoas mortas, inclusive das pessoas vivas com as quais seu relacionamento já morreu..."

O apartamento de Rowland causaria inveja a Pierre Verger, Lévi-Strauss e Caribé, ou quaisquer gringos dispostos a estudar imagens autóctones, brasucas e africanas. Um de seus quartos deve ter umas trinta imagens de orixás entalhados: um autêntico exército africano. "Não bebo plantas e não recebo entidades. Se eu receber uma e ficar inconsciente, deixo de receber outras nove", alerta em seu melhor inglês.

O apartamento de Barkley é forrado de tambores e entidades negras esculpidas em madeira. Ele pede que eu me sente. Sua companheira, que é médica, ocupa aquilo que Rowland chama de trono. A sala tem seus 50 metros quadrados. Barkley tem um corpo antes cheio que magro. Usa camisa *tie-dye*. Parece um surfista. Está de chinelos, que logo são abandonados. Acende-se uma vela, ao lado de umas dez entidades de ébano. O casal parece entrar em transe. Rowland me pergunta o que quero saber. Sua voz está tresnoitada agora. A mão direita faz sinais como se estivesse remando. Ele deposita no chão três sacos de pano. Tira uma guia de contas, um colar africano, que manipula eventualmente. "O que você quer?", dispara o xamã. Digo que quero saber por que vi pessoas mortas na sessão da ayahuasca. Ele me pergunta: "Quem você quer que responda isso para você?". Digo que a resposta que eu mais gostaria de ouvir teria de vir de dois finados amados: meu pai e Timothy Leary. Barkley dá as respostas que quero ouvir. Diz que está convocando Exu. Que me mostraria outras facetas, outros ângulos, do que vejo na vida. O que ele falou vai como está: nem mais desbastado nem mais estreito. "Você terá aberto um vulcão de possibilidades."

Sua fala é fluente, vívida, com citações culturais impressionantes. Rowland joga com o sobrenatural, mas de modo lícito: insinua-o para maior mistério na proposição do problema, esquece-o ou desmente-o na solução. Fala por parábolas. É animadíssimo. Dá gargalhadas. Ele não quer em verdade dizer nada: enquanto fala, suas entidades estão operando. "Você concordou com isso e agora estamos despertando um vulcão de possibilidades em você", alerta. O xamã dá aviso de que nos dias subsequentes à consulta eu sentiria "velhos sentimentos aflorarem", e que não deveria combatê-los, mas agradecer por estarem sendo limpos e fluindo. Na noite da consulta, três da manhã, acordo com uma arqueologia de sensações que julgava enterradas desde a adolescência. As respostas surgem, caoticamente, mesmo dias após a consulta. Será autossugestão? Não creio em bruxas, mas que las hay...

O que mais me chocou foi que, após eu ter pago a consulta de R$ 300 e ter recebido um sonoro "tudo de bom", Rowland me disse que o santo a me guiar era Oxóssi. Fiquei enregelado, tremi dentro dos sapatos. Uma semana antes eu havia encontrado o xamã Max Sandor, que me entregara um livro em italiano, páginas marcadas para mim, bem no capítulo de Oxóssi – Sandor já me "lera" como filho de Oxóssi. Esses xamãs parecem saber o que dizem.

Barkley encerra dizendo que, como filho de Oxóssi, eu era um caçador. E que aquela sessão me ajudaria no seguinte: "Se você viver em tensão, com o arco puxado, não conseguirá disparar a flecha na hora certa e portanto não pegará a caça; se ficar todo relaxado, também não disparará a flecha; também não pode dispará-la no momento errado, senão perde a caça".

Barkley e Sandor dispõem de uma vasta cultura sobre a teoria do caos. Basicamente o seguinte: as coisas podem ser elas e seu contrário ao mesmo tempo. Isso vem do começo do século XX, exatamente 1927, quando o físico alemão Werner Heisenberg, com 26 anos de idade, postulou o "princípio da incerteza". Resumindo: se você analisa um elétron, ele pode ser afetado pelo feixe de luz que o analisa. Ou seja, o fato de você analisar algo altera esse algo. Até porque, se você analisar por outro ângulo, com outro estado de espírito, pode ver outra coisa. A física já provou que a luz é ao mesmo tempo onda e partícula. O pessoal que estuda esse papo quântico costuma adorar uma frase do filósofo Protágoras, do século V a.C.: "Só o homem é a medida de todas as coisas, das que são o que são e das que são o que não são".

Mas o mestre nisso é o xamã Max Sandor, 54 anos. Parece um cantor de rock. Está de calça de couro, bota de couro, cinto de cobra. Mora em São Roque. Conhece o mundo todo. Mas nasceu em Berlim. É PhD em engenharia eletrônica. Morou vinte anos em Los Angeles. Atendeu estrelas de Hollywood, mas pede que não publiquem seus nomes. É especialista em inteligência artificial. Estuda o Ifá, um misterioso sistema divinatório da África, sobretudo Nigéria. Também fala seis idiomas. Inclusive sânscrito. Foi apresentado ao Ifá em 1998, em Los Angeles. Hoje é um babalaô. "Liguei a matemática aos arquétipos dos orixás, para poder entender o mecanismo do universo. O Ifá é a verdade além do verdadeiro e do falso." Rowland e sua esposa, Helena, fazem a divinação usando o opelé-ifá, uma cadeia de nós de palma. Ele trabalha ligando códigos binários da matemática aos dos orixás. Sandor tem toda uma teoria sobre os bytes cósmicos e suas 256 energias. Sua ciência se chama "Skywork". "Se você descobre essas chaves, pode melhorar a vida das pessoas. Entrando em contato com as entidades, os ebós, você pode alterar sua vida com pequenas ofertas a eles, como jogar mel num rio", explica.

Max diz que isso abre os seus pontos vitais, que os hindus chamam de chacras. "O Ifá te repõe no caminho que você escolheu quando veio ao mundo. Determinando o arquétipo dessa escolha, podemos fazer com que a pessoa pare de entrar em conflito na vida. Não quero fazer a pessoa crer em nada. Quero fazê-la encontrar sua verdadeira energia." Sandor muita coisa acertou da vida do repórter simplesmente lendo atributos de Oxóssi. Muita gente que vai à ayahuasca completa seu périplo xamânico indo a Max e a Rowland. O que nivela seus caminhos, arbítrios e jornadas parece ser uma petição de princípios básica: nossa civilização nos tornou robôs, zumbis, e perdemos contato com as nossas vontades e desejos mais íntimos. Com certeza muita gente vive a vida que jamais desejou e pode mudar isso. Para eles, nossa felicidade está enterrada em nós como um sapo de macumba, esperando ser escavada e desperta. Agora, terminando estas mal-traçadas, as viagens da ayahuasca e os conselhos de Max e Rowland parecem uma abstração, dissipam-se e se misturam num cafarnaum de ideias. Mas um eixo mental sobrou de tudo isso: as religiões oficiais andam dando respostas que não admitem perguntas; as filosofias tradicionais andam fazendo perguntas que ainda não podem ser respondidas. Talvez São Paulo esteja se tornando a capital xamânica da América Latina justamente por causa disso: no xamanismo, quem decide, pergunta e responde é você.

— CAPÍTULO 23 —

"Santa, Santa, Santa, Santa: elevai-me de onde me cometi a mim mesmo."
Dudingate, 1911

A lunação da Santa

Ai, essa Santa... Sempre quis que sua sepultura fosse a natureza, ainda que em vida. De uma estirpe em perpétua dissolução, nunca gostou de usar seu próprio nome. Guardava números como identificação, mas podia prescindir de letras. Suas mãos praticavam a ingratidão de nunca serem estendidas para cumprimentar alguém, justo ela que era dona de dedos zenitais. As venturosas efusões que gostava de beber certamente lhe assegurariam lugar na fatal galeria dos bons de copo. Nessas situações etílicas transpirava uma cabala interna, e ainda aduzia detalhes que a negavam. Não é justo vê-la em sua vida torrando a existência sob meditativos focos de luz, para extrair meditações de livros. Embora a repetição tenha lhe corrigido esses hábitos desmantelados, a Santa sempre se via gerada desse incrível sentimento de culpa que só brota de filosofias cristãs e demais pedanterias já incômodas à civilização.

Boto aqui alguns flagrantes da vida da Santa porque não fariam outra cousa que acentuar-lhe o caráter, justamente ela, tão Santa, por isso mesmo tão estranha – embora uma das variantes do meu ser seja não aplicar definições aos outros. A Santa colecionava facas de bainha profunda, historiadas por sulcos de ossos, sei lá se humanos ou não. Jamais tripulou sua alma de impaciência. O primeiro vislumbre nela revelava olhos que descarnam a roupa dos corpos, tamanha a incidência focal de suas pupilas. Praticava, com essas estranhezas, o ofício de ser alguém muito especial. Era também dona das mais esquecediças dormências, porque, ao mesmo tempo que era atenta aos detalhes, perdia-se neles, às vezes para sempre, nessas práticas consabidamente delusórias. Vestia sapatos diferentes, por pura desatenção. Trocava os talheres em suas funções e não era diferente com os dias da semana, tendo ido à missa de domingo em plena terça, tendo praticado o vegetarianismo às quintas-feiras, e nunca às sextas, às quais chamava carinhosamente de "Sexta-Feira do Peixão".

Quem vê a Santa de perto, em suas delicadezas, pressupõe que lhe aconteçam estranhices. Eu mesma supus-lhe um fluxo avesso de sangue, e juro tê-la ouvido falar que gostava mesmo no verão era da "parte de baixo do sol", e no inverno "do lado de trás das estrelas", e ainda dava preferências em sorver "o ar que vem de ponta-cabeça", e assim também adorava medir "que horas são no sol". Era um docinho de pessoa cujas emoções eram colegiadas, mas os pensamentos monocráticos. Tinha, é claro, uma operacionalidade assertiva: praticava a emissão dessas contidas integridades com uma quietude bem indireta. Gostava de dizer que, como toda eternidade ocorre fora do tempo, "minha vida então furtivamente se alonga nos sonhos". Se bem que eu achava mesmo era o contrário, como veremos: seus sonhos é que se alongavam em vida. Era um ser de oposição incontrastável ao seu próprio pai, cuja natureza lhe solicitou uns insensatos braços de açougueiro, uma tempestade de gestos, a afamada historiação de crimes bárbaros, a selvática vilificação da própria vida, e a iluminativamente aclamada fama de monstro.

Sorvendo um colostro mucilaginoso, sedimentado num copinho sextavado, a Santa lançava os olhos contra uma certa classe de cintilação que brotava daquele brilho instável do absinto contra o vidro. Os revérberos indefiníveis de prazer a subir de sua garganta, como uns "glu-glus" babélicos, juntavam-se aos borrifos de saliva que ela produzia ao projetar o lábio superior para a frente e dar uns estalos de língua. O conjunto compunha o que eu chamaria de desdita em alto estilo. Mas, ainda nebulosamente hipnotizado por aquela cena, meu vazio interior, aqui e ali, foi demarcado por uma daquelas frases de efeito que a Santa sempre gostou de emitir. "Sabe, prefiro o quadradamente certo ao redondamente enganado, porque uma nota dissonante é bem melhor que moeda sonante, porque a loucura de morrer sempre atrai mais que a razão de viver, facadas à luz são mais eficientes que tiros no escuro, meus pesadelos em voz baixa são mais sedutores que seus sonhos em voz alta, levanto crua e jamais caio de madura, a intolerância dois ponto zero é mais criativa que a tolerância zero, tudo o que você quer saber, afinal, são minhas mentiras confessáveis e não minhas verdades inconfessáveis, fico com a ida ao mundo e não com a volta ao lar, a mentira vestida, e bem assadinha da silva, e não a verdade nua e crua."

É claro que todos os meus vazios inconfessados, minhas percepções demarcadas ao longo da carreira de repórter, ficaram de quatro diante de uma figurinha dessas. Ok, dirão, eu deveria saber que uma filha de Balenciaga Torres seria assim. Sempre acreditei na dica do filósofo, de que as coisas podem nascer de seu contrário. Mas o que eu estava testemunhando era o revezamento migratório, era a ruga denunciadora, era a mais enigmática retidão de um Balenciaga Torres de saias. Era a filha de um monstro que flutuava colossalmente na sombra da má imagem do pai. As frases da Santa sempre emergiam, impassíveis, como que brotadas de uma equipagem filosófica dos diabos. Ela fazia aquele brinde de absinto como se fenecendo, num estilo jocoso, entre os panôs com os quais se cobria naquela manhã lateral. Na goela havia um cachenê púrpura. As mãos eram colericamente sensatas. Ia maleável, contudo, como se para induzir o interlocutor a um castelo ducal, uma barreira entre ela, o mundo, as coisas e os espíritos circundantes. Sua entonação me causou a impressão de deixar o ar parado, em suspenso, toda vez que ela, qual viandante de um mundo bem outro, punha-se a dar nomes aos bois, num tom de estupor flutuante. A costa mais aluviana de seus adjetivos machucava os ouvidos, com suas sinestesias, com seus trocadilhos, umas aliterações tremulantes, o ciciar do zênite de letras "esse" com o qual constelava seu léxico grunhido numas ondulações esquisitas.

Por que buscar respostas na Santa? Por que nivelar o destino com uma figura tão semilíquida, por que ouvir seus ditames e cláusulas sobre o que era o mundo e a intemperança dos homens? Porque esse jeito dogmático de ser da Santa era o estalo filosófico que todo repórter investigativo busca no construto que quer fazer sobre sua investigação. Um sotavento nebulou aquele minuto incandescente, então senti que era hora de suspender essas percepções para dar um trago no absinto. Meti minha epiglote num baixio, mergulhei o mar ativo da bebida goela abaixo, imune ao que poderia vir. Difusas massas de nebulosas de ocasião escamotearam os contornos da figura da Santa, e no terceiro gole um planeta outrora proscrito vadiava entre nós. Pontos supremos de luz, a barlavento, davam uns delineamentos bem torpes da situação. O dia deu lugar, rapidamente, a uma noite sem estrelas, a afeições distantes, os muros do meu ser descaíram num vasto interlúdio de pausas: me sentia dependurada no universo apenas por uma corda de ráfia. E a Santa foi impondo assim algumas cláusulas: eu precisaria estar desguarnecida para que pudéssemos nos entender.

O luzeiro estava feito entre nós. O mundo me chegava aos pedaços. Num deles, a ideia de que a Santa era o refinamento histórico de uma má cepa. Ela era docemente irresoluta, até no jeito de beber. As tropas regulares de minha autodefesa enfim renderam-se à Santa. Minha inclinação natural à faculdade de observação dos outros se foi. Era como se eu estivesse pequena para meu próprio tamanho. Minha alma, suas suscetibilidades debilitantes, minha falta de saco, sob todos os aspectos, irromperam de súbito, e a minha mais cultivada insubmissão jornalística foi polinizada pela lunação da Santa. Minhas renúncias vagarosamente viraram um filamento, quase fisiológico, de subserviência dúctil, que ia, sem voltar, como se minha alma genuflexa acedesse a tudo que a Santa tinha a propor. Metronomicamente, eu dançava ao ritmo de suas palavras.

A exasperação mental se foi. A sensação de desafogo também. O lusco-fusco do absinto baixava, de um jeito inusual. O prolongamento indefinido das palavras da Santa deixou de chegar em ecos. Eu não a via mais através da fumaça de batalhas campais, da reverberação das pendengas de seu pai com a polícia. Remoinhos de ocasião, sincelos sincopados, o diabo, voltavam ao normal. E ali estava na minha frente a Santa, sem erguer os olhos do chão. Ela estava embuçada em fiapos pós-modernos, um *tie dye* com motivos Rorschach. Minhas mãos nodosas, meus dedos parasitários e unhas roídas me davam vergonha diante daquele quinhão renascentista que eram suas mãos delicadamente ossudas. Minha salvaguarda do malogro desse ofício de viver, nesses momentos, é geralmente encontrar defeitos no interlocutor. Eu me repetia a todo momento que falava com a filha de um assassino, irmã de assassinos, portanto caudatária da reserva legada e imposta à escolha que a vida deu a alguns, antes de suas protogêneses – e vai nisso um pouquinho de minha criação espírita. Esses secretos legados, a que chamo de desmerecimentos, sempre constituíram o espinhaço que me afastava das pessoas: como jornalista, eu estava sempre acima do bem e do mal. Para que me desviar das sombras escuras projetadas pela má fama de Balenciaga Torres, na estrada pavimentada entre mim e sua filha, a Santa? Por que as sobranceiras virtudes, o braço alongado de deusa espectral deveriam me desviar dos meus manguais? Por que me curvar ante o imperturbável? Entregue aos seus próprios pensamentos, também, a Santa refluiu, finalmente. Eu saía de um sonho e ela mais ainda. Seria meio-dia e a lua caiu. O "tlim-tlim" do quarto absinto dissolveu a pausa fecunda num mata-borrão temporal, em que o futuro era o presente, o presente era o passado, e o passado não existia mais. Talvez por isso o passado tenha virado um tempo fora do tempo, ali, em que todo e qualquer indício tornava-se insuspeitado, sobretudo entre bocados de batatas fritas, que deixavam atrás de si aquela boa sensação filosófica que é o debrum de todas as luzes da vida passarem a sensação do insubstancial. Terei exagerado na linguagem? Não! Absolutamente. As mais vãs paixões pela linguagem tiram partido dessas situações. Infinitos em seus atributos, os ultimatos podem zunir à vontade, e a mui boa razão, que diz não às miudagens que um repórter cultiva, revigora a gente, passando a faca do bom senso, a navalha de Occam, e a vida assim se emancipa dos floreios. O reboco cai do teto, finamente, e a Santa, depois desse quarto drinque, aparece em concreto cru, e assim também os momentos mais pueris viram os mais profundos, porque extraem da vida a tosse comprida da filosofia existencial, ai, meu Deus!

Meu fluxo de persuasões estava contido. Por insistência dela, dessentimentalizei as quimeras, os sonhos de vingança, a vontade estival de ver o nome nas manchetes, o ímpeto implacável deste mundo de vãs ambições, a logomania narcísica do nome na primeira página, a voluptuosidade gravitacional que é ver o próprio nome nas manchetes, suspendi até o choque visual que era ver um demônio ter como filha uma Santa. Digamos e convenhamos: pernoito, há anos, nas amplificações. É um ato tão natural, um código de comportamento tão inocente que jamais, por favor, me veja como fruto da base malsinada de uma pirâmide social em que estão os repórteres-tubarão – tudo o que cai nas suas águas é comida e se pararem de nadar afundam. Ou, por outra, sei da frase do Gay Talese, para quem, por tudo isso, os filhos atávicos da classe média, que nada têm a oferecer, são os melhores repórteres:

"[few of the rich] could compete favorably with the [lower-middle-class] hungrier newsmen with more keenly developed instincts – a critical eye, a cynicism, and skepticism based on firsthand experience, a total commitment to their craft because it was all they had. The best reporters, even when not on assignment, were always working. In the middle of a crowd they felt apart, detached observers, outsiders. They remained subconsciously alert for the overheard quote, the usable line, the odd fact or happening that might make a story".

Suspensas as hipóteses de grandes conflagrações, a Santa teria proferido algo como uma encantação gemente contra maus-olhados, um muxoxo curioso, que se misturou com os glu-glus do quinto drinque. Lançou a mim um olhar impermanente, quando seriam 12h30. O ar ficou ventoso. Os olhos da Santa se encovaram, e a água daquelas vistas pareceu ficar da cor do trigo sarraceno. Priorados de dor pareciam recém-conversos ao prazer, e foi assim que seu sorriso brotou dentre lágrimas (contei três), e o barulho do sorriso foi um nitrir de cavalo novo e sacrifical. O breve aguadeiro era sinal de que ela se aconselhava a si mesma. As mãos cerosas pegaram as minhas. O vento nos conduziu para um lugar dentro do restaurante rústico. O fogo de cinco velas chupava um ar espesso, e panelas chiavam em cima do fogo de língua grossa. Possibilidades vocálicas brotavam do barulho de todos os pratos fumegantes. Meu corpo ficou emaciado e minha espinha se enrugou. O perpétuo ofício de ser alguém, na Santa, agora tinha a luz categórica das revelações e egrégoras.

Ela pediu, cacarejante, emaciada como um comprimido antidor de cabeça, pudim de arroz e hidromel. Era um restaurante judaico. A devastação ainda permanecia: afinal eu tentara sonhar à Santa, que tentara sonhar a mim. E a conjunção booliana de tudo isso, estritamente falando, conduzia a um acordo tácito, mas cheio de artimanhas: eu deveria ouvi-la, ela deveria responder a tudo o que eu perguntasse. Vestígios de um sorriso intenso escapavam pelos seus lábios. Ela bateu na madeira três vezes, e, ao fim de alguns minutos do silêncio mais atabalhoado que ouvi na minha vida de repórter, para encurtar a história foi direto à telepatia necessária, a de que eu mais necessitava: o sortimento de intrincados equívocos cometidos por Balenciaga Torres contra a própria filha. Digo: o episódio que, relatado, me tirou de mim mesma, em que Balenciaga resolveu balear a própria filha, no ventre, para brincar de esconde-esconde com a Divina Providência. A barriga da menina de 8 anos de idade, nodosa do chumbo quente, torcida de dor, desenvolveu uma pele acartonada, que abriu caminho para cintilações púrpura que, após 72 horas, converteram-se em novas peles rosáceas. Das quais, é óbvio, ao fim de dois minutos de observação, Balenciaga Torres desviou os olhos pontudos, porque, na terça-feira seguinte, a menina, de malares refinadamente brancos, saiu andando pela casa, prenhe de milagres vitalícios, mordendo os dedos, as cortinas gomalinadas, os biscoitos quentes de mirtilo, fatalisticamente voraz para decretar, de pronto, a vitória da vida sobre os tecidos pevides, de compleição corrugada, que eram os outros nomes que a morte assumiu sobre as peles debruadas de colágeno e de turgor infantil. Lita Guna Torres, esse era o nome da Santa, com a ajuda de gotas de valeriana e groselha, escapou do balaço do próprio pai em menos de 48 horas. O tema, de um jeito todo desbeiçado, percorreu a vizinhança. Não se tem notícia de que Lita Guna Torres houvesse mumificado tumores, apagado as ingratas estrelas de carcinomas, ou retirado fulgores de terríveis expiações de quem sofria do corpo. Bastou que ela, ainda que desencontradamente para os padrões dos milagres, tivesse salvado a si mesma para que os desejos mais secretos da vontade coletiva a moderassem como uma Santa. E foi assim que, na venturosa vastidão de um ventre curado, com dois curiós crocitando na gaiola, numa quarta-feira de primavera, Benta, a doméstica, desencafuou no quintal a ideia de que Lita Guna Torres era uma "santa descabelada", dotada não do esfumaçado frenesi dos santos brasileiros, mas de um *donaire*, meio preguiçoso, meio fervente, de, pela fala malemolente, conduzir quem a cercasse a um estado de beatitude. "É uma santa descabelada e descalça", proclamou Benta, com o espírito sobrecarregado e um brutal refluxo de sangue nas têmporas.

Foi nesse momento que, enquanto um *tumbleweed* de pelos de cachorro rodopiava no quintal, entraram na casa dois policiais, com olhos leitosos. Algemam Balenciaga Torres, então acavalado numa caixa de maçãs, olhando para o horizonte, com um palito de dentes adejando no canino hostil, enquanto perguntava a Benta: "Caralho, como uma porrinha dessas pode sobreviver à estrela de um balaço no ventre?". A luz do meio-dia já havia deixado em seu rastro, no ar, a reverberação extraviada de uma lambança celestial: o calor, e sabe-se lá quais outras manifestações térmicas do balaústre universal, o olho pineal das verdades universais, tudo descia ali, em rodopios astrais, para talvez presenciar as luzes misteriosas lançadas dos olhos do demônio Balenciaga Torres. Algemado, sobre enxergas de folhas de coqueiro, Balenciaga Torres entrava num ronco invernal que duraria exatamente seis meses. Ao final dos quais, já na rua, voltou a pugnar pelo demônio, voltou a casa, encontrou Lita Guna Torres fazendo a lição de casa e meteu-lhe sete facadas na nuca. O osso, fraturado em crescente, emitiu uma detonação surda, como a da terra sobre caixões. Uma espiral de inclemência formou-se na cabeça de Balenciaga Torres. Tanto bastou para que a filha, na maior tranquilidade do mundo, como se estivesse entre uma e outra tarefa corriqueira, e não pelo menos do modo como poderíamos imaginar, esticasse os braços. E visse, numa garrafa de absinto velho, cujo líquido já semelhava uma secreção previdenciária, um biocreme curativo, um unguento que conduziria o magnetismo de sua vida a um ponto boreal. Segurou a garrafa contra o linóleo do móvel e, com o indicador da mão direita, e num jogo de ombros, friccionou a bebida contra a nuca. A protuberância em lambança desceu. E seu pai, primo-irmão do demônio, todo vazio de si, ardendo em abominações, acentuou ainda mais seu estado de desamparo num urro de estivador. Os ocos adereços mortais de seus olhos, empolgados por gerações de ódio, murcharam por alguns instantes.

Benta, a samaritana, presenciou a situação turva, o queixume do demônio em forma de pai, a gratuidade verbosa da filha em forma de santa, as irrevogáveis juras de litigância entre pai e filha, a semeadura eterna de alteridade entre dois do mesmo sangue, os olhares infinitesimais, a precipitação do inextricável, a desolação ondeante no ar, as conjecturas caladas, o escarpado a ser vencido pelo resto da vida, as letras esparramadas da vingança e o floreio manuscrito do perdão, a coabitação dos estranhos ao próprio sangue, o valor deliberadamente intrínseco de que o que se ama também serve para se odiar, a degradação decídua, o cheiro feroz do tédio que se quer batalha, o falso incontroverso, o pré-prandial dos diabos, desafogos não condutivos, uma flor de cardo familiar em estado de rumorejo fatal.

A esse somatório, referia-me Lita Guna, o contentamento sardônico e a ofuscação variante de Balenciaga Torres acrescentavam pitadas de gratuidade cáustica. Porque, mesmo na cadeia mais uma vez, Balenciaga Torres sempre fez questão de, fervilhantemente, vender bens, imóveis, o que fosse necessário, enfim, para manter, como dizia, a situação "sumamente inflamável" – para que pudesse voltar, encontrar a filha nos melhores sedimentos de harmonia possíveis e, na proporção inversa, tentar trucidá-la mais uma vez. Até que, na maior inviolabilidade possível, o carcereiro encontrou às cinco e dez da manhã a cela de Balenciaga Torres vazia. "Ele esvoaçou", disse ao diretor da cadeia. Um giro de partículas doidas da criatividade popular atribuiu tudo ao desaparecimento de Balenciaga Torres. Virou o novo rei Dom Sebastião. A frenética determinação dos policiais foi incapaz de gerar respostas diante da impavidez e perplexidade daquela fuga. Jamais Lita Guna Torres ouviu novamente aquelas palavras assombrosamente inarticuladas ao telefone, jamais a florescência de incredulidade voltou. A sensação de neblina baixa, de céu ao rés do chão, a ideia de devastação vertical pelo atalho do frio na espinha, os tubarões invisíveis, as pontes levadiças que não mais funcionavam, coisa alguma sobrou dessa sebe. O facho fútil da fé foi, sim, crescendo, as feridas intumescidas secaram, o decúbito fez-se altivez, e os medos escapuliam pelas chaminés.

Do estilo

A Santa me disse que todo o balanço cadenciado aprendido por esta repórter no dia a dia do jornalismo conferiu à minha pessoa, para todos os efeitos práticos, um estilo ao qual chamou de "mistura de tatu com cobra". Ela acha que continuo ressoando um estilo que, pela perspectiva de observação de uma santa filha de um demônio, se aproxima de um barroco pós-moderno. E há algo de patético, sim, nesse meu fluxo caudaloso de adjetivos, que recortei por anos a fio. O grau exorbitante dessas minhas qualidades-defeitos, dizia ela, foi gerado pela virada inábil que se deu na minha vida: tentar sair do dia a dia das notícias e mergulhar, conforme a excelência de meus desempenhos, num estilo mais confessional. Não adiantam olhares embevecidos de Santa, nem essa íntima comunhão entre repórter e reportado, porque tudo isso vai sempre se mostrar desesperadamente propenso a enfrentamentos pessoais. O olhar imperturbável do entrevistado começa a jogar com força, quando um dia depois navega pelas páginas do jornal. Não há mastreamento que segure essa condição desnaturada de ser leitor, quando ele vê a si mesmo humanizado, ou desumanizado, nas palavras que ele não escolheria para dar nome aos seus bois mais ominosos. Instituições há muito estabelecidas vogam sobre as anomalias magnéticas entre editor e editado. Avançando célere, segue o repórter intimorato, rigidamente formal em suas anotaçõezinhas, no inevitável esforço de fugir do das duas uma, ou o leitor está certo e você errado. Toda a imperturbabilidade nossa cai sempre solo abaixo, mesmo revitalizados que somos por afagos do nome na primeira página e demais logomanias narcísicas da profissão. Esse jeito sardônico de ser da Santa, sua postura sobre meu estilo, tudo segundo ela havia sido gerado pela minha insubmissão ao fato de eu ser uma escrava do dia, das notícias. E que, referia ela, meu estilo arrevesado de coletar adjetivos, meu jeito de prestar-me, genuflexamente, aos sacrifícios diários da linguagem simples em prol do Grande Deus Estético, tudo sacrificava minha precisão imaginativa. Porque mesmo quase entrada nos trinta eu não me comprazia com a minha condição de escrava do dia a dia, e então era por isso que eu ia bulir com o estilo. Meu jeito de mariscar a vida dos outros, minhas premências delicadamente comunistas, o estilo bem definido de ser uma comunista desambiciosa, mas com sede de álcool e de justiça (não necessariamente nessa ordem), tudo me trazia um jeito paquidérmico de ser daqueles, e o suor de tanto escrever, que me arde os olhos, me apateta em poças carmim de menstro fora de época.

Sei que minha vontade de verdade embacia as cousas, as pessoas. Porque o formigar silencioso desaba minha cabeça sobre as causas, esse jeito dobradiço, que embuça meus lábios e suas comissuras, assim fico babosa. E foi assim que minhas unhas enegrecidas de tabaco mascado, compelidas e logo em seguida descompelidas do ato de devoção que é estarem entre os lábios, sendo maceradas, puderam dar lugar a algumas palavras desventradas. O jardinzinho outonal do boteco e seus desvãos apodrecidos, os sabores de luz que o movimento daquela treva de ocasião traziam, uma música distante e os ventos boreais que traziam um apito de trem moído, tudo isso deu mais santidade à santa. Ela acreditou falar. Mas juro que as palavras ondulantes fundiram-se numa incidência em que sua voz de criança era emanada assim: vinha do alto da cabeça. As sílabas tônicas e hiatos, os cicios, faziam o céu descer alguns lances de escada. Um soprar incerto interpunha uma distância, ainda mais fantasmal, entre ela e suas palavras. Não havia como ligar o gravador. Uns primeiros clarões brotaram por detrás dos seus olhos. A íris caracoleava. E, às apalpadelas, meti meu gravador na bolsa torpe. Segreguei uma linfa pelo canto da boca. O sol horizontal borrava o que eu ainda conseguia divisar dos contornos da Santa. O parto seco de folhas caídas media a minha distância dela: seriam quase 50 folhas, linearmente confusas, sancionando uma distância de dois metros. Meus dentes calcários emitem alguns sons, tendo chicoteado para fora algo parecido com "Podemos começar a conversar?". A Santa tomou da xícara, com umas mãos verminadas de terror, mas que não conheciam a pressa. Defendia-se do sol com gestos no ar, que pareciam um adeus teatralizado.

Anotações

Como não gravei a conversa, reproduzo o que anotei no bloco. Anotei sensações, sinestesias:

"Os gestos são reversíveis porque um parece anular o anterior. Justificam, parece, alguma contrição. Retine o copo de água da bica a cada fim de frase. Palavras pragueadas por sequestros psíquicos quando toca no nome do pai. Ouve o que digo com os ouvidos em estado de sucção. Olhar de meia-lua. Blusa manchada de açúcar queimado. Ocorre um fluxo larvar no braço quando falou do pai pela quinta vez. Sofre, parece, de um inverno diário. Seu estado de vigilância é postiço. O vento salgado lhe agrada os sentidos. As memórias estão sinistradas. As maçãs do rosto são duras como desertos. Tem suor de arroio seco nas mãos. Percorre o mundo e salteia as pessoas com olhar de crucigrama. Lança brilhos do olhar sempre que há um nada no ar.

Quando se desintegra em memórias, toma a cor da parede. Sua roupa tubular é de encomenda. Há secura. Sua memória é um notário que afiança o que está ainda por falar. A posteridade do eco das palavras é curiosa: fala com eco, parece. Os olhos agora estão contráteis, depois do chá. Balenciaga Torres, disse, era homem de úngulas diferenciadas. Assinalava, o pai, monotonias diferenciadas. À força de falar mais, pede os absintos. Agora parece sujeitar-me. Cada verbo de ação lhe tem peso insuportável. Rebentam sonhos confusos após o primeiro trago. Jorram santuários de memórias. Tenho choque de sentir todas as obturações da boca. As mãos agora estão bem cabriolantes. Começa a plenitude de opacidades, não fala mais nada com nada. A chave está nos verbos. Faz-se requestada. Debaixo da mesa as pernas perecem artríticas. O goró foi enriquecido a limão. As frases agora são, com certeza, emigradas de livros. Há repuxos nas têmporas. O olhar esquerdo virou asterisco luminoso, aranha de fósforo branco. Pergunta se sou independente ou se escrevo a tanto por lauda. Surge munificência circundante. Já foi convalescente, talvez cabriolante. Sim, o vestido é de percal. Já foi embuçada. Pergunta como sonho em morrer minha morte. Balenciaga, disse, tem cabelo de emperucado só de um lado. As memórias se encrespam na figura do pai. Agora o vento empedregou seus mamilos. Ela está parindo arrepios. É compadecida em madurez da dor. As palavras agora viajam à boca com dificuldade. Começa a falar de como escapou da morte. Odeia coesões, mas fala veloz. A radiação subterrânea brotou. Dor puntiforme. Mais lágrimas. Tira do bolso o retrato de Balenciaga".

Relatos dela

Afogueada por um deleite difuso, quase desabada em sua repentina transformação, a Santa era agora patentemente outra. Estava reforçada por profundas convicções, não sei quais, de que naquele pedacinho de papel acartolinado, cor de lua mortiça, com cheiro de rolha de refrigerante antigo, havia de fato um retrato de seu pai, vulgo Balenciaga Torres. Tentei ver se o papel, por outro ângulo de difusão da luz, trazia ao menos silhuetada uma imagem que sobreviesse de rabiscos sublunares de lápis ou cousa parecida. Necas de pitibiriba. O papel atentava, violentamente, contra todas as prerrogativas do meu bom senso. Um tantinho dramaticamente, eu pensei com meus *buttons*: "Deus do céu, não tem nada nessa porra". Os desvãos empretecidos de minhas unhas roídas, de esmalte negro carcomido, tocaiaram as mãos da Santa. Roubei-lhe o retrato. Não havia nada ali. Nesse momento juro que ouvi no ar algo parecido, ao mesmo tempo aguda e melosamente, com o "fuuuuu" de gato arisco e curu-curu de pássaro agourento. E por isso mesmo, ao contrário de minhas expectativas, ela tomou o retrato das minhas mãos. Olhou para ele de novo e meteu-o bolsa adentro, numa caixinha de metal anodizado. Soltou um suspirinho daqueles extralongos, como uma marca d' água deixada no ar por um noctâmbulo, aquarelista da alma, ou diabos afins. Com certos índices de ofuscamento no olhar, e numa gélida submissão a algo que desconheci, de momento, disparou que era hora de relatar um pouco da alma que era seu pai Balenciaga Torres.

Contava à Santa que fez-se engenheiro porque a família assim o quis. Foi criado numa casa rodeada de juníperos, em que o ar tinha uma semitransparência setentrional, sempre dono de humores qualificativos que fizeram dele um querido da vizinhança. Deus saberá quando, referia a Santa, virou um desparafusado, tomado de uma energia deformante. Numa manhã de domingo, num aclive frenético de humores enlouquecidos, numa relutante conflagração de partículas em colisão, lá sei eu o que mais, Balenciaga fez um judicioso acordo com alguma coisa: por isso um de seus filhos passou a falar em palíndromos naquela manhã. Roeu as unhas córneas e uma recombinação de melecas sintéticas brotou-lhe do canto dos olhos. Um cricrilar asmático saía-lhe da boca. Intuo que nesse momento das lembranças a Santa ele recorreu à piedade, porque os ontens de sua memória não se inimizavam com o pai-monstro. As declinações que saíam de sua boca eram consteladas de doçura, mesmo admiração. Os minutos mais minuciosos da narrativa devastavam as distâncias entre as cenas de um jeito muito plástico. Talvez fosse a prática consabida, de altíssimo bordo, a que se chamou de memória seletiva. Era assim que as cenas em que o pai dava sinais de transmutar-se em outro, com o emprego de transliterações que a Santa fazia como ninguém, vinham acompanhadas de memórias doces. De cenas em que o pai bulia com estados de tenacidade, bem-aventurança, para natural concordância com seu ofício de pai cônscio de suas responsabilidades. As cenas de violência não prefixaram, na Santa, cousa alguma. E na épica noite em que, numa vagarosa gravitação, Balenciaga Torres ateou fogo à casa e dançou entre as chamas num estado em que seu termo era o minuto, o mundo da Santa não foi cifrado naqueles traumas dilaceradamente irrecuperáveis, nem num estado de indivisa possessão. Longe disso: a Santa nublou as luzes da casa em chama consumidas com densas simetrias de carinho. O pai fugiu, deixou para trás sete filhos. Sumiram as circunstâncias dos fatos. Uma confusão orbital fez com que seis dos sete filhos seguissem os passos do pai, e o retrato que Santa me mostrava, que não existia absolutamente naquela cartolina cor de osso queimado, era antes de mais nada uma tatuagem interna que ela fez em si mesma: a imagem do pai que para si quereria, para todo o sempre.

Nada ali conferia com minha infinitesimal intuição de que a Santa era de uma pureza inatural. Ela continuou bebericando seu absinto, seu chá e cafezinhos. E eu ia amoedando minhas intuições, ainda que infrequentemente, com um sentimento elegíaco, que tendia a ser, é claro, todo o ritmo e ginga que tento dar a estas linhas. O tempo em que estive no café com a Santa pode agora ser aferido, é claro, por esses meus ímpetos de aqui nestas linhas filtrar matizes da luz de seus olhos, que me legou estas palavras, que quase é um pretexto para este livro, que me fazem pulsar em duas agonias, uma de pai, outra de filha. E dessa dupla procederá todo esse meu jeito de fruições de demoras, esse jeito de escrever arrevesado, com a lassidão de uma bandeira sem vento, esse fincar-se em estanças alígeras, de chuvas correntosas de palavras, de cravar meus pés em geografias que incluem terrenos não justificados, um decurso de tempo em palavras que toma a minha vida de mim, porque a esta altura me tomo como piada, nesses bruscos clarões de expansão íntima aqui praticada. Não quero fixar medidas na minha narrativa, queria prescindir do estilo, dos influxos de frenesis, do vagamundo, e gostaria de estar relatando algo diverso. Mas o que relato é o olhar da Santa, não poucas vezes, vazando uma luz escura, que vem pejada do que será o dia seguinte. O hábito então perfez estas linhas, porque a vida tem dessas coisas: minha vontade de saber as razões de Balenciaga, do porquê de matar, nunca me é neutral. Desafogo, sim, minhas sobressalências, nesse conchego de vocábulos que me retarda o sono, e o faço sem constrangimento nem reparo. A Santa então teve o condão de, contra todas as rogativas humanas possíveis, me levar à casa incendiada, talvez cansada de suster a sua vida apenas pelo atalho da memória. Levantou-se com o rosto desfeito, quase num ato de debilidade, como que tentando afastar-se de si mesma. Toda pesarosa, pegou-me pela mão. Meio minuto depois, quando entramos num táxi, ela já refloria, congraçada, quem sabe, com o refluxo de voltar a si mesma. Ficaram para trás 13 doses compartilhadas de absinto, as labutações por lembranças desmaiadas, o jeito levadiço de conectar-se ao passado pela via da memória seletiva, sempre rapidamente e mal, e a vontade, se vontade havia, de ter o verso e o anverso da vida vivida desoprimidos pela mera convocação de umas memoriazinhas de um pai-monstro ateando fogo a tudo e a todos.

— CAPÍTULO 24 —

"Eterna-me, mas sempre, se possível, eletivamente."
Avighor, 2002

A casa (Balen sumiu)

Era uma quarta-feira. E, nesse meu jeito confuso de pensar e barroco de relatar, ia vendo a Santa tão miudinha e dona do seu ritmo. Ela se punha, volta e meia, de um jeitinho tão sideral de ser, como se o tempo fosse para ela detido, como se geometrias tutelares daquele lugar fossem feitas tão somente para os gestinhos de través de seu corpo. Eu ia me coagulando ao bochorno daquela frigideira de terra esverdinhada pelo óxido do tempo, ao ver o meu próprio corpo sendo empanado de surpresas, uma atrás da outra. Toda a memória da Santa parecia se dissolver naqueles minutos de ventos pardos. E eu era varrida por odores de um tempo antigo, um tempo que não vivi. O mar trazia também o cheiro de ínsulas. Eu me sentia parte de naturezas-mortas, amolentada que estava. Parece que, no centro, algum dia, houvera no terreno algumas colunas salomônicas. Entre elas, apontou Santa, houve certo dia um arcaz de abeto em que Balenciaga Torres depositou sua literatura pessoal. Com reiteração, mas obsessionada pela memória, a Santa revelou que, ali mesmo, um dia tapetes habitados por hidrocéfalos serviram de esteio aos pés de Balenciaga, e sobre os quais, enternecido com uma respiração invertida dos diabos, arremedava pensamentos de satanistas, baralhando contrapontos, sempre com sinais de empertigamento, até que enfim dava boa-noite ao sol.

A tarde já ia se tingindo de meias-luzes. Teriam se passado seis horas, eu no meio atavio sacrílego de retirar informações da Santa. Passei boa parte do tempo sentada no chão. Levantava os olhos por detrás de um livro, olhava para o céu, volta e meia via os negrumes fumegantes das nuvens. Via a Santa, em sua ginga acrioulada, na desnudez logarítmica que era aquele vestido com equações multicoloridas em estampa. Sabia que suas revelações bem que poderiam ser códices bem estudados, afinal de contas a Santa foi gestada numa torrefação de criminosos. Tudo o que ela falava me era pretextado pelas minhas maquinações de repórter de polícia. Assim suas palavras doces, por mais puras que fossem (e eram), me soavam forâneas e tutelares, como se de algo a Santa estivesse se defendendo. Quando ela me lançava seus olhos eu entrava em estado nebular, com um suor terção me caindo da mão esquerda, com a pesadez dos séculos que não vivi me fanatizando por dentro, umas translações loucas me devorando de través, uma catilinária intraduzível, cujo ímpeto se consubstanciava na vontade endemonizada que eu tinha de matar a Santa – afinal a Santa era o contrário percuciente de Balenciaga Torres, era um serzinho de bom alarde. Era nesse estado de cousas que a Santa ia me relatando, com os devidos forcejos e encabritamentos de uma menina mimada, nascida de seu contrário. Foi ali, numa contradança bonitinha, indo de ponta a ponta do terreno, que a Santa me revelou toda a história de Zé Limpinho, de Douglas, o Gari do Amor, de seus irmãos. Foi tudo na maior leveza e no maior ar de bataclã possível. Eu vogava sacrilegamente minhas mãos de anotadora no meu bloco, e muitas vezes a Santa desatava a rir, num ato inaugural de gargalhadas, pedindo, sempre amodorrada da vida, que eu não anotasse nada. O manancial irrefreável de histórias não brotava, é de se supor, do estado de riso perene que era a Santa. As informações vinham de um jorro enfermiço de palavras em tons difusos, em diferentes classes de tonalidades. Eu prosseguia sentindo aquelas quenturas cartomanciais, como se meu destino fosse se resolver ali, perante aquela figurinha elástica, naqueles chamegos circunscritos em seus adjetivos. Toda e qualquer chispa de verdade que vinha da Santa brotava de declinações cujo eixo gravitacional era um verbo praticado pelo pai, e assim ela ia me legando, em sua boa-fé pormenorizada, aquelas fumigações do tipo "meu pai pensou assim", "meu papai assim agia", e aquela conversa foi-se encompridando por dez dias, por vinte, por dois meses, sempre na mesma hora, sempre o sol chegando mais atrasado, com a situação ficando cada vez mais totêmica, eu sentada, ela dançando no ar, muitas vezes particularizando as questões sem muito relevo, e eu nos meus submetimentos de repórter, e eu naquele meu suor cada vez mais encrespado.

Era um mês de agosto. Os sentimentos confederados de Balenciaga Torres, ao soar das horas impotentes, davam uma quietação inescrutável à casa. A desumanidade fora passada de mão em mão. Todos os *habitués* da casa, se um dia estiveram indecisos na condição de pactuantes de entrecaminhos morais, haviam se decidido por matar. Dançava-me nos ossos a vontade de perguntar à Santa qual ritual, enfim, fizera todos, começando por Zé Limpinho, se amorarem roliçamente da ideia de lambanças. As sustâncias morais dos *habitués*, se um dia existiram, passaram ao estado de solvência. A Santa me relatava essas cousas daquele agosto morto dançando em cima do lugar em que, um dia, cuidou do memorial de Balenciaga Torres. Ela ainda saltava no ar, com estalidos secos de quem para de preguiçar em vida, porque é claro que o balanceio de seus cabriolés internos pugnava outra coisa. E era por pressa, e não por coração, que eu me permitia ouvir tudo aquilo. Visualizei a Santa, ainda pequena, vagando por aqueles corredores incertos, à luz de lâmpadas doutas, cuidando de situações permutáveis ao bel-prazer daquele monstro do pai. A sombra de uma nuvem acetinava o pescoço bem querubíneo da Santa, quando ela tentava resgatar para mim os pontos focais do destino, ela que tão íntima era da irrevogabilidade de sua própria cepa. Magrinha, com carnações praticamente em borrifos, a Santa me mostrava seu rosto de frente, num jeitinho remansoso, em que os ares parecem bater de feição. No terreno de Balenciaga Torres torrentes de alísios vinham costuradas de enviés: me peguei fugindo de ventos enquanto a Santa se ria ao osso. Seus dedos desesperados e predicados afins sugeriam que bem naquele ponto em que estávamos Balenciaga Torres teria sido dizimado pelos policiais. Teria. Porque um consórcio de prenúncios do diabo que o valha, um alvoroço fantasmal de terrais fora de hora fizeram cosquinhas ao roçagarem sibilações nos pés do diabo Balenciaga: e ele teve então a certeza de que no outro dia morreria de morte morrida. Por isso não se sabe se, em todas essas fantasmagorias protoplasmicamente calculáveis, ele não teria mandado algum acólito morrer em seu lugar.

Balenciaga Torres se transpôs, mesmo tendo havido quem tenha ouvido seus bramidos incandescentes quando a polícia punha a casa abaixo. A mesma casa, outrora incendiada por ele, outrora soerguida, caiu pouco a pouco, e mais uma vez, em gestos amolecidos de fera ferida. E eu ali, dissolutamente sofisticada em minhas perguntas, vendo os meus olhos encontrarem os da Santa, mas com uma aflição satírica se interpondo entre nós. Era mais um dia terminado e a lua, enfim, inchava azuladamente o ar, pairando em crepúsculo, e minha alma ia assim gingando, e a indefinida vizinhança zunia os barulhos do ir dormir cedo de um modo impessoal. Minha alma de Corduroy, meu desalinho estacionário, a flama apática da Santa, todo esse conjunto de coisas rumou para o carro da reportagem. Mais uma vez esse presbitério dos diabos foi desabrochando minhas consternações: cheguei em casa, tomei mais um gole, e aquelas sibilações recendiam dolorosamente a segunda-feira. A luminosidade incongruente, de través, de minha escrivaninha, o cheiro de banana dessecada, tudo isso sobressaía ao halo da lua, então apaguei todas as luzes para que uma tinta macia, de breu, me envolvesse, e eu pudesse estar aqui e agora tecendo estes advérbios espiralados em intervalos periódicos. Porque meu chão de macadame, o mistral ofegante que brota da janela do meu quarto, tudo são cadafalsos que me amortalham dia a dia, meus olhos borrados de paixão por Balenciaga Torres, minhas mãos desvairadas, minhas veias comatosas, os raios gêmeos cujos sons que o vento terral traz em desacordo com o tempo da luz, todos esses sucedâneos claustrais que compõem a minha vida de repórter amanhã vão se repetir a esmo.

— CAPÍTULO 25 —

"Dos recuerdos, faça-te subtil."
Mércia, 1773

Jorgina barroca

Minha ideia era chafurdar na vizinhança imediata. No outro dia, e assim foi por quatro meses, entramos na casa de uma vizinha de luto fechado. Dona Jorgina acabara de se banhar. Então ouviu os gritinhos da Santa, tirou a trava da porta e a sala se encheu de alegria intempestiva. Não era de hoje que, pelo través das rótulas, dona Jorgina, sempre dona de uma voluntariosa dureza, mirava a Santa, em sua alma, sempre através da coreografia de suas danças doudas. Fui, como boa repórter, tratando de arremedar suas memórias. Dona Jorgina sabia-me insaciada de informações. Foi assim temperando sua fala, suas mais imprecisas lonjuras da memória, com chá de limão. Tinha nas mãos uma fixidez descongestionada de si mesma: porque sempre que apontava para o terreno de Balenciaga Torres, isto é, sempre, seus olhos pareciam dar novo talhe às cousas do mundo. Eu, na minha inquietude de cachorra pastora, cheia das angústias mais confusas, ela, do outro lado da mesa, resoluta. À minha direita, saboreando o chá ainda com gosto por demais frutoso, mal decantado, a Santa, com seu olhar que, vagamente, parecia desacelerar o meu pulso de repórter. Eu sabia que naquelas conversas, cedo ou tarde, o pesadume viria. E não veio. Deus ou o diabo saberão como aqueles descompassos iam sorvendo o meu sentido do real: dona Jorgina ia andando resignadamente, com suas frases, à luz da memória. Contava milagres, digamos, não revelava os santos. As horas, com seus gestos secretos das mãos nodosas, desenhados no ar, não fechavam as contas com as classes de luz emitidas lá fora. A vastidão do lá fora empolgava as minhas fantasias, alternando os baixios do terreno que bem poderiam, com tantas sensações em jogo, transfigurar meu mundo e a percepção dele – um mundo provavelmente efêmero. Dona Jorgina ia assim: "Sim, isso aconteceu ali, e Deus saberá como a Santa saiu disso", ou "Eu só via a sombra dele fazendo aquelas cousas". Eu ia coletando essas frases perdidas. E coletando sobretudo os climas: os reflexos meridianos, o magnetismo boreal, o manso rumor do sargaço flutuando na podridão das águas, a fosforescência de putridões que passavam no mar ao lado da casa de dona Jorgina, os estressonhos órficos proporcionados pelo chá de limão.

Quantas vezes, enquanto ela falava (e a Santa ria), eu ia sendo tomada de sinestesias doidas: subia nas ondas do mar, sem compostura alguma, ouvia ecos de Balenciaga Torres em seus desmandos mortais, em espaços alongados pelas pausas dos berros de besta. No entanto, bem naqueles momentos risos doces eram prodigados à minha vida, e eu descia do cosmorama que era a crista da onda, o mar era composto das gotas do chá de limão, o cosmorama então virava agreste e ossudo, o mar se autoconsumia num chupão que o levava para as profundezas em lava. O alvoroto era cessado com um abraço da Santa, aquela placidez varonil secava os chuvões sobre as ondas de limão, eu voltava então à mesa de dona Jorgina dando notícias de que Balenciaga Torres organizara resistências para fulminar policiais no planisfério trêmulo do descampado, e todos esses climas, essas palavras, esses cheiros, pareciam ter sido mandados do norte, e me devolviam aos poucos algo do que fui um dia, ou talvez algo do que eu seria, sei lá. Fui remissa, deveras, em condescender com aquilo como sendo verdade verdadeira. Mas universos nebulizados sempre me conquistaram, e eu estar curvada ante dona Jorgina e a Santa, ainda mais sob o ascenso da lua apodrescente em nuvens caramelo queimado, todas essas peripécias luminosas, tudo me soa como um convite à felicidade. Viro assim uma porquinha mealheira que recebe no sulco de seu costado aquelas moedas de delírio e imprecisão como verdades, verdades desencaixadas do real. Mas quem se importa? Relatar tudo isso não me deixa mais remexida pela angústia. As almas que o ultramar me mandou na casa de dona Jorgina, as navegações celestiais, os asteriscos chamejantes que as estrelas compunham sobre o cetim do mar noturno, tudo isso me deixava demasiado entregue a um estado que chamo de "reticências circundantes". Tive, isso é verdade, pensamentos azarados que não levaram a nada. Dona Jorgina de dedos nodosos e polegar ossudo, seus gestos desnudos, me ensinou, em seus íntimos expedientes, que era assim, por sugestões de climas, que ela enfim iria me relatar como Balenciaga Torres gostava de matar. Aprendi, após quatro meses evocando aquelas prefigurações, a arte da restituição gradual dos repiques mortais de Balenciaga. Tivemos dias de almoços em que dona Jorgina só falava adjetivos em desuso. Alguns jantares, feitos à luz do mar e ao líquido da lua, vinham só com verbos. Vários chás eram apenas de adjetivos. E a Santa sempre rindo e rodopiando sobre si mesma, num aprumo crepuscular mesmo sob o sol de satã.

Sete crimes

O ímpeto secreto de cada repórter policial, seja quem for, é o de esclarecer crimes cujos mistérios subjugam suas convicções. Seja um processo brusco de calamidades numa família, seja a mão inefável de uma entidade chamada Mistério, tudo contribui para que autoridades, aqui e ali, tenham a sua coleção de crimes não solucionados. Fui em busca dos sete crimes capitais mais misteriosos ocorridos no entorno da mais colérica e atrabiliária capital do Brasil: São Paulo. Foram consultados 12 vizinhos. Os olhares de dona Jorgina agregavam significado ao que ela falava. Tudo ali, os quadros de percalina, desbotados, com retratos de familiares mortos e ignotos, a atmosfera reduzida a um sol indiferente, iam eliminando de mim, à força da repetição, aqueles enternecimentos do que pode ser saboreável.

Quero dizer: dona Jorgina e seus chás falavam com tanta naturalidade daqueles crimes que eu mesma os reduzi à condição de que apenas o paralelogramo de onde foram comandados os revestia de importância. Assim, quero dizer novamente, nas devidas graduações do escarpamento do terreno da antiga casa de Balenciaga Torres eu poderia entrever, entressonhar, como ele, Balenciaga, teria ordenado tudo aquilo. Dona Jorgina falava e naquela noite mesmo eu sonhava Balenciaga Torres de perfil, assertivo no olho, com umas rarefações involuntárias no talhe romano do rosto. Seus olhos tão cheios de superfluidades, os mares sublevados de sua retina, as causas mal alinhavadas de sua filosofia, tudo isso ia de chofre contra meus padrões normativos. Talvez sua índole dissolvente, extraordinariamente loquaz, excessivamente fria, e demasiadamente louca, não tivesse nada a sustentar sua filosofia de morte – e talvez ele matasse mesmo como quem chupa um sorvete. A grande massa de minhas indignidades, tudo em mim, eu enfim, se quedava ante aquilo tudo muito furtivo, com vago sabor de mistério. Dona Jorgina relatava os crimes ainda sem objeto direto. Suas mãos emaciadas, debruadas em suas reentrâncias pormenorizadas de veias, seus olhos predatórios vitrificados pela idade, os remoinhos descontrolados das mechas violáceas de velha de farmácia, esse conjunto parece ter todo se concentrado numa atitude que levou quatro meses. Era um fim de tarde de lua veloz. Dona Jorgina vinha, novamente, com aquele papo de aranha, recruzado, com suas frases descabeladas, em que os adjetivos desempenhavam funções divisórias. Mas naquela tarde sete vizinhos me esperavam. Um grandalhão de seus 75 anos, com cabelos vermelhos torreando seu cocuruto como se fosse matéria vulcânica. Uma outra velhinha, duplamente débil, cujo coração aguçado trazia o prenúncio de algo pelo qual ela devia ter esperado toda ávida – mas que nunca lhe aconteceu, enfim. Um homem de meia-idade, fedendo a azinhavre, de gestos desbragados, com tiques nervosos voluvelmente vãos, porque tudo na mesa gostava de dispor em perfeita razão geométrica. Um padreco curvado ante a prístina luz de algo, com seus colares multitribais de candomblé, e, como convinha, repletos de pequenas mandingas deterioráveis. Uma loira tingida, cujo hálito tinha cheiro do mormaço quebradiço arrotado por secadores de cabelo profissionais. E gêmeos, que talvez fossem a futura e provável extensão de minhas expectativas: traziam malas com pujantes numerários de crimes cometidos na cidade. Eram gêmeos muito altos, angustiosamente verticais, que ofereciam um caráter colateral (porque mais humano) ao astral daquela manhã.

O céu dançava no seu próprio zênite, amanteigado de nuvens aluviais. Os sete se puseram a matraquear, formulando, quem sabe, suas inatividades. Perguntavam-se por que não tinham tornado público, antes, o conteúdo do baú de Balenciaga Torres. Enquanto aquele bruhaha babélico enchia o ar, eu filtrava os rumores pelo atalho de uma surdez repentina que me autoimpus. Era um palavrório redondo, com matizes de variabilidade. Volta e meia vinham ataques nominais, como por exemplo quando e por que Zé Limpinho tinha perdido o agarre de sua moral, também sobre cargas de balas desencadeadas ao léu, nas ruas da cidade, contra inocentes úteis para uma causa perdida; o padre parecia poderosamente devastado pelo seu próprio silêncio, sem o lenitivo de um pouco de paz no coração; a loira tingida parecia empastada de névoa, metida num plenilúnio dos diabos; o gigante tentava domar vastas operações inconscientes com um esquema diretivo de frases curtas, como se ele mesmo tivesse medo de estourar-se por inteiro ali mesmo. O neurótico dos números ia anotando tudo, como que numa atitude de psicografia insana, suando à luz da lua da tarde, ensombrado pelas costas da própria mão esquerda, espetada na testa. Já a velhinha trazia no peito uma prodigiosa lua de bricabraques, juncada de marcas feitas a golpes, e assim todos os sete monstrengos foram falando, até que vi no céu a lua ficar incandescente, enquanto a uma vagarosidade derretida inundava a sala.

O grandalhão, enfim, dono de caráter de temperança, mandou que o neurótico anotador me desse algumas anotações, enquanto lá fora uma nuvem pútrida tornava a lua remelenta, e uma torcedura tomava conta de meus olhos, e minhas piscadelas assumiram movimentos contínuos. Então levantei, matraqueei uns passos longitudinais, aproveitei a cessação daquele papo digressivo dos diabos, e cada qual foi destrinçando seu barulho num silêncio que me ensurdecia. Dona Jorgina tomava mais chá. A Santa continuava rindo de si para si. Senti a prefiguração e a vasta difusão de energias cósmicas acrescentando pitadas de fluidez ao pulso natural das coisas. Dona Jorgina voltava a ter os olhos predatórios, de corvo velho. Mas então recebi, do neurótico, sete fichas.

Ante tal consórcio de prenúncios, ante a materialização do que eu talvez jamais quisesse ver, fui tomada de um alvoroço fantasmal dos diabos. Roçagavam-me novamente as sibilações da natureza ao redor. Transpus aquela natureza circundante de plantas miasmáticas que rodeava a casa da velha Jorgina. Eu era insonora. Minha angústia era de bramidos incandescentes. Eu era de um desalinho estacionário. Tudo porque, naquele momento, um prenúncio terroso dos diabos combatia em minha alma. Os quatro primeiros velhacos daquela mesa, que foram os primeiros a pronunciar meu santo nome de Lita Guna (e disseram-se íntimos), foram os primeiros a esquecer quem eu era – para tanto bastou um gole de chá. Fui assim, com medo, roubando minutos da sombra dos abajures. Olhava lá fora, em busca de esperança: mas o horizonte imediato se encrespava de plantas torpes. A paz, que é a mais pública das causas, era apenas um remoto lampejo em meu coração. A princípio temerária, glacial dois minutos depois, peguei das sete fichas. Olhei para as sete almas que me rodeavam. Pensei: "Como os que não chegaram jamais à paz poderiam ter alcançado o perdão?". Notei de novo lá fora o cricrilar atarefado das cousas vivas da natureza, e nesse momento a minha angústia ia aos poucos me elegendo deuses secretos. Presenciei o lento manar de uma lágrima no rosto do grandalhão, logo consumida por um olhar de disco vertiginoso. Frases certeiras haviam elegido, naquele momento, dona Jorgina, a velha, como um ser sumamente inteligente, mas talvez temerosa de ser oficiante do encontro. Sim, confesso, eu gostava da ideia de matar, como outros porventura gostem do ato de gerar filhos ou de comer esfirra fria com guaraná quente nos batizados de domingo à tarde. Ia fluindo um clima pendenciador, e, antes que me inimizasse daquelas pobres almas, resolvi abrir as fichas em suas pastas, com meus dedos longos de zangarrear guitarras.

O que pensei?

O que eu pensava antes de abrir as fichas que me facultariam acesso ao *drive* do que era Balenciaga? Intuí que em matéria existencial a alma às vezes pode ser um raio de sol. Soube que há frases em que o amor aparece travestido com expressões de desdém. Fui assim, ali, prosseguindo a minha filosofia, ainda que rebaixada a advérbios de modo. Inconfessavelmente, também ali, eu deveria me esmerar no ofício de mutilar olhares, senão, com certeza, passaria do desdém à adoração daquelas sete figuras toscas, algumas com perfil do pior indiático e do melhor brasileiro. Perdurei as repetições desse pensamento e assim evitei, por exemplo, os sorrisos do grandalhão. Minha contemplativa filosofia me dava, ali, gozo no que outrora tédio me insuflava.

Mortifiquei-me nas confusas sagas de vida dos sete seres. Bêbada de irrealidade, meu ódio e minha vontade de aprender a matar definiam a aurora e a geometria da minha alma, e esses assombros consecutivos, que em mim se adensavam, iam dançando sob a reverberação prata da lua. Olhei para fora: as desvalidas posses territoriais da sombra da propriedade de dona Jorgina esgotavam o horizonte imediato. Eu estava oprimida, em outras palavras. Voltei a olhar os sete vizinhos: jamais, com certeza, a tenacidade lhes ditara a vida, longe disso: alguém poderia supor que os sete teriam tornado a Cristo e ao perdão uns algos desnecessários. Isso sem invalidar as conjeturas e a irrevogabilidade do futuro do pretérito convertido em passado composto. Soarei confusa? Deveras! Mas era o que sentia. O insidioso vozerio dos sete me consumia. Eu, mera prestamista atravessada de ódio, sobre a qual giravam planetas endoidecidos que ensaiavam, debilmente, as vãs explicações sobre o universo. Portanto, todo o concernente a esse encadeamento de minhas inconstâncias ia me desviando do meu objetivo ali. Tomava chá, ia salmodiando o que a angústia me oferecia: um assombro reverencial, quem sabe, os desatinos vedados aos demais. Meus pensamentos caducavam incondicionalmente, simplificados que eram pelas pausas de ar trazidas de fora, via atalho da janela de dona Jorgina. Debelei minha vontade de quebrar tudo, de sumir dali, numa invulnerável configuração de gestos que, com certeza, fomentavam a discórdia. Minha vida, ainda pelo atalho dessa confusão toda, nada mais era do que imagens recortadas, cada dia num talho de tesoura mais diverso e anguloso. Minha débil insensatez, em face daqueles sete que me recebiam de braços abertos, me favoreceu ali, e as circunstâncias colaboravam para isso tudo. Aludi a situações de memória quase irrecuperável: me via matando a todos, a golpes de facão, a ter que encarar novamente aquela vertiginosa simultaneidade de olhares. Os gestos dos sete não tinham a cólera que se vê hoje em dia e seus sorrisos eram ainda daqueles que produziam magia. Disse a eles que não estranhassem meu alheamento. Referi uma dor de cabeça. Nesse momento um receoso barulho veio de baixo, como ossos quebrados. Eram meus joelhos tremendo contra a mesa. Tentei recorrer ao congraçamento, via troca de olhares, mas o cheiro que o mar mandava mitigou tudo, meu ódio jamais seria usurpado por egrégoras com natureza crua. Sob o influxo dessas filosofias, que me empanavam, minhas memórias deliberadamente populosas me traziam cenas de crimes que eu não apenas queria ver revistas, mas queria protagonizá-las. Já que a segregação jamais pode prescindir de números, confesso: lembrei-me de 117 crimes que cobri, 96 dos quais eu quisera ter praticado. Minhas impressões pessoais sobre quem sou, é óbvio, jamais descuidaram disso, eu sei. Mas a chuva crapulosa que então veio deteve-me num desejo que se nutria de todo o já referido, e ajudou-me a prefixar meu ponto de chegada: queria ver as fichas para saber como, de fato e comprovadamente, Balenciaga Torres atuava matando. Dos sete, quatro idearam retirar as fichas daquele baú, cuja geografia era esgotada de reentrâncias, para que eu levasse a papelada para casa. Alguém observará que prediquei isso ou aquilo, mas nem meu mais incorruptível delírio teria pensado em algo naquele momento. Desapiedada, eu queria sob aquela chuva opressivamente estival, e em dados momentos, apenas os dados e apontamentos. Indocumentada que estava, não tentei esgotar outras possibilidades. Não me ofereci a nada e nada pedi. Olhei para fora de novo, dei com indícios de que era hora de partir, mesmo naquela já noite de árvores palúdicas, que esgotavam o ar de minha alma, já nebulada do fastio que era ver os sete ainda vivos, a meu lado, e nessa vontade confluíam todos os meus desejos de ser como Balenciaga Torres. A título de desenlace, talvez, os sete não restituíram as fichas ao baú: agora elas eram minhas.

Mais filosofia da natureza

Ouvia ao longe as vozes uniformes dos sete canalhas. Lembrei-me daquela segunda velhota, seus olhos azuis insulados num emaranhado de sulcos e pés de galinha. E eu ali na alacridade do terreno, no falso ocaso, de luzes convulsivas e matracolejantes. A garoinha dava de graça borrifos, e eles descreviam uma aura matinal em plena noite. Vi lá no longe, com todo o desvelo da idade, dona Jorgina dando acenos, ela e suas mãos adelgaçadas nos extremos. Vi também de longe o grandalhão inútil dando pazadas na terra, tentando descortinar novas perspectivas naquele terreno podre, vogando por novos caminhos Deus sabe para onde. Espichei os olhos, como numa lupa: aqueles pés de galinha das têmporas da velha se engelhavam na minha alma. Suas unhas córneas chamejavam ao luar. Lembrei de seu cheiro, engulhento, que trescalava a encerado de caminhão. E voltei, com todo esse clima, a lançar invectivas, aflitivamente tímidas, tão tímidas quanto os pelos encanecidos que tentavam ainda brotar da careca daqueles sete velhos de alma. Deus sabe que sempre nutri prevenções contra variações em torno do mesmo tema. E eis que me vejo aqui, fazendo um adágio com tudo o que sempre combati, envolvida em cóleras de outra ordem, cuspindo invectivas, alheada ao resto, eu e esses meus pés retumbantes que sempre me precederam, mesmo quando quis ser sutil.

Deus do céu: estava também acima das minhas forças interpretar aquelas plantas selváticas e seus apelos, de todo emudecidas, mas em que furtivamente formas de vida zangarreavam, em vez de se calarem. Tudo ali pendia, extravagantemente, de través, como se a natureza me olhasse de esguelha. Minhas divagações iam assim estrilando, e o céu desventrava-se de sons vingativos, que me chegavam esmaecidos, cintados de acetileno. A natureza me chegava num oco ordinário. Olho para meus lados: brenhas inequívocas levam ao nada. Vou retirando os pinos de segurança da granada de minha alma da forma mais indissimulada possível. Quero matar aquela natureza. Minhas veias estão tumultuadas. Aquela putrescência juncando o solo, a fetidez nodosa das plantas, um ar que expelia humores sulfurosos, embicados delicadamente para os riozinhos de merda que os conduziam ao mar.

Mesmo assim a banda tocava diferentemente para mim mesma. Meu corpo compreensivo, tomado daquele frenesi generalizado, emitia evasivas elegantes, sob a forma de risinhos. Eu tresandava a óxido. Meu rosto estava encaroçando, surdamente encolerizado por não sei que sentidos. Aquela cortina esmolambada que eram as nuvens, meus baques progressivos que oscilavam entre um eu panglossiano e um eu dos diabos. Tudo refratava-se em mim, da grenha impenetrável das folhas até os cicios espremidos, que deixavam transparecer a impressão da natureza odiosa. As reverberações inflamavam minha alma. A mata degenerava em rios de merda, e estes reduziam-se ao mar, que se reduzia a nada. Sempre pressenti a verdade por detrás dos gracejos: meus risinhos eram de medo. Sinto que Balenciaga Torres pode estar por ali. O ar agora traz o maltoso perfume dos bêbados tresnoitados. Meu agudo senso de contrariedade sempre dissimulou o que penso, admito. Quero expor aqui os pontos de junção de tudo isso. Ainda que desordenadamente. Quero deslindar ideias, apesar do incontroverso bruxuleio dos sons sufocantes de meu coração, que me matam aos poucos, é verdade. Meu olhar deve estar encapelado. Uma nesga descalva meus cabelos, de tanto coçar a cabeça. Uma vaga inquietação agora vem de través e me dilata o peito. Um azul-lavanda fremente é o que a lua agora me manda. As partículas púrpura da lua empolgam meus anelos mais secretos. Me sinto bem agora. Mas quero estrepar todo esse rumorejo acre que é o mundo, quero isso a golpes de facão, quero desventrar minhas potências contra tudo que viceje. Adeus bambuais rastejantes, adeus rumores aquosos tamanhos, adeus importunações vitais que se alternam.

Resolvo ensaiar passos ao redor das fichas. Meus joelhos seguem vergados ante os silvados dos diabos. Estou agora prematuramente senil, exumando minhas potências, para que talvez se refinem em contato com o ar. Minha alma e a floresta seguem embebidos um no outro, ela oferecendo sua infindável concreção verde, cada vez mais veloz e mais sutil. Eu oferecendo meus sentimentos prateados que manam na canícula tropical, ora me acocorando no capinzal, encolerizada, ora sentindo minha pele como que pardacenta, com células materialmente individualizadas pela quentura de um sol inexistente.

Nas noites tropicais tudo rescende a sol, plantas almiscaradas intumescem a alma, tudo é suportavelmente ladino, a natureza te quer ladinamente, e uma análise mais demorada te faz abraçar esponjosamente algo que está lá, mas não existe. Essas minhas refulgentes escriturações retiradas do bloquinho talvez sejam incapazes de trazer até aqui tudo o que eu sentia. O zênite da floresta me engolindo, nutrido de todo que era por insetos que coagiam debilmente, em sons demasiado desconexos para sugerirem alguma trama. O meu nariz que se recurva ante a lustrosa putrefação de macumbas saqueadas por mendigos. Besouros metálicos languidamente murmurejando uma sensualidade nas penedias. O cheiro químico dos diabos que me dá sacudidelas. O tempo amortecido que me deteve ali, enquanto os astros rodam, vertiginosamente, sobre mim. Lanço meu olhar turvo para o céu e sua semiobscuridade. Então revi-me do alto, como se estivesse suspensa. Pressenti, descompassadamente, que eu me dissolvia, aos poucos, como a dar lugar a Balenciaga Torres. Mariposas voejavam em W. Seria meu consolo eterno poder encontrar, ali e em Balenciaga, os meus inconfessáveis limites? Um amontoado de dores indistintas trouxe a meus ombros o peso do universo. Meu acabrunhamento, enfim, repontou. Escagaçada de medo, dormi.

Acordei com um toque nos ombros. Não era ninguém. Manipulei as fichas, enfim, as dispus numa pedra oblonga. E a noite vinha já pejada do dia seguinte, porque não desdizia a manhã fria que em breve chegaria. Meu hábito de detalhes me desabrochou e perfez a cena, porque, munificentes que são, repórteres têm desses arrancos súbitos. Fotografei as sete fichas. Não desatendi de todo aos deuses do jornalismo. Em gestos desordenados interpus as fichas. O sol achava-se representado pela minha lanterna. Neutral, indiferente, então dotada de uma alma testamentária, notarial, anotei supostas coincidências entre os fatos. Uma chuvinha caía espalhadamente e dava certo ar de mundanidade a uma cena deveras espiritualizante, para mim, pelo menos.

Pai do céu: meu dissentimento provável e meu remorso certo eram espécies intermediárias do meu ser naqueles instantes. Daí, sem constrangimento nem reparo, eu ter derreado meu corpo onduloso na busca do condão que me levou a beijar aquelas fichas. Esqueça as rogativas humanas, canse-se de suster vossa moral, volte-se às sensações impensadas, colhidas de pouco, curve-se aos atos de debilidade e, afastando-se de si, condene os tribunais domésticos, porque um rosto desfeito em lágrimas porventura já terá alumiado causas secretas.

Deus do céu, ou o diabo que o valha: eu refloria, deveras, ao me congraçar diante de tamanha expectação, eu me descolava de mim mesma. Legava à minha memória aquele estado em que me despovoava das cenas de minha própria vida. Tanta labutação, tantas lembranças desmaiadas e ali, sardonicamente, diante de mim, sete pedaços de papel, em atitude levadiça. Tudo, meus ademanes, minhas églogas, meus epitalâmios, tudo tinha desse meu jeito inconstante. Minha vontade então, se vontade havia, era desoprimir-me de mim mesma. Metida nessas borboletices, tão filosoficamente ignorantonas, sentei-me no chão opresso. Repregueis os cabelos, uma voz me dizia. O ar estava outoniço. Demais, eu fremia de tremores morais, sei lá.

— CAPÍTULO 26 —

"Por que reporta-te progressivamente, e sempre na potência?"
Elza, 1973

De volta a casa

Com todas as precedências notariais da lisonja, voltei para a casa de dona Jorgina. Seriam sete da manhã. Minhas anotações e impressões das fichas perfaziam centenas redondas, por vago que seja o numeral. Qualquer qualificativo poderia assentar bem àquela gente toda. Num tom cominatório, dona Jorgina dilucidava tudo, dotada das respectivas fundamentações que eu esperava dela. Enquanto lá fora chovia em formato de asterisco, com águas vindo de todos os lados, inclusive de baixo para cima, meus indumentos verbais não eram propriamente aqueles com que eu estava plenamente satisfeita. Deixemos de lado as excelsitudes, os destrambelhos de alma, a inclemente reverberação pairante no ar – em que o cheiro do chá de verbena se misturava com uma espécie de ondulação. O exame dos estragos de Balenciaga, a morte de minha curiosidade não melhoraram meu trânsito emocional. Tudo porque Jorgina de pé e os sete bizarros seres deitados geravam no ar caminhos convergentes de energia que me picavam. Meu pensamento ficava helicoidal e se desmanchava no ar. Deixei, acho, assomar ao rosto o espírito do descontentamento. E os desavisos pagam-se. Aquela velhota com seus pés acalcanhados, seus dedos emurchecidos, olhar lastimoso e rumorejado, famosa por desbaratar sujidades e desmazelos valorativos, me dizia que "é em nossos erros que consistem as nossas essências".

Assim tentava me justificar Balenciaga Torres. A bissetriz de seu olho me ordenava que eu saísse dali uma vez por todas, escarmentada que era pela vida. Mas ali a própria substância do meu ser era a fusão de todas as cousas dali, e então, de empena em empena, entregue aos meus influxos mais doidos, passei desatinadamente meus olhos pelos sete dorminhocos. Na minha incorrupção mais condigna, me prestei àquelas absurdidades reverenciais, como contemplar os pormenores, me aproximar de cada um dos sete rostos geodésicos, de cada clarão mortiço daqueles olhos semicerrados, que faziam focos fugidios, e pedir licença para me deitar ali – enquanto o vento me segredava que algo estava por vir.

Mais despovoada que uma sombra, deitei-me num sofá, com alguns trejeitos de êxtase. Engatilhava, já, alguns silêncios. Pensei: "agora sou toda dissipação, sou toda cafiaspirina". Tremi com a resolução de dormir, porque esses pequenos renascimentos em mim clausurados trazem surpresas no pós-sono, quando e sempre que o frigir das carótidas, sob lábios ensalivados pelo zumbido do sol, as mais impudicas perversidades, ó Pai, as nervuras mais sanguinolentas do corpo impõem penumbras, a retenção axilar das fichas de Balenciaga encerra causas secretas, tudo isso tem cheiro de brisa do fim da noite e jeito da inútil determinação do fio da navalha, tem também as inomináveis potências ressuscitadas, as debandadas e desordens que vêm com o vento, tudo também que me sobrevém com os beijos de adeus, a exumação de contendas, porque sou o somatório desses meus instantâneos ora desidealizados. As dessemelhanças assimétricas enxergo formuladas por uma alma gorda que usa bifocais, que encapsula as lúcidas compreensões coligadas, a realidade fumega ao pé de minhas janelas, a lógica emocional pode desbrutalizar, há uma placidez impenetrável que progride lentamente, e a mais comum das prudências teria me ditado que estou louca desses vislumbres provençais. Porque meu olhar muscular, prático como convinha à situação, é ternamente irreconciliável com minha pele crestada, enevoada, esvoaçante, porque minha infinita pequenez afere e mede esplendores esgazeados, e toda a realidade impalatável, e as escolhas deliberadas, disseminam novas impressões, e as mais altas realizações vêm juncadas de longos silêncios, há uma alvura estranhamente familiar, que me impõe objeções e eventuais enlaces, tão superficiais e tão verdadeiros, e vou tendo também alguns espantos apiedados, em detonação prematura, porque sentimentos desgarrados tilintam a ponto de lançar feitiços no ar, e o murmúrio do mundo já me chega amortecido, porque rege condutas muito distantes (é óbvio), e tais considerações dão retração no pescoço, e é infinitamente mais provável que talvez um observador, assíduo e incondicional, note meu desregramento de temperança, e sobretudo a ressonância daquela irrevogável sensação de vitória.

— CAPÍTULO 27 —

"Envolver uma causa é regar um rastilho."
Dias, 2005

Os soldados

Batiam dez da manhã quando o policial Amílcar, num desejo colateral, puncionou sua arma com pitadas de canela, porque sua avó dona Fidúcia tinha lhe dito que a canela é o alimento dos anjos – e ele, que era homem dos tenteios extremosos de paixão, queria ver anjices esvoaçando em torno de seu cano fumegante, certamente para que não cometesse bobagens. O capitão Jasmim era um sitiante de heteronímias, então qualquer erro poderia render a Amílcar não só uma nova pecha, como também eternas gozações.

Capitão Jasmim possuía um aventuroso vademeco que, mesmo dono de vastas generalizações, ainda era capaz de prever todo tipo de bobagens que um policial pode cometer em situações adversas. Era homem terso, de alfanges, dono de gesticulação sinalética e importunações preambulares. Seu aperto de mão era um gélido calorífero. Lutava por causas insubstanciais, desde que demandadas de cima, prudentemente acautelando cada tiro mediante ordens gravadas, mesmo que não concordes com o que chamamos de verdade. Com aquelas mãos salitrosas, que levavam seus anéis de bacharel ao sumiço, capitão Jasmim, com os olhos vazados de ódio, com a boca hirta daquelas apetecências prebendarias, entrou naquela manhã, três horas mais cedo, no alojamento de Amílcar. Coçou a cabeça (ainda se fazia escuro), acendeu a luz, e viu dependurados teto abaixo móbiles infantis no quarto do soldado. Os cordames estavam sustendo animalejos bizarros, como os de teatro chinês medieval. Alguns eram monstrengos desafogados em mil vexações, outros eram dragões analisando a vaguidade de suas próprias voltagens, outros eram pinguins ignotos, retemperando suas frialdades em mansas suavizações, como sorrisos cortados a tesoura e com a desproporcionada fluidez de buracos que davam para a parede descascada. Foi assim, destruindo as figuras com sua enfática brusquidão, que capitão Jasmim, sossegadamente pouco afeiçoado à presença de figuras femininas na corporação, moeu de um só golpe a imagem de uma mulher. Teve, é certo, um comedimento entrecruzado de interrogações. A tarda luminosidade dos ocasos brotava daquela foto amarelada: uma mulher de seus 15 anos, cujos olhos tinham a sonolência dos mexicanos de piada. Amílcar, é óbvio, interpôs a invocação de pretextos. "Tira simplesmente essa porra daqui com suas próprias patas", enunciou o capitão. Recorrendo às suas antigas sobrecargas emocionais, Amílcar quis sacar do coldre, cujo couro perolado coçou com a unha do polegar. Ele também coçou a cabeça, num supremo ato de desistência. Tirou a mão esquerda do crânio. Enquanto a cabeça, a mil, sentenciava surpreendimentos vorazes, a estrídula espiral dos seus cânticos de amor pedia que desistisse da reação. E foi assim que suspendeu a arribação de curiosidades do capitão, emitindo um minguado refrigério de que não passava da foto de uma antiga prima. E, numa assonorentada perspicácia, fez menção de destruir a foto, tendo guardado o retrato escondido na palma da mão, tanto e tão sofregamente que o pulmão refocilava. Fatigosamente épico, emitiu um sorriso amarelo, esqueceu as brutais exagerações do capitão. Um sol sem artifícios já pinava sete e dez da manhã. Com olhos de mercúrio, ginasticamente densos, abaixou a cabeça em face de todos aqueles rigores de mando, abaixou tanto de obediência quanto de ódio. Fez menção de jogar a foto no lixo. Guardou-a na cueca. Era a mulher de sua vida.

A presumível tábua de impulsão de Amílcar pelas causas policiais só lhe aviera numa tarde de outono, quando, vindo da rua duma causa impiedosa de busca, teve de entrar rapidinho na casa do prefeito. E notou cortinas bordadas com um tropel de pétalas zenitais, daquelas que só se encontram em casa de alfarrabista velho. Nada que apoquentasse suas muito repetitivas causas, mas o fato é que a cena era uma repetição de uma noite de sua infância. Fazia um sereno impalpável, daqueles que ressoavam no ar e tumefaziam as cãs de seu avô. Amílcar desce a escada de mármore branco. Vê um par de sapatos despontando, ao rés do chão. Sobe a passos furtivos. Pega da garrucha do avô. Desce, reapruma-se e mete bucha. Nada ou ninguém cai: eram apenas sapatos esquecidos, agora cobertos de pedaços de estuque explodido. Susto vai, susto vem, o avô vetusto, já reposto do susto, enunciava: "Tantas outras virão porque você tem espírito de mastim do mato e vai ser policial". Nesse dia o insciente limiar de sua carreira nascia, e, como a vida tem dessas intermitências, orçaram doze anos para que estivesse emparceirado com Eça, o dedo mole, que também buscava consenso, todos os dias, sem atrapalhação dos devidos lenitivos, para proclamar de pronto que era o melhor gatilho da corporação, e, a quem perguntado fosse sobre tais predicados, nenhuma cissura vocabular iria deixar de garantir que Eça era de fato o gatilho mais certeiro. Eça jamais participara aos outros os seus motivos de entrar para a corporação. Mas foi num almoço pagão, dos de sábado, após muita cachaça, que soube-se ter ele também aos 12 anos atirado contra uma cortina da casa da mãe, e, como se todo o escárnio tivesse sido prescrito para aqueles momentos, revelou que caiu da cortina o senhor Alfredo, dono da venda da esquina, que algo teria tido além do convencional com a mãe de Eça, não só porque esta chorava lágrimas de crocodila ferida no enterro, como também porque, num amplo reflexo de paralelismos com a crônica dos amantes ocasionais, Alfredo caíra pelado como um rato, de trás da cortina, com uma bola vermelha de sangue azul brotando do centro cinético do ventre, e com uns olhos de morto projetados para trás, exprimindo o mais deprecatório desdém, luzindo sobre feições duras de morto, numa legação de anteparas que mantiveram o corpo no ar por mais de um minuto, mesmo após o balaço, sustendo-se como se vagas de baroeste o mantivessem pelas mãos, enquanto os olhares de Eça menino ainda investigavam a secreta determinação de aquele corpanzil ter se mantido ali a noite toda, a manhã toda, ou sabe-se lá o quê.

A corporação

A central era do lado do mar. Além da amurada, silêncios vertiginosos convidavam a voar, desde os costados. O mar mandava rumores, sempre que possível. A soldadesca-tiragem era imperceptivelmente compelida, por aquelas exultações de sal no ar, a se juntar com os planetas que esvoaçavam na luz do crepúsculo, mandando, de outros mundos, as vãs esperanças para um nosso mundo melhor. Essas luzes inexplicavelmente constantes tesavam de alegria o olhar fuliginoso dos capitães, sempre metidos naquelas insolências silenciosas de quem matava em nome da lei. Aqueles corações devotados engastaram muito chumbo em carne, quando o fogo da arma chupava o ar de respirar, você atirava e o ar em volta sumia de repente, e só restava correr o olhar sobre aqueles corpos lavrados de ossos quebrados pelo chumbo, e só restava ver que o capitão Amílcar colecionava restos de chumbo de corpos saídos e os colocava num prato em que ajuntava frutas de madeira, e ele sempre tinha aquela quietude de apertar a garganta, os seus olhos eram embolsados em peles secas, e eles apenas brilhavam ou na hora de atirar ou na hora em que a lua baixa seus interditos mesmo à luz do dia, ou assim parecia. Capitão Amílcar era homem de conjurar trasgos. Sofria do beribéri de truísmos quando embarcava em discussões que inviabilizavam os direitos humanos, aquela cousa de comunista pé-sujo. Até as fímbrias do universo se compraziam em devotar ódios ao capitão Amílcar, porque ele falava tudo com aquela testa descamada de cu de ferro, porque ele retemperava sua vontade sacrificial esgotando in-fólios de guerras sujas, porque sua cabeça despontava fios esperançosos de forra, fios cor de camelo em meio a um betume capilar, e porque enquanto tudo isso ocorria seu cérebro secretariava causas notariais que traziam mais substância às execuções sumárias. E isso fazia o clima ali, já ferruginoso, incandescer ainda mais, porque todo mundo era fã da Tropa de Elite, porque o regateio dos vilarejos silenciosos em derredor pedia apenas menos chumbo. Mas os anos se passaram e os cabelos do capitão viraram trigais esvoaçantes.

 Então os tiros retiniam no ar, eram para assustar os caftens desconjuntados e de cabelo seboso que a delegacia de Roubo de Fios mandava para dar uma coça, às vezes era um tal e qual alarido de sucções, porque tinham de, impávidos e escagaçados, chupar o cano do canhão de 9 tiros, e todo magarefe amalucado acaba tendo seu mais novo jeito de espiar as próprias propensões ao cagaço de uma perspectiva bem privilegiada. Era bom ver um bocado de gente elegante em noite cagando na tanga porque estava raiada de desalinhos, porque em toda essa cena há elementos atuantes como corações murchos, prementes, porque os queixos estão sendo forçados contra os alamares de granito vivo, e dá meu Deus do céu aquela turvação da fronte, dá aquele tipo de olhar aquoso pro mundo, vendo que pode ser a última olhadela, e o rosto está impassível e duro como uma máscara de fantasia veneziana, mas o horizonte do mar, carmim nessas horas, pouco se lixa para aquelas cabeças de abóbada gótica que são os quepes oficiais, cujos caprichos vulgares, como enfiar um cano no seu rabo enquanto interrogam, são abismos convidativos, porque ninguém quer ver falseado o prolongamento do paraíso, queremos protocolar o paraíso para já, sem grãos de aditamentos, sem o retumbar das diferenças que esta terra nossos olhos há de beber, então, como ia dizendo, o capitão fazia essas cousas mascando goma com envoltório químico de hortelã-pimenta, o chiclete ia se engrouvinhando, o hálito ficava azinhavrado e o ar em volta também, e já então os zé manés enchiam-se de cenas relembrativas, de bulir com o paraíso de verdade, tipo "chega dessa vida, carayo!", e é nessas horas que o chiado do medo se amiúda, sempre que o dia já cai sem as devidas gradações. Porque é a hora em que todos param de dar porrada porque ocorre uma usança, uma rajada de pedinchamentos, mosqueados sob o fogo da vontade de consumir da boa, porque nessas horas chega à corporação o lote de estudantes de medicina, estagiários da medicina legal, que passaram o dia, em seus traquejos indiretos, limpando o bolso de mortos que traficavam da boa, então chega de brincadeiras e borboletices mortiças, porque cada um terá agora a sua parcela da boa, em lotes estritamente pessoais e subdivisíveis, e, ao terceiro canto do galo, esparso ainda na espessura do breu, uns zumbis de quepe e gravata estarão deambulando pelos vergéis, e, à medida que a luz for palejando, vai dar aquelas comichões azuláceas de esverdecer a alma, então é hora de ver se nossa vontade confina com o real, é hora de ver se os magarefes e caftens já não estão mortos, e se isso não bifurca a nossa razão, porque, em vez de tomá-la pelo verde violento em que aquelas peles se transformaram, a vida, rataplam, pode ser implacavelmente mutável, os que sobreviveram às porradas, com a flacidez de molusco que lhes aumenta os contornos, bem podem se reavivar, e chega de esbordoá-los, porque porrada pouca é bobagem, porque no fim eles voltam para casa vivos e refeitos da dor, então é aquela atiração de beijos de saudades, é aquele descaramento e espalhafato de ver tudo começar de novo, porque neste mundo de São Judas Tadeu ninguém se emenda mesmo, o enternecido barro que nos insulta volta um dia e sabe-se que, à menor pontualidade, vamos no quartel praticando o ofício de sermos duros, procedendo por atos desordenados, e assim Amílcar e Eça foram aprendendo a concluir ao mesmo tempo quatro ameaças e cavilar outras duas, pois nessas práticas do luxo notaram-se iguais, o que cominou em olhares venulados trocados entre os dois, olhares vindos desse tipo de experiência de íntimas trocas, que se fazem com elegância, como se prenunciassem o que depois seria de domínio público, e tudo isso acontecia defronte àquele marzão e horizonte de nunca acabar, lá bem longe o vento mandando extratos de sambas de harmonias indecifráveis, vindos de vidas que ainda estavam talvez por vicejar, de bocas nascidas para se manterem fechadas, porque era dali que também brotavam os contravenenos de grande socorro e que salvaram muito oficial dos porres homéricos, era dali que vinha, dos cafundós, tudo não inteiramente liberto de suas origens, as leonidades de agosto, o desautorizado que nos condenava ou ao delírio ou à prostração, os espectros ilimitadamente indutivos, e tudo aquilo que moderava nossas causas com aproximativas gravitações, como aqueles planetas loucos que esvoaçavam sobre a corporação. Ia-se assim militando nas causas da lei, enternecidas de breu e de morte. Iam-se assim vertendo os minutos, em silêncios sentenciosos, que corriam nas veias de Amílcar e Eça. A negrura da noite não atenua nada. Os endríagos alongavam os medos, davam outra possessão ao ato de ter paciência. O sol, esse antigo costume dos calendários, ia e vinha, coabitando com a enfermiça gravitação de umas luas de aluguel que brotavam no mar, e a vida ia em petiço, infinitesimalmente incessante, os olhares dos soldados se desentendem em soçobros na sala do capitão, porque as inconstâncias da natureza iam aos poucos entregando-os a uma filosofia dúplice. De um lado os legados de baixa extração, que pediam o apertar incondicional de gatilhos, do outro os engasgos empedrados constituídos pela vontade de dizer não a tudo aquilo. E além disso aquelas malditas mutucas voando no bochorno, tentando picar os eus que se sentiam ascosos, imisericordiosos, e assim iam-se levando as sacramentadas compensações, porque muitas vezes o apertar de gatilho ao arrepio da lei trazia uns dildos, umas benesses tão curiais, que era melhor malocar esses sentimentos em outro lugar, afinal a corporação já tinha tido um raceamento tão multitribal, tão impenitente, que negro desabrolhava bala na cabeça de negro, na cabeça de pobre, e índio, também no exercício de suas plenitudes, se esquecia de valores nominais que deu a certas formas de servidão, e também metia chumbo fumegante na cabeça de índio, e assim as raças e multirraças eram tocaiadas por esse empenho profissional, e assim muito índio recebia bala enquanto ainda tinha uma coxinha de galinha na boca, e com demasiada frequência todos ali iam assassinando seus valores, com todas as suas emoções, e demais anfractuosidades, irmanadas naqueles braços taxidérmicos, num nó de nervos, e assim também os duranguenhos Amílcar e Eça tinham criado prerrogativas quimicamente reativas, porque todas as ilusões dos soldados, que um dia terão sido os caprichos do cosmo, agora se comprazíam no cheiro de carne queimada de pólvora fresca.

Era bom militar ali. O mar sempre quente fazia o firmamento chegar em ondas. Amílcar e Eça, mesmo após as sessões de porrada e tiros, desandavam a assobiar sob o plenilúnio, pela simples razão de que se sentiam felizes. Em face de algumas angústias combinatórias que ambos porventura viessem a partilhar, tomavam à usança o exagero: berravam demais, corriam demais, atiravam ainda mais. Na verdade, os temores constitutivos gestavam-se em outras classes de ordens e planos das cousas: as excelências malnutridas, o aumento da criminalidade, os reclamos do pagador de impostos, os órgãos de imprensa murmurantes, tudo no quartel se inclinava ao vento, porque os gárrulos ali estavam não vivamente de digladiando com a opinião pública, mas consigo mesmos e sempre através da noite. Até a grama que lhes chegava aos coturnos era competitiva. O capitão e seus dedos de roseira brava davam piparotes que vinham da escuridão, mortais e nas nucas, e quando isso acontecia era sinal de que se precisava apertar mais gatilhos, e até algo de cobro vinha na luz que se esparramava, vinda dos holofotes noturnos, que brotava naquele vagaroso silêncio, e, quando o sol descia, por dentro e por detrás daquelas almas aparafusadas, lá longe as paredes movediças de névoas já sabiam que era hora de voarem dissolvendo uma luz leitosa. E assim os soldados iam sobrevivendo, equilibrados precariamente em falsos argumentos estucados à mão. O capitão mantinha o ar atravessado pelas falsas promessas, aquelas de fim de transitoriedade, tão típicas dos feriados. Os mais mortos entusiasmos cobriam-se daquelas vagas frases soltas no ar. Até que um dia brotou nas ordens do dia o nome de Balenciaga Torres.

Balenciaga Torres

O capitão disse numa quarta-feira que a imprensa andava cobrando muito um mito jamais comprovado: era ou seria um demônio dos diabos, presente em vários crimes, e que atendia pelo nome de Balenciaga Torres. No quartel o cheiro penetrante dessas causas, que não necessitavam de vocábulos para unir pessoas em torpes comunhões de momento, já era um lugar-comum. Quando uma ordem dessas manava, ideias fugidias eram fortificadas por lábios elétricos que enfim tinham vocábulos para dar nome às cousas do mundo. As almas iam sendo infinitamente marinadas por novas águas, que não vinham do mar, e os diletantes lampejos, os maneirismos da mais alta ordem, enfim poderiam se amalgamar em algo palpável. Os soldados assim emboscavam seus motivos para viver, expunham-nos ao osso, e tiravam disso nomes próprios que faziam a vida estalar de novo. O escuro daqueles nomes novos intensificava até as luzes do quartel, do latoeiro ao carteiro, do capelão ao contador, todos passavam a nutrir, e suas misteriosas intimidades, uma fascinação juvenil pelo novo inimigo a ser combatido, no caso, Balenciaga Torres ou o diabo que o valha. Na mesma quarta-feira uma estafeta de seios tremelicantes, com um olhar de lâmpada solitária que vibrava em rodopios, trouxe ao capitão o relatório que dava nomes ao boi. Amílcar estava ali, tentando matar uma formiga com um clipe, tocaiando o pobre inseto num elástico azul, na mesa do capitão, quando sentiu que, ao abrir a carta, algo dentro do comandante passou a emitir guinchos, e dali, é óbvio, viriam inconsequências imoderadas, porque repentinamente ele pareceu ficar mais velho, e seu rosto agora parecia ter sido convertido em papel negativo, porque as pupilas pareciam ter ficado brancas e o branco dos olhos parecia ter se tornado sépia.

Junto da estafeta estava um coronel velho, chamado Erasmo. Tinha olhos azuis duros, que pareciam ter experimentado todo tipo de situação. O cabelo cor de camelo sujo parecia hastes de palha. Ele e o capitão pareciam esgrimir com os lápis, naqueles desenhos de planos de emergência, esculpidos com força no papel sulfite. O coronel Erasmo tinha um vasto peito, imaginariamente medalhado, supus, porque ele fazia questão que esse extrato do corpo o precedesse. Enquanto a penumbra se infiltrava na sala salitrosa, os dois se entreolhavam, estranhamente silenciosos. Até onde minha imaginação conseguia chegar, pelo que soube depois, planejavam uma ação. O coronel esfregava nas têmporas algo parecido com vinagre, a cada quinze ou vinte minutos, parecia uma loção barata. Os olhos de Eça e Amílcar saltavam algumas cenas da situação como saltam os obituários aos olhos dos leitores de matutinos. A névoa temporã recortava, ostensivamente, com imperceptível timidez os antebraços do coronel e seus nós de cajado, de modo que às vezes ele aparecia como um homem que só dispunha de tronco. Para Amílcar e Eça, incidir olhares naquela conversa devia exercer algum efeito desconfortável, porque os olhos passaram a comandar recusas insinceras. Os brilhos vacilantes da cena deveriam estar, misteriosamente, desatarraxando vulnerabilidades. Filetes de sangue no olhar do capitão não o inculpavam, mesmo quando bastonava gestos nervosos. Não eram absolutamente gestos, mas reiterados embaraços que se desnovelavam ali, na frente dos dois soldadozinhos (soube-se disso muito depois, quando no café os dois comentaram que o bico do lábio superior do coronel se projetava para a frente e o do capitão procurava fazer o mesmo, mas com muito insucesso).

Vamos à agrimensura da situação: em total desacordo com tudo o que sua vida lhe ensinara, o velho coronel Erasmo estava ali para cumprir um ódio que lhe escapava à percepção. Construíra carreira como paladino. Havia esclarecido mais de 600 assassinatos (entra Bednarski). Sabia que a culpa, e demais sentimentos aproximativos, costuma matar. E, deliberadamente, sabia que sua vida tinha sido um dispêndio de tempo e fosfato em busca que o tornava, mesmo com toda a fama, mecanicamente um diletante. Continuamente concebido como tal, havia o mito de que um tal Balenciaga Torres, já há mais de 70 anos, estava por detrás de todos os crimes insolúveis mais famosos da brasilidade. Agora o coronel tinha classes de percepção inteiramente diferentes, queria despojar-se da má pecha de jamais ter achado Balenciaga Torres. Esse nome sempre ressoava furtivamente em sua vida, de forma particularmente infeliz – essas inadequaçõezinhas que a vida nos traz no coronel se projetavam obliquamente. Concluindo, tinha ficado gago de ódio. Era um ódio de entrechos, insciente, parcelado, era uma serrania chamejante que lhe pegava os nervos do gogó e lhe espancava as palavras bem antes que lhe brotassem à boca. Uma vez havia lido uma frase de Walter Benjamin a tratar das "deformações precisas". Pois é, as deformações em sua vida foram se adensando, empanavam a luz dos olhos, eram mimoseadas, precisamente fusíveis com estados de encantamento. E do maciço lá fora, enquanto pensava essas cousas, já chegavam os sons de soldados alvorotados. Talvez fosse o dia e a hora de acertar as contas com Balenciaga Torres, de desentalhar da pedra de sua alma aqueles chamarizes de interditos que o deixavam doente. Era hora de oferecer à lei o touro sacrílego chamado Balenciaga Torres.

O coronel Erasmo voltou das nuvens. Concordou com o capitão que era hora de executar os planos. Suas mãos andrajosas, que sempre exigiram a abolição da etiqueta, coçaram-lhe o saco ignoto. Vai até a porta para tomar ar, abraçado ao capitão. Olhou para o firmamento: notou a profusão de pedras luminosas absortas no mudo cumprimento de suas órbitas, sempre vagarosamente velozes, também elas em seus interditos de pétreas prescrições. Então, sem uso nem rebuço, o coronel Erasmo caiou-se. Dilatou suas expectativas, insuflou as potências do seu persistente cozimento interior, que já durava anos. Os olhos eram agora sóis semicerrados. Foi ao carro, uma máquina velha, gentilmente desabitada das modas mais pagãs, um carro velho e sem estilo, chapeado, com seis, sete cores geradas por maus funileiros, uma manga amadurecida, enfim.

Compenetrado como um púcaro, foi desfazer um ato de sacrílega inumação: havia ano e meio enterrara armas de precisão, se tanto, a dois quilômetros do quartel. As armas eram a contrafação transfigurada da lei, eram municiadas com aquelas balas dundum, que se dilaceram ao menor sinal de osso, armas cheias de minúcias postiças e piramidais nas miras, armas que na vida recente do coronel Erasmo tinham lhe dado o mau nome de exterminador, armas que já haviam trazido a desventura em segundas e terceiras núpcias. E foi assim que, guiando seu automóvel-manga, foi o coronel rumando para o desenterro das armas, com a multitude de seus medos bem enfurecida, guiava piscando os olhões azuis, zarabataneando as pupilas contra tudo o que via, atropelando desregramentos alheios, como bolas de futebol de crianças perdidas na estrada, rompendo a enramada de galos, sendo seguido, toda vez que reduzia a marcha, pelas mercês de madalenas descabeladas que lhe pediam esmolas, pensando com seus botões que os faltos de comida urdem-se. Disciplinou enfim seus obstinados temores, tratorando a alma com um aço duro, de ocasião. Desceu do carro, num terreno de vergônteas, expulsou dali dois mendigos, num ato de império, que saíram dali às pressas, com medo do coronel Erasmo, mas mesmo assim sem perder a preguiça acapulquenha. E, com pazadas a furtadelas, imperecivelmente subvencionado com um ódio de maturrango velho, arrancou umas dez garrafas de última geração do fundo da terra. Soltou no ar um "Enfim!", com tom jogralesco. Os olhos liquefaziam-se de prazer. Os dedos nodosos iam retirando a facciosa fuligem das armas. E de repente, não mais que de repente, veio do nada um cheiro inabitual de noite ao meio-dia.

O céu ganhou um recorte de cores aleonadas. O zênite se desventrava de seus desmandos mais plúmbeos. Todo o conjunto cinza vinha com uma brisa sediciosa. O coronel olhou para os lados. Entoou baixinho quatro salve-rainhas, com algumas estremidelas, todo reimoso da silva, todo precatado, todo despalhafatoso. De repente veio a chegança de um clarume, no meio da massa cinza. O ar se encheu de um líquido cor de lava atorresmada, uma cousa muito cheia de descompreensão ao coronel. Então ele nos seus desengasgos, estrebuchado de santos amofinos, soube, maravilhado, que estava licitando ali a mais enrabichada das causas de um homem, a morte, que ali aparecia-lhe não com a cara da morte que se ensina nos filmes, mas uma morte estremunhada, com um olhar de autopiedade, uma morte que dava à luz um segredo improvável, uma morte tímida, que usava chinelas de molesquim, falava baixo, nada do insaciado ronco das massas, uma morte que o punha setentrionalmente magnetizado consigo mesmo. O coronel ensaiou uns gestos sociais, de plena aceitação da atual condição, incoativos. Então sentiu em sua pele a morte alazã, sentiu o rumor de colisões atômicas inquestionadas, estrondeava-lhe o coração safenado, o ar era irrespirável, hulha pura, mesmo assim tinha lá as suas flutuações cósmicas. Então algo dúctil, um poder disruptivo, foi fazendo umas reinaçõezinhas fulgidamente elétricas. E foi assim que, sem a mais cúpida paixão pelo ato de reagir dando tiros naquelas névoas, em total sujeição a tudo, desapaixonado da silva, com uma postura nublada, excluída da realidade, sem, pela primeira vez, apelar para necessidades de improviso, sem ataques de humor movediço que tornavam seu gatilho fácil, eventrando numa humildade estranha, que o velho coronel Erasmo, agora Erasmo, o Ordálio, pôs-se de joelhos. Fraquejou, em singular oposição a si, sobrenaturalmente ensonado, retrocedendo ao abismo à beira de si mesmo, tentando sentir no ar um indescoberto rumor úmido, daqueles de prenúncios de manhãs. Na vastidão espectral, como um nadador muito longe da rebentação, soube que enfim encarava seu monstro mais vital: a morte. Os olhos experimentavam a visão de iridescências inconcebidas. O velho trocista, sardônico, agora era uma criança aleijada. Não tentou reaglutinar forças, mas algo começou a se mover dentro dele. A força ominosa o mantinha de joelhos, sustentado apenas pela mão direita, que usava uma garrucha como bengala. Seu bigode encapelou-se. Experimentou aquela nova emoção com sentimentos transmigrantes, com desorientação de incréu. E assim, aos poucos, o coronel deu o seu último sorriso, rarefeito, sorriso de quem havia sido quiçá envenenado com brometos fumarentos da silva, mas a autópsia veio a dizer outra cousa, que ele morreu de morte morrida e provavelmente de susto. Veio então a consumpção: ele foi encontrado morto e de olhos abertos, como se algo ainda dançasse diante deles. O corpo estava hirto, como um Cid. E é óbvio que a morte foi atribuída a uma tocaia de Balenciaga Torres, porque Balenciaga Torres andava matando assim, de través.

A morte do coronel Erasmo chegou à corporação, antes, com a ideia de que a melhor cousa a fazer era dissentir das buscas de culpados. Mas a dissidência se fiava mais na ideia de que Balenciaga Torres, a essa altura dos fatos, era algo que insatisfaz, um mito já infrequente nas páginas dos jornais, e isso era muito patente para quem praticava o jogo de observar as páginas dos matutinos que se sofisticavam na tarefa de aparatar as manchetes com sangue, matutinos consagrados a avultar o mundo num tamanho bem maior do que ele sempre teve. A regularidade, transitória, com a qual Balenciaga Torres aparecia tinha chegado a nada. E até o capitão Jasmim chegou a dizer que Balenciaga Torres era apenas "uma provisão", a qual os jornais mantinham em seus estoques de víveres, que já havia renunciado às explicações, e que não cometera outro erro além de ser uma mentira, ainda que convulsa, e prestes a sair da toca. Em seu desdém, contudo, havia uma modesta e também ineludível pulcritude, e a primeira impressão de quem o ouviu falar era de que a declaração, estudadamente calma, bem que poderia ser obliquamente associada ao seu contrário. E após o enterro do coronel Erasmo, com os nove tiros pro ar, com uma dança de lágrimas de crocodilo daqui pra lá, os rumores que vagavam no ar saíram do plano distinto que é o do boato e se tornaram aqueles notáveis exemplares que devem ser colecionados por historiadores. Num rosto quase azuláceo, de barba dura bem-feita, o capitão Jasmim convocou uma reunião às pressas, até o texto da convocatória tinha a respiração alterada. Frases ineficazes tentavam impor tranquilidade. E, por essas manias que a vida nos ensina a todos, os policiais já trabalhavam a hipótese de luta brava porque (eles sabiam), toda vez que a conversa ia por piadas, chistes, sonhos inalcançados, cismas duráveis que a vida nos gruda à alma, era sinal de que a profissão deles seria, de repente, não mais que de repente, aquela de atirar em alguém (às vezes com sono e com incerteza), cegamente, com um humor de maré lunar, porque sempre é necessário predicar que seus corpos, desde o juramento, eram meras extensões da decisão de algum juiz calcada nos humores de ocasião notarial e formalmente ajuizados por alguma autoridade sedenta de sangue ou de justiça (muitas vezes os dois vocábulos são sinônimos).

Foi assim que mais três capitães de rosto nublado, inalcançáveis, não tardaram a dizer que muito perto do quartel haviam sido detectados "núcleos" que mataram o coronel Erasmo a soldo. Os incorruptíveis propósitos da guarnição seriam ficar todos judiciosamente de plantão, pactuando aquele estado desagregado que logo viraria uma comoção dos diabos.

E foi assim, numa madrugada que cheirava a iodo, porque o mar estava agitado, que as desnecessidades foram sumindo, as vontades colaterais esmaecendo, e com o rumor da manhã foi trazido aquele grãozinho de vontade, a todos, que é meter ombros ao que quer que seja, desde que ordem-unida assim o desejasse. Todos entraram na posse de seus legados ao juntar as traquitanas de guerra. Amílcar e Eça eram totalmente outros. Foram acordados seriam quatro da manhã, por uma fala plana, daquelas bem consabidas no reino das almas do purgatório. A fala baixa vinha dos alto-falantes, sussurrada, pontual como um telégrafo. Uma fala nervosa, mas que a cada instante readquiria a posse de si mesma. O dia ainda era um baraço de luzes de fósforo, das de pouca dura. Sem deslouvar a voz, cada um se arrumava nas suas minudências militares. Para Amílcar, as poucas falas saíam-lhe dóceis, sinal inequívoco para ele de que, quando a banda da alma toca assim, algo vem, póstero, mas vem. O lufa-lufa de vozes estrídulas começava apenas, e já era então uma ideia velha a noção de que tudo estava bem. Os sonhos recentes se esvaíram com a frioleira da água gelada no rosto. A batalha seria longa, e pode ser que não fosse inteiramente má. Em seguida a voz metálica e suave voltou aos falantes. Não omitia os saldos de bons tempos, e assim o alto-falante passou a moer estatísticas de bandidos tombados pela corporação naquele ano, o que era uma forma vã de subscrever promessas. Então Amílcar e Eça sorveram, de cabeça baixa e olhos apertados, um café cujo gosto de fósforo era amiudado por um açúcar seráfico de bom, e a hégira então se fazia aos poucos, o zás que darás ia com cada um. E era demencialmente vital à vontade de todos que saíssem dali rapidinho. E assim se fez: o tropel percorreu involuntariamente os corredores, com certo enfadamento, é verdade. Cada um escapava de si mesmo, levado por desfastios, e assim de repente, antes de entrarem nos carros-fortes, o sol parece ter se acendido, compridamente, porque todos ou quase todos aqueles chochos transluziram vontade de lutar. Difusamente voraz, vinha a turvação do medo, não havendo mais saída senão aquela sequidão na boca, que era pela primeira vez ter certeza de que iam enfrentar algo parecido com Balenciaga Torres ou o diabo que o valha.

Do outro lado

Enquanto isso, há quase dois mil metros do quartel, a repórter Lita Guna estava apalpando o bolso, com uma cara que combinava bem com seu jeito de ser: cara predatória, de águia velha. Com esmeros de mãe, coletava as fichas dos crimes e pensava em fotografá-las, coisa que dois minutos depois fez de fato. Mas de repente, sem tirar nem pôr, quem a conhecesse notaria que os cafundós de sua alma não combinavam com o seu rosto. As mãos sofisticadas, ligeiras, obliteradas, também pareciam-lhe naquele momento bem inadequadas. A falta de brilhosidade nas roupas do corpo dava mais relevo ao rosto, que flutuava como uma pintura volátil enfiada num tronco de minotaura. Nunca ela terá tido um mau humor de fabricação própria que lhe evidenciasse estranhezas mais graves. Mas naquele momento que tinha, tinha. Tinha um assobio duro de marinheiro, os olhos oscilantes apertavam-se, as mãos estavam mornas. Voltara à casa de dona Jorgina, sempre naquela falta de resmungos que a singularizava. E justiça seja feita: com uma fome inana, foi dizer à dona Jorgina que pressentia que algo ia acontecer, pressentimento de repórter, ela disse. Antes que seus argumentos colidissem com os de dona Jorgina, os desta já haviam debandado para longe. Fazia calor-frio. Agora estava ali a Santa, olhando pro nada, e o seu rosto não lhe caía bem, era uma moldura inexata para o quadro de seu espírito. A repórter e a Santa entornaram mais chá, mais absinto, e, antes que as mitigações lhes subissem à cabeça, um silêncio bem mais comunicativo que a quietude filosófica deu umbigadas no ar e decretou de pronto que a casa de dona Jorgina bem que poderia estar entrando em estado de capitulação. Começou a cair uma tempestade tão densa que era possível usar a ponta do guarda-chuva como arpão para fisgar arraias.

 Enquanto isso, o tenente Amílcar olhava pelo furinho do carro blindado. Notou que sua pulseira de cobre Sabona esverdeara-lhe o pulso. Olhou para a frente e viu que o carro era pilotado por um soldadinho cujo perfil achatado lembrava um galo de campanário, daqueles de ferro batido, e o corpo era de um exu-mirim, como aqueles de ferro corrugado que indicam onde operam os peristilos de quimbanda. Todos se voltavam para o pequeno piloto, que tremia, e seus olhos vinham-lhe duros e agarrados, como que curvados ante uma luminosa conjuntivite. Mariposas lunares, tisnadas, lutavam contra a chuva, e quando a lua matinal apareceu entre as nuvens, contando que já havia singrado dois oitavos da abóbada, o motorista arremedou ordens, emitiu gritas algo parecidas com "já é hora de carpir os mortos". E nesse momento o rosto do tenente Eça se tingiu de um vermelho abissal, de crispar as sobrancelhas, e logo tais reações deram lugar a uma máscara, sem função nem nada, e então suas emoções foram se empoleirar no escuro de seu espírito, debilmente. A névoa demorava mais o eco. E o verde da mata estava ainda mais azulado. O lusco-fusco da chuva com sol dava a impressão de que estrelas de cinco braços se vergavam no céu, o que enfeitiçava as reações da soldadesca. O vento então passou a colaborar com todo o quadro, vindo com aquela sua mania sazonal de ciciar. O rosto dos policiais era já daqueles que se desmancham ao ar livre, como múmias e vampiros de filme, e cada um dos doze homens daquele carro forte já estava mais solitário que uma laranja logo ali tombada pelo barlavento de ocasião.

O dia já ia alto. As pernas dos policiais já tinham um peso capaz de amolecer a testa de um defunto. Então o tenente Eça soltou um chiste, e disse que ele era como um computador velho, dos 486, nos quais a ventoinha vem colada à placa-mãe, então ele estava declarando que a temperatura do ataque poderia lhe alterar as emoções e a razão. O carro parou. O motorista magrinho, aquela criatura, deu três batidas no ferro: saltaram rumo a um matagal, a vida momentosa, de ocasião, os chupava para fora e os punha diante de uma perspectiva única: ignorar as cobras encolerizadas e certamente fatais que infestavam o lugar e ir em busca de Balenciaga Torres. Sob esse jugo, o tenente Amílcar vasculhava a alvorada, maravilhado.

Lá dentro

Sinto uma movimentação estranha. Tudo era eixo à estranha matéria de conversações entre dona Jorgina, os esquisitões e a Santa. A chuva trazia algum movimento, um donaire, cheio de petrechos, que faziam aquelas almas enxovalhadas saírem na janela a todo momento, em busca de algo que estaria acontecendo. Revolviam a alma, era notório. A Santa tinha agora falas sobrepostas. Ia nisso um mistério, uma fala em dobro, como aquelas processadas em estúdio. Era um tom débil, tanto para as palavras claras quanto para as menos claras. Eram predições, debruadas do verde lá fora. Eram previsões axiais ou tudo mesmo. Tenho dessas cismas vaporosas. As ideias me entram de atropelo nessas horas, minha alma fica sem caixilho. Mas fosse qual fosse a sobrevinda, o destino iminente faria o resto. Eu buscava moer a conversa para rumos derivativos. Mas eram tentativas falhadas. Ninguém cimentava mais acordos ali. Que desforço, meu Deus! (botar ações dos personagens da casa de dona Jorgina). A tensão cresceu em três quartos. A Santa começava a cobrar dividendos infinitesimais, porque não nos legava mais suas danças doidas, tais foram suas sintonias com o que estaria por acontecer lá fora. Dona Jorgina me disse então que Balenciaga está presente, e é isso justamente que anoto agora neste bloquinho. Tom Wolfe disse que o novo jornalismo nasceu quando o repórter passou a publicar as anotações, mas essas minhas anotações de letra floreada me são muito claras. Dona Jorgina me diz cousas que não quadram com o que ela dizia antes. Não consigo deslindar o problema. Dona Jorgina abriu um armário de abeto e tirou algumas armas, seriam umas 14. Não sei se a velhota forja despropósitos, mas seus olhos agora são chafarizes eméritos, que ajudam a engrolar aquela nova litania, porque agora dona Jorgina diz que "a hora finalmente chegou e bem na frente de uma jornalista". Os respeitos mútuos foram descosendo-se, uns aos outros, e logo cuidaram tirar dali a Santa. Em gestos fartos e sobejos a Santa foi amarrada, meu Deus, e agora cuidaram levá-la para cima. A perna direita da Santa está empuxando para a direita, deve estar machucada, acho que forjaram-se despropósitos nela, mesmo na verdura de seus anos poucos. Com isso e um pouco mais me enchem de terror. As simetrias daqueles acasos me deparam pormenores demoníacos. Vou tentar expor compridamente tudo, mas agora minha mão direita está ocupada em suster uma submetralhadora que dona Jorgina me impôs, e por isso estamos todos pendentes um nos outros, estamos de todo armados. Ouço uns balidos, às vezes parecem murmúrios humanos. A Santa chora lá em cima, em muxoxos abismais, de bichinho ferido.

O manto da alma de dona Jorgina agora era escamado. As palavras, em aclives brutais, escalavam a garganta e ela, agora, fala através de algo parecido com um papel decorado por uma má atriz. As palavras são cacos de lava, antinaturais, de entressafra, sem senso, de genuínos alheamentos. Aquela lua de ocasião manda cacos de inverno, recém-chegados Deus sabe de onde. Tudo aqui dá sensação de incompletude. Dona Jorgina fala também de um jeito, de uma ginga verbal cujas palavras ela parecia não saber identificar a procedência. Eu percorri com os olhos aquele seu novo eu e ela, de pronto, pareceu amolecer por dentro. Uma coisa inefável e também indistinta enchia o ar, tão subjacente quanto um barulho de ar-condicionado. O ar ficou carregado de um mormo soporífero, um terreno inexplorado que eu não queria tentar entender, uma situação elástica, dobrável, articulada, uma montoeira de novos horizontes, todos infinitesimais. Ela vai distribuindo as armas com um biquinho nos lábios gretados, com frases curtas, que também eram uma chuvarada de perdigotos. Teve ainda tempo de abrir uma caixa vermelha, de pó compacto, e tratorear o rosto geodésico. A arara de neon, ao seu lado, moía um zumbido elétrico, que me dava a mesma boa angústia que sentia aos domingos, quando teco-tecos de dupla hélice mandavam do norte aquele som intermitentemente constante, de almas bem ajeitadas esvoaçando pelo éter. Eu não me sinto mais a mesma, agora era uma baleia desgarrada que confunde a popa do barco com a mãe.

No carro-forte, o clima

No ar, a ressonância dos conjuros dos policiais, o som desarticulado de dentes mordendo línguas. Memórias calcificadas, de todo ardentes. Há abnegação, também: postula-se a perda da própria vida, em certos momentos. Cada um tenta imantar as possibilidades que pode. Os dedos, apertadamente adestrados, vão acionando gatilhos no ar, em movimentos incógnitos. A razão foi substituída por pertinácias devastadoras, como gatilhos automáticos. Todos estão entrevados por segredos tenazes. O azougue reverberante, do carro-forte rompendo mata brava, é inquebrantável. Há plena transmutação de sortilégios. O ar está dotado de pasmos. Os sonhos, devidamente mastreados, até os mais enfunados. Desígnios insulares e peninsulares chamam os soldados para fora e todos parecem predispostos à empresa. Os hálitos densos encouraçam o ar de respirar. Os corpos, retesados, estão indiferentes aos prognósticos da alma. Até os gemidos são repousados, em desníveis de voz bem articulados. Gestos elementares deixam as peripécias da soldadesca bem impunes. As intermitências são implacáveis. Há também algumas evasões de lucidez. Um silêncio reverente, a cada minuto, é consagrado ao insondável. Hálitos minerais envenenam os respiradouros. Dá para sentir algum sedimento de contrariedades entre a corporação: ora uma agressividade em repouso, ora a desolação estremecedora, ora um manancial tumefato de angústia que nauseia o minuto seguinte. Até uma barafunda seria quebradiça naquele clima de opinião. Nada secunda os homens, que não opõem nenhuma resistência à pedregosa tarefa de terem de matar algo, logo, logo. As assombrosas auscultações do terreno, com os olhos, são ulceradas por fluidos que vêm das órbitas: a tão esperada inviolabilidade da corporação pode ser quebrada, dizem os ares de respirar. Há pedras duras nos gogós, pedras que prosperam na garganta, em meio ao caos salivante, que santifica fluidamente a celebração daquelas mortes iminentes. Os propósitos fumegantes sofrem uma evangelização adventícia, que é uma reação que o corpo produz e à qual o léxico dá o nome de calma, mas mesmo ela tem uma subida considerável a fazer pelo corpo, antes que atinja o córtex cerebral.

    O implacável ópio, que tenta ser essa calma, gera súplicas meditativas. O mundo vitalício dos dois tenentes então se converte no que podem segurar. E, para um policial numa sinuca de bico, tudo pode açoitar nessas horas os seus propósitos de viver. Menos aquelas figurinhas marcadas que jamais invalidam seus abismos de ocasião: mulheres, é óbvio. Essa vocação esquemática desses homens sarapintados, esses homens e seus sinapismos de ocasião, diz que nesses momentos há uma angelização desatinada, contra as devidas nervações da alma, que é sempre pegar aquelas fotinhos acartolinadas, de bolso, que nos dão descargas dilacerantes, das quais caímos reféns, que nos dão aquele clarão artificioso no coração. Então um alumínio incandescente sobe à boca, como uma noz-vômica. E, no decurso das tentativas, sobe um "Eu te amo", num pacífico esgar. Então esses abismos rudimentares, a pretexto de se sobreporem à vida que parece morte, tornam os homens apatetados, desventuradamente. Mesmo que careçam de fundamento vitalício, esses montepios de emoções que os homens da corporação trazem acartolinadamente na carteira protegem, mas também vulneram. Mas todo esse clima se passou em apenas um minuto, se tanto: eram os homens olhando as fotinhos das amadas antes da invasão da casa de dona Jorgina, onde estaria escondido o demônio Balenciaga Torres. Uma voz desbeiçada, com uma lucidez exasperante, reiterou um "todos a postos". Uma luminosa maçaroca, com toda a espécie de reflexos, fazia-se lá fora. Houve uma perguntação transitória, mas já era hora de descer do carro. Eis que então uns homens de corpos totêmicos, donos de uma debilidade bem meticulosa, mergulharam naquela textura impenetrável, do lá fora. Desceram atirando cegamente.

Atirando cegamente

Por mais rigores que a lei queira impor, faroeste é faroeste: libera tudo e a todos de compromissos inflexíveis. Mas essa dissipação é nebulosa, e, para desencafuar o eu apologético, o eu do chumbo grosso, nada mais natural que meter obviamente chumbo grosso. É uma esplêndida alfazema aquele cheiro de chumbo, são sofás sacrílegos, de ares indignos, que nos reduzem a puros estados de desafogamento. Nada de conduzir percepções, nada de cumprir determinações, nada de exalação de evocações, somos pré-coerentes assumidos agora, e discutimos a hermenêutica que é possível neste momento, que é aquela de ouvir os gritinhos salitrosos de quem tomba morto na nossa frente, aquelas multicefalias maceradas, que nos percorrem com calafrios bons, não é o barulho seráfico do sereno, são corações ensanguentados mandando vapores em consignação, enquanto os corpos caem, se ofertando ao solo, aquelas descoloridas capitulações, aquelas tertúlias de últimos devaneios, a vaguidão verrumada que é o olhar do prestes-a-morrer, como são lindas as apalpadelas bambas, como é linda a lucidez petrificada pela morte. Olha, Amílcar, que primores desatinados, esses velhotes caindo mortos, essa barafunda caritativa de quem implora pela vida, olha, Amílcar como o crepúsculo já determinou tudo, olha que jeito claustral e imantado com o qual uma velhota tomba morta, olha como tentam mesmo semimortos mandar pro ar algumas porçõezinhas de esconjuros, olha como aqueles cabelos parasitários dos velhos tombando correm para o chão como chuva líquida, olha como não passam de uns esfiapados de segunda classe, Amílcar, olha como sabem ser donos de defeitos de fabricação, olha como os problemas de consciência se assumem neles, com a deflagração aromática dos últimos gases; nunca eu vi, Amílcar, uma abóbada rodopiante mandar tantos ventos em nós, acho que os ares de agora estão dotados de propósitos, acho que todos os nossos sentimentos agora podem ser dissecáveis, ai, meu Deus, olha o fatalismo lunar desses noctâmbulos da luz do dia, olha o vínculo que nasce disso, olha como essas diagonais fugacidades nos elidem, olha que lindinha essa lírica agônica de berros, olha que frase sonolenta brilha em morte, olha quantos cantos crepusculares estão no ar.

Ai, capitão, confesso a você de capitão para capitão, dá uma sofreguidão ter essa boa condição de oficial, ai, tenente, eu olho aquela jovem de seios agulhiformes e lembro da minha namorada que andava no quartel, com a alça da submetralhadora entre as tetas, e isso as deixava mais saltadas, eu acho que tenho dó de responder ao fogo dela. Mas sei que você, tenente, sabe das cousas da vida e da morte. Aquela magnanimidade de ter sentimentos de carne e osso, sem fazer a menor concessão às impertinências e aos cativos elementos de intempérie, que nos caem tão naturalmente na vida, que parecem ter vindo de um ponto imaginário e entrado pela porta da cozinha, assim do nada, como se fossem trazidos pela boca do gato.

Capitão, as fragrâncias em suspensão deste lugar não me deixam atirar, tem algo definidamente remoto que me impede. Sim, eu sei, tenente, há no ar aqui um pueril encantamento, daqueles que se tem com santos numinosos, pelo atalho das lágrimas caídas, bem devagar, justo para mim, que já cheguei aqui gretando meus lábios, espessamente. Sabe, quando eu sempre desci do carro em que estávamos, metendo chumbo quente, os transeuntes maravilhados já sabiam, meu capitão, que minha alma tinha mastreação e estavam, na sua desértica natureza, tantos empenhos entranhados que me é difícil dizer agora algo... Mas trato a vida, meu capitão, através de labirintos desproporcionais à minha desumanidade. Eu sei, meu fiel, eu sempre calo os alvorotos com os psius das balas, porque o chumbo fumegante oculta nossas cabeças enfaradas de sono, que atiram a esmo, nossas balas saem cabeceando de sono elas também... E muitas vezes fico certo dessas más venturas minhas. Eu olho nessas horas bem fundo na mais profunda casualidade da natureza, que é o vento. Assim vou, irredimido de todo, descorrigindo os conselhos acrescentados, numa determinação longa de anos, esses conselhos que recebi pespontados de advérbios de modo, tão encarapitados que me vieram, que envenenam ali mesmo, na chegada, qualquer significado de mundo.

Olhem, seus soldados, como esses sete débeis mentais, mais as duas meninas, prestes a morrer, trazem olhares maleitosos. Os mágicos rigores das causas inventadas por Balenciaga Torres têm a força de césares furtivos na vida dessas pobres almas. Todos nos seguem com seus olhares, nas suas velhices mais recentes e em suas criancices mais antigas. São xaxins endurecidos, são ratos fumegantes, são samambaias predatórias depositando nos nossos ares fragores esparsos de putrescências. Meu Deus, no pleno domínio de nossas potências, o mundo e tudo no mundo dessas pequenas criaturas nos oferecem saldos de seus ódios. Veja, meu tenente, aquela determinação enfeitiçada de ódio que chove dos cílios de organza que caem do vestido daquela criança que pretendo matar. Ela me confunde os sentimentos. Ela me faz eu me opor a meus propósitos. Veja como, apavorados, encolhem os ombros e mesmo assim ainda atiram por detrás dos sofás. Veja a luz contrária que brota dos chãos. Veja os olhos enluarados dos que estão para morrer. Vejam as acomodações da geodesia nos rostos desses velhos. Os tateios errantes dessas criaturas são seus catafalcos. Veja como aquela outra tranca os olhos escuros enquanto atira contra mim. Os gestos irredimidos os tornam mais humanos. Deus do céu, vamos matar logo este estrupício de incréus. Dos sons dessas armas procedem imagens, então são fatos anteriores a eles mesmos. Atiremos mais, pois. Aquela pequena erra na roupa, sinal de que acorda cedo demais, chumbo nela. Deve ter hálito de armário de velhos, de remédio mofado, chumbo nela, pliss.

Senhor, naquele eu não atiro, não. Ele tem pelos corredios. Estou surdindo minhas indecisões de cartuxo. Minhas fábricas do coração me inventam, nessa pessoa, séculos de amor. Ela tem cabelo lanígero. Eu farisco seus cheiros em jornadas de dois segundos, naum posso naum, atirar, naum e naum. Já inventariei a cena posterior: seria eu atirar em mim mesmo. Sei que suas salivas terão o gosto da água carbonatada de meu amor. Ela tem também os olhos amorangados. É uma túbera, de cabelos comprados a quilo. Já teve chanel de bico, com certeza. Seu olhar me traz salpicos de luz macia, a clemência dos sábados aos meus bigodes talmúdicos. Os olhos devem circungirar no orgasmo, emitindo lumes elétricos porventura. As mãos são turvamente violáceas, vejam. Ela manda rumores quentes. É aquela quentura regelada que conheço bem. Não tente me dessoldar, você também já psicologou muito em batalha, meu capitão. Você já teve bem na minha frente suas facúndias renitentes, você já teve o gatilho colhido por repuxões. Veja como essa ginga felina nos chega tisnando o próprio rondar com olhos compridos.

Eu, por sua vez, digo que a outra ao lado, que me parece aquela jornalista enche saco que vemos sempre, tem o bafo mole e o ventre sumido que já conheci em outra. Ela é coerente como o sol, tem o olhar brancamente vazio, a conheci numa quarta-feira macia, acho, em que ela mal cabia em seu vestidinho, ela tinha no coração toda a murmuração da cidade, a boca chuchurreava resmungos. Ela me lembrou minha outra, tão consubstancial quanto o ar de respirar. Ela tem os cabelos furiosamente negros, como bandos ciganos, os gestos trazem a sonolência diluidora da neblina, ele fundiu-se no escuro várias vezes, veja, mesmo assim as luzes mortas de seu rifle desmirado me buscam, esses monstros consideráveis me atraem. Ela retouça como vaca velha. A testa é de madeira apanelada, e isso eu amo nela, parece infusa de bebidas, por que se irmana com um Balenciaga Torres que para mim é um merda de Papai Noel, famoso mas não existe? Tem o frescor de uma apanha de frutas, delira considerando o universo, é tão desviada dos planetas, debruada de filosofia mal madura, as mãos trazem nas pontas dos dedos a amarelidão de fumaça vergastada, anda a corta-mato, o olhar já vem pisado, de negror luminoso, essa incessância me mata, mas mesmo assim quero matá-la porque assim mato a outra dentro de mim, ela deve ter o mesmo bafo morno de cabelo velho e páginas gastas, sei disso porque seus olhos são dispépticos, é uma prefação que conheço, abundosa.

Vocês estão é afreguesados nessas práticas do papo pré-mortem. Atirem. Enturvem as águas, seus opressos de merda, endefluxados. Vamos referver os rostos amondongados dos sete velhos que também atiram, vamos zurrar, joeirar o trigo moral deste lugar de Balenciaga Torres, a quem viemos matar em nossa condição expressa e equinocial. Eles sempre estiveram de atalaia contra nós. Atirem a fogo livre, plisss.

O clima geral

Alguém assegurará que a morte foi prefixada de há muito. E aqui não teremos exceções invioláveis. Cada um queria matar a vida que não teve. Os raios de ação eram infranqueáveis. Certos assombros e habilidades se repetem, como mesmos formatos de rosto terão os seus duplos mundo afora. Os tenentes, capitães e demais, com os rostos cor de açúcar queimado de tanta fuligem, retrocediam invencivelmente para seus os dentros mais epigramáticos. O passado emocional era ora recebido em constantes, embora indisciplinadas, ondas que se dilatavam num tempo inapreensível. Os rádios estrondeavam com ordens para socorrer policiais tombados pelos sete esquisitos e pelas duas meninas. A Santa atirava como um demônio e a jornalista tinha os olhos como os de uma lua desorbitada, de gente que se perde na noite, dos que militaram a vida toda em causas que, de tão demasiadamente genuínas, degeneraram em receituários que têm algo de satélites doidos, dos que andam às cabeçadas carbonárias. Formas de vida escuras e elásticas, de olhos mortos, pareciam atirar junto dos nove, contra os policiais. Um deles também prefixou que aquilo seria Balenciaga Torres, em suas profilaxias demoníacas, que se desdobravam prodigiosamente em formas débeis do demo. Ninguém lançou-se à aventura de acautelar parcelas de verdade a essa percepção daqueles movediços prováveis. Com medo, depois com perseverança, e propensos a ecolalias e repetições sem nexo de frases, os policiais admitiram que atiravam no que mais se pareceu com eles um dia. Foi assim, num momento malva, como evasivas de uma aurora que trama sua chegada sem muita pressa, que um dos tenentes escolheu a jornalista para fulminar de balas. E o outro, sem mais nostalgia que a essencial, resolveu fulminar a Santa porque ela foi a mulher que jamais teria tido. Lançaram-se ao ataque com olhos fixos no vazio. O vasto tempo que se segue a essas decisões é imponderável na alma de quem o gera. Os dois teriam atravessado horas ali, em meio a fiel determinação. Suspiradas convicções borbulharam pela boca dos dois. Irrefreavelmente, Amílcar e Eça vivificaram os ódios, não compartilharam estranhamentos. Numa dispersão caótica, ignoraram as clamas de ordem unida que o rádio da corporação moía. Tosse, sufocações, sem tutela de ar, de uma forma aberta e quase brutal, arrancaram seus nomes do peito para que não fossem identificados. Passaram a chamar um ao outro de Steve, que era a ordem vocativa da corporação para momentos de execução sumária. Um dos anéis da maçã do rosto de Eça estava torpemente retorcido. Amílcar amoleceu por dentro. Afastaram a laboriosa fumaça, de cheiro adocicado, que corrigia o ar. Júbilos secretos tornavam seus rostos de gesso. Os atos circunstanciados foram, se tanto, 17 passos em linha reta. Os tempos do ataque confluíam com os de 15 anos atrás, quando, também assim cegamente, resolveram entrar na corporação.

A situação não pode ser descrita fora do reinado das impressões. Eça e Amílcar flutuavam num luar derrotado, mesmo sob o sol terroso. Vinha-lhes de dentro (e não mentiriam sobre isso) uma exasperação oca, como se a vida só lhes acontecesse lateralmente. Evolucionavam pelo tiroteio e, um segundo depois, já estavam parados de novo. Viam escondidos, ainda vivos, por detrás de estantes de livros derrubadas, os sete estranhos atirando por detrás de uma pilha de livros. Eram sete cabeças diminutas, como as tsantsas, aquelas cabeças de caçadores encolhidas a fogo pelos índios jivaros. Alguns dos sete estranhos se aventuram a abrir flancos através de olhares furtivos, calados imediatamente pelos "tialssssssssssssssss" das balas da polícia. Amílcar lembrou-se de uma aula de filosofia, no meio de tudo aquilo, algo como "dialética dos contrários". Eça olhou para a Santa e para a jornalista Lita Guna. Teve um sequestro psíquico. E ali, no meio dos balaços, de peito aberto como quem espera um córrego, definiu que para ele mulher era: libido à deriva, nebulosas curvilíneas em prol do consumo extremado, fagulhas de vida, vetores valorativos em forma de asteriscos existenciais – o que ele definiu, enfim, como apenas confusão travestida em saias. As duas já estavam num outro estado, dissolviam-se na fumaça, com gestos sem forma, descrevendo no ar semiparábolas acobreadas. Chovia suor dos cabelos de Lita Guna. E sabe-se que certas chuvas, como essas, às vezes passam a ideia de cortinas petrificadas.

Estavam os dois ali, sozinhos, olhando para as duas. Nada de levar moções conjuntas, as da corporação: eram eles e elas. Eça olhava o nada até que seu ponto focal se dissolvesse no ponto em que o céu vira mar e o mar vira um nada cósmico, em plena terra. Os líquidos dos olhares das duas se rebalsavam e iam morrer numa praça qualquer. Com Amílcar, assomava-lhe um semivazio, que lhe saía pelos bolsos e andava pelos ombros, como que para dar subvenção àquelas doloridas pausas nas trocas de tiro. Tudo ali era uma decalcomania de difusas cenas perdidas, de outros tempos, então talvez tenha sido por isso que a Santa ofertou-lhes, sob os "tuimssssss" dos ricochetes, uma expressão carinhosa, como uma autêntica passagem de zona de rebentação. Nesse momento os dois notaram que ela tinha mamilos endurecidos, cujos bicos semelhavam (eram) rodas de carroça. Ninguém esconderia, ali, que renasciam e morriam a cada segundo e a cada percepção. Nos gestos de Lita Guna havia uma segurança tranquila. Ela mesma devia achar que tudo não passava de uma dessas situações filosóficas que, por ironia do destino, viram aqueles jogos da velha tridimensionais. Então, de fora o mar mandou um mormaço que se entranhou nos corpos e deixava a alma de morrer bem melhorzinha, aquele bochorno de vilas quietas, que flutuam ao som da música distante que toca os corações. Então, para Amílcar uma lassidão voraz sobreveio: ele achou que já era incapaz de acompanhar com os olhos que a terra há de beber aquelas silhuetas de mulher, que agora já lhe vinham em ondas e imperfeitas. Tinha apenas o branco de seus olhos cravado nelas. Nesse momento sua submetralhadora HK queria desenhar no ar triângulos ferozes. A Santa, bruscamente desassossegada por mãos urgentes que a compeliam aos tiros, entrou numa continuidade de sobressaltos. Com a precisão de uma morta, articulou uma roncadela de sua arma Sig Sauer. Na sua sintaxe mais notarial, lá trás os megafones ordenavam fogo alto e brabo a todo custo. A corporação só não cumpria as ordens porque assim teriam matado a Eça e a Amílcar, apatetados diante das duas. Sobreveio um ar amalucadamente silencioso. Lita Guna, a jornalista, sente um travo misterioso, como um cone de especiarias raras que dançou na sua goela em um balé curvo e misterioso.

Os climas particulares

As almas dos quatro estão assim: cem graus à sombra. Trotando em vetores convergentes. Sentidos desafogados. Espaços do espírito devidamente desbastados, de quando em quando, é claro. Filetes anacrônicos de ódio tentam subir a bom trote. Colhem-se ali mesmo travos desiludidos. Há fixidez nas delongas. As qualidades ali, agora, são tamanho do infinito. As barbas dos dois ficaram azuladas, mas contidas. Voz remoinhante invadiu-lhes os espíritos, sustentando velocidades. Um tremular pálido de pequenos roncos ultima as frases. Sobrecarregados de tais naturezas, ofegam os quatro mesmo nos declives das trocas de olhares. O megafone superintendeu mais climas departamentais, de tais ordens que até o sapador queria descumprir o respeito aos dois tenentes e sair atirando a esmo. O sol que os tosquia, de través, traz um indisfarçado credo, o de que todos os olhares ali são de novos mortos, porque são leitosamente estelares. O solo está fanado, cabriolando contudo. O vento ondeava asselvajadamente. Os dois tenentes querem ser incursionistas de novas causas, as de estranha prenhez. Os olhares estão coagulando, sussurrantemente, causas secretas, rixentas. E assim sendo os cocurutos, cheios de tão enormes desventuras, vão também adquirindo uma tez gelatinosa, de quem não aguenta mais nada e só quer, na vida, é estar bem gostosinho e confortável.

As bocas estão acutiladas de pólvoras secas, que o ar manda com força. O cheiro do antimônio estalidava ao rumorejar dos ventos do cais e já substituía o sol. A geografia côncava do lugar até que concedeu essas mercês bem gotejantes, numa mescla desmaiada de cores subtropicais. Pode-se dizer que por alguns segundos foram restabelecidas continuidades. Nada de padrões debilmente geométricos: todos estamos afinal retorcidos pelas chagas dali. O reverso é mesmo discordante de nossos espíritos. Estamos todos acumulados como nuvens, em estado de brutal desafeição. Nossas peles estão endurecidas, meu capitão, nossas peles são de folhas mortas, calafriantes ao toque. Os borrifos de saliva nos são umbrosos, capitão, nossa inclemência orgíaca é a que não admite estas intempéries, meu capitão, então vamos atirar, porque elas são não parte de Balenciaga Torres, mas uma parte de nós, que nunca tivemos, meu capitão. Capitão, meu capitão, nas medianias mais planas de nossas consciências há sinais bem encarnados, mas um gesto, quem sabe um sorriso plúmbeo como o chumbo que minha arma ora vomita, resolveria essas questões. Minha natureza palpitante, meu capitão, pode consumar-se no restritivo, portanto não me dê mais ordens pelo atalho do rádio e do megafone, chega desses clarões que riscam meu campo de visão. Os jornais, meu capitão, amanhã certamente vão fulminar manchetes de ocasião, como que para reduzir o impacto do que vinha antes se falando sobre isto aqui tudo, numa quase igualdade de condições, porque elas também atiraram em nós, deveras. Capitão, dê cumprimento suplementar ao que bem entender.

Estamos todos consanguineamente emudecidos, buscamos luz nos indícios, nesses naufrágios dançantes de frases não terminadas, espadanantes e bem propositadas. Essa oftalmia filosófica e suas causas já familiares, a devorar os nossos vastos metros de horizonte lunar. Meu capitão, meu capitão, essa compacticidade adicional é provisionada por raios esplêndidos que eletrizam e modelam o ar com átomos de flamas, isso me dá uma imerecida calma, por isso que não atiro, acho que me despeguei do chão, mesmo com as detonações que repipocam de minha alma, porque mesmo dentre a névoa poeirenta eu vejo tudo nos olhos dela, isso sublevava seu rosto duro, arroteado, agora monacal, vejamos: ela está solitariamente glorificada, com essas emoçõezinhas de bandida, excessivamente tangíveis, caprichosas como o tempo. Sou agora um pairante, um amoniacal, com tantas contracorrentes lúbricas, meu capitão, mais esses contrastes indiscretos, meu pelagra moral, meu espírito estucado, minha vontade de circunscrever angústias, esse meu brusco construto há de me matar agora, tudo vem repontando, ai, meu capitão dos céus, tão insubstancial como uma causa por si mesma.

Quando elementos desvairados varrem a vida, qualquer projeto inverossímil ganha feições regulares. Isso geralmente bota no ar um matizado espectral. Isso torna também os olhos baixos e os tons dúbios, sem rebuços. Assim, vamos que vamos, revestidos de uma altivez descuidada, enquanto lá fora o mistral rijo, que emana do cais, nos dá aquele tremor azul nos lábios, afinal é o nosso quinhão, e ainda lá fora resta apenas olhar para a vastidão sublunar, afinal o desvario vem aqui, nessa situação de guerra, nos impor fardos cívicos de ventura e de embevecimento, meu deus dos diabos. Os secretos decursos habituais das nossas almas violentam resoluções ainda inexperimentadas. Vamos assim, ora tostados pela rapacidade de outrem, ora aparentados ao que não somos. Essa ressonância filosófica é de crestar o espírito, mesmo para nós que guardamos uma honorabilidade até as pontas dos fios de cabelo, e olha que eu digo tudo isso à meia voz, meu capitão. Agora me resta agarrá-la pela cintura, bater sua cabeça contra o meu peito, disparar minha arma na nuca, fingindo um desacostumado a essas cousas, e assim quem sabe também desta cena reivindico para meu uso pessoal toda uma significação particular, afinal tudo aqui está sendo observado por todos, somos vigiados pela vossa cálida fiscalização, que ainda tirita no ar. Tão profundamente incapaz de sobreviver às ondas furtivas de alegria, meus princípios restritivos mais secretos, invencíveis, convêm à irresolução desta cena. Estamos num cúmulo, capitão, e a sucessão lógica é que atiremos contra essas duas, bem na cabeça, porque as palavras já não nos transpõem os lábios. Vemos nos olhos das duas vestígios polares em perfeita significação de morte, e o nosso sangue já vem inquinado. E foi nesse momento que eu parei de atirar, porque a Santa me mostrou um rosto de nariz quebrado e olhos vazados, como os das estátuas greco-romanas, e mal pude assim personificá-la quando, errando pelos céus, um balaço partiu dela e me destruiu a mente. Enquanto isso Lita Guna, a jornalista, então mata quem sobrou, isto é, Eça, e em seguida espera o capitão chegar, acavalada atrás das estantes.

Visite nosso site e conheça estes e outros lançamentos
www.matrixeditora.com.br

Cabo Anselmo | José Anselmo dos Santos

Cabo Anselmo é um dos nomes mais emblemáticos nos episódios que levaram à tomada do poder pelos militares em 1964. Seria ele um traidor hediondo, como a esquerda o qualifica, por ter abandonado um movimento cujo objetivo era a instalação de uma ditadura comunista? Ou será que ele manteve lealdade à pátria e às Forças Armadas que jurou defender? Nesta obra o próprio Cabo Anselmo responde a essas e a outras questões que cercam seu nome.

Vencendo a Morte | J. M. Orlando

Até bem pouco tempo, morria-se mais em uma guerra não por conta do ferimento em si, mas pelas infecções advindas da falta de conhecimento necessário para prover o adequado tratamento da ferida de batalha. As diversas batalhas trouxeram avanços significativos para a Medicina militar e, em breve intervalo de tempo, passaram também a beneficiar a população civil. *Vencendo a Morte* mostra essas conquistas, com base em pesquisa histórica minuciosa, só comparável às poucas – e melhores – obras do gênero publicadas no mundo, sem similar em nosso país.

Rouba, Brasil | Agamenon Mendes Pereira

Este livro é um escândalo de bom. A turma do Casseta & Planeta está de volta, agora com mais uma obra de Agamenon Mendes Pedreira, personagem criado pelos humoristas Hubert Aranha e Marcelo Madureira. O velho lobo do jornalismo comenta em crônicas publicadas nos mais importantes veículos da imprensa as mais recentes falcatruas da política brasileira e a maior pedalada do esporte nacional. É como se fosse uma aula de história da surrupiação. Um autêntico livro 'rouba, mas faz'. Rouba a sua atenção e faz você rir muito.

Fêmea Alfa | Nalini Narayan

Uma praticante de sexo grupal decidiu contar sua vida de orgias. O resultado é este livro. Uma obra que fará você questionar a liberdade dos sentimentos, a forma como as pessoas se relacionam afetivamente, a sua sexualidade e a dos outros. Um mundo de prazeres como você nunca viu.

MATRIX